电影教室
Film Class

黄丹主编

02

武士道残酷物语

铃木尚之电影剧作选集

[日] 铃木尚之 著

汪晓志 毛保红 译

上海三联书店

目 录

高瞻的计划，远瞩的目标

作为学院文学系"十二五"规划和学科建设的重要内容，由系里整体策划并由教师亲自主编、撰写的北京电影学院文学系"电影教室"丛书是文学系一项非常重要的教材学术工程，也是一项非常重要的电影学科建设学术策划，其学术的意义将会在未来若干年的电影编剧教学和电影史论研究中产生深远影响。

北京电影学院在 60 多年电影专业教育、教学中，一直以"电影教育、课程为先"为目标，以"课程建设、教材为重"为宗旨。

这套系列教材专著书籍的出版，文学系的老师们已经酝酿、策划多年。今天的出版，实质上是他们对多年电影编剧教学和电影编剧创作课程的系统总结。其中有的专著出版，是精心对应学院文学系电影编剧专业基础课和专业课的内容和教学要求，又融入了一些新的内容。作为系里加强学科建设和编剧教学竭尽全力进行的一项重要学术工程，承担这次专著和教材集中编纂和撰写的每一位作者都投入了巨大的精力和努力。

中国电影产业的蓬勃发展，由此也将带动新的电影热，这对电影类图书的出版无疑是一个很好的机会，所以，抓住机会，选好选题，培育自己的品牌正当时。截至 2010 年底，全国已经有六百多家大学设立了影视专业或影视系，大量年青人投身影视行业，同时每年需要大量的影视教材。电视节目的蓬勃发展，以及新的全国六家电影频道的成立，也亟需大量的影视节目。影碟的深入家庭，同样也培养了众多的电影爱好者。因此，北京电影学院文学系策划和计划写作、编辑、出版的"电影教室"丛书系列，在今天有三项非常重要的优势：一，市场前景好；二，具有良好社会效益；三，学习者、读者广泛。

我们对系里教师的这种高度的学术责任、对学院学科建设和学术研究的倾心、奉献，由衷地表示敬意。

根据文学系的学科建设、课程建设和学术策划，"电影教室"丛书系列主要分成三种类型或者是大类：

第一类：经典电影剧本的编纂。目前在电影出版类的专著中，或者是关于电影编剧专业教学的课程辅助和参考教材中，缺乏当代剧本的选集。以前电影出版社曾根据成功的电影，有关于从小说、剧本到完成电影的专门的创作出版，作为学习者和创作者，可以依据文字和影片进行对比的学习和参考。目前，学习电影编剧专业的学生可以参考的电影剧本范本只有《世界电影》杂志中翻译的外国影片的剧本以及我们国家早在上世纪三十年代至"十七年"期间的部分电影剧本集。这些非常有限的剧本的文字资料，不仅资料寻找不便，资料也不全，给现在编剧专业学生的剧本学习、写作创作以及广大的编剧爱好者的学习，带来了很大的问题。"电影教室"丛书则完全从当代国内的电影剧作家的电影剧本集入手，进行系列性的编纂。其中已经完成出版的第一辑（五本）包括：（1）张献民主编：《中国电影剧本精选》；（2）黄丹主编，潘若简、张民副主编：《学生专业社会实践报告2》；（3）《铃木尚之电影剧本选》；（4）《苏小卫电影剧本选》；（5）黄丹、谢啸实著：《邵氏武侠电影笔记》。作为未来的规划，对于外国经典电影作品以及国外重要的电影剧作家也会在陆续谈妥版权的情况下，获得中文出版的许可。

第二类：电影史及电影理论著作。当下在电影历史和理论专著的写作和出版中，没有什么新的视点和方法，更多的是重复和附和。就电影历史和理论本身而言，谈宏观的多，论微观的少，不善于从电影编剧专业的角度和电影叙事的侧重上，进行细化的分析和研究。更为重要的是，目前的"电影教室"丛书中，在电影历史及电影理论的大框架下，在电影历史的范围内，更加侧重于不同国家电影国别史的研究，同时，在电影纵向的发展脉络中，进行一些断代电影历史的研究，如内容涉及"中国早期电影史"的"南京路电影史"和"电影传入史"、"意大利电影史"、"英国电影史"等方面。其中已经完成出版的第二辑（五本）包括：1）戴德刚著：《中美卖座影片的叙事分析与比较》；2）洪帆著：《马与歌剧——意大利西部片》；3）陈山著：《上海南京路电影史》；4）刘小磊著：《电影传入中国考（1896-1921）》；5）张巍著：《电视剧改编教程》。所有电影理论的著作，则侧重于对于电影叙事方式和叙事风格的研究，使得学习者可以在电影历史和理论的两个层面进行游走，给我们以全新的视角和方法。

第三类：电影及电视剧剧作教材。今天的中国电影产业发展非常迅速，电视剧生产也呈现出非常好的势头，作为电影和电视剧生产的关键环节——剧本创作，是非常值得关注和研究的领域。所以，作为电影及电视剧剧作教学，怎么样配合教学出版相应的教材，成为了教学整体的一个非常重要的内容。在这样的基础上，出版一些重要剧作家的电影剧本选，研究电视剧叙事的方法和规律；研究编剧的技巧和相应的规律、方法，正在编纂出版中的第三辑（五本）。已完成或接近完成初稿的包括：（1）李二仕著：《英国电影史》；（2）张巍著：《"鸳鸯蝴蝶派"文人与早期中国电影的创作》；（3）刘德濒著：《编剧课——电影编剧与技巧》；（4）黄丹主编，潘若简、张民副主编：《芦苇电影剧本选》；（5）《荒井晴彦电影剧本选》。

作为学院教师的学术成果建设和出版，计划中的第四辑内容还包括：庄宇新著《长篇电视剧叙事研究》，潘若简著《中意戏剧电影比较考》，张献民主编《亚洲纪录片概况》，黄丹主编，潘若简、张民副主编《北京电影学院文学系教师剧作选第2辑》等方面的内容。

在总体上，这套"电影教室"系列丛书，是以北京电影学院文学系教师独立撰写、主编编撰的专业教材，都是以电影和电视剧创作实践为基础、以教学目的的实现为主要目标，通过有关电影剧作大家的文集，给广大读者和学生提供影视剧作高端的范例和经验。

可以预计，这套"电影教室"丛书系列将会对培养电影、电视剧专业编剧人才和繁荣编剧创作，起到非常重要的作用。该系列丛书著作的出版，对专业电影编剧创作人员和研究人员，是非常好的编剧创作和理论的参考，对专业编剧创作人员是一本非常有用的经验、技巧对照，对正在学习编剧创作的学生是一本极好的参考教科书，对高校影视编剧教学是一套极好的专业范本教材。

代为序。

张会军

全国政协教科文卫体委员会委员、中国电影家协会副主席

北京电影学院院长、博士生导师、教授

2015年6月5日

武士道残酷物语：铃木尚之电影剧作选集

"电影教室"丛书总序

"电影教室"丛书酝酿至今，已经有近五年的时间。

近年来，中国电影产业的确呈现出蓬勃发展的趋势，无论从大的市场环境，还是每年用来作为探讨标准之一的统计数字，都是在一个持续上升的态势下，而且这种态势会在一段时期内持续走高。这对电影专业教育也提出了新的要求：一方面，从专业院校内部教学系统来看，从上世纪80年代关注电影本体的教学传统，到如今走向电影市场，作为为电影制作单位输送具体人才的教学单位，在专业授课如何能够平衡电影本体艺术性教学与产业类型化的关系，是需要一个时间进行沉淀和适时调整的。这还进一步体现到了教材的使用和选择上。所以"电影教室"丛书在文学系老师不断的讨论商定下，分成了几个板块，辑录出版，有这样的一个大的教学背景下的考量。另一方面，从更大范围的人才培养来看，伴随着网络化与数字化多媒体的出现，很多电影创作者不再是学院派出身这唯一出口了。如今很多网络写手也逐渐走向了电影、电视剧编剧的职业道路，并且有不俗的成绩。他们大多有良好的教育背景，喜爱写作，文字功底好，也有大量的读者群体。但是从网络写手往职业编剧道路的转换，仍然需要更专业的积累和铺垫。所以"电影教室"丛书辑录的国内外著名编剧的电影剧本选集，还有新视域角度的中外电影史，也是为这些可能成为电影从业者的人们提供一个可进入的渠道途径。

针对以上两个专业考量的目的，"电影教室"丛书大致分成了三个板块：首先是电影剧作类：剧本创作是文学系教学立足之本，现在本科教育的两个方向：电影剧作和电影创意与策划，都对学生写作做出了更明确的规范与要求。"电影教室"计划出版的电影剧作类丛书包括了经典电影剧本集和电影剧作技巧讲解，更有文学系教师编写的剧本辑录成册，从理论与实践两方面，让阅读者对电影剧作有更加完整的认识——怎样的剧本是好的剧本？怎样实现好的剧本创作？

第二大板块是中外电影史论类：这是电影从业者必要的积淀与储备。开始进入电影创作领域的新人总会面临无从下手的困境，有时灵光一现下的创意又不知如何展开，对这个创意是否具有可研发价值也缺乏自信与底气。事实上，电影编剧不仅是一个编写故事的高手，其首先需要对电影历史有着深入的了解和认知，前人经验会成为后人创作重要的参照和项目研发的信心，历史经验凝聚成的理性思维与逻辑更是成为创作者当下感性思维的探照灯。所以"电影教室"丛书中选择辑录的关于中国早期电影、意大利电影、美国电影、英国电影等选题，也试图从史论经验中让创作者寻找到现实创作的参照性意义。

第三大板块计划留给文学系学生。现在文学系的学生普遍都是 90 后，经历过社会变革、咀嚼着不易与艰辛一路走来的老师总是担心学生们没有足够的人生阅历，很难捕捉到真实的人物关系，创作出"接地气"的文学作品。所以，社会实践成为文学系学生的必修科目。但是每年的社会实践报告却让老师们感到惊讶，他们呈现出的万余字的报告书以及大量的图片资料，让我们发现原来 90 后孩子对于这个社会的观察与触角已经触及到了我们不曾想到的层面。也恰恰是这样一群学生，他们根据自己的成长体验与社会实践，创作出的若干长篇电影剧本，写出的万余字的论文，都有着他们自己的独特视角与观察价值；呈现出来的是一个或许跟老师们的经历不同，但同样有趣和丰富的世界。我们想在"电影教室"丛书中给这样一群孩子从不一样的视点下凝练出的文字留出一块空间，用来刊发他们优秀的剧本、论文和社会实践报告。若干年后，等他们也成为中国电影产业的中坚力量，这些学生时代的文字恰恰成为记录他们成长的重要轨迹与线索，也会成为中国电影史上重要的史料留存。

希望"电影教室"丛书怀有这样美好的期待，出版后也能收到真正理想的效果与回馈，为转型期的中国电影事业、为探索中的中国电影教育事业贡献一点绵薄之力。

黄丹

"电影教室"丛书主编

北京电影学院文学系主任、教授

2015 年 6 月 5 日

铃木尚之的剧作世界

初次结识铃木尚之先生是笔者赴东瀛留学的第一年。1982 年，我还在中国电影家协会工作时，中日文化交流协会派遣的日本电影家代表团来华访问，我奉命做全程陪同兼翻译。记得在北京的一次午餐时，夏衍先生与日本电影剧作家协会理事长八住利雄先生情趣投合，两位长老的交谈从剧作到日常生活，之后话题很自然地转到了两国电影剧作家开展交流一事。1984 年我来日后，经过几次信件来往的交涉，两年前两位剧作大家茶足饭饱后的闲谈，竟变成了现实。同年秋高气爽的季节，八住利雄、新藤兼人、井手雅人等八位日本电影剧作家应邀来华参加中国电影家协会和日本电影剧作家协会共同举办的第一届中日电影文学剧作研讨会，大家聚集在"文革"后刚刚竣工的香山饭店，进行了为时数日的剧作研讨。当时，铃木尚之先生就是日方代表团的成员之一。与八住、新藤等剧作大师相比，他是晚辈。现在翻看当时的照片，铃木先生眉清目秀，似乎还未脱尽少年气。殊不知，其实在日本他早已是大名鼎鼎的剧作家，虽然尚年轻却被称作最后一个与日本第一代导演合作的剧作家，在 60 和 70 年代，他曾先后与比自己年长的著名导演田坂具隆、内田吐梦、今井正等人合作，他写的剧本，部部都具有相当高的艺术水准。

后来才知道，其实我在接触铃木本人之前，已经看过他写的两部电影了。1982 年 2 月，日本川喜多纪念映画文化财团的事务局长清水晶先生携《日本电影中的女性》专集到北京做交流放映活动时，十几部影片中就有两部影片的剧作出自铃木先生之手，一部是《五番町夕雾楼》，另一部则是被称为日本电影史惊险侦破影片金字塔的大作《饥饿海峡》。当时还在中国电影家协会工作的我，直接参与了在科学教育电影制片厂大礼堂的放映工作。记得每逢《饥饿海峡》放映时，场场观众爆满，场外还有不少人不厌其烦地等退票。可惜的是，当时"文革"后刚刚起步的中国电影人虽然记住了曾经在满映工作过的导演内田吐梦的大名，但对铃木的剧作却少有人提及。

　　来日后几次参与中日电影剧作家的交流活动，我才开始注意到铃木先生的剧作。经过多年频繁的个人交往，又使我了解了他的出身和为人。铃木先生出生于日本本岛中部的歧阜县高山市，此处过去被称为飞驒国，白昼、冬夏温差大，冬日白雪覆盖，气温寒冷，颇有大陆北方的一些气候征象。由于森林覆盖面积广阔，飞驒生产的家具闻名日本，东京铃木宅内的家具粗犷中不乏细腻，飞驒家具之魅力可见一斑。铃木的父亲曾担任当地的警察署长，父亲退休后全家所迁的新居隔壁就是妓院，这些孩童时的记忆，后来都化为各种人物形象出现在他创作的剧本里。铃木步入电影界，是由于他学生时代酷爱电影，进入东映电影公司后他先担任副导演，而后转入策划部负责剧本策划工作，这都为他今后的剧作生涯铺垫了良好的人际关系。他的剧本处女作是广播剧《池田大助追踪记》。后来，导演内田吐梦要拍摄日本古装经典片《宫本武藏》，看上了新手铃木，巨匠的欣赏促使铃木从此走上了一条"不归之路"。从 1960 年到 1982 年，铃木一共担任了 27 部日本电影的剧作，前期主要为他供职的东映公司写作，后来，为了更加专心地创作，他毅然退职，做一名无所属的、能够更加自由创作的职业剧作家。据说，如果他继续留在东映公司，就他的组织能力和人缘来说，很可能平步青云，升任该公司的领导职位，然而，铃木弃官从艺，毫不犹豫地选择了后者。

应该说，铃木的选择是日本电影的幸运。因为仅过了两年多，他和剧作界领军人物，一直为沟口健二提供剧本的依田义贤共同改编的剧本《武士道残酷物语》一举摘取了柏林国际电影节最高奖，刚过而立之年的铃木则如彗星一般地出现于名士济济的剧作界，随着名气的增高，他的创作也开始进入黄金期。之后的一年内，他连续写出了好几部不同类型的剧本，前面提到的《五番町夕雾楼》和《饥饿海峡》两部杰作竟然是在一年内完成的。毋庸置疑，起步五年后，铃木已迅速地进入了创作的巅峰期。在60年代的十年，论古装片，他写了《宫本武藏》五部作；论女性电影，除了《五番町夕雾楼》以外，还有《湖之琴》《茜云》《婉的故事》；论人情侠客片，有《冷饭·婆娘·爹爹》和《只身游侠》，起步后迅速地走向成熟，从容地驾驭各种类型片，这种人才可谓凤毛麟角。我们知道，从60年代起，受新生媒体电视的冲击，日本电影观众数与日俱减，但铃木的创作却似乎与时代逆行，拥有蒸蒸日上的趋势。他写的作品都由大师级的导演执导，从战时的老将田坂具隆、内田吐梦，到中坚加藤泰和新浪潮代表的筱田正浩。应该说，铃木的才华与大师相遇，得到了充分的发挥，当然除了机遇以外，他的幸运也来自个人不懈的追求和努力。

70年代后，日本电影继续滑坡，大公司制片制度受到电影市场的挑战，为了生存，日活公司推出浪漫情色片，而此时的铃木却有幸与社会派导演今井正再度合作，写出了好几部反省战争的力作《啊，无声的朋友》《海军特种少年兵》和《战火中的童年》，这些反映当时日本人战争记忆的影片也为铃木本人开拓了剧作的新天地。

然而，当我认识铃木先生时，他已经停止了创作，或许由于持续二十年的一线生活使他身心疲惫，或许是他的完美主义精神致使他从此搁笔，或许是因为日本电影制作状况的飞速转换使他产生了隔世之感。总之，来日以后，我再未看到过他的新作，也就很难想象他创作时的景象。但我深知，铃木先生并未心灰意懒，他花费十年光阴撰写了传记《内田吐梦》后，仍在积极寻找创作的机会，一直到他得知自己的生命将要终结时。他曾经在中国参加了研讨会后，独自留在上海，静静地构思下一部电影，也曾经跟比他年轻三十多岁的导演探讨拍摄的可能性，只是，这一切努力最终都被无情的病魔吞噬了。我不愿意把这种结果看作遗憾，我只想说，铃木先生后半生的选择颇似他的前辈八住利雄先生，辉煌的日子过去后，他们便踏下心来，把精力用于培养后辈以及电影剧作家协会的领导工作。这种人生和艺术生涯的择取显然与人生百年未停笔的新藤兼人截然不同，但他们无悔。

相反，正因为如此，中日电影剧作家交流活动才得以顺利开展，这一坚持了二十多年的活动，前期推动者是八住利雄、井手雅人，后半期则主要得力于铃木先生的尽心支持，他多次率领代表团来华，认真地评论每一部参加研讨的作品，他中肯的发言中不乏尖锐，每每使到会的中日两国电影剧作家心悦诚服。我国年轻的剧作家，凡参加过研讨会的人，都十分钦佩先生的为人和艺术思想。中国电影文学学会会长王兴东创作《天国逆子》时向先生求教后茅塞顿开，后来，该片荣获东京国际电影节大奖，此事早已在知情者之间传为佳话。

若阅读铃木先生呕心沥血创作的剧本，可知一部优秀的作品不仅靠剧作技巧，更需要作者以敏锐的眼光关注社会和人生，捕捉人性之深奥。在此仅举一例，水上勉原著《饥饿海峡》有这样一个情节，妓女八重念念不忘住宿一夜慷慨馈赠的犬饲多吉，把当时犬饲晚上用过的刮胡刀保存在身边，后来这把刮胡刀便成为证实犬饲杀人的确凿证据。当剧组成员一起讨论剧本的改编时，导演内田吐梦认为，凡到过妓院的男人都会使用刮胡刀，这一细节应该重新推敲。尊重导演的提示，担任编剧的铃木经过多日的反复思考，把刮胡刀改为八重为犬饲剪下的一片指甲，从刮胡刀到指甲，电影中的一个小道具，看似极其微小的细节，却在故事情节推展中举足轻重，产生了震撼人心的作用。指甲不但准确地刻画了八重对恩人的绵绵思绪，也使后来的案情侦破显得更加合情合理。电影剧本是一种再创作，剧作者写的是文字，头脑中浮现的却是影像，刮胡刀只是日常用品之一，而指甲则是身体的一部分，所谓爱屋及乌的一般常识由此得以升华，八重多年来宛如珍品似的保存着指甲，说明她的身心始终连接着犬饲，而当她无意找到了自己爱着的恩人，抱着难以按耐的兴奋去拜访已经改名换姓的京一郎时，却被他无情地夺去了生命。难怪水上勉看过剧本后，亲笔写信致谢铃木，赞扬了剧作，还特别提到了包括指甲等细节的改动弥补了小说本身的缺憾。

为铃木先生出版中文版剧作集，是先生在世时就谈好了的。翻译家汪晓志先生早已完成了剧本的翻译工作，只因出版资金迟迟未落实，未能使先生看到中文版的面世，这无疑是一个遗憾。经过北京电影学院文学系黄丹教授以及各方的努力，这一未偿的宿愿终于得以实现。故人虽去，他留下的有关影像的文字将转换为中文，让我国喜爱电影、关心剧作的读者受益。并且，铃木尚之剧作集的出版也为国人了解日本电影史，了解中日电影在剧作方面的交流情况提供了具体的信息。

谨以此书告慰铃木尚之先生和业已仙逝的中日两国优秀的电影剧作家。

晏妮

中国旅日电影学者

2013 年 5 月于东京

残酷与温暖

日本电影剧作家铃木尚之及其作品浅析

2008 年 9 月 17 日至 23 日，第 23 届中日电影文学剧作研讨会在北京召开。按照惯例，历届研讨会一般都是放映中国与日本电影各两部，两国电影剧作家们集聚一堂，对每部影片及其剧作逐一展开讨论。这一年，为了缅怀对中国人民怀有深厚友谊的日本电影剧作家协会前会长、著名电影剧作家铃木尚之先生，中日双方商定，将研讨会的主题设为"日本电影剧作家铃木尚之及其作品"，会上印发了他的四部剧作，并放映了根据这些剧作拍摄的影片：《饥饿海峡》《武士道残酷物语》《五番町夕雾楼》和《啊，无声的朋友》。

1929 年 10 月 5 日，铃木尚之生于日本岐阜县吉成郡国府大字广濑，即现在的高山市国府町广濑。因父亲工作频繁调动，铃木尚之从小便在高山市内搬迁数次。小学期间转学六次，旧制中学期间转学三次。在这种频繁的搬迁中，他自然而然地掌握了一名转学生独特的处世方式：一、要得到任何人的喜爱；二、不要受到任何人的轻视。

铃木尚之的父亲喜好文艺，爱看歌舞伎表演和净琉璃。与当时的一般家庭不同，铃木尚之去看戏剧或电影，从未遭到家人的反对。学生时代，他勤工俭学，在当地的电影院（高山会馆）里当上了一名放映员。同一部影片，他要透过放映间的小窗口观看数次。他被电影的魔力和剧作的结构迷住了。当时给他留下深刻印象的影片是卡罗尔·里德的影片《虎胆忠魂》，而沟口健二的《西鹤一代女》等日本影片也深深感染了他。

铃木尚之从日本大学艺术系毕业后，于1954年进入东映。他在大泉的东京制片厂当副导演。摄影棚内充满尘埃的空气致使他患上了支气管炎。第二年，他不得已调入本社的策划总部剧本科。

"不要去本社。我们一起来做副导演吧！"极力挽留他的是关系最好的深作欣二。深作悲切的声音令铃木尚之久久难忘。原稿的传递、稿酬的分期支付、与公司协调意见……虽说从摄影棚内解放出来了，可是作为剧本编辑，每天忙得连夜晚都睡不安稳。

一天，铃木尚之遇见了一位伟大的导演，他的名字叫内田吐梦。战前，从日活时代起，他便是一位巨匠。在朗读剧本的现场，这位从未与铃木尚之说过一句话的大导演转过头来，对着坐在末席上的铃木尚之笑了一下，开口说道："铃木君，年轻人的意见很重要，你也说说吧。"糟了，在这瞬间，铃木尚之不知所措！铃木尚之被吐梦这种自由而宽大的精神所感动，心醉于他。

数年间，铃木尚之作为吐梦的杂工及私人秘书四处奔走。通过多次工作所探明的人性之丰富及超常的规模，给主创和演员交替施予糖块和鞭子——面对内田吐梦这种狡猾的导演方式，铃木尚之赞叹不已。同时，吐梦毕竟是吐梦，对于年轻的铃木尚之所拥有的那份真挚的热情及淳朴的感受性，他肯定抱以极大的期待。

有一次，面对老前辈的剧本，铃木尚之支支吾吾没有提出自己的批评意见。这时，尖锐的骂声从吐梦的嘴中飞了出来：

"我说你，考虑问题不要从奴隶意识出发！"

这句话后来成了铃木尚之创作态度的基石。

1960年2月1日，铃木尚之接到了父亲去世的噩耗。尽管遭受着病痛的折磨，父亲还是去看了内田吐梦导演的《浪花之恋的故事》，并将感想写在了明信片上："我认为这是一部很好的影片……"铃木尚之根本就没有想到，这竟然是父亲给自己写来的最后一封信。在故乡办完葬礼后，铃木尚之回到了东京。悲伤还没过去，新的工作已经在等待着他。公司决定将吉川英治的巨著《宫本武藏》搬上银幕，由中村锦之助主演，并请内田吐梦出任导演。

内田吐梦闻讯后最初点名著名历史剧编剧伊藤大辅来改编这部巨作，但是他最终做出了一个出乎人们预料的决定，指名刚刚30岁的铃木尚之来担此重任。

难道是我？改编如此重要的巨作？这单纯是为了提拔年轻人呢，还是内田吐梦对自己这几年的献身精神给予的答谢呢？不管是什么理由，对于铃木尚之来说，这是一个巨大的机会。

战前，武藏的故事曾经数次被搬上银幕。如果与以往的影片雷同的话，内田吐梦是不会满意的，在战后这个时代如何来塑造武藏呢？这正是铃木尚之的课题。在一部一部作品的创作过程中，铃木尚之成长起来，他知道了何谓电影，何谓剧作……吐梦与铃木的师徒关系，使我们联想到这恰如泽庵与武藏的关系。

结果完成的五部系列片几乎就没有使用原作中的对话。不过原作者吉川英治评价说："这套系列片中的武藏最像武藏。"

铃木尚之还有一位与吐梦形成鲜明对比的师傅，那就是内田吐梦的盟友——著名的田坂具隆导演。如果吐梦是一位豪放磊落的滑老头，那么田坂就是一位沉默寡言的讲礼貌的绅士。田坂具隆时而愤世嫉俗，时而幽默诙谐，对铃木可以算得上是一位和蔼可亲充满慈爱的父亲。

"铃木君，人在你这么年轻的时候必须看些好东西。无论是绘画还是陶瓷，还是食物，都必须知道。不过，看好东西是需要花钱的。你的收入不高，很穷，所以我带你去。"田坂具隆将铃木带进了吉兆、飘亭等年轻人绝不可能踏进的一流店里。

"不与一流的东西一流的人物相遇，就不会产生一流的想法。"这就是田坂的口头禅。

田坂对于自己与吐梦在创作风格上的不同做了如下评论。

"吐梦这家伙，过去就这样，不管什么年代，都跑在了前头。这正是他的影片的气势和长处。不过，跑起来，不管谁都会掉东西的。将这些掉落的东西精心拾起来，这也是一件重要的工作……"

少年时代，铃木尚之曾经居住在高山的妓院附近。他深知田坂这句话的分量。待在亭子间里学习时，传来了女人们打电话的声音；在后街的小路上偶然碰见那些女人平常的面孔……

多亏耳闻目睹了这些，铃木尚之才不会感到水上勉与山本周五郎所描绘的世界是一个虚构的世界。

看见铃木尚之丰富多彩的工作状况，其他导演也陆续来找他。离开吐梦与田坂，自己是否能独当一面呢？铃木尚之惴惴不安，不知所措。吐梦对他说："你就当是与不同流派进行比赛，不妨去看看。"

与著名的社会派导演今井正共事了五部影片。铃木尚之最喜欢的是《海军特种少年兵》。其最主要的理由是，片中的主人公是那些少年兵，他们与自己是同一代人，经历了同样的时代。如果走错了一步，自己也会战死在那片战场上。也许正是这点感动了他。

铃木尚之与其他流派的比赛次数每年都在增加，他开始有了与同代导演们共同工作的经历。泽岛忠、筱田正浩、加藤泰……铃木尚之与他们合作，诞生了一部部令人深思并闪现个性光辉的作品，尤其是与加藤泰联袂创作的影片《游侠》受到高度评价，成为古装历史剧的经典之作。

加藤泰导演当初对剧本不满意，要求铃木尚之重写。醉心于长谷川伸原作的加藤泰，认为原作中没有的那个人物朝吉是个累赘。铃木尚之激烈反驳了他，因为他确信这一点：朝吉在期盼与时次郎相逢的过程中死去。正因为创作出这个人物，才使痞子混世之空虚这一主题更加鲜明突出。有一天，铃木尚之看着加藤的眼睛说道："加藤导演，这个剧本没有一行需要改动的，就按照这一字一句拍摄吧。"

加藤面对铃木坚韧的主张闭上了嘴。不过，正因为这种顽固，使他更加信赖铃木了。后来，甚至拍摄方法都要与铃木商量："铃木，飘什么样的雪花好呢？""如同谎言般的雪花不是很好吗？"的确如此，确实在飘着如同谎言般的雪花。

剧作家铃木尚之，人们都叫他"铃木不改"。

60 年代末，铃木尚之开始染指电视剧的工作。他大部分是将长篇小说改编成电视连续剧，如 NHK 第一部大河剧《三姐妹》，以及根据山崎丰子的小说改编的《白色巨塔》《华丽家族》《不毛地带》等。这些作品连细微的插曲都要详细描写。在改编各种各样作品的过程中，铃木尚之在不断探索电视连续剧的各种可能性。

比起任何一次比赛，比起任何一部长篇电视连续剧，最花费时间与精力的是《饥饿海峡》。这也是铃木与吐梦联袂拍摄的一部影片。多年后，铃木尚之历经十几年写出了《私说 内田吐梦传》。书中写道，吐梦是这样要求铃木的："用足底来爱自己出生的这片土地，你给我找出这样的人来。"

在创作剧本时，最大的陷阱存在于意外之中。原作中，使八重回想起犬饲的是那把刀片。但是，吐梦导演认为，在妓院里都不知道是谁使用的刀片，不能表现出八重的回忆深度。

考验铃木的日子开始了。过去了一天又一天，笔连一行字都没有写出来。他一边喝着闷酒，一边将自己关在神乐坂的旅馆里面苦思冥想。数月后，他终于找出了结论，那就是"指甲"。指甲可以当作男人的分身。吐梦听后默默点了点头。

铃木尚之将自身的回忆糅进刑警家庭内。铃木的父亲其实是位警官。因为是公仆，所以不能买黑市上的大米，就这样度过了战后饥饿的日子——铃木尚之将这一事实在影片中体现出来，赋予了影片真实感。

铃木尚之说："写剧本就是要将自己的痛苦一点一点分配给剧中人物。"

"剧作就是生命！要挺直身躯生活在每部作品中！"

作为日本享负盛名的编剧大师，铃木尚之先生可以说是日本战后新浪潮电影发展中不可或缺的代表人物。他一生创作颇多，1963 年的《五番町夕雾楼》是改编水上勉作品第一部获得巨大成功的电影；1964 年出品的《饥饿海峡》位列日本旬报 20 世纪百大名片第三名；铃木先生也以这两部影片被誉为以改编水上文学而著称的剧作家。1963 年由今井正导演的《武士道残酷物语》获得柏林电影节金熊奖；同样出自今井正导演之手，1972 年完成的《啊，无声的朋友》更是对战争做了深入的反思。

一、底层社会群像

铃木先生出生于 1929 年。1945 年日本战败，他正处于人生的黄金时期，亲眼见证了战后日本迷茫动荡，人们各自挣扎求生，物欲横流的社会现实。这也带来了他自身对当时社会、对日本国民性、对那场作为侵略者的战争的深刻思考。这四部作品全部来自文学改编，尤其是《饥饿海峡》与《五番町夕雾楼》均出自日本著名作家水上勉的同名小说。水上勉的作品带有浓厚的地方色彩和乡土气息，主人公多以死亡离散为结局，充满着凄楚悲凉的阴柔之美。铃木尚之与水上勉相差十岁，两个人共同经历的日本战后岁月，使得铃木尚之能够更真切地感受到水上勉所传达出的思想。而作为一名剧作家，铃木先生把那种可感的思想变成了可见的形象，并把他的世界观和人生观倾注其中。在他的剧本中，关注的视点放到底下阶层的人身上，妓女、杀人犯、无业游民成为他作品的主角，以此来审视当时日本社会现实，探讨人的善恶美丑并不是出自人性的本真，而是那个社会带给他们被迫的选择。最无权无势的人往往拥有着那些英雄或者贵族所不具备的高尚、纯洁的人格。善恶本同体，没有纯粹的正面和反面的分野。

《饥饿海峡》中的犬饲多吉由于生活的重压铤而走险，当他获得了登往上层社会的资本时，却因为害怕失去已经到手的一切，而第一次杀了人。犬饲的本性是善良的，因为贫穷和饥饿让他违背了自己的本真。这个人物的设置充满了复杂性，他是一个杀人犯，也是一个慈善家；既有残忍野性的一面，也不乏温情。为了掩盖自己并没有犯下的罪行，却成了真正的凶手。影片结尾伴随着库列戈利圣歌般的吟唱，船行在海峡之中，拖出长长的水痕直到天际，仿佛这大海包容了人间一切的欲望、罪恶与悲哀。作者并不把人物简单地划分，而是带给观众思考：被社会所毁灭的罪犯是真正有罪的人吗？影片另一个着墨颇多的人物是妓女八重。她是犬饲唯一的朋友，在犬饲饥饿难耐的时候，八重给了他饭团，在他最惶恐不安的时候，在八重身上找到了安慰。而八重也因为犬饲的慷慨，获得了新生的勇气。但十年梦幻却是一朝粉碎，犬饲撕下伪装的一刻，成为了八重生命的终点。八重的形象就是那个时代女性悲惨命运的写照，而她的命运又同样指向了那个黑暗的时代。

妓女是铃木先生剧本中经常出现的人物。《五番町夕雾楼》的故事就发生在名叫夕雾楼的妓院里。但我们并不会在这部作品里看到过往已经打上烙印的妓女形象。主人公夕子纯洁善良，为了给母亲筹钱治病自愿来当妓女，一心帮助自己儿时好友在凤阁寺当小和尚的栎田正顺能够幸福地生活下去。当栎田无法忍受院内主持和师兄们的欺侮愤而点火烧了寺院，夕子也在百日红花丛中追随而去。值得一提的是夕雾楼妓院里的众姐妹并不是那些约定俗成的样子，她们互相帮助，彼此扶持，妓女的房间里摆满了书籍，敬子的诗作还在《女苑》杂志上获奖，姐妹们竟然开会讨论选举工会代表。老鸨胜枝对待夕子更是看作亲妹妹一样，自愿拿出收取的卖身钱给夕子存入银行。当夕子病重住院，每个人都感同身受，尽心看顾。这群妓女来自穷苦人家，她们身体虽然已经不再干净，但内心都高贵正直。本来应该是乌烟瘴气的妓院却充满了仁爱关怀。而讲究慈悲为怀、众生平等的寺院反倒充斥着倾轧，以修佛的名义造成栎田的悲剧，栎田的失语可以说是对这个不公平的社会的无声抗议，栎田没有从佛经中获得平静，却在妓女夕子的身上获得了心灵安宁。更不要提那位每次都像老鼠一样偷偷跑来的嫖客甚造先生。这两个完全颠倒的世界，对比之强烈已经看出作者对人性的善恶进行了无情的揭露。

《武士道残酷物语》描绘了一个家族跨越数百年的故事。影片通过饭仓家族七代户主的悲惨经历表现了日本从封建主义到军国主义年代，个人成为了君主与国家的从属，于是悲剧在不断重演，而最大的悲剧是当事人都把此看为无上的光荣，忘记了或是摒弃了自己的存在价值。中国文化以"仁"为核心，日本文化则以"忠"为核心。最能代表日本这一精神的就是武士道。武士道文化蕴含着牺牲的精神，它作为一种思想已达到了宗教的高度，是对领主、藩主无限的忠诚和绝对的服从。但这部影片却是对绵延千年的武士精神的一种反思，藩主不是明君，武士也只是愚忠，武士的悲剧不在于藩主，而在于自己的不辨真伪，不问对错，盲从是他们悲剧的起点，迷失自我是他们宿命的根源。谈到这部电影，不得不提到本片的导演今井正。今井正的最大特点是敢于揭露社会中的种种弊病，为被战争和贫困所折磨的下层人民呐喊。在《武士道残酷物语》中找不到对武士精神的颂扬和推崇，却是深刻地反省其精神实质，是对日本传统武士精神的批判。而在《啊，无声的朋友》中，就充满了对战争的反思和控诉。影片以战后日本为背景，描述十三人的小分队中最后的幸存者民次为了把战友的遗书送到亲人手中所发生的一系列故事。通过民次的经历，我们看到战争无论对被侵略者，还是对侵略者而言都是残酷和绝望的。死者死矣，生者何堪。铃木先生把主人公民次手中的十二封遗书串成了战后日本社会现状的连环画，勾勒出不同的破碎家庭。为了生存被迫成为妓女的静代；失去儿子、自己也成为了战犯的国臣，儿子的遗书直指对发动这场战争的父亲的憎恨；哥哥战死、弟弟因为不堪忍受被虐而杀人的市原礼；丈夫阵亡、迫于生活不得不跟丈夫的弟弟结为夫妻的町吉野；为了得到战友木内的妻子而谎送遗书的八木；还有幸而活命、在酒精中度日的战友百瀬……而民次自己的亲人也都死在了广岛。每个人物都有自己的悲剧，战争对百姓而言，都是妻离子散，苦不堪言。影片结尾，百濑平静地讲述战友们的死亡，逃避成为他生活下去的支柱。而民次终于说出自己八年来坚持送遗书就是因为愤怒，因为对战争的愤怒，对社会的愤怒，对那一幕幕不堪回首的情景，而自己又无能为力的愤怒。铃木先生并没有把眼光局限在日本，而是站在一个世界公民的立场上，反省战争所带来的伤害。失去弟弟的美喜，她的工作就是给已经死去的美军士兵整容，美军的一副副死亡面孔，支离破碎的手脚、炸裂开的肚子，美喜被口罩遮掩住的脸庞，露出来的那双哀伤的眼睛。在告诉观众战争对所有人都是无情的，它带给每一个人都是无法承受的伤痛。

优秀的作品总能在人物命运的背后窥见社会的背景。这四部影片中，每个人物都与其生存的环境息息相关，是社会造成了她们的命运，他们的经历也展示了社会的图景。《饥饿海峡》中，妓女八重来到东京，走过池袋如迷魂阵般建立在废墟上的酒馆街，游行、黑市、流氓、游莺、无家可归的儿童到处可见。影片前半部犬饲逃跑的过程中，火车上捡烟头的老妇人，警察弓坂一家和杀人犯犬饲同样忍受着饥饿的折磨，可以看出日本当时所面临的困境。《五番町夕雾楼》中，因为闪电雷声而吓得瑟瑟发抖的妓女松代，就是因为广岛爆炸，使她孤苦伶仃，而落下了疾病。《啊，无声的朋友》更是为观众展开了一幅战后日本的全景式图像。社会经济濒临崩溃，本土被美国托管，美国大兵的入侵，让日本失去了他们自己的尊严。民次为了活下来，住在废弃的防空壕内，和静代一起做黑市小贩，美国人的残羹剩饭成了日本百姓赖以活命的粮食。这三部影片都以战后日本为背景，在恶劣的环境下，表现渺小的个体如何挣扎求存，他们被无望的社会吞噬，就如同滔天巨浪的海峡像一条饥饿的巨蟒张开了血盆大口。

铃木先生是残酷的，他把社会的阴暗毫不掩饰地揭开给我们看，但同时又是温暖的，他仍然不忘告诉我们人性是善良的，人与人之间还存在着温情。千方百计要完成战友遗愿的民次；为了报答恩人犬饲而坚守信念的八重；为帮助栎田而不顾自己的夕子；互相抚慰的夕雾楼姐妹；勇敢要抓住自己幸福的饭仓进，他们让观众在残酷的现实中，再次找到了人性的光辉。

二、多重叙事

铃木尚之先生的作品很注重对悬念的营造，影片如何开始，如何提起观众的求知欲望，可以看出作者对此做了精心的安排。这四部影片，每一部都以死亡事件开篇。《饥饿海峡》以津轻海峡的一场数百人死亡的海难带出一件巨额抢劫杀死同伙案；《五番町夕雾楼》的第一场戏就是白浪拍打的岩石峭壁，老人酒前伊作发出了临死前的最后一声呼唤。从而带出了夕子的故事。《武士道残酷物语》开始于黎明前的东京，医院收治了一位自杀的患者——饭仓进的未婚妻杏子。《啊，无声的朋友》十二位战死的民次的兄弟。这种事件的铺排，有效地带动观众迅速进入剧情当中，提起了追看下去的兴趣，之后再娓娓道来。

在《饥饿海峡》中，为了营造影片的紧张气氛，作者把两件起初看似没有太大关联的突发事件平行叙事，函馆码头的沉船事件和岩内町火灾，同一时间内两条线索交叉展开，各自铺垫，互为因果。直到函馆沉船事件中两具无名死尸出现，警察弓坂抽丝剥茧般的侦查，两条线索合并到一起，指向了杀人犯犬饲。这样使得影片一开篇就把观众带入令人窒息的紧张环境之中，并不急于交待真相，以此造成情理之中，而意料之外的故事结局。在有限的叙事时间内，两条线索得以充分发展，又保证了叙事的流畅有序，同时达到了迷惑观众、增加悬念的效果。这是一部案件推理式的影片，通过人物命运的跌宕起伏，通过揭穿案件的真相，揭露出人性的善恶真伪。那些看似光鲜的时代下的罪恶，貌似完美的面具下面的丑恶，让我们重新思考人性的根本，其中不仅包含着人性的救赎，也包含了时代的控诉。这两个层面一明一暗，在故事中相互反衬，结局时又合而为一。

《武士道残酷物语》的叙事时间更加庞大。从日本战国时代开始，历经天明时代、明治维新，从封建主义到军国主义时期，跨越了三百多年。采用时空交错的叙事方式，由饭仓进作为讲述者，以先人们的日记配以饭仓进的旁白串联起饭仓四代武士、三代军人各自的故事情节。在画面上以日记翻页作为年代转换的提示，饭仓进的旁白既点明时间跳跃，也加入了他对于先祖历经各个朝代，对藩主忠心不二的质疑。影片以倒叙开始，饭仓进由于未婚妻杏子的自杀使他开始反思自己，而带出饭仓家族的故事。随着饭仓进的讲述，开始按着年代顺序依次展现。与之相对应，饭仓家族忠心耿耿侍奉的世代藩主的形象也一一展现，懦弱、变态、多疑、无知、残忍、贪图享乐，这更让观众对饭仓家族的忠心产生了怀疑和不屑。影片的核心就是对武士道精神的反思，对个人价值的思考。结尾处饭仓进终于醒悟，下决心要抓住自己的幸福。影片以同一演员扮演饭仓七代户主，这使得情节能够以一贯穿，而不会因为叙事的跳跃，给观众造成观影混乱。

《啊，无声的朋友》可以算作一部散文式的作品。以退伍军人民次为贯穿人物，用十二封遗书把不同家庭的故事串联到一起。由东京开始，民次走遍了日本各地，为观众依次展开日本战后各地百姓所承受的苦难。影片中的每一个人物都着墨不多，但却能够用最精炼的情节把每个人几十年的人生一语道尽，投射出作者所要表达的主题。上至高官显贵，下至平民百姓，每一个人在战争面前都是平等的，都遭受了亲人的离去，家庭的破碎。在严酷的现实面前，在战争的阴影下，没有人能够全身而退，他们都必会付出沉重的代价。作者把对战争的反思融入到每个人物之中，不加评论，把黑暗摊开在阳光底下，散文式平和的叙事方式反而要比振臂高呼更具有打动人心的力量。

三、细节之美

对于一部影片来说，既需要完整的叙事结构，也需要细小的情节来丰富叙事，塑造人物，营造氛围，增强影片的感染力。叙事结构可以学习借鉴，但细节编排就完全要看剧作者自己的功底了，铃木尚之先生可以说是此中翘楚。

《饥饿海峡》中，犬饲的指甲是一个贯穿道具。剧作者可以说把它做了最充分的运用。犬饲在逃跑中首遇八重，本来没有什么目的地的犬饲跟随她来到妓院。早就对犬饲怀有好感的八重，给犬饲剪指甲。乍看上去，这个情节似乎是一个过场戏，并没有什么特殊意义。但剧作者却给它赋予了多重意味。八重在剪指甲的时候，偶然发现犬饲的右手拇指有残疾，这点埋伏下了十年后八重为了报恩，去找已经改名为樽见的知名企业家的犬饲，虽然像见坚持不肯相认，但他右手的残疾却暴露了自己的身份，八重终于见到犬饲，也因此命丧黄泉。第二重作用，八重得到犬饲的慷慨馈赠，使她能够还清债务，也让她下决心从今以后洗心革面，好好努力，不辜负恩人犬饲。为了纪念那一夜之情，八重把剪下来的指甲当作宝贝一样保存了十年之久，也就是这片保存得像木乃伊一样的指甲，让十年后的犬饲撕下了他的伪装，十年前的那起命案终于有了了结。八重为了感念犬饲的恩情，而保留下来的指甲，最后却使得犬饲被捕入狱。第三重作用，八重在犬饲走后，数着他留下的那一大笔钱，一不小心，犬饲的大指甲扎进了八重的手掌。露珠般的血渗了出来。这个细节，既表现了八重数了不义之财的手流血，也预示着八重与犬饲的相遇必然要在今后的岁月里为此付出代价。第四重作用，犬饲的指甲也成为了八重十年里的感情支柱，抚摸指甲也能让八重获得快感，这个可见的细节要比台词更加让人印象深刻。小小的一片指甲却能够前后呼应，成了点睛之笔。

铃木尚之最擅长使用的细节就是对报纸的运用。这在几部影片里都有使用。报纸既可以交代时间，也可以提示剧情。《饥饿海峡》中，八重把犬饲留下的报道关于"层云号"和岩内町发生火灾的报纸留了下来，这为影片结尾处警察味村侦破案件提供了一个突破口。而八重对犬饲朝思暮想十年后，也是从报纸上看到了已经化身为樽见的犬饲，才千里迢迢追随而去。在《五番町夕雾楼》中，病榻上的夕子通过报纸看到了栎田火烧凤阁寺的事情，同时利用报纸把栎田被通缉到被逮捕，最后自杀做了点题式的交待，避免了冗长的叙述过程。《啊，无声的朋友》中，报纸又成了交待日本社会发展进程的工具，朝鲜战争爆发，却因此使日本走向重新繁荣之道。从而顺利走入下一个故事情节，简单而又点题。

铃木尚之另一个突出的特点就是能够把日本的习俗和传统文化融入到情节之中，尤为难得的是它们并不是独立于叙事之外，而是推动了剧情的发展，揭示出主题。在影片中表现时间的跨度，既可以像《武士道残酷物语》中通过日记的翻页和旁白讲述来完成，也可以像在《饥饿海峡》中运用八重珍藏的木莺数量的不断增加和不同年代的流行歌曲交待年代变更。而更精妙的就是在《五番町夕雾楼》中用舞扇来表现春夏秋冬的变迁。舞扇是日本著名的传统工艺，更是艺妓进行表演时最常用的道具。老鸨胜枝过去是上七轩的艺妓，那么在胜枝的房间内摆放舞扇就非常合理了。一方面揭示出了她的身份，另一方面舞扇上不同的图案，又很巧妙地指示出了时间的过渡。这种独具日本风情的细节使用，达到了事半功倍的效果。《饥饿海峡》中一个点题式的情节就是八重所珍藏的木莺。日本的"莺替节"是为了纪念和歌诗人菅原道真，因其为人正直一生从不撒谎。而莺在日本语中与谎言同音。人们为了把一年无意当中说出的谎言转化为"真实"，形成了把手中木雕"莺"换成新"莺"的习俗。这是一个日本特有的节日，作者巧妙地利用了这个传统，八重十年来把代表谎言的木莺全部珍藏下来，展现出八重对于犬饲的一腔真情，就算她知道犬饲背后隐藏着不欲为人知的秘密，她仍然愿意坚信犬饲是一个好人。这使得八重最后的悲剧结尾更加让人叹息。同时处于真假之间的木莺，也意味着人性的真伪对立。

　　对于每一场戏来说，如何找到最合适的方式交待剧情、突出主题是剧作者需要考虑的事情。《五番町夕雾楼》中夕子来到京都，为了找到儿时的伙伴栎田正顺，夕子来到了凤阁寺。但作者并没有正面交待夕子寻找的全部过程。因为这个情节虽然重要，但对影片来说并不好看。作者就利用了凤阁寺的明信片来间接表现。镜头依次出现《凤阁寺·大门》《凤阁全景》《凤阁寺·铺上石头的路》《凤阁寺·夕佳亭》的美术明信片。画外传来夕子向和尚询问的过程，当得到肯定的答复，镜头转到夕子站在夕佳亭前，她的脸上突然闪现出一丝喜悦。这个寻找的过程，可以说非常的赏心悦目，明信片上凤阁寺的美景一一呈现在观众面前，既完成了剧情的需要，也让观众对凤阁寺的美景印象深刻。

　　《啊，无声的朋友》贯穿线索是民次寻找阵亡战友的亲人，而每一个人物如何定位，怎么出场，作者都进行了精心的设计。影片通过字幕交待地点的转变，民次为挣钱给黑市老板运货，而认识了化名为山田花子的静代，本以为是萍水相逢，互相帮助的朋友，却最终发现竟然是战友的妻子。民次看到报纸上朝鲜战争爆发的报道，牵引出战友上过的姐姐美喜，美喜的工作是给美军阵亡士兵整容，这个身份的定位，意在表现出战争对于任何一方来说都是残忍的。民次在温泉按摩，通过女佣的口得知按摩女的悲惨身世，似乎是两个擦身而过的陌生人，直到这段情节的最后时刻，才从按摩女的存折上看到她就是民次要寻找的那个人。战友的弟弟市原礼因为失去了唯一的亲人，而受尽欺凌被逼杀人，被法官判处死刑。市原礼也已经没有了活下去的欲望，临死前的那一段长长的独白，是哥哥从战场上寄来的家信，但没有一点战场的残酷，却如一曲充满了希望和梦幻的散文诗，满洲的天空和白云、日本的大海和原野，与画面上监狱黑漆漆的天井、冰冷的铁丝网造成强烈的对比，哪里是天堂，哪里又是地狱？一个和皇太子同年同月同日生的少年，一个过着锦衣玉食的生活，一个却已经走到了生命的尽头。

铃木尚之很擅于在人物和情节中赋予自己对社会对人生的思考，通过剧中人物之口，传达出自己所思所想，带有一种警世式的口吻，但他从来不进行说教，而是与叙事情节水乳交融。《武士道残酷物语》中，饭仓第四代户主饭仓修藏被荒淫无度的藩主安高逼死，临死前修藏仍然教导儿子，也就是下一任饭仓家的户主十次郎要牢记武士正因为有了主君才成为武士，自己往往是不存在的。武士的生命正是主君给的，为了主君死得其所是荣耀。杀了自己服侍主君才是忠节之首……十次郎面对父亲的死亡，没有反抗，没有愤怒，而是仍然默念父亲的教诲。他的父亲是这么做的，他的祖父是这么做的，他也必然会传承下去。这段话是对武士精神的最好总结，但摆在眼前的事实却又让人无法承受，沿袭千年的武士精神所推崇的忠心，牺牲，在这一刻变成了莫大的讽刺。《饥饿海峡》中，犬饲逃到妓女八重家门口，正在作法的女巫突然说出："地狱之路有七条，不过这是一条不归路。没有退路啊。"这段话让犬饲吓得慌不择路；当两人在妓院发生关系的时候，外面电闪雷鸣，八重模仿着巫婆的念词吓唬犬饲；十年后两人重逢，外面同样下起了大雨，八重呼喊着犬饲的名字，犬饲最后将她掐死。这段话是作者刻意为之，借女巫之口暗示出了犬饲最后的归宿。对于他的人生而言，巫婆的话成了无法逃离的诅咒。

善恶自在人心，因境而生，因境而灭。铃木尚之的作品传达了对社会的控诉，对战争的批判，尤其令人掩卷长叹的是他对人性的无情揭露。他的作品直指人心，尖锐而残酷。但对每个人物，他又充满了同情与希望。这四部影片，既饱含了对我们所处的外部现实的关照，也蕴含着对人们的精神世界的反省，这是一个剧作者的胸怀和良心。

『武士道残酷物语』

根据南条范夫小说『受虐家谱』改编

编剧：铃木尚之 依田义贤

1. 东京的街头

黎明前黑暗的天空。

救护车疾驶在街上。随后驶过一辆出租汽车。

2. 某医院的正门

救护车停住。

工作人员把担架抬出来。担架上昏睡着一位年轻的女性，她叫人见杏子（23岁）。

从出租车上下来的初子（房东大婶）跟着担架走进医院里。

3. 阿进居住的公寓·走廊

刚睡醒起来的饭仓进（27岁）走进电话间。

阿进："（拿起话筒）喂喂，我是饭仓……啊，大婶？……唉，杏子她？！"

愕然的阿进。

通过听筒传来"喂喂"的喊声。

4. 医院的病房

躺在病床上的杏子。

主治医生和护士们围在床旁。

房门打开，阿进抑制着急促的喘息声走进来。

医生们动作麻利的手。

杏子一直昏睡着，她那苍白的面孔。

阿进："（呆立不动）杏子……"

坐在病房角落里的初子站起走过来，拽拽阿进的袖子。

阿进："哦，大婶。"

初子："（责备的神色）服了安眠药。"

阿进："……"

初子："我听到了一种怪怪的声音，感到蹊跷，就进去看了一看……对了，对了，这东西就放在了她的枕边。"

初子从腰带间掏出一个白色信封，递到阿进面前。

信封上写着：饭仓进先生收

阿进夺过来似的拿起信拆开。

传来杏子的声音。

"既然我们的爱已经彻底毁灭，我也就失去了生存的意义。在此向你告别。永别了……"

阿进蓦然抬起头来。

苍白地浮现在手术灯下的杏子。

医疗器具发出冰冷的声音。

阿进的脸渐渐惨兮兮地扭曲下去。

阿进的旁白。

"驱使杏子去死的人是我吗？……不对！不会是那样的……我现在依然爱着杏子……可是杏子却说，两个人的爱已经彻底毁灭……产生了某种误会的我们……到底错在了哪里？……"

阿进似乎想起了什么，凝神望着一点。画面转暗，只剩下阿进的面孔。

阿进的旁白。

"我在扪心自问，突然，一个沉睡的记忆在我的脑海里苏醒过来……"

5.信州矢崎营垒遗址

美丽的信州群山。

小丘上耸立着数棵古松，草丛中立着一块石碑。

历

史

遗

迹

矢

崎

营

垒

遗

址

阿进的旁白。

"这是数年前为了参加母亲的葬礼去信州老家时发生的事情。"

6. 古刹全景

偏僻荒凉。

阿进的旁白。

"在这座菩提寺里，我发现了据说是母亲存放在这里的祖先日记。"

7. 用日本式装订法装订的一摞古老的日记

阿进的旁白。

"这真的就是我们家的历史吗？令人难以置信，这里充满了非常残酷的故事。"

8. 如同抛出来似的充满画面

随后是片头字幕。

9. 信州矢崎营垒的壕沟

水草漂浮在深水的水面上。

阿进的旁白。

"日记的开头是这样记载的：在关原之役中战败的主人家没落后，曾是流浪者的饭仓次郎左卫门秀清，与信州矢崎的小大名堀式部少辅结盟。"

通往营垒大门的桥，带着男仆的武士规规矩矩地从上面走过的身影。

日记的文字叠印在画面上。

阿进的旁白。

"庆长十五年五月，饭仓次郎左卫门秀清对堀式部少辅大人缔结君臣之约……"

10. 矢崎营垒·营垒内·书院

次郎左卫门站在式部少辅面前。

次郎左卫门在誓文上按血手印。

近侍举起誓文，呈给式部少辅过目。

式部少辅赐酒一杯。

次郎左卫门领受。

家老凑近。

家老："祝贺你从此成为矢崎藩士，大人特意赏你那把扎枪，你绝不能忘记大人的恩情。"

次郎左卫门深深叩拜。

家老的声音落在其身影上。

"你自不待言，甚至子子孙孙也要按照誓文为大人效劳，粉身碎骨，至诚忠义……"

11. 日记翻页

阿进的旁白。

"宽永十四年，于岛原之役从军。翌年十五年正月七日……"

占满画面的熊熊大火与翻页的手同时出现。

12. 式部少辅的临时住所

在烈火和浓烟中四处乱窜的堀家家臣们，手拿着刀，大声喊叫。

"夜袭！岛原的军队向我们发动夜袭了！"

"交锋！交锋！"

岛原的一小股兵力将抢夺来的武器军粮装上车，趁着混乱逃走。

家臣们紧追不舍。

小股兵力的指挥者估计是农民，他一边战斗一边朝同伙喊道："快逃！快逃！"

扎枪噗嗤一声扎进他的侧腹。

指挥者惨叫，战斗到最后死去。

他的胸前挂着一个闪闪发光的十字架。

拿着扎枪的武士就是次郎左卫门。

次郎左卫门："（失望地）一介草民……"

传来家臣们的声音。

"喂，火蔓延到黑田大人的公馆了！"

"快扑灭！无论如何也要控制住火势！"

飞溅的火星烧到了黑田家的家徽。

13．本营

早晨。

指挥官松平信纲坐在折叠凳上，身边站着幕僚。

式部少辅及随从的家臣们叩拜在其面前。

幕僚浅井嘉兵卫对着式部少辅说。

浅井："若是攻其军粮，有如穷鼠啮猫之例。舍身夜袭必定做好了充分准备。你是怎么刺探军情的？"

式部少辅惶恐之至。

浅井："真窝囊，不但自己的房子让敌人放火烧了，还让飞散的火星把黑田大人的家也烧毁了。其责任你打算怎么负啊？！喂，你回去好好想个办法出来！"

14．堀式部少辅的临时住所

火灾后的现场——夜。

在三面围上的帷幔中，现出式部少辅和闷闷不乐的重臣们的身影。

不远处燃起一堆篝火，这又是满脸沉痛的家臣们聚在一起。其中也有次郎左卫门的身影。

家臣们很长时间谁都不开口。

时而传出长叹声，气息冻成了白色。

一个家臣难以忍耐这种沉默，小声嘟哝了一句。

家臣 1：“冻死了……”

这句不合时宜的日常话招来大家责备的目光。

家臣 1 急忙干咳一声，低下头去。

家臣 2：“（焦躁地）高官显宦都在这里……可总也解决不了问题呀。”

家臣 3：“主人沉浮的关键时候……不得无理……主人万一有事，我们就……”

家臣 2：“我看，剩下的办法只有一个了。”

大家抬头注视着他。

家臣 2：“我们大家今夜去攻打原城。如果能一气攻下，这次的疏忽也许会……”

家臣 3：“城能攻下来还好。攻不下来时，会被再次问罪，说我们扰乱军纪，岂不是越发丢脸。”

家臣 2：“那么，你有别的办法吗？”

家臣 3：“……没有！”

一直低着头的次郎左卫门轻轻站起来，朝着帷幔行了一个礼，如同告别一样，然后什么也没说便消失在黑暗中。

（O.L）

东方泛白，早晨来临。

勤杂兵慌慌张张地进来。

勤杂兵：“报告！幕僚浅井嘉兵卫驾临。”

重臣们心神不安。

式部少辅做好了思想准备，站起身来。

浅井嘉兵卫带着家臣从正面进来，随后，次郎左卫门躺在门板上的遗体被抬了进来。

式部少辅和重臣们目不转睛地注视着。

浅井就坐后出示了一封信。

浅井："今晨，怀揣这封信在本营大门前剖腹自尽者，确实是府上的人吗？"

式部少辅："果然是本人的家臣。"

浅井："（点点头）仔细看一下！"

重臣接过信，递给式部少辅。

式部少辅展开信看起来。

传来次郎左卫门的声音。

"此次，对主君式部少辅大人的各项斥责，全是鄙人一人之过错。鄙人贻误战机，且尽添麻烦，实在抱歉。若鄙人能以身赔罪，鄙人在此叩求，对式部少辅大人既往不咎……"

浅井嘉兵卫倏地站起来。

浅井："传旨！"

式部少辅和重臣们畏惧。

浅井："此次过错乃难以饶恕之罪，但松平伊逗守大人念此家臣之心情，故决定从宽处置。叩谢接旨！"

式部少辅及重臣们叩拜。

浅井嘉兵卫离去。

式部少辅目送着，伫立良久。重臣们逐渐明白了得救的缘由。

"大人！"

重臣们围在式部少辅周围。

式部少辅："（对重臣）他的儿子是叫佐治卫门吧？"

重臣："是的，在正门担任警卫。"

式部少辅："嗯……对遗属，可以给他谋个好位置。"

重臣："是！"

旁边是次郎左卫门面临死亡时毫无痛苦的纯洁高尚的面容。

15．丘陵

远处飘来军歌声。

抬着门板的两个勤杂兵和伴随在一旁的次郎左卫门的儿子佐治卫门，一直往上爬去。

阿进的旁白。

"次郎左卫门为了解救主君摆脱困境而舍身的事情已经明了。然而，这是为了报答主君将自己从浪人的境遇中拯救出来的恩情呢？还是牺牲风烛残年的自己来谋求儿子佐治卫门的未来呢？从日记中无法窥知其肚里的想法……"

16．日记翻页

阿进的旁白。

"内乱结束三年后，已被提拔为近侍的佐治卫门，在日记里对自己能在主君身旁服侍主君而感到自豪，在淡淡的笔致中可以看出其诚心诚意的真情吐露。但是……"

翻页的手突然停住。

17．矢崎营垒·走廊

两个年轻的小纳户端着饭菜走过长长的回廊。

18．矢崎营垒·休息室

佐治卫门和同辈的寺田武之进端坐在那里。小纳户进来，把食案摆在两人面前后施礼退去。

佐治卫门和寺田端起食案，走进邻室。

19. 矢崎营垒·式部少辅的居室

横卧在被褥上的式部少辅。昔日的面容荡然无存，病后疲惫的面孔浮肿，面色蜡黄。

守候在旁的贴身管家。

佐治卫门和寺田过来，按照礼节，开始尝尝饭菜是否有毒。

式部少辅毫无食欲，不予理睬。

佐治卫门："全都准备好了。"

式部少辅："我不想吃。"

贴身管家："（开导似的）若这样，对贵体会越发不利的。请尝一筷子。"

式部少辅勉勉强强拿起筷子，但是马上又把筷子扔下。

佐治卫门"（担心地）……还是没有食欲吗？……是因为贵体欠安吧？"

式部少辅："用不着你操心。"

摇摇头，按着太阳穴。

佐治卫门："是不是发烧了？我这就去叫医生来。"

式部少辅："（有些不耐烦了）我说过不用你操心。"

佐治卫门："如果请医生诊看后，即便贵体无恙，您的心情也会好些的。我这就去把医生叫来吧。"

式部少辅："（终于大怒）真啰嗦！"

贴身管家和寺田大吃一惊。

佐治卫门："（把头磕在榻榻米上）请、请饶恕我！"

式部少辅郁闷得焦躁不安起来。

贴身管家捏着把汗。

贴身管家："佐治卫门，你退下去，等大人气消了再说。"

佐治卫门连管家的话也不听，磕着头拼命求饶。

佐治卫门："这都是鄙人办事不周……请大人……饶恕我……饶恕我！"

式部少辅把食案扔向佐治卫门。

贴身管家凑前。

贴身管家："行了，还说呀？我命令你，退下去！"

佐治卫门被一拳打翻在地。

阿进的旁白。

"日记中写道，由于帮主君做事，亲戚都能沾光，带着父亲右卫门吃饭的家人达到七十户之多。"

20. 饭仓家·院内

一栋长房屋。

望得见栅栏对面高地上的营垒。

佐治卫门一边在院子里走着，一边哄着襁褓里的久之助。

久之助哭闹着。

佐治卫门："不要哭了……不要哭了……你爷爷好不容易才攒起来的家底，都叫你这个爸爸搞没了，弄得你也抬不起头来。可你不要恨我这个坏爸爸哟。"

从走廊传来啜泣声。是佐治卫门的妻子阿宁。

佐治卫门："阿宁吗？"

阿宁："是我。"

很快地擦去眼泪，接过久之助。

久之助在母亲的怀里停止了啼哭。

阿宁："（一边哄一边说）噢，久之助，你爸爸是个忠诚的、忠诚的武士。你也要快点长大，像你爸爸那样，做一个忠诚的武士啊。"

佐治卫门："阿宁，绝不能憎恨大人呀。"

阿宁："我明白。"

佐治卫门："当时，大人因为有病才发了那么大的火。不过，从那时算起已过了一个月了……要是痊愈了该多好……"

栅栏外传来人们杂乱的奔跑声。

夫妻俩有种不祥的感觉，互相看了看对方。

家仆吾平跑进来。

吾平："老爷，大人病危了。"

佐治卫门："什么？"

佐治卫门和阿宁直挺挺地站在那里不动。

21. 营垒内·走廊

面带愁容的家臣们，在夕阳照射着的回廊里站成一排，惦记着屋里的情况。

22. 营垒内·式部少辅的居室

昏迷不醒的式部少辅。

医生、贴身管家和重臣们围在他的枕边。

寺田武之进从休息间进来，对着一言不发的式部少辅喊道。

寺田："寺田武之进，有求主子……我一直格外领受大人的恩惠，请允许我陪伴大人。"

随后家臣过来。

"请求主子允许奴才也一同陪伴。"

扑通倒地跪拜。

23. 部落

一匹快马从远处飞奔而来，背景是营垒。

年轻的武士飞身下马，对着农田里的百姓喊道。

年轻的武士："（大声）大家都听好了……现在藩主大人陷入病危状态。我想有神佛的加护，不会发生意外。不过大家都来求主子快点痊愈！"

说罢，又骑上马，朝下一个部落奔去。

百姓们三三两两聚在一起，扔下锄头铁锹，面朝营垒，坐在了野地里。

老翁："（嘟哝着）……领主大人一旦有事，又得有许多家臣跟随他而去了……"

孩子："为什么呢，爷爷？"

老翁："这就是武士的忠诚。上一代的老主子去世时，就有四十来位家臣剖腹自杀了，这是很高尚的。"

24. 饭仓家·起居室

佐治卫门和阿宁在争吵。

佐治卫门："你不要阻拦我。在大人有生之时，如果不能求得殉死，我佐治卫门一辈子都要被人耻笑！"

阿宁："你的心情我理解。可你现在受到的是闭门反省、禁止外出的惩罚，一旦走出大门，不知道还会遭到什么样的惩处……你还是打消这个念头吧。"

吾平在一旁抱着久之助，不知所措。

这时，营垒响起了告示的鼓声。

家仆六助跌跌撞撞地跑进来。

六助："藩主大人去世了！"

佐治卫门一瞬间如同虚脱般地呆立在那里一动不动。

佐治卫门："……晚了……"

控制不住自己的感情，呜呜恸哭起来。

25．妙法寺本堂

大鼓不断地被擂响。

剖腹自尽的重臣们。

26．圆光寺墓地

大鼓不断地被擂响。

年轻的家臣们剖腹自尽。

侍者割下他们的头颅。

27．饭仓家·起居室前的走廊

大鼓继续擂响。

拉门哗啦一下被拉上。

阿宁抱着久之助站在外面的走廊上。

吾平站在一旁。

阿宁："什么，市冈大人也自尽了？"

吾平："是的。还有藩主大人的马队警卫前桥武士在慈眼寺……"

六助过来。

六助："报告！寺田武之进大人刚才在素玄寺本堂自尽。"

阿宁："寺田大人也……你们辛苦了……"

吾平和六助离去。

阿宁站起来。

阿宁："报告老爷。"

拉开拉门，吓得倒吸了一口冷气。

佐治卫门已换上一身白色寿衣的身影。

阿宁："（惊慌失措地）老爷！"

佐治卫门："（平静地）实在是丢脸呀。阿宁，你也是武士的妻子，不会不明白。在同辈都走之前，我必须去追随藩主大人。"

阿宁用欲哭无泪的干涩的眼睛望着丈夫。

佐治卫门忽然抚摸起久之助的头。

佐治卫门："（对阿宁说）告诉吾平，拜托他为我断头了。"

28. 饭仓家·佛堂

在打开的佛龛上，佐治卫门点亮佛灯。

拜过后坐在了坐垫上。

双眼哭肿的吾平走进来。

吾平："老爷……"

佐治卫门："吾平，拜托你了。"

佐治卫门拔掉白茬的木制刀鞘。

29. 饭仓家·起居室

阿宁抱着久之助，她的身旁跪着六助和女仆们。

郁闷的沉默——

吾平提着血糊糊的刀，踉踉跄跄地走进来。

吾平："很漂亮地做完了……"

阿宁使劲用手抱紧久之助，忍住呜咽。

只有久之助一个人天真地笑着。

阿进的旁白。

"这起事件后，三十多年没有发生什么大的事情。朝代已为元禄……"

30．日记翻页

阿进的旁白。

"下面必须补充我的若干想法。为什么呢？因为相对于依旧简单的记述，其内容逐渐离奇，只记述事实，最终无法填埋其间的空隙。久之助的儿子久太郎伴之的日记是从游学江户时开始记载的。当时的藩主丹波守宗昌，再次因参勤而身在江户。"

31．堀家在江户的住宅·大客厅

豪华的宴会正在举行。

在大厅中央，身着华丽服装的家臣们，随着鼓声和笛声，跳着一种如同能和狂言杂交的时髦舞蹈。

上座是情绪高涨的丹波守宗昌。身着盛装的儿小姓和七三郎等三人守候在一旁。不远处是感觉迟钝的夫人及跟随她的女仆。

男仆上月源左过来。

上月："萩方贵人由别墅前来恭贺。"

爱妾萩方进来。其艳丽的姿容透出耀眼夺目的美丽。

萩方："小妾阿萩，前来恭贺老爷迎来大寿之日。"

宗昌："嗯。"

萩方面对夫人。

萩方："阿萩为夫人生活得安然无恙而高兴。"

夫人回头看着侍女长。

夫人："哎呀，是挖苦我吧？"

侍女长："（为难）……"

夫人："失宠的小妾怎么会安然无恙呢？……和那个女人一样，近来老爷也不来了，一定很寂寞吧？"

宗昌对此不感兴趣，对歌舞看得入了迷。

夫人："（此时才对萩方说了一句）辛苦你了。"

32．堀家在江户的住宅·回廊

萩方退出来。

七八个学童擦肩而过。其中有饭仓久太郎朝气蓬勃的面孔。一双透出聪慧的眼睛，一对紧闭的嘴角。

学童们让开一条道，向萩方行礼。

萩方离去。

久太郎一副天真的模样，目送着萩方。

一个学童在喊久太郎。

学童："饭仓哥！"

久太郎在学童的催促下追赶上大家。

33．堀家在江户的住宅·大客厅

上月走到前边。

上月："禀告老爷，昌平坂学问所的学童们由别墅前来恭贺老爷寿辰。"

宗昌："嗯，让他们过来。"

上月："到这边来。"

学童们走到藩主大人面前叩拜。

宗昌："不用了，抬起头来吧。"

学童们诚惶诚恐地抬起头来。

宗昌："泛读课现在上什么呢？"

久太郎："回答老爷，刚读完《孟子》。"

宗昌："怎么样，念书有趣吗？"

久太郎："有趣。"

宗昌的目光被久太郎吸引过去。

宗昌："你叫什么名字？"

久太郎："我叫饭仓久太郎。"

宗昌："饭仓久太郎……"

34. 堀家·江户的别墅·正门（夜）

轿子抬来，上月源左和近侍跟在后面。

家臣们出来迎候。

35. 玄关

轿子驾到，微醉的宗昌从轿子上下来。

近侍们搀扶着他。

七三郎："太危险了，老爷，请抓住我的肩膀。"

宗昌："（甩开）没关系，不要紧……"

七三郎："老爷，酒喝多了吧？"

宗昌："喝醉了怎么能度过这个泰平之世呢？我说君主啊，只要能日日平安就好。聪明的人呀，既不会让朝廷盯上，也不会让你们流落街头，合家安宁。哈、哈、哈……"

宗昌摇摇晃晃地走进去。

36. 学童们的休息场所

学童们坐在读书台前。

久太郎的身影在一个角落里。

"饭仓久太郎是哪一个呀？"

随着寻问声，上月源左走进来。

久太郎："就是我。"

上月："命令你今晚去值宿。"

久太郎："（愕然）……"

学童们露出羡慕的神色。

上月："是藩主大人的意思。详细情况听从萩方贵人的安排就可以了。"

37．萩方的居室

久太郎沐浴出来，侍女的手给他穿上印有牵牛花图案的长袖和服。

侍女们就像一群淘气的孩子簇拥而上，刻薄地对待着恐惧不安的久太郎。

萩方站在一个角落里冷眼观望。

萩方："（没有对具体的人说）也就是老爷……每次都吩咐我来操办这样的美少年……"

侍女长："（责备）太太！"

萩方："（一下子压低声音）又发牢骚了。我失去老爷的心已经三年了，早就对任何事都无所谓了……"

久太郎："（不安地）……太太，难道我要……"

萩方："（一直背着脸）准备好了就去老爷的寝室吧。"

久太郎："老爷的寝室……？！"

38．宗昌的寝室及休息间

透过帘子，可以看到身穿白色睡衣的宗昌躺在红色被褥上的身影。

七三郎在给宗昌揉肩膀上发板的肌肉。

侍女长站在一个角落里。

萩方伴着久太郎从前廊走来。

萩方:"我把久太郎带来了。"

宗昌:"嗯,到这来……(对七三郎说)你可以退下去了。"

七三郎:"是。"

七三郎明显地表现出了对久太郎的嫉妒,委屈地站起来。

宗昌:"你是叫久太郎吧?不用避讳,到我这来,给我揉揉肩膀。"

久太郎跪拜在那里,吓得发抖。

萩方:"(催促)快,到老爷那儿去。"

久太郎抬起苦思苦想的面孔,诚惶诚恐地走近宗昌。

宗昌:"(兴致勃勃地)对了,阿萩,把香点上。"

萩方:"是。"

萩方走到香炉前。

她用秀美的指尖点香,然后把香拿到寝室里。

宗昌一边让久太郎给自己揉肩膀,一边舒服地闭目养神。

萩方:"老爷,阿萩就此告退了……"

宗昌:"嗯。过一会儿可以把茶端来了。"

萩方:"知道了。"

萩方平静地退到休息间。

萩方的面孔特写,传来宗昌的声音。

"手真白呀……"

久太郎狼狈的声音。

"哦,请老爷饶恕。"

萩方毫无表情地朝洒满月光的回廊走去。

39．夜空里一轮皎洁的月亮

40．回廊

萩方在后面不远的地方，一直低着头的久太郎从寝室里出来往回走。

久太郎突然泪水夺眶而出，倚着柱子恸哭。

萩方："（注意到）怎么了？"

久太郎只是扭着身子哭。

萩方："（觉得奇怪）……你得到老爷的宠爱，难道不高兴吗？"

久太郎："……"

萩方："作为一个和老爷有关系的仆人，这下谁都会羡慕你的……这就令你这么悲伤吗？"

久太郎："请、请饶恕我！"

掩面赤足地跑到庭院里去。

萩方看着他。透过她的眼睛可以看到她被深深地感动了。

41．夜晚的庭院

久太郎把脸伏在冰冷的石头上，双肩颤抖着。

阿进的旁白。

"那天的日记只有一行，记载着忠义二字……"

42．宗昌的起居室（日）

宗昌枕着久太郎的膝盖打盹儿。

久太郎用扇子给宗昌送风。

正睡着的宗昌伸出手来，一下子把久太郎的手拉到自己跟前。

扇子轻飘飘地落在了青色的新榻榻米上。

宗昌的声音。

"无论是念书也好，还是这样在我身边伺候我也好，归根结底，都是一条对我的忠义之路……怎么样，久太郎，同样都是忠义，还是这样愉快吧？"

随着宗昌的声音，日记中的一行文字出现在画面上。

"六月二十日，今宵值宿，拜领短外褂一件。"

（O.L）

夜。

宗昌笑着。

久太郎在房间里跑来跑去，追赶着从院子里飞进来的萤火虫。他终于捉到了萤火虫，把它拿给宗昌。

宗昌把久太郎整个人都抱过去。

萤火虫逃跑。

宗昌的声音。

"行吗，久太郎？我感到你太可爱了……你可不能把心许给一个女人哦。"

随着宗昌的声音，日记中的一行文字出现在画面上。

"六月二十四日，今宵值宿，拜领窄袖便服一件"

（O.L）

晨。

久太郎守候在凌乱的被褥旁。

宗昌的声音。

"我恨死你了……好小子，快换上贴身衬衣！"

贴身衬衣飞过来。

久太郎感激地接住，叩拜。

日记中的一行文字出现在画面上。

"六月二十六日，今宵值宿，拜领贴身衬衣一件。"

（O.L）

十天后。

金碧辉煌的屏风前，萩方站着，久太郎跪倒在她的裙下。其情景如同一对相爱的人犯禁将要拥抱在一起的瞬间。

不远处，宗昌在儿小姓等人的簇拥下飞快地画着丹绘画。

宗昌时不时用眼睛瞄瞄他俩，然后继续挥毫泼墨。

两人的艳姿栩栩如生地画在了画绢上。

宗昌最后修改了一下，撂笔。

宗昌："已经行了！"

朝着两人说。

儿小姓等人看着画布发出惊叹声。

宗昌："你们看得懂我的画吗？"

七三郎："浮世绘大师看了老爷的杰作也会自叹不如呀。"

宗昌很满足地抬起头来。他的眼睛突然透出一丝不快。

久太郎和萩方一直像开始那样互相望着对方的眼睛。

宗昌："我已经说过行了！"

久太郎这才听到，一下子清醒过来。

萩方摇摇晃晃的，不由得倒向久太郎。

久太郎："啊，危险！"

刹那间，宗昌的目光射向了他俩。

萩方："（从久太郎的怀里挣脱出来）不要紧，就是感觉到有点头晕……"

久太郎："贵人的脸色很不好……"

萩方："你用不着这么为我担心……来，你也一道来看看老爷的妙笔吧。"

萩方和久太郎来到宗昌面前。

宗昌迅速把画布收起来。

萩方："老爷心术不正……让我看看嘛。"

宗昌默默地来回盯看着萩方和久太郎，突然他把画布刺啦刺啦地撕碎。

在场的人愕然。

宗昌："（露出一种异样的笑）……在这幅画里，你们的心过于淫荡了……"

43. 宗昌的寝室

身着白色睡衣的宗昌拽着久太郎的胳膊在房间里拖来拖去。

久太郎痛苦得扭歪了脸。

久太郎："请饶恕我……久太郎那样的邪念一点儿都没有……"

宗昌："别让我说没有！你看着阿萩的眼神……能说那是一般的眼神吗？……你能骗得了别人可骗不了我……不是吗？我可已经跟你说过了，不能把心许给一个女人……"

宗昌把久太郎的胳膊反拧上去。

久太郎："（落泪）老爷误解了。"

宗昌："你还在装傻！"

宗昌用尽全力把久太郎推倒。

久太郎倒在地上哭泣。

宗昌气喘吁吁地盯着久太郎。

不一会儿，突然转变态度，温和地问道。

宗昌："久太郎，痛吗？……都是我不好。"

久太郎扑通一声倒身下拜。

久太郎："不敢当。"

宗昌："我不再怀疑你了，不过，你不要再做出伤我心的举动了。"

久太郎："是。"

宗昌走近久太郎。

宗昌："你发誓！只要我的牙印还留在你的胳膊上，你就不能把心许给女人！"

冷不防把久太郎白皙的胳膊拽过来，咬了一口。

久太郎侧过脸，强忍着痛苦的呻吟。

44．庭院

雾一般的蒙蒙细雨。

久太郎连伞也没打，冒雨跑过庭院。

45．茶室的正面

坐落在庭院一隅的旧茶室。

久太郎来到门前，掸落裤裙上的细雨点。

朝着茶室里喊道。

久太郎："老爷，久太郎来了。"

久太郎："贵人！"

46．茶室中

拉门很亮，室内很暗。

萩方端坐在一个角落里。

萩方也吃了一惊。

萩方："就你一个人？"

久太郎："是的。说是老爷让我来这儿的。"

萩方："妾也是奉老爷的传唤来这儿的……你站在那儿会淋到雨的吧？你可以进来。"

久太郎："是……（突然迟疑了一下）"

萩方："怎么了？"

久太郎断然走进来，站在了一个角落里。

四周一片寂静，只能听到坐在围炉上的茶壶发出的声音。

感到门口有人，这时传来七三郎的声音。

声音："禀报萩方贵人和久太郎。"

侧耳倾听。

声音："老爷突然想起有件急事要办，由此回到了上房。老爷吩咐，在他回来之前，请在此等候。"

两人不由得面面相觑。

萩方："（对七三郎说）……你辛苦了。"

声音："谢谢贵人！"

脚步声远去。

萩方："（小声说道）老爷还是老样子，没准脾气。"

久太郎："（惴惴不安）贵人，我过一会儿再来吧。"

久太郎站起来。

萩方："等一等，久太郎……（忽然放低声音）我一个人待在这里害怕。和我一起待在这儿！"

久太郎犹豫了一下——又坐下。

萩方一边往围炉里加劈柴，一边跟久太郎说话。

萩方："喂，久太郎……我是在江户城里长大的，不了解你的家乡信州。听说那里的雪很深啊。"

久太郎："是的。"

萩方："你在家都是怎么玩的？"

久太郎："……还不等开春，就把雪铲掉，在黑土上转陀螺玩。"

萩方："（微笑着）你小时候的模样就像浮现在我的眼前一样……"

短暂的沉默。

久太郎似乎左思右想没有办法，突然抬起头来。

萩方："怎么了？"

久太郎："（难以开口）不，没什么。"

久太郎低下头。

萩方："不要有顾虑，说说看吧。"

久太郎："（严肃地看着萩方）贵人！……老爷为什么不疼爱你这样的美人呢？"

萩方："……（愕然，目不转睛地看着久太郎）"

久太郎："我……不理解老爷的想法！"

情绪激动起来，扑通一声，双手支在榻榻米上。

萩方静静地站起身来，走近久太郎。

萩方："你……真是……这么认为的吗？"

久太郎："……（呼吸急促）"

萩方："（不由得牵住久太郎的手）久太郎……听到你刚才说的一番话……我很高兴！"

久太郎："贵人！"

47. 雨中的庭院
池中的鲤鱼跃出水面。

48. 茶室中
久太郎和萩方对视着。

两人的手在相互探寻着对方的感情。

黄昏临近。

49. 雨中的庭院

池中的鲤鱼跃出水面。

50. 茶室中

久太郎像是在抑制自己激动的情绪，倏然离开萩方。

萩方也克制着自己，把脸转向一边，走近方形纸罩座灯，准备点灯。

久太郎："这事本人疏忽了。（说着起身靠近）让我来点。"

久太郎接过燧石。

萩方："（忽然注意到了）久太郎，这伤是？"

久太郎："（急忙捂住伤口）没什么。"

萩方同情地望着久太郎，突然像是用衣袖遮挡似的敞开怀。

萩方："久太郎，你瞧！"

燧石噗地打着了火。久太郎抬起头来，吓得屏住了呼吸。

萩方："和你一样的牙印……也留在了可称为是女人生命的乳房上。"

久太郎丢掉燧石。

瞬间一片黑暗。

久太郎："（大叫）贵人！"

萩方把久太郎一把搂在怀里。

萩方："你和我是多么不幸啊……"

久太郎似乎把苦闷抛在了一旁，激动地喊道。

久太郎："贵人……久太郎我……爱慕着你。"

萩方：“久太郎！”

发出撕心裂肺般的悲痛声，两人冲动地拥抱在一起。

51. 两只闪着异样光芒的眼睛透过门缝窥视着

52. 庭院

细雨静静地击打着生满鲜苔的庭石。

53. 茶室中

黑暗中浮现出久太郎和萩方两人茫然自失的面孔。

久太郎把手搭在小刀的刀鞘上。

萩方：“你要以死谢罪吗？……你也让我和你一起死吧。”

久太郎：“（感动地）贵人！”

久太郎拔掉刀鞘。

“不要去死！”

突然传来一声叫喊，宗昌面带残忍的微笑走进来。

他的身后跟着七三郎。

宗昌：“好久没有这么养眼了。”

久太郎欲将小刀刺向腹部。

宗昌：“我说了不要去死……违背了誓言将会怎样呢？你可以尽情地体会一下活地狱的滋味。（命令三七郎）过会儿叫人来，把他们带到牢里去！”

54. 牢内

通道两侧是格牢。

狱卒慢慢地走过。

面容憔悴的萩方从牢狱的栅栏间向外窥视。

瞅着狱卒的脚步声，朝前头的栅栏招呼着。

萩方："久太郎……让我看看你，一眼就行。"

透过栅栏，看见久太郎的背影。

久太郎似乎在逃避萩方的声音，把头埋下去。

四名家臣陪伴医生走到久太郎的牢房前，打开锁头。

家臣："饭仓久太郎，奉主子之命，现在给你净身。"

久太郎抬起没有血色的脸。

久太郎："净身？"

家臣："就是你不再是男人了！"

家臣们按住久太郎。

萩方在牢房中跑来跑去。

久太郎不顾一切的惨叫声回荡在牢房内。

萩方："啊——！"

惊叫着昏迷过去。

摄影机摇遍牢房内的各个角落。房梁上，顶棚上，板门上，栅栏上……证明这出惨剧的斑斑血迹。

摄影机回到久太郎的牢房内。

昏迷过去的久太郎。早已不见家臣们的身影。

栅栏外传来宗昌的笑声。

久太郎睁开眼睛，爬起来。

面容憔悴，胡子邋遢——已不见昔日的温柔和顺。

宗昌站在那里，七三郎紧挨着他。

久太郎紧紧抱住栅栏。

久太郎："是后生我！请老爷赐我一死。"

宗昌："不行！我不会亲手葬送一条生命的。在天命来到之前，你得继续活下去。（一下转过身去）阿萩！"

萩方的面庞出现在栅栏后。

宗昌："我把你派给了久太郎。（狂笑）你们要和和睦睦地白头到老。"

宗昌催促七三郎离去。

七三郎像女人似的点点头，像是在说"瞧见了吧？"随后瞥了一眼久太郎，耸起柳条肩跟上宗昌。

55. 信州矢崎·饭仓家·内

卸下行装的久太郎和萩方坐在那里。

久太郎的母亲滋野把茶端来。

滋野："真是一件喜事。做梦也没想到，咱饭仓家能把一直受到老爷宠爱的萩方贵人娶进家门……久太郎，你要好好待她，不然会遭报应的。"

久太郎和萩方痛苦地听着。

滋野："明天一早，亲戚们就要来贺喜了。今晚我得把红小豆饭准备好……（说着站起来）……真是太好了……真是太好了。"

说着离去。

传来一阵蟋蟀的叫声。

萩方忽然手撑在了地上。

久太郎："怎么了？"

萩方："……动起来了，你的孩子。"

久太郎："我的孩子？！"

久太郎死死盯着萩方，突然捧住萩方的膝盖号啕大哭。

久太郎："阿萩，你笑话我吧……久太郎我以前一遭到虐待，就非常痛恨老爷……我是多么地当罚呀，我是多么地不忠啊！"

萩方："久太郎……"

久太郎："儿子、儿子生下来后，我们要好好抚养他，让他来洗刷罪名。"

阿进的旁白。

"元禄十七年，久太郎年仅二十五岁便去世了。他和萩方的孩子取名为昌之进，接续了饭仓家的血脉。"

56．日记翻页

阿进的旁白。

"时代已进入天明期。在这个时代里，全国各地发生了令人不可思议的天灾地祸。天明三年七月，浅间山大喷发……"

57．浅间山

猛烈喷发着。

不知何时才能停止的地声，震耳欲聋，愈发使人紧张不安。

阿进的旁白。

"农民们苦于苛敛诛求……此时饭仓家的户主是修藏，藩主是堀式部少辅安高……"

58．矢崎神社内

张挂着印有堀家家徽的幔幕，安高和家臣们一起守候在一旁。

家臣之长静田权之进致辞。

权之进："按照惯例，决定在此举行武术比赛。老爷特意前来观赏。各位要尽力将平时磨炼的技艺展示出来……"

全体家臣跪拜。

59. 山旁的小路

一个百姓用斗笠遮住了脸，一个人行走在干枯的田地与大山之间的羊肠小道上。

60. 神社内

年轻武士野田数马以娴熟的刀法击败对方。

裁判上来。

"好！野田数马获胜！"

61. 山边小路

一个农民走着。

地里的荞麦还没有成熟，从田边蹿出一个同样打扮的农民。

两人默默打了一个招呼后，急忙赶路。

62. 神社内

饭仓修藏拿着大刀，拉开了架式。

霎时间，像鸟一样腾空而起。

将对方的家臣砍倒。

"好，饭仓修藏获胜！"

安高像孩子一样探出身来叫好。

从家臣席上传来不知是惊叹还是感叹的叹息声。

63. 另一条山边小路

农民数已达四五人。

又增加了一个人，五个人默默地朝江户走去。

64．神社内

修藏的大刀又砍倒了另外一个家臣。

"好，饭仓修藏获胜！"

修藏向满脸喜悦的安高鞠了一躬。

重臣近腾三郎兵卫说道。

近藤："听说你掌握了一套'摸黑耍大刀'的绝活。这正是一个好机会，露一手给大人看看。"

修藏："不好意思，献丑了，如果大人想看的话……"

司仪拿来风那恶供像和白布。

修藏接过白布。

司仪："饭仓修藏，下面请表演摸黑耍大刀。把两眼蒙上，在一片漆黑中刀辟供像，让大家看看。如果左右抡刀砍断的地方形状非常相似的话，各位会感到宽慰的。"

修藏用白布把眼睛蒙上，走到院子的正中。

司仪把供像放在了距离约一间的地方。

修藏调整了一下呼吸后，大吼一声，左右开刀。

司仪走近供像查看刀口。

司仪："一点都不差。"

响起一阵惊叹声。

安高："（高兴得击掌）……太好了，奖赏他！"

65．饭仓家的起居室

壁龛里摆放着许多拜领品。

修藏和数马在场。

嫡子十次郎（9岁）上前两手扶地。

十次郎："父亲大人，还有野田师兄，恭喜恭喜。"

修藏："（点点头）你也到这边来坐吧。"

修藏美丽的妻子阿卷和女儿阿聪在女仆的帮助下端来了贺喜饭。

阿卷再次说道。

阿卷："老爷，恭喜你了。"

修藏："行了，用不着那样谁都来祝贺。"

阿卷："（笑着）数马小兄弟，也向你表示衷心的祝贺。"

数马："谢谢。这也全亏了师傅。"

阿卷对阿聪说。

阿卷："来，快给数马哥斟酒。"

阿聪面带羞色地坐到数马面前。

数马也是面红耳赤。

修藏："喂，阿卷，我看他俩来年开春三月份可以办喜事了。"

阿卷："可不是嘛……只要数马认为合适，就那么办了。"

数马："（不好意思地）我没有任何意见。"

修藏和阿卷和蔼地对笑着。

修藏拿起筷子夹蔬菜。

修藏："（皱眉）真苦啊……"

阿卷："听说浅间山的灰落下了，绿色的东西都不长了……也许这不合你的口，你就忍一下吧。"

修藏："说起来都三个月了，一滴雨都没下。百姓这下可遭殃了……"

66. 街道

白天。

一匹快马扬着尘土飞奔过来。

67．营垒内

静田权之进抬起头来，满脸惊愕。

权之进："什么！百姓们直接上诉了？"

早马的使者站在他的面前。

使者："是的！前天晚上就在御门前一直守候老中田沼大人的儿子意知……"

68．江户·田沼官邸大门附近（闪回）

傍晚。

田沼意知浩浩荡荡的队伍归来。

躲藏在隐蔽处的五名百姓突然朝着轿子冲过去。

他们的手上拿着诉状。

意知的家臣们试图阻止百姓们。

轿子的帘子掀开了，意知探出头来。

意知对家臣交代着什么。

使者的声音："他们要直接上诉，没想到意知大人竟然受理了百姓们的请愿，将他们召进官邸内……"

69．营垒内

权之进："百姓们被召进了官邸内！？"

使者："是的。不仅如此，当天夜里，田沼大人的使者到了江户藩邸，说了一些莫名其妙的话，什么治理不了领地将予处罚等等。"

70．营垒内·内院

一只白兔嗖地从院子里横穿过去。

一支箭飞过来，白兔仰面朝天。

射箭的是安高，他微笑着回头看了一眼身旁的近藤。

近藤："好！又提高了一段。"

安高："（喊道）瞧下一个！"

站在树下抱着兔子的家臣，随着安高的喊声又放出一只兔子。

安高瞄准目标。

静田权之进从里面出来。

权之进："大人，有件要事。"

安高："你不要妨碍我。"

安高射箭。

仰面朝天的兔子。

71．营垒内·要官的休息场所

近藤及其他重臣们站在静田权之进的两侧，集聚一起进行商议。

像哑巴一样沉默。

重臣："（粗重的声音）看来只有进行贿赂了。"

权之进："如同各位所知，吾藩的财政十分窘迫。据说田沼大人是根据贿赂的多少来决定一切政务的。吾藩实在是没有这笔钱啊。"

重臣："这么说，就这样放置着，如果田沼大人禀报给了幕府，我们必定会破灭……"

在场的人面面相觑，郁郁不乐。

近藤冷漠的脸上突然浮现出一丝笑容。

近藤："家老！"

72. 饭仓的家·玄关

修藏由里面跑出来迎接。

静田权之进进来。

修藏："家老大人亲自驾临寒舍，修藏诚惶诚恐。"

权之进："嗯……"

权之进在前朝里走去。

修藏跟在后面。

73. 饭仓的家·起居室

权之进就坐。

修藏站在一旁。

权之进："现传达藩主之命。"

修藏紧张的神色。

权之进："作为本藩奉献给田沼意知大人的贡品，本藩决定立即将你的女儿阿聪送往江户。你最好遵命。"

修藏惊愕得连话也说不出来。

权之进："无与伦比的权势，能得到田沼大人的宠爱，身为一个女人是无比的出息。而且这既是为了御家，也是饭仓家的荣誉……你没有意见吧！"

修藏："……"

修藏一心整理着纷乱的感情。

权之进："修藏，怎么样啊？"

修藏："（极其苦闷）……"

权之进倏地站起来。

权之进：“这可是藩主的命令！”

修藏扑通一声双手扶地。

修藏："修藏无比幸福……很高兴遵命。"

74. 饭仓的家·走廊

毫不知情的阿聪端茶走过。

75. 饭仓的家·修藏的起居室

深更半夜。

修藏伏案翻看日记。

阿卷进来，悄悄坐在了门口。

修藏："（发现了阿卷）阿卷吗？……"

阿卷："（双手扶地）老爷，现在我想和你谈一谈阿聪的事……"

修藏："（抑制着感情）阿聪是我的女儿，就照我的意思去做。"

阿卷："那姑娘年纪还小，你不认为她太可怜了吗？……"

修藏："不许你插嘴。"

面对修藏冷漠的言语，阿卷悄然站起身来。

修藏："（回过头来）阿卷，在阿聪动身去江户之前，哪怕是一起搂着她睡觉也好呀。"

76. 街道

刮起寒风。

在修藏的陪伴下，阿聪的轿子通过。

有一个男子一直目送着远去的轿子。

他就是野田数马。

77. 江户·田沼官邸的起居室

一个大箱子搬到了田沼意知的面前。

近臣解开包装布。

一个大桐箱子露出来，上面写着"京人形"几个字。

打开桐箱的盖子，看到阿聪戴着一顶洁白无瑕的棉帽子站在里面。

意知摘掉帽子，阿聪的脸露了出来。

那僵硬的脸因恐怖而显得像死人一般。

意知拍手称快。

意知："信州的乡村大名真是下了大功夫，嚯……好，正中我意！"

78. 江户·田沼官邸的休息场所

江户家老和修藏不安地等候在那里。

侧用人出来。

侧用人："是信州矢崎藩的吗？"

江户家老："是的，是江户家老堀安左卫门及国封藩士饭仓修藏。"

侧用人："赠送的京人形，意知大人非常中意。"

江户家老："真是三生有幸。"

侧用人："因此，意知大人吩咐，你们可以带走五名百姓。"

江户家老、修藏放下心来，互相看着对方，随后磕头。

79. 矢崎的街道

北风刮得雪花漫天飞舞。

在随同阿聪走过的那条路上，修藏跟随装在带网竹笼里的五名百姓回来。

80. 矢崎营垒·安高的居室

重臣们站在安高面前。

权之进正在呈报。

权之进："此次告御状，存在难以饶恕的罪行。量刑过重，会引起其他百姓的怨恨，还不知会发生什么事态。敬请大人宽容处置……"

安高："（似乎不满地）近藤，你是怎么看的？"

近藤："（上前）话虽如此，但我认为，与其宽大处置，不如儆戒，以免再次发生类似事情。"

安高："嗯，有何对策？"

近藤："在矢崎的森林里设刑场，处以锯刑如何……"

其他重臣们不由得皱眉。

安高："锯刑……（眼睛一亮）有趣，马上去准备！"

81. 矢崎的森林

灰色的云层低垂，雪花纷纷飘落。

拥挤在竹栅栏外的农民们发出难以分清是愤怒还是悲痛的喊叫声。

此时，在广场中央，步卒正要将五名百姓活埋在挖好的坑里。

一侧挂着幔幕，安高坐在折叠凳上。重臣和家臣们挨着坐成一排。末席可见修藏的身影。

农民们的喊声愈发激烈。

一名家臣在竹栅栏里边跑边喊。

"肃静！肃静！别小瞧了安高大人！肃静！"

五名百姓被埋在了土里，只剩下了头部。

雪花毫不留情地飘落在他们的脸上。

执刑人上前。

"现在执刑。"

安高："（叩首）嗯！"

执刑人退下，向步卒示意。

步卒们手拿事先准备好的大锯走到五名百姓的后面。雪花飘落下来。

农民们围得里三层外三层，摇晃着竹栅栏，发出巨大的喊声。

"你们不是人！"

"你们是恶魔！是野兽！"

踌躇不决的步卒们。近藤再也看不下去了，对身旁的家臣耳语。家臣站起身来高喊。

"肃静！……谁再乱喊就让谁执刑。明白吗？！"

农民们霎时安静下来。

执刑人命令步卒们。

"开锯！"

步卒们把大锯架在了百姓的脖子上。

竹栅栏外的一位年轻人张开歪斜的嘴喊道。

年轻人："住手！"

另外一名农民宛如号啕大哭般地喊道。

"这就是我们祖祖辈辈侍奉的领主大人的所作所为吗？！"

家臣们跑过来，捉住他俩，无情地拖进竹栅栏里。

安高的表情过于紧张，浮现在脸上的微笑僵住了。

大锯塞在了被拖进来的那两个人的手里。

那位年轻人拿起大锯，突然掉转方向，朝着幔幕那边，直奔安高而去。

年轻人："（疯狂般地喊叫）我杀了你！"

胆怯的安高。胆怯的重臣们。

年轻人的肩膀突然被砍掉了。

修藏提着沾满血迹的刀，面无表情地站在那里。十几只乌鸦惊吓得从树梢上腾空飞起。

82.原野上缭乱的樱花

十次郎和三名女用人各自捧着一个露出蔬菜的大包，沿着樱花树下的路回来。

阿卷："（对女用人）真的，多亏贵府大人的帮助……我家老爷看到有这么多的青菜，不知会多高兴呢。"

阿卷的脸上禁不住浮现出微笑。

十次郎难以承受重压。

十次郎："母亲，我已经拿不动了。"

女用人："少爷，我来拿吧。"

阿卷："不用了……（对十次郎）一个男孩子别那么没出息，来，再忍一会儿，坚持一下。"

十次郎："母亲，为什么附近的百姓们不把蔬菜分给我们呢？"

阿卷："（脸色突然阴沉下来）因为灾荒不断，采摘不到那么多了。"

十次郎："可是，我们不管从哪位老爷家不是都能拿到吗？"

阿卷："百姓们误解了你的父亲，不把蔬菜卖给我们……不过，这种事情你可不要对你父亲说啊。"

传来马蹄的声音。

女用人："（突然发出一声狂叫）哎呀，不是领主大人吗……"

阿卷也惊愕地循声望去。

像是猎鹰归来的路上，安高带领近藤、近习，骑着马飞奔而来。

阿卷等人跪伏在地上。

安高一行从前面通过，可是安高好像想起了什么，又返回到阿卷跟前。

阿卷诚惶诚恐，将身子压得更低。

安高："抬起脸来！"

阿卷抬起头。

安高："（色眯眯地盯着）你是谁家的内掌柜？"

阿卷："禀报大人，我是饭仓修藏的妻子。"

安高："嗯。"

安高一个人点了点头，策马离去。近藤和近习们。阿卷等人松了一口气，目送他们。

83．另一条路

骑马奔来的安高回头看着近藤。

安高："修藏的妻子是不是很漂亮？"

近藤："算是个美人吧。不管怎样，她生的女儿把田沼大人迷住了。"

安高："你总笑话我把目光只盯在年轻女人身上……"

近藤："（笑）女人的真正味道，不过三十岁是出不来的。"

安高："（猥亵地笑着）要是见了修藏的妻子，你一定会认为她就是这样的女人……喂，近藤，我想让修藏的妻子晚上陪伴我就寝。"

近藤："你是迷了心窍……"

安高："立即把她带到城内来！"

84. 饭仓的家·起居室

修藏稍微退后几步，站在近藤面前，阿卷站在一旁。

修藏："这是求之不得的好事。不过，今天也没有做这种准备，改在明天去……"

近藤："不，不行不行。轿子都备好了。若不上轿，不知会受到何种惩罚呢。来，内掌柜的……"

阿卷为难地看着修藏。

修藏："特意来请你，怎么能拒绝呢？留神别出错，去了就回来。"

阿卷："是……（对近藤说）请稍候，我准备一下。"

85. 饭仓的家·起居室

夜晚。

修藏郁郁不乐。

十次郎担心地抬起头来。

十次郎："母亲怎么样了？"

修藏："你快点睡吧。"

十次郎："好的。"

这时传来激烈的叩门声。

修藏一下子抬起头来。

86．饭仓的家·玄关

一乘轿子，随后是两个男仆抬着一块门板。静田权之进从轿子上下来。

修藏急忙出来迎接。

修藏："欢迎光临敝舍。这么晚了，有何贵干……"

权之进沉默不语，催促男仆。

门板抬到了修藏跟前。

修藏看了一眼，大吃一惊。

阿卷死去后美丽的面容。

修藏："（半疯狂状态）阿卷，你怎么了？阿卷！"

使劲摇晃着尸体。

无言的阿卷。

修藏："（抬起头来，严厉地看着权之进）家老大人，这究竟是怎么回事？……你告诉我！"

权之进："……"

87．营垒内·一间屋子

阿卷蹲在那里，露出了白皙的脖颈。她那胆怯的模样，更添一层风情。

侍女长捧着棉睡衣进来。

阿卷吃惊地抬起头来。

侍女长："叫你到老爷的寝室里去。"

阿卷："（惊愕地）你说什么？我是饭仓修藏的妻子。"

侍女长："这是老爷吩咐的。你马上把这换上。"

阿卷："（狼狈地）我的女儿阿聪在江户可受到了田沼大人的宠爱。不管怎么说，我还是……"

侍女长："你可不想违背老爷的意愿吧？"

阿卷："……"

阿卷的面部特写，因懊恼而精神错乱。

阿卷："（打定主意）……我一定会去的，先让我一个人待一会儿……"

侍女长："最好快点准备。"

侍女长走出房间。

阿卷毫无指望地闭上了眼睛。

大颗的泪珠淌下来。

88.营垒内·门前的走廊

侍女长面无表情地坐着。

89.营垒内·安高的寝室

安高焦虑不安地等待着，拿起枕头喊起来。

安高："喂，还不来呀！"

90.营垒内·一间屋子·门前的走廊

侍女长站起身来，走进屋去。

91.营垒内·一间屋子

侍女长大吃一惊。

阿卷把竹笄刺进左乳房的下边，已经死去。

92.饭仓的家·起居室

阿卷的遗体上覆盖着白布。

摄影机后退，拉成修藏坐在权之进面前。

修藏眼睛盯着遗体，脸上现出愤怒的表情。修藏不由得抓起一把刀，立起身来。

权之进："修藏，你想干什么！"

修藏："我想向领主大人进一言……"

权之进："打消这个念头！"

修藏："……"

权之进："由于你让妻子阿卷血溅殿堂，领主大人非常生气，命令你引咎闭门反省！你最好立即迁居，到照林坊去。"

修藏："去照林坊……"

权之进："怎么样？修藏，凡事要忍耐。最重要的是要控制自己。"

修藏："……（眼神渐渐失去了力量）"

93．照林坊附近

尽管是白天，竹林仍然是一片昏暗苍茫。

只见一个简陋的窝棚，四周围着竹栅栏。

三四个巡视的官吏通过。

数马悄悄从暗处出来。

94．照林坊附近·窝棚内

好像得了病被抛弃一样，任凭胡子和头发疯长的修藏端坐着。

睡在他身旁的十次郎。

数马拿着包从后门悄悄溜进来。

修藏："是数马吗？你总为我们操心，实在是过意不去。"

数马一直站在土间里，从包里取出粮食。

数马："师傅感到委屈吗？"

修藏："……？"

数马："提起照林坊，是给那些比试工人员身份还要低的人住的。居然让师傅搬到了这种地方……（气愤得咬住嘴唇）"

修藏："数马，你最好说话谨慎一点……到这里来，我可以静静地回顾自己的前半生……在平安无事的日子里，对领主大人是多么忠实勤奋啊……"

数马低下头。

修藏："我认为自己做了对不起主子的事。"

95. 江户城·走廊

夜晚。

为了躲避刺客，意知夺路逃来，摔倒在地上。刺客佐野政言紧追不舍。

政言："你还记得我吧……你还记得我吧……你还记得我吧！"

砍掉了意知的肩头。

意知仰面朝天倒下。

政言："各位！快出来看呀！我佐野政言刺杀了意知大人，快出来看呀！"

96. 照林坊·简陋的窝棚内

一大块石子飞到修藏跟前。

修藏懒懒地将目光投向屋外。

百姓们的骂声。

"还我理发师！"

"你为了换回女儿出卖了我们百姓！"

又飞过来一块石子。

修藏忍受着。

97. 照林坊·窝棚外

百姓们仍然一边骂着，一边往里投石子。

一乘轿子抬来。

百姓们散去。

轿子停下，阿聪走下来。

98. 照林坊·窝棚内

阿聪在母亲的牌位前双手合十。

修藏从她身后招呼道。

修藏："哦，阿聪，你刚回来，我本不想提这件事，但是近藤大人来过了，让你进城去做佣人。"

阿聪："……父亲，你答应了？"

修藏："……（痛苦地点点头）"

阿聪："（像是说给自己听似的）……如果我去了，父亲就会被解除闭门反省吧……十次郎也就不会抬不起头来了……我愿意去……（突然感情爆发）不……我不愿意去领主大人那里……"

修藏："（凝视着）"

阿聪："他废除了我们的婚约，又逼得母亲去死……若让我去服侍他，我倒要亲手……"

修藏："阿聪！"

99. 照林坊·窝棚后

夜晚。

数马蹑手蹑脚地过来，迅速跑进窝棚。

正从这里走过的官吏随即上门盘查。

100. 照林坊·窝棚内

数马进来。

数马："阿聪！"

阿聪："数马……"

大颗的泪珠从阿聪的眼里扑簌簌淌下来。

阿聪一下子背过身去。

阿聪："我………不想再见到你……"

101. 照林坊·后面

营垒的捕役和官吏赶来，敲着后门大声喊道。

官吏："饭仓大人，我们是为审讯的事情来的。快开门！"

修藏从里面把门打开。

102. 照林坊·窝棚内

官吏和捕役冲进来。

阿聪护着数马躲在暗处。

官吏过来把他俩拽出来。

官吏："你看望闭门过思的人并不奇怪，不过你和她通奸可是无礼已极……站起来！"

修藏："（惊愕）请等等！"

官吏："饭仓大人！你可是在闭门反省呀！"

修藏："……"

阿聪和数马被匆匆拖走。

十次郎追到门口，气得浑身发抖，看着他们离去。

103. 营垒内·一间屋子

阿聪被拽到近藤面前。

近藤："怎么样？你不想以受宠来消掉母亲的罪过吗？"

阿聪："（斩钉截铁地）不管你说多少遍，我阿聪的回答都是一样的。"

近藤："（棘手）嘴硬的家伙。"

104. 照林坊·窝棚内

十次郎在修藏面前两手扶地听从教诲。

修藏："十次郎，你虽然年纪还小，可是一个聪明的孩子。从今以后，要好好照父亲的话去做呀。"

十次郎："是。"

修藏："父亲这次要去向领主大人进言。为了家世，我打算求领主大人立即隐居。"

十次郎："……"

修藏："不过，我已经做好了思想准备，因为这是犯上的。你就当父亲死了。"

十次郎："……（小声哭起来）"

修藏："哭什么。为这种事情哭，你就不是武士的孩子。"

十次郎："（一边哭一边说）我没有哭。"

修藏："父亲死后，你也要好好长大成人，为了家世竭尽全力。你要牢记，武士正因为有了主君才成为武士，自己往往是不存在的。你要牢记，武士的生命正是主君给的，为了主君死得其所才是荣耀。你要牢记，杀了自己服侍主君才是忠节之首……（暝目）我没有再要交待你的事了。"

105. 营垒内·大书院前院

安高坐在正厅正面的佛龛处。

权之进、近藤及家臣们坐成一排。

修藏被强迫坐在庭前。

安高："你不顾自己还在闭门反省，要向我进言，简直是荒唐可笑。原本对你这个家伙应该处于斩首和绞刑，但是看在你祖祖辈辈勤勤恳恳的，我给你一个机会，让你用那把'黑暗中的大刀'去斩今天将要处置的罪人，若没有砍到，我对你实施绞刑！"

修藏似乎已经绝望，此时只在那里叩拜。

一名家臣用白布蒙住修藏的眼睛。

另一名家臣押来两名罪犯。

安高的面部特写，含着酒杯，残忍地期待着。

修藏双眼被蒙住，提着大刀站在那里。

家臣："距你脚尖三尺处，坐着两个罪犯。你要干净利落地把他们的头砍下来。"

修藏摆好姿势，对罪犯小声说道。

修藏："奉主之命……"

修藏尖锐的喊声凄惨地回荡在安高和家臣们之间。令人可怕的沉默。

安高轻轻叹了一口气，浮现出极其残忍的冷笑。

安高："给他把蒙眼睛的布摘下来。"

家臣摘掉蒙在修藏眼睛上的白布。

修藏看到落在地上朝向自己的那两名罪犯的头颅。

女人头颅上的头发已被砍掉，嘴被塞住，还有一个男人的头颅。

修藏："（惨叫）阿聪！……数马！"

扔下大刀，奔到血淋淋的头颅跟前。

修藏："如果知道是你们……就是砍掉了我的胳膊，我也不会砍你们呀……"

修藏毫不客气地走近外走廊，瞪着安高。

修藏："（呻吟般地）太过分了，蛮不讲理……"

安高："你小子竟敢瞪主子？你不是说就是砍了自己的胳膊也不在乎吗？好，就让我成全你！"

安高抓起侍童捧着的佩刀，踏出套廊，冷不防把刀刺向修藏的手掌。

修藏条件反射般地收回手，摆好了应付的架式。

安高："你要反抗吗！"

修藏："……"

修藏慢慢地把手掌伸到安高面前。

嘲地一下，安高把到刀扎上去。

安高："对你刚才行为的奖赏，我赐予你这把刀！"

修藏扭歪了脸，悲惨、丑陋和残酷混淆在了一起。

修藏："不胜感谢，领受恩赐……"

说着，使出浑身力气拔刀刺向自己的腹部，扑通一声，当场扑倒在地上。

修藏："（临终时发出的痛苦声音）奴才在冥府中敬祝主子安泰……"

106．照林坊·窝棚内

十次郎似乎在逃避隐隐约约的不安，暗诵着父亲留给他的话。

十次郎："……你要牢记，武士的生命正是主君给的，为了主君死得其所才是荣耀的。你要牢记，杀了自己服侍主君才是忠节之首……"

阿进的旁白。

"此事件可以看成是封建体制最后的挣扎。七年后，主君安高死去。由于年幼的十次郎长大成人，饭仓家的血脉才得以延续下去……"

107. 日记翻页

阿进的旁白。

"时代已为明治。此时饭仓家的当家人是进吾。明治四年三月，进吾怀抱青云之志，由信州进京。日记是从这里说起的……"

108. 东京的街头

清晨。

草坪，爱宕山附近。

焰火。

圣上将要从此地通过，民众为了拜见一眼拥挤在道路两旁。

男子的发髻和全发混在一起，使人们想到了文明开化。

一位身着制服的巡警趾高气扬地整顿秩序。

一辆人力车穿行在人群的缝隙中。

坐在车上的是堀家原藩主高启。

越出常轨的目光蒙蒙眬眬地追逐着天上的云彩。

车夫饭仓进吾（23岁）身着藏青花纹布和服裤裙，留着全发发型，让人感到是一位清洁利落的青年。

进吾正要横过马路时，巡警拦住了他。

巡警："不行，不行。退回去！退回去！"

进吾："我就到那边去。让我过去吧。"

巡警："在行幸的车通过之前，你在后面等着！"

进吾："我车上坐的是病人。必须让他马上休息。让我过去。"

巡警："你要反抗吗？你不听我就逮捕你！"

进吾打消念头，对车上的人说。

进吾："对不起了，请忍一会儿吧……"

说罢，焦急地等待。

阿进的旁白。

"坐在车上的病人是矢崎的最后一位藩主子爵堀高启……"

109．爱宕山附近的大车店·门口

土间里停放着数辆人力车，还有车夫们的身影。

学生模样的下田在往大板车上装搬迁行李。

进吾拉着人力车过来。

下田："饭仓君，房间都打扫好了。"

进吾："谢谢了。好像是我把你撵走的，对不住你了。"

下田悄悄问进吾。

下田："那个人是你原来的藩主吧？"

进吾点点头。

下田："看不出来他患了很严重的脑病……"

进吾："所以相当可怜啊。"

下田："喂，你要知道，法律工作者录用考试迫在眉睫了，你可以照顾藩主，但不要耽误了准备。"

进吾："谢谢。"

下田："不过，你和我们不一样，你是秀才，我想你不会担心吧？你呀，就当我是婆婆心，听我一句吧。那么，失敬了。"

下田拉着大板车离去。

进吾目送着，对高启说。

进吾："您累了吧？我来带路。"

进吾安慰着高启，带他走向小巷后面。

110. 爱宕山附近的大车店·后面的土间

是离开主房的独楼，楼下是井口广太郎和阿藤兄妹的房间，楼上是进吾寄宿的房间。

进吾："我们回来了。"

朝着拉门喊了一声，带高启走上二楼。

拉门打开，阿藤探出头来。

广太郎在里面换上巡警制服。

广太郎："进吾君也是个好事的人。都什么年代了，还管过去的藩主。"

阿藤："（轻轻反驳了一下）爱护藩主大人为什么就不行呢？哥哥，连你不都是每月要到户田大人的府上问候一次吗？"

广太郎："那倒是。可何必去管个被剥夺法定继承权的人……"

阿藤："这正是进吾哥值得称道的地方。那位藩主大人由于没有孩子，被他那位想坐上户主位置的弟弟关进了家里监禁疯人的禁闭室里……"

广太郎："……"

阿藤："在禁闭室里生活的日子里，藩主大人真的变疯了。听说被送进疯癫医院后，如今没人照顾他，连夫人也不去。于是进吾哥和原来的藩士们合计了一下……"

111. 爱宕山附近的大车店·二楼

进吾选了一个有阳光的地方，让高启坐下。

进吾把铃铛递给高启。

进吾：“我不能照顾你的时候，就由楼下的阿藤来照顾你。你就摇一下这个。”

高启：“为什么把我带到这里来……”

进吾：“我跟你说了好几遍了，因为大人太可怜了。请放心吧。由我来照料你，不会叫你担心的。”

高启并没听，小声嘀咕道。

高启：“我口渴……”

进吾：“知道了。”

进吾一溜烟儿地跑下楼去。

112. 爱宕山附近的大车店·楼下

阿藤送完广太郎，返回屋里。

进吾进来。

进吾：“阿藤妹妹，麻烦你了。大人想喝茶……”

阿藤：“知道了。”

说着走到厨房。

进吾也跟进去。

进吾：“啊，肩上的担子总算卸下来了。”

阿藤：“（怜恤地）真是很累人的事啊。”

进吾：“不错。阿藤妹妹，你为我高兴吧。原来的那些藩士们和我说好了，他们会活动的，如果大人康复了，一定会像原来那样把大人迎进堀家。”

阿藤：“（为进吾高兴）啊，是吗？”

进吾：“大人的病不是先天的。只要改变一下环境，再用心服侍，大人的病一定会好起来的。这段时间再坚持坚持。”

大车店的老板过来。

老板："饭仓，有客人，能拉吧？"

进吾："是，我这就去。（对阿藤说）我跑一趟就回来。茶就拜托你了。"

进吾刚走又回来了。

进吾："（表情极为认真）阿藤妹妹，拜托你了。要好好照顾大人。"

进吾离去。

113. 楼上的房间

高启呆呆地望着窗外。

阿藤端着茶上来。

阿藤："我是楼下的阿藤。"

阿藤叩拜完抬起头来，面部表情不由得变得僵硬起来。

高启微笑着，眼里闪现出精神病人特有的目光。

114. 楼下·楼梯口

阿藤跌跌撞撞地跑下来，站在那里。

胸部一起一伏的。

115. 大街上

进吾让客人坐好，拉起人力车跑去。

116. 进吾的房间

夜晚——

昏暗的灯光下，进吾在读书。

躺在褥子上的高启摇动铃铛。

进吾："有什么事吗？"

高启："我不找你。"

进吾："阿藤已经休息了。"

高启闭上双眼。

进吾松了一口气，回到桌旁。

这时，铃铛又响起来。

进吾再次过来。

进吾："身上哪儿疼吗？"

高启："我口渴……"

进吾："刚给过你茶。今晚好好休息吧。"

高启："再来一杯茶……"

进吾拿着陶制的茶壶走下楼去。

117．楼下

进吾下来。

进吾："阿藤，麻烦你，再来壶茶。"

阿藤："知道了。"

接过茶壶朝后面走去。

广太郎正在做外出旅行的准备。

进吾："干什么呢？都这么晚了……"

广太郎："在新潟，百姓起来造反了，得马上去镇压。"

阿藤提着茶壶回来。

阿藤："哥哥，要去很长时间吗？"

广太郎："嗯。看来搞不好的话会波及到长野和山梨一带。什么时候能回来还不知道。"

阿藤："这下可寂寞了。"

广太郎："萨摩和长门的伙伴们一个个都顺顺当当提升了。"

可我总是上不去。（唠叨着）不过，进吾君。"

进吾："……？"

广太郎："如果你真的为我妹妹的幸福着想的话，有件事情我想请你重新考虑一下。"

进吾："重新考虑什么？"

广太郎："你的确是头脑聪明，人品也好。但是，我认为你过于顺应社会了。"

进吾："你想说大人的事吧？"

广太郎："……"

进吾："你想说的事情，我也能猜个八九不离十。如今还在为原来的藩主尽忠节有何用，为圣上尽忠节才是我们新的生活方式……"

广太郎："……（不由得使劲点头）"

进吾："（笑着）还有。在当今的时代，即便不甘心一辈子做个下级武士，作为圣上的臣下，多少也能有个出头之日。你还想说的就是这个吧？"

广太郎："对，不错啊。进吾君！"

进吾："（忽然表情又变得认真起来）用不着你说，我也明白这一点。可是，一看到大人如此凄惨，我就想照顾他到最后。因为我们家祖祖辈辈一直得到藩主大人的关照……对了，连阿藤的事，我也考虑过了。如果这次考试合格的话，我就决定找个工作，绝对不再劳累阿藤。"

广太郎："……你都说到了这步，我也放心了。那么，以后的事情拜托你了。"

广太郎出去。

阿藤出去送广太郎，随后返回。

阿藤："哎呀，茶都凉了，我再重沏一壶。"

阿藤朝后面走去。

进吾独自一人陷入沉思。

118.大车店的后面·独楼前

数日后。

阿藤送进吾出来。

阿藤："不要紧，考试会通过的。这里由我来伺候大人。"

进吾："这样的话，我就放心了。不过，我可没像你想的那样用功啊。"

阿藤："最后总归会找到好工作的。"

进吾："那么，我走了。"

阿藤："我做些好吃的，等你回来。"

进吾离去。

119.楼下的房间

夜晚。

阿藤把美味佳肴摆在桌子上。

她调整了一下盘子的位置，脸上露出微笑。

从楼上传来铃铛的声音。

阿藤："来了。"

随即站起来，走出房间。

120.进吾的房间

阿藤进来，十分诧异。

不见高启的身影。

阿藤又往里走了两三步。这时，高启突然像野兽一般从后面抱住阿藤。

阿藤："啊！"

阿藤拼命反抗。

高启把阿藤按倒。

阿藤的胸脯露了出来。

121. 深夜的大街上

进吾撩开小酒馆的写有字号的布帘，悄然出来。

下田在他身后安慰着他。

下田："……不要泄气，再努力一年，明年还来考。"

进吾："你实在是太好了……你不用为我担心，我已经不要紧了。告辞了。"

122. 大车店·后面的土间

进吾回来。

阿藤的房间里一片漆黑。

进吾："（有气无力地）我回来了。"

没有应答。

进吾："阿藤，我没考好。"

突然从房间里传出阿藤撕心裂肺般的呜咽声。

进吾拉开拉门走进去。

阿藤背对着进吾，捂住脸蹲在角落里恸哭。

进吾："不要哭了，明年我一定会考上的。"

进吾正要开灯。

阿藤："（尖利的声音）不要开！"

进吾："你怎么了，阿藤？

阿藤腾地站起来，朝后面走去。"

进吾："阿藤！"

从二楼传来激烈的铃声。

进吾一边惦记着阿藤，一边朝楼上走去。

123. 进吾的房间

心满意足的高启在玩弄着阿藤红色的和服衣带。

进吾："我回来了……（打着招呼，注意到了和服腰带，吓了一跳）"

高启："我口渴……"

进吾："（一直注视着和服衣带）……"

高启抓起旁边茶壶扔过去。

高启："茶……我要茶……"

124. 进吾的房间·后面

阿藤蹲在那里哭泣。

进吾提着茶壶走来。

进吾："大人对你……那个了？"

阿藤："……"

进吾："呜呜。"

进吾丢掉茶壶，抱住阿藤。

阿藤在进吾的怀里扭动身子哭着。

进吾："（一边哭着一边说）……大人长期一直一个人，我以为他已经废了。怨我疏忽了，没有注意到这一点……"

阿藤："大人能原谅我吧？"

进吾："原谅也罢，不原谅也罢，我对你的心不会变。"

进吾仍然紧紧抱着阿藤。

125．楼梯及楼梯下

午间。

进吾送镇上的医生下来。

镇上的医生："最好的养生就是要让他安静。请多保重。"

镇上的医生回去。

进吾："（目送）您辛苦了……"

阿藤过来，把装满水的桶递给进吾。

进吾默默地接过来，又走上楼去。

阿藤看着进吾。

126．进吾的房间

夜晚。

桌子上只摆着打开的书。

进吾在高启的枕边，把毛巾挤干，给高启换上。

高启微微睁开眼睛。

高启："叫阿藤来！"

进吾："今晚就好好休息吧。"

高启："叫阿藤来。"

进吾："……阿藤是我的未婚妻……原谅她吧。"

高启突然从床铺上爬下来，朝楼下爬去。

进吾："大人！"

高启："（急促的喘息声）叫阿藤……叫阿藤来。"

进吾："（悲切地）我去叫她。我去叫阿藤来。"

127. 楼下的房间

阿藤正在又薄又硬的被褥旁缝补着。

进吾从楼上悄然下来。

进吾："……阿、阿藤……你上去吧。"

阿藤："（吃惊地）……"

进吾："只有你能够安慰可怜的大人。拜托你了！"

阿藤："进吾哥！"

进吾："……"

进吾哭起来，双肩颤抖着。

从楼上传来急促的铃铛声。

进吾和阿藤一言不发。

铃铛声忽然停下来。

阿藤："进吾哥……你真的……会娶我吗？"

进吾："……（痛苦地点头）"

阿藤豁出去似的，站起身来。

阿藤："只要进吾哥愿意……我……无论什么事都愿干！"

阿藤双手掩面，朝楼上走去。

进吾再也忍受不了了，抓起被褥蒙住自己。

突然传来阿藤尖叫声。

进吾站起来。

128. 进吾的房间

阿藤浑身打颤。

进吾进来。

突然感到一种异样，探头看了一眼高启。

高启手里握着铃铛，已经咽气。

进吾："（摇晃着）大人，大人……"

阿藤虚脱般地看着进吾。

进吾靠在高启身上哭泣。其身影恰如一只可怜的小羊失去了自己的依靠。

阿进的旁白。

"这位进吾就是我的祖父。推举出新主君后，他于明治二十七年出征日俄战争，最终没有回来。"

129．日记翻页

日记变成了大学笔记本，被蝇头小字填写得满满的。

阿进的旁白。

"这是我的哥哥阿修的日记。里面没有掺杂任何怀疑，淡淡地记述了从祖父辈开始三代军人的自豪……"

130．航空基地

直升机盘旋着，发出轰鸣声。

数架小型战斗机严阵以待。

地勤人员跑过来，行举手礼。

地勤人员："整备完毕！一切正常！"

指挥官："好！"

指挥官转过身来，站到列队的特攻队员面前。

指挥官："我132特别攻击队立即向××基地发起攻击！"

五名特攻队员听着。

队列末尾是饭仓修那双清澈美丽的眼睛。

指挥官："现在天皇陛下赐予各位告别之酒。各位拜领！"

指挥官把酒倒在水壶盖里，拿到每个人面前。

指挥官："见到妈妈了吗？"

"报告长官，见到了！"

指挥官："好！（来到下一个队员面前）腹股沟癣怎么样了？"

"报告长官，已经痊愈！"

指挥官："好！（来到下一个队员面前）你上过厕所了吗？"

"报告长官，不要紧了！"

指挥官："好！（来到下一个队员面前）你见到爸爸了吧？"

"报告长官，见到了！"

指挥官站到饭仓修面前。

指挥官："你见到母亲了？"

阿修："报告长官，没有赶上！"

指挥官："那恋人呢？"

阿修："没有恋人。"

指挥官："哦？"

指挥官关爱地拍拍阿修的肩膀。

全体特工队员将酒饮完。

指挥官站到中央。

特工队员逐一走到指挥官面前。

"海军少尉大山清二现在出击！"

指挥官："出击！"

"海军少尉深泽良太现在出击！"

指挥官："出击！"

"海军少尉中岛国夫现在出击！"

指挥官："出击！"

"海军少尉今村干雄现在出击！"

指挥官："出击！"

阿修："海军少尉饭仓修现在出击！"

阿修行毕举手礼，微笑着登上战机。

131. 基地附近的路

阿修的母亲、阿德、年幼的弟弟阿进跑过来。

一名队员挡住他们的去路。

队员："不行！不能再往里走了！"

阿德："阿修，就是饭仓修已经起飞了吗？"

队员用目光指了指后面。

战斗机起飞离去。

阿进追赶似的跑到旁边，大声喊着。

阿进："哥哥……哥哥……哥哥！"

132. 病房

其声音减弱一半。

阿进坐在枕旁的椅子上，俯视着依然处于昏睡状态的杏子。

静脉点滴的输液管一直通到杏子纤细的胳膊上。

阿进的旁白。

"……我把这段漫长的历史，作为一个已经濒临死亡的故事，几乎忘却。不，在这段漫长的历史下诞生的我，不知不觉间又重蹈了这段可怕的历史……我爱杏子，本应和她结婚的……可是，在一个月前，发生了一件事。"

133．日东建设公司营业部

部长山冈惊愕地抬起头来。

山冈："哦，又是很突然啊。日期定在了哪一天？"

阿进站在山冈面前。

阿进："下个月末部长方便的日子……"

山冈："下个月的话，我可以。不是外人，是你的事，让我来办吧。"

阿进："拜托您了。"

山冈："对方是什么人？"

阿进："啊，是飞鸟建设公司的打字员。学生时代我们就认识了。"

山冈："哦，是飞鸟建设公司？……（眼睛一亮）和竞争的好对手谈恋爱，真是不凑巧啊。"

阿进："不过，她只是一个小打字员……"

山冈："嗯，这和结婚没有关系……（喝着凉茶）不过，这次信州水库的投标，飞鸟建设公司做出了多少预算呢？"

阿进："这个……"

山冈："没听到什么吗？"

阿进："听说飞鸟建设公司全力以赴在信州水库这个项目上。"

山冈："我们公司也是一样。（抬起头来瞥了一眼）没有对方的信息吗？现在正想得到一些详细情况，哪怕一句暗示也行。"

阿进："不过，她是一个打字员。"

山冈："（断然否定）不，不是这个意思。不能让你的恋人做这种事……我只不过说出了我们营业部迫切的愿望。"

阿进："我也是，如果能偷的话，我真想去偷来。"

山冈："不过啊，也许在一个小打字员那里会出现一个大窟窿呀。"

阿进："……（顿时被吓倒了）"

山冈："（一笑了之）我来给你们做媒。你就这么跟她说吧。"

阿进："谢谢您了。告辞了……"

阿进鞠躬退下。

阿进的旁白。

"不知为什么，部长的笑声在我的心里结下了一个疙瘩……"

134．日比谷公园

傍晚。

喷水在月光的映照下喷涌而出。

阿进站着仰望着喷水。

杏子从对面小跑过来。

阿进："来啦……"

杏子："对不起，我来晚了……"

阿进："部长同意为我们做媒了。"

杏子："哦？"

阿进："定个日子吧。"

两人朝长条椅走去。

杏子："今天我向重原董事提出，干满这个月请让我辞职。可他说希望我一直干下去。"

阿进："……"

杏子："我的工作，同样都是打字员，但有点特殊吧。只把重要文件交给我来打……"

阿进："……（突然从另一个角度看着杏子）"

杏子："（注意到）你怎么了？"

阿进："（暧昧地）没什么……"

杏子："我说，我还能干一段时间吗？"

阿进："我倒是想让你待在家里，不过，你就按你喜欢的去做吧。"

杏子："哦，阿进，我太高兴了。"

两人坐到长条椅上。

阿进："你对董事说过要和我结婚吗？"

杏子："我说了，你是一个平凡的小职员。"

阿进："你这个家伙！"

杏子："什么人都絮絮叨叨地问。有的人还想代替我的父母来操办，真叫人烦呀。"

阿进："暂时最好不要告诉别人，你的未婚夫是我。"

杏子："为什么？"

阿进："并没有别的什么，因为你我公司之间是竞争对手。"

杏子："言之有理。"

阿进："（若无其事地）信州水库的文件已经转到你这来了吗？"

杏子："啊，好像还没有。"

阿进："做了多少的预算啊？……"

杏子："不知道。工作上的事情……"

阿进："但是，颇具讽刺意味啊，我们公司在和你们公司竞标呢……"

杏子："可这事与我们没有关系呀。"

阿进："男人可不是这样，一辈子都得工作呀。"

杏子："你说的倒是。公司是很重要的。"

阿进咽了一口唾沫。

阿进："我说，阿杏……"

杏子："嗯？"

阿进："如果预算表转到你这来的话，能让我看一下吗？哪怕只看一下数字也行。"

杏子："……（表情顿时阴沉下来）"

阿进："（咳嗽）我想参考一下。"

杏子："……"

阿进："（表白心情）求求你。告诉我！"

杏子："要是这么做的话……就等于背叛了一直关照我的重原董事啊。"

阿进："这次我们必须做出预算。如果不能投标的话，就说明我们的计算有误。"

杏子："阿进……"

阿进："对你来说太痛苦了，不过，你能帮我一把吗？行吧？"

杏子："……"

杏子凄惨地站在那里。

阿进："阿杏！"

杏子："……（一直背对着阿进）"

阿进："（站起来）对不起，是我不好……你身不由己，因为处在重要的岗位上。"

杏子："（转过身来）什么事我都想为你做……"

阿进："行了，我们就尽自己的力量试试看吧。"

杏子："可是，如果中标的话？"

阿进："总比干卑鄙的勾当要强啊。"

话虽是这么说，但阿进无法释然，背对着杏子，迈步走去。

杏子："……"

135.飞鸟建设公司·董事秘书室

午间。

杏子拿着文件从董事室里出来。

杏子叹了一口气，坐到打字机前。

杏子好似在偷窥一样坏东西，轻轻地翻开文件。

信州水库预算表的封面。

董事室的门开了，董事重原探出头来。

杏子吓了一跳，看着他。

重原："（满面笑容）怎么了，你的脸色不好啊。"

杏子："是吗？没什么……"

重原："这是一份重要文件，不要出错哦。"

杏子："是。"

杏子开始打起字来。

跳跃的手指。

打出来的文字和数字。

136.阿进居住的公寓

夜晚。

阿进面对着桌子。

传来叩门声。

阿进："请进。"

杏子进来。

阿进："（转过头来）来啦……"

说完，又伏案写起来。

杏子："我买了些水果……吃吗？"

阿进："嗯。"

杏子："（坐到阿进的身后）看来你很忙啊。"

阿进："还剩点工作没做完。"

杏子从挎包里取出文件。

阿进："（只顾着工作）是什么水果？"

杏子："……（将目光落在文件上）"

阿进回过头来。

杏子面部表情僵硬，阿进的视线与她的视线碰在了一起。

阿进看着杏子手里的文件，大吃一惊。

阿进："阿杏！"

杏子："……（想做出一副微笑状）"

阿进："全都复印了吗？"

杏子："我手都抖了。"

杏子露出哭一般的微笑，把文件递给阿进。

阿进接过来，贪婪地翻看着。

杏子被撂在了一旁。

杏子："（对着阿进的后背）有用吗？……"

阿进："嗯！"

说着转过身来，猛然将杏子搂进怀里。

杏子任凭阿进拥抱。

杏子在阿进的怀抱中，沉溺般地闭上双眼等待着。

阿进狂吻着杏子。

137. 日东建设公司·会议室

响起"万岁"的欢呼声。

山冈和阿进等营业部工作人员。

上席坐着社长及董事们。

桌子上一堆空啤酒瓶。

社长：“（举着啤酒杯）祝贺我公司的发展，并祝各位的努力，再来干一杯！”

在场的人在社长的提议下干杯。

阿进也一饮而尽。

138．某料亭的单间

阿进放下喝完的酒杯。

山冈坐在他的面前。

山冈：“……社长也很高兴，说好了，提升你为股长。”

阿进：“（微笑）……”

山冈：“我呀，也很高兴。今后还要努力哦。”

阿进：“是。”

阿进给部长斟酒。

山冈：“（一饮而尽）不过，有件事情要和你恳切地谈一下……”

阿进：“噢。”

山冈：“听你的未婚妻说，飞鸟建设公司的重原董事将代表她的父母。”

阿进：“有什么问题吗……？”

山冈：“当然，他也会出席婚礼的吧？”

阿进：“听说他是杏子已故父亲生前的好友。”

山冈：“嗯……我考虑了很多，正是这个时期，你们能不能把婚期往后拖一拖呢？”

阿进：“？”

山冈："也就是说，我希望等这件事稳定下来再办。"

阿进："可是……"

山冈："我也打定主意，一定要做这个媒人。可重原董事也列席婚礼的话，总感到气氛有点怪怪的。"

阿进："……"

山冈："按计划进行的话就太过分了。堂堂正正挺起胸膛去办也不过如此。一旦成了这种结果，不管怎样都会受到别人无聊的猜测。公司也认为，在这重要的时刻，需要慎之又慎。我说，这事情你自己也会说的吧？"

阿进："……（找不到话来反驳）"

山冈："你的心情我理解，不过为了公司能否这样办呢？我也拜托你了。"

阿进："我倒好办，可杏子她……"

山冈："推迟一两年结婚也不是什么大不了的事情。这关系到你的未来。你好好想想看，和你漫长的一生相比，哪一个重要？"

139．阿进居住的公寓

杏子语气激烈地喊着。

杏子："你说先等事情稳定下来再说，要等到什么时候？"

阿进："（含含糊糊地）到什么时候？……这……"

杏子："不管什么公司和部长先生了，我们谁也不叫。婚礼怎么样都行。举办一个只有我们两人的婚礼难道不行吗？"

阿进："可是，部长特意说了要给我们做媒。像你那样为不值得的小事生气……"

杏子："那么，我、我该怎么对大家讲呢？将婚期推迟两三年的理由该怎么说呢！"

阿进："……"

杏子："在公司里的面子和小职员的生活就那么重要？公司比我还重要？"

阿进："你别胡说八道，你最重要……不过，我们两个人的生活以及未来，不正是因为有了公司才能成立吗？不正是因为有了公司才能得到幸福吗？"

杏子："撒谎！你给我说清楚！你想要的并不是我，你真正想要的是飞鸟建设公司的我吧？"

阿进："杏子！"

杏子："你根本就不想结婚。你是想知道投标的预算才突然和我订婚的吧？"

阿进："不是，不是这样！"

杏子："我被你利用了。再也没有利用价值了。为了公司，为了出人头地，你践踏了我！"

杏子："阿杏！"

杏子双手掩面跑出去。

想去追她的阿进，扑通一下，一条腿跪下来。

阿进的旁白。

"……杏子说，我为了公司和出人头地而践踏了她。我读过饭仓家传下来的日记，曾发誓绝不像先辈们那样生活。可是不知不觉中，我再次重蹈了那段残酷的历史……"

140. 医院的单间病房

昏睡中的杏子和坐在枕头旁的阿进。

杏子微微动了动身子。

阿进："杏子！"

杏子呆呆地睁开了眼睛。

阿进："杏子！"

杏子："……"

阿进："我们结婚吧，就我们两人，马上结婚吧……啊？"

杏子："……（露出一丝微笑）"

阿进："杏子，原谅我！"

扑通一声，扑倒在杏子身上。

杏子想说什么，可没有力气说出来。一行泪水沿着脸颊淌下来。

141．柏油马路

清晨。

上班的公司职员走去。

叠印"完"字。

（完）

『怪人』

编剧：铃木尚之

（F.I）

1．“美吉”说书场正门

昭和二十五年（1950）。

“三游亭歌笑”的旗帜迎风招展。

2．同·场内

观众席上坐满了充分反映当时世俗的妓女、做黑市交易的人和公子哥们。

一幕过后，空台末座传来了伴奏声。

突然，观众席的一角传来了欢呼声。

妓女吹起了口哨。

“是歌笑”“对，是歌笑”“歌笑！”

在观众的一片欢呼声中，一个男人跑到了舞台中央。

这是三游亭歌笑独特的登台方式。

歌笑望着大家，那张怪诞的脸上露出了笑容。

经久不息的掌声和欢呼声，还夹杂着口哨声。

歌笑：“（用手制止）我可还什么都没说呢。”

这又使观众席变成欢笑的海洋。

他潇洒地呼吸。

歌笑：“各位听官儿上眼，凭这张脸，在下便是三游亭歌笑。”

哄堂大笑，还是哄堂大笑。

片名：《怪人》

接着是制作人员名单。

摄影机从各个角度拍摄歌笑正在热烈表演的不同表情。

同时播放着“童年时代的回忆录”。

歌笑的声音："古人常说，山清水秀之地必有伟人出世。可我现在还不能算是伟人。啊，回想起来我是从父亲的体内转到母亲的体内，然后从母亲的体内没受到限制地降生在南奥多摩这个风景绝佳之地，那天是大正六年九月二十二日的清晨。就连公鸡也哀叹稀世罕见的怪脸的出现，为此打起鸣来：咕咕哏——"。

（O.L）

3．五日市全景

头遍鸡引吭高歌。

镜头拉近歌笑出生的房子。

"高水制丝工厂"的招牌。

画外音："俗话说，伟大人物从小就与众不同。我出生后三个月就爱上了单口相声。"

4．高水家·内部

收音机播放着单口相声。

婴儿高兴地听入了神。

画外音："陶醉于单口相声广播的梦想也成了泡影，大正六年的日本连收音机也成了奢侈品。"

收音机从画面上飞快地消失。

婴儿号啕大哭。

5．五日市小学·校园

画外音："长大些后，我没能上东京大学但上了小学。我的这张怪脸从这时起就招女生讨厌。"

安静的校园突然间响起了孩子们的尖叫声。

镜头摇向被女生追逐着的少年春男（即后来的歌笑）。

春男突然跌倒。

欢呼雀跃的女生们。

放声大笑的胖女孩花子。

花子把春男远远地猛扔出去。

嗖地甩出去的眼镜。

近视眼的春男瞪着眼睛四处搜寻。

大笑的花子。大笑的女生。

上课铃声急切地响了起来。

花子等跑走了。

春男："（望着她们的背影）混蛋……花子，看我怎么收拾你！"

6. 同·教室

黑板上写着"俳句"二字。

巡视大家的老师。

正在思考的学生们，其中有春男和花子的面孔。

春男猛地举起手。

老师："高水，你会啦？"

春男："是！只要是五七五就行吧？"

老师："对，你来做一首。"

春男瞥了一眼花子后得意地高声朗读。

春男："花子的胸脯 就像盛满牛奶的 大罐子一般"

吃惊的老师。

花子不由自主按住胸脯。

学生们哄堂大笑。

老师黑着脸站在春男面前。

老师："高水，你真早熟。给我站到老地方去！"

7．同·校园

俯瞰摄影：一个人孤单地站着的春男。

内心独白："不知今天罚站要罚到什么时候，不如利用这段时间专心学习单口相声。"

镜头拉近春男。

春男："（口若悬河地）……竟然有这么满不在乎的孩子，根本就没有丝毫的悔改之意。早熟意味聪明，谁知竟被罚站，真不讲道理。我要是老师的话一定把这样的学生当作高材生。"

画外音："几年后，我迎来了20岁的春天，校园也变成了征兵检查的庭院。"

（O.L）

少年春男的身影变成站在同一个校园的20岁的高水春男，手中握着为国效劳袋。

三三五五驻足的20岁左右的青年们。

画外音："那年正逢中日战争爆发，日本男儿无不憧憬成为帝国军人。我也未免俗，鼓起勇气进了裸检场。

8．同·礼堂内

裸体、裸体、裸体。

只穿着兜裆布进行体检的年轻人。

镜头追拍测量身高、体重、胸围等。

画外音："那时的我青春痘泛滥，博览了托尔斯泰、易卜生以及妇女卫生宝典，致使与生俱来的近视眼越发严重。"

站在视力检查处的春男。

春男用饭勺遮住一只眼

春男："看不见"

主管："混蛋！下一个！"

春男："（哭腔）看不见！"

9. 同·面试场地

哭声连下一半。

直立不动的春男。

他非常认真的面孔。

他面前站着留着稀稀拉拉胡子的主管。

主管："怎么看你这张脸也不是张为国尽忠的脸。（大喝一声）丙级！"

瞬间惊变的春男的面孔。

10. 这张脸向正面走来。

画外音："不忠的脸……不忠的脸……不忠的脸……听到他们这样说我时，我为这天大的侮辱而震撼了五脏六腑，我泪如泉涌，宛若冲刷高山峡谷的暴雨。"

11. 道路

春男好像突然想起了什么止住脚步回头望去。

远处小学的日本国旗。

春男："（喊叫）畜生……丙级也有丙级的活路。（倾吐心声）我还有单口相声呢！"

他脚跟一转飞快地跑走了。

12. 草丛

奔跑的春男朝天喊到：

春男："我要成为单口相声大师！"

13．林道

奔跑的春男朝天喊到：

春男："我要成为单口相声大师！"

他的呐喊久久回荡在上空。

14．高水家·餐厅（晚上）

昏暗的灯光下，一家人正在用餐。

令人窒息的沉默。

不声不响吃饭的为吉（53岁）和保（47岁）及兄妹。

碗筷未动地盯着全家人吃饭的春男。

为吉吃完后忽地站起身来。

用期待的目光望着父亲的春男。

为吉："好了春男，我们高水家绝不能出个卖艺的！"

说完后离去。

春男："（被击倒似地）爹……"

紧接着哥哥和妹妹也相继离去。

只剩下保和春男。

保："（小声说道）……我说春男啊，你还是改变主意，趁早向你爹认个错吧，娘也陪着你认错。"

春男瞅了一眼母亲。

春男："我还以为只有娘会支持我呢……（噗地站起来）好，我谁也不靠！"

春男蹬蹬地跑了出去。

保："（追出去）春男！"

15．同・春男的房间

跑进屋的春男。

追过来的保。门在她面前"嘭"地一声关上了。

保的声音："春男，开门，快开门！"

春男用后背使劲顶着门。

保的声音："不管是爹还是娘，我们都是因为关心你才反对的，你明白吗，春男！"

春男："（一声不吭）……"

保的声音："娘最看重你啦。如果你走了，那娘……好啦春男，别发脾气啦……你别一意孤行净让娘难过……"

春男眼圈红了。

不由自主地喊道："娘！"想打开门。

春男："不行，男儿有泪不轻弹……我要成为单口相声大师！

痛苦地忍耐着，闭上了眼睛。

16．同・前廊下

保："春男……（放弃规劝）肚子饿了就出来吧。"

17．同・春男的房间

保离去的脚步声。

春男哀叹地睁开了眼——

跳入眼帘的是单口相声全集。

春男的脸上露出下定决心的神色。

18．同・前门

漆黑的天空。

突然一件行李被扔到墙外。

接着一个人影跳下来，是春男。

春男仔细观察了一下四周，从怀里掏出块表。

从怀表映出春男的声音。

画外音："五时二十三分十四秒半，高水春男，离开了家乡，壮志未酬绝不归来。"

春男扛起行李，迈着有力的步伐朝天空泛起鱼肚白的东方走去。

在他的背后响起了军歌的旋律：

"勇敢奋战 凯旋归来"。

19.五日市车站·月台

旋律变成合唱。

挥舞着日本国旗为出征士兵送行的人群。

只见在人群背后用行李遮着脸的春男的脚在行走。

那双脚突然停住了。

保手拿着个小包袱站在那儿。

无言相觑的母与子。

万岁的喊声包围了二人。

保向前走了两三步。

春男向前走了两三步。

保微笑。

春男："……（想说什么）"

保："（摇摇头）好了，什么都不要说了……既然你认准了你就去吧……"

春男："（小声地）娘……"

保：“你生成那样一张脸，娘和爹也有责任。希望你能成为出色的单口相声大师。”

春男：“（哽咽地频频点头）娘，您来送我，爹会说您的吧。”

保：“这种事你不用担心。被你爹打两三下算什么，就当让他消消气。”

春男：“（极为感动地）对不起！”

保：“哭什么呀，傻孩子……”

火车出站的铃声急切地响起来。

保：“（递过包袱）快，快走吧。”

春男：“娘……保重啊。”

春男跳上车。

伫立送行的保。她的脸上叠出列车的声音。

突然间，保跟着车跑起来。

保：“春男……让我再看你一眼。”

传来春男的声音：“娘！”

列车的声音逐渐远去。

20. 行进着的列车中　网架上放着行李。

春男打开母亲拿来的包袱。

有十个大饭团。　春男咽了口吐沫大口地吃了起来。　牙被硌住了。

春男：“是大盐粒吧。”

露出十元钱。

春男惊讶地逐个掰开了剩下的九个饭团。

但只有第一个饭团夹有十元钱。　春男将印有牙印的十元钱展平。

一粒大泪珠落在钱上。

突然抽噎的春男。

车厢中惊讶地看着他的人们。

春男忍不住号啕大哭起来。

春男："娘！！"

人们一齐站了起来。

21．蓝蓝的天空

字幕"东京"。

22．某单口相声家的房子·正门

突然从里面传来骂声，扛着行李的春男被赶了出来。　　他面前站着单口相声家的弟子富平。

富平："我告诉你，单口相声是地地道道的东京人说的。不是你这种不知轻重的乡下人来的地方。你要是再赖着不走，就把你交给警察！"

春男："知道了，知道了，我走还不行吗……（刚要走又回过头来）我最后再问一个问题：大哥您入门时肯定也吃了不少苦头吧？能否给我说说您是如何成功的？"

富平上当，得意扬扬。

富平："那真是令人心酸的血泪史啊。那年春天，我抱着远大的志向背着行囊走出农村时只有 21 岁……"

春男："那你也因为是丙级喽？"

富平："哼？（停顿）混蛋！我是乙二级。为了能让师傅收我做弟子，我一动不动地坐了 24 小时才转运的。"

春男："那你不是和我完全一样吗？"

富平："不，这儿可不一样啊。"

富平摸着冬瓜脸。

春男伸出头仔细观察富平的脸。

春男："（微笑道）这个话题令人不快，我们别谈脸了吧。"

富平："讨厌！"

（WIPE）

23．另一个单口相声家的房子·大门

口若悬河的弟子顽福。

静静倾听的春男。

顽福："……师娘早就得了子宫病，师傅又有十二指肠溃疡，当这样家庭的弟子只会给你带来灾难。闲话少说，你还是另求高师吧。我这是为你好。"

春男："（流下同情的眼泪）对不起是我太过分了。听了你这番话我就很高兴了……请师傅和师娘多多保重……"

礼貌地低头鞠躬后出去了。

从里面笑着走出弟子们。

顽福："（伸伸舌头）哼，真烦人。"

砰地拍了一下脑门。

（WIPE）

24．三游亭金乐的家· 正门

四谷内藤町的小巷。

春男拖着疲惫的双腿找到这里。

站在金乐家门前眼睛靠近名牌。

> 中　岛　　信太郎

> 三游亭　　金　乐

共有两块牌子。

春男看后抬起了不安和期待交织的脸。

突然，从里面传来了金乐的骂声。

画外音："按摩的还没来吗？按摩！"

25．同·金乐的起居室

金乐大声申斥着。

嘴大声音也大。

金乐："勺子，你给我当了几年徒弟了？只要我刚说出按摩的按字，你就应该把手放在我肩上揉起来……明白吗！"

他面前站着惶恐不安的弟子——勺子。

人看着还不错，但有些懦弱。

勺子："对不起，师傅。因为时局关系按摩的人越来越少，实在是给您添麻烦了。"

金乐："你说什么！瞎子又不会去打仗，不赶快给我找来的话，我就把你逐出师门！"

勺子飞跑出去。

26．同·大门

嘟嘟囔囔走过来的勺子。

勺子:"成天到晚地按摩、按摩,讨个会按摩的老婆不就得了。"
哗啦一声打开了门。

勺子:"(吃惊地)你是谁?"

春男:"(急中生智地)我是按摩的。"

勺子:"按摩的?宅悦怎么没来?"

春男:"宅悦?!……宅悦今天去阿岩那儿啦。……"

勺子:"那你是替他的喽?师傅发火了,你快进去吧。"

春男不放心地看了看放在外面的行李跟了进去。

27.同·金乐的起居室

勺子拽着春男的手走过来。

勺子:"师傅,让您久等了。今天就让垫场的按摩师替补一
下吧。"

金乐:"甭管是垫场的还是主角都行,马上就要上场了,快
点!"

春男:"好!"

春男到金乐后背开始揉起来。

他紧张得手直发抖。

金乐:"喂,你是不是中风了?"

春男:"哪里哪里……我最喜欢听师傅您说相声啦,所以一
碰到您的肩膀就心情激动、盲肠跳动……"

金乐:"别胡说了,给我用劲儿揉。"

春男面红耳赤地继续揉着。

"师傅,对不起,我来晚了。我是宅悦。"

门开处,按摩的宅悦用手摸索着进来了。

春男吓了一跳。

金乐："（不在意地）是宅悦啊，你不来也无所谓啦。这个新手的技术可比你强啊。"

宅悦："（不解地）您说什么？"

金乐："我在夸你们那儿的这个年轻人呢。"

宅悦："师傅，您别拿我开心了。我家只有我和老婆两个人，哪有什么年轻人呐。"

金乐和勺子吃惊地望着春男。

春男苦笑着看看金乐。

金乐黑着脸怒目而视。

春男两手着地跪在榻榻米上施礼。

春男："师傅，求求您，就收我为徒吧！"

金乐："勺子！你给我当了几年弟子了？连按摩的和拜师的都分不清吗？我没你这样的弟子！"

浑身颤抖的勺子。

春男："（紧追不舍地）如您要将他逐出师门的话，那一定收留我……请您看看我这张脸。不好意思，我觉得我天生就是块说单口相声的料儿。请念在我满腔热忱的份儿上，就收我为徒吧！"

金乐脸色难看地站起身来。

金乐："勺子，我们走。"

春男："（抱着不放）师傅，求您啦！"

金乐推开他开始换衣服。

帮忙的勺子。

春男："师傅！只求您一件事，您听听我的声音是否具有素养。"

金乐："……"

春男："求求您！"

春男端坐好后开始表演。

金乐："等等，一看到你那张脸恐怕就会引起脑震荡。你非要说的话就冲墙说算了。"

春男："好！对不起那我就背对着您说啦。"

春男面对墙壁大咳一声，开始说"胖猪午睡"。

春男："话说一对公猪和母猪悠闲地在地头儿午睡。突然，公猪醒了，它对母猪说：我刚才做了一个噩梦，梦见咱俩被烤成金黄色的猪排吃进了人的肚里。母猪听后吃惊地观察了一下周围环境，难怪会做梦啊，原来它们悠闲地睡觉的地方是卷心菜地。"

劈劈啪啪地响起了热烈的掌声。

春男："谢谢，师傅！"

春男激动地回过头来。

但紧接着喜悦之情瞬间消失。

鼓掌的只有瞎子宅悦一人。

金乐和勺子都不在。

春男猛地站起来。

春男："师傅！"

喊着冲到走廊。

28. 同·走廊

冲出来的春男。

女佣阿久（18岁）走来。

长得非常漂亮。

春男："（着急地）师傅、师傅去哪儿啦？"

阿久："他出去了。"

春男："什么……"

垂头丧气的春男。

阿久拿出一个纸包。

阿久："师父说让你把这个带走。"

春男："……？"

阿久："是车费。"

春男怒由心起。

冷不防夺过纸包，

春男："我、我不是来要这个的！"

啪地扔到走廊。

阿久："你想干什么！"

春男："我实在控制不住了，对不起……小姐，请你告诉我师傅去的地方，我再去求求他。"

阿久："我是这里的女佣，要是告诉你的话会挨说的。"

春男："别这么说，快告诉我吧。求求你，拜托啦。"

春男双手合十作揖。

宅悦打这儿经过。

宅悦："年轻人，听来你的身世一定挺苦的。怎么样，索性你就死心吧，别学什么单口相声，跟我学吧。"

阿久趁机到厨房去了。

追上去的春男。

宅悦只好向大门走去。

29．同·厨房

阿久想打开煮锅的锅盖。

春男的手敏捷地拿起了锅盖。

阿久想添柴，春男又迅速地添柴。

春男拼命地缠住不放。

春男："求求你，拜托了。我是晚辈，请多指教！"

阿久："（叹了口气）我真想帮你，可我只是个佣人……你究竟是从哪里来的？"

30．行驶中的电车

车中的金乐和勺子。

金乐："你怎么看那个傻瓜？"

勺子："什么怎么看？"

金乐："他说把你赶走留下他，这种人现在可不多啊。将来说不定也许会有出息的。尤其是那张脸真好啊。"

勺子："师父，这么说要把我逐出师门喽……"

金乐："谁说赶你走了。"

勺子："（放心状）谢谢。如您所说那家伙的脸长得真好笑。"

金乐："虽然不太时尚，但就是这个滑稽相儿才有味道呢。"

勺子："那就索性让他住下来看看如何？您带着他肯定比带着我更能突出师父您的风采。"

金乐："混蛋！"

31．金乐家·厨房

吃着白给的白薯的春男。

阿久："哦，原来你是怀着这个愿望离开家乡的啊。"

春男："不知怎么回事，全都告诉你之后，我又来精神啦。我再去别的师傅那儿碰碰运气……谢谢你的款待。"

行礼后站起来。

32．同·大门

出去的春男。

没有安慰之言默默送行的阿久。

阿久："（自语）这么好的人……我们师父真没眼光……"

阿久关上门要回去时，电话铃响了。

阿久拿起电话机。

阿久："喂喂，中岛……啊，勺子……嗯，嗯　……（突露喜色）就是说师父同意收留他了……谢谢，勺子大哥！"

啪地撂下电话，再次冲向大门。

33．小巷

奔跑着的阿久。

34．大道

阿久跑过来。

扭头看一个方向。

背着行李正要上电车的春男。

阿久猛然意识到跑了过去。

开动的电车。

阿久冲着电车喊道：

阿久："垫场的按摩师傅——！"

35．正在行驶的电车里

挤满车厢的客人惊讶地一起回头。

将行李放在头上的春男也吃了一惊。

36. 奔跑着的阿久的脸

阿久："师父、师父他同意啦！"

37. 正在行驶的电车里

春男听到后马上拼尽全力地用手拨开乘客。

春男："停车！司机师傅请停车！"

（O.L）

38. 金乐家·起居室（晚上）

白纸上写着黑黑的两个大字——"金平"。

金乐写完后放下笔，

金乐："怎么样？跟按摩师还般配吧？"

在他面前有勺子和阿久。

阿久："能够有师父的一个字，他得多高兴啊……"

金乐："那也用不着你高兴地留下泪来啊。拿给他吧。"

阿久："是。"

接过后站起来。

39. 同·走廊

阿久手捧着纸来到弟子房间的前面。

听到雷鸣般的鼾声。

阿久拉开门。

40. 同·弟子房间（她目之所及）

灯泡下放着一件行李。

春男劳累了一天，靠在行李上呼呼大睡。手里还紧紧攥着铅笔。

镜头拉近他的一侧。

行李上放着刚写了几笔的信纸。

"亲爱的妈妈，我……"

笔停在那里。

（F.O）

41. 说书场"美吉"的正面

繁华街道后面的小巷。

正在走路的脚、脚、扎裹腿的、穿劳动裤的、穿胶底布袜的等等，战时色彩分外浓厚。

歌笑的声音："就这样我住了下来，整整四年，说是学单口相声，其实是当佣人。令人难忘的昭和十六年春天，我终于登上了憧憬已久的舞台。"

镜头向上摇摄："美吉"书场的招牌。

收票员藤田三吉（24岁）操着大阪腔热情地招呼客人。

陆续进场的客人。

三吉："欢迎光临。前排座位空着呢。我们这里既有古典的单口相声又有军国相声，全都新奇有趣。请进请进别客气，今天是日本最好的助演登台献艺，不笑不要钱！欢迎光临！"

42. 同·内部

正在舞台中央演出的金平（春男）。虽很卖力，却不太叫好。

观众席上稀稀拉拉地坐着几个感到厌倦的客人。大家都面露怒容。

有人竟大打起了哈欠。

尽管如此，仍在继续认真演出的金平。

43．同·后台

望着舞台的书场老板及顽福等两三个助演。

助演一：“（感叹地）真不怎么样……”

顽福：“这不等于要赶客人走嘛。”

书场老板忍不住小声叫起来。

书场老板：“金平，下来吧。”

金平没听见似的继续演出。

观众席有人喝倒彩。

“真臭，下台吧！”

金平没听见似的继续演出。

书场老板忍无可忍地起身离去。

44．同·舞台

继续演出的金平。

突然，观众席传来笑声。

金平以为自己受欢迎呢，高兴得越说越来劲。

但是，镜头一转，客人冲着别的方向在笑。

原来是书场老板正在双手合十对着舞台旁边供奉的狐仙顶礼膜拜。

书场老板：“南无、狐仙大明神，请您保佑我们全家消灾免难。生意兴隆，高朋满座。狐仙大明神，刚才舞台上有个洞，这个蹩脚的助演就钻上台了。这实在对不起观众，希望下一个节目尽快开始。啪啪”拍了两下掌。

观众席鼓掌喝彩，哄堂大笑。

金平不知什么时候忘了词，呆呆地看着观众席入了神。面带愁容。

45．同·后台

等待出场的勺子。

垂头丧气地退场的金平。

勺子："别呆头呆脑的，快去击鼓。"

他用手里的扇子"啪"地敲了一下金平的头。

金平拿起搥鼓胡乱敲起来。

与鼓声同时响起画外音。

画外音："实在令人可悲，第一次登台就半途而废，落得个惨败收场，我只哭成泪人与鼓搥相嬉……"

因为鼓声响个不停，台上的勺子不知如何是好。

金平的背后突然传来金乐的声音。

金乐："你要敲到什么时候！"

金平忽然醒悟过来回头。

金平："啊，师父，您辛苦啦。"

金乐："我辛苦什么……（回头看着站在背后的男子）这是富平。从今天起就入了师门啦，你们要好好相处。"

金平看后大吃一惊。

富平傲慢地看着金平。

瞪眼对恃的金平和富平。

（O.L）

46．后台口和小窄巷（晚上）

散场后。

"辛苦啦"

留在最后的两三个助演回去了。

间隔一会儿，跑出来的金平和富平。

两人对立地瞪眼对视着。

富平："不管怎么说，在单口相声界我是前辈，你当然要叫我师兄啦。"

金平："别开玩笑了。在金乐师父家，不是夸口，我是你的前辈。我是师兄。"

二人几乎同时厮打起来。

被撞出去的金平摔个屁股蹲儿坐在地上。

金平："你有种！"

站起来用力抱住富平。

猛烈厮打的二人。

听到动静的收票员三吉飞奔过来。

三吉撞走骑在金平身上猛打的富平。

富平："（站起来）你一定得管我叫师兄。"

说完就走了。

想追上去的金平。

三吉："等等，金平，不是说'要爱你的敌人'吗！"

金平："（推开三吉的手）三吉，你别管。要不是你，第二回合我都快打败他了。"

三吉："净说大话。你就是嘴硬，别跟那家伙一般见识，他可是个会来事儿的讨厌鬼。"

金平："所以我才要教训教训他。"

三吉："（突然压低声音）金平，我看错你了。你总说要台上见分晓，今天怎么会这样了呢？你有打架的时间，还不如学段儿相声呢。"

金平："（若有所思地）是啊，谢谢。你说得对。"

三吉："你终于明白了。打起精神来，三游亭金平后援会长——藤田吉三永远支持你。（拍了下肩膀）走，找女人解闷儿去。"

金平："不，我要回去学习。"

三吉："我不是说去逛窑子吗？逛窑子也是学习啊。连女人都玩儿不转的话，怎么能搞定观众呢？！"

金平："（害羞地）我……要为某人守节，不碰任何女人。"

三吉："真的吗？谁这么有福气？！"

47. 金乐家·厨房

在角落里看信的阿久。面露愁容。

阿久觉出有人来，回过身来。

金平站在那儿。

阿久赶忙收起信，故意快活地。

阿久："噢，回来啦。马上吃饭吧。"

阿久迅速地把盒饭放在金平面前。

饭上面放着一条小加吉鱼。

金平："（惊讶地）阿久，怎么会有加吉鱼呢？"

阿久："这是为了祝贺你正式登台。（笑着）因为我的零花钱很少，所以只能买条小的，别见怪啊。"

金平深受感动。

金平："我还没出师就让你破费，阿久，真对不起你……就是为了阿久，我一定要早挑大梁！"

说完后，金平若无其事似的狼吞虎咽起来。

微笑地看着的阿久。

（F.O）

48. 金乐家·走廊（早晨）

金平在擦着地做卫生。

合着动作的节拍热心地吟诵着单口相声。

从池子里往外淘水的富平。

金平："（清楚地嘟囔）我绝不会输给他！"

49. 同·院子

富平突然停住手看金平。

富平："（清楚地嘟囔）我绝不会输给他！"

50. 说书场"美吉"的后台

金乐走向舞台。

金平正想击鼓，富平抢先敲响。

富平得意地抿嘴一笑。

被抢占先机、懊恼不已的金平。

（WIPE）

金乐从舞台上下来。

富平想替金乐脱下外罩时，金平抢先取下叠好。

金平得意地微笑。

被抢占先机、懊恼不已的富平。

51. 金乐家·弟子房间

铺着两张床，勺子在一张床上香甜地睡着。

剩下的一张床上，金平和富平背对背地睡着。

金平口中念叨着单口相声。

富平不服输地大声念叨。

金平更加不服输地提高嗓门。

富平急了。

突然掀开宣纸露出金乐的脸。

金乐："（大喝一声）吵什么！"

金平和富平迅速装睡。

勺子跳起来。

勺子："（睡迷糊的声音）是，师父！"

（F.O）

52. 说书场"美吉"的办公室（白天）

昭和十七年初冬。

墙上挂着斗志昂扬的海报。

围着炭火谈话的金乐和书场老板。

在入口附近待命的勺子。

书场老板："如果有三个台柱子去当兵的话，那我们就别做生意了。"

金乐："都是这场战争闹的，什么时候才能结束啊！"

书场老板："得赶快找出接班的来，否则谁来管教年轻人？演出档期也没法安排啊。师傅，跟您商量一下，这段时间，是由金平还是富平负责助演呢……"

金乐："那可不行，他们的功夫还差得远呐。"

书场老板："（笑着）从师傅的角度看可能是这样，可最近那两个人勤学苦练，进步得很快啊。师傅，请您推荐一个吧。"

金乐："既然书场老板先生这么说了，作为师父我也不会反对，可要是从他们两个当中选一个的话……"

抱着胳膊沉思的金乐。

「怪人」

用期待的眼光望着金乐的勺子。

53 、饭摊儿（晚上）

掀起布帘进来的勺子和金平。

金平："真不好意思……让师兄破费，这是我投师一千八百零五天以来第一次。"

勺子："行了，坐下吧……大叔，来壶热的。"

饭摊的大叔："哎。"

拿出一壶合成酒。

勺子拿起酒壶

勺子："先预先祝贺一下，来，喝一杯吧。"

金平："预先祝贺，给谁呀？"

勺子："你呀。"

金平："我？"

勺子："还不是最后决定，师父和书场老板之间商量最近要让你负责助演呢。"

金平跳起来。

金平："真的吗？师兄！"

勺子："这种事情能开玩笑吗。"

金平："（掩饰不住喜悦之情）谢谢，师兄！"

在勺子的额头亲了一口。

勺子："好脏啊。"

金平要跑出去。

勺子："（惊讶地）喂，你要去哪儿？"

金平："我现在急于想见一个人，先走了！"

金平跑出去。

54. 金乐家·厨房

猛转过头来的阿久。

阿久："真的？！……太好了……"

她前面站着气喘吁吁的金平。

阿久不知想着什么端坐在地板上。

阿久："（低头鞠躬）金平先生，祝贺你。"

金平也同样在阿久面前正襟危坐。

金平："阿久小姐，对我这个长得这么丑的男人，你从不嫌弃，一直关照至今。我一直想感谢你，但总没机会，拖至今日才……"

阿久："你说什么呀，这么正经……"

金平："不，虽然我不敢奢望，但受到女人亲切相待我非常高兴。我、其实、这个……哪怕能升到二等演员，我就对阿久……"

阿久："对我……？"

金平："（突然害起羞来）不，先不说了……阿久，谢谢你！"

金平没说完心里话就站起来想走。

阿久想叫住他，但又改了主意。轻轻从腰带里掏出那封信看。心情沉重的样子。

55. 同·弟子房间

金平来到镜子前面站住。凝视着自己的脸。

金平的声音。

"还太早，现在考虑阿久的事情还不到时候……负责助演……我已经超过了富平……若不抓住这次机会……金平，要加油干哪！"

金平难以平静，转身倒立起来。

56．说书场"美吉"·内部

竭尽全力擦舞台地板的金平。

金平："……负责助演……负责助演……嘿嘿、我要让你们笑声不断。"

忽然意识到前面站着异常紧张的三吉。

金平："（感觉到什么）阿三，怎么了？"

三吉："（绷着脸说了一句）来了。"

三吉给他看掌中的红纸。

金平："……是吗，阿三也得去当兵啦……"

三吉："我也给阿金添了许多麻烦啊。"

金平："哪里……阿三不在这儿我会寂寞的，什么时候走啊。"

三吉："我坐今晚的火车先回趟大阪，两天后入伍。"

金平："是吗……我多么想让你看看我第一天负责助演的情景啊。"

三吉："（吃惊地）负责助演？！阿金，你没搞错吧"

金平："搞错？"

三吉："已经决定让富平负责助演了呀。"

金平："（笑着）怎么会呀，明明是我……"

三吉："别说了，你看看，大家不是在向富平道喜吗。"

金平惊讶地向后台看去。

助演们围着富平祝贺他。

金平："（慌乱地）阿三，这到底是怎么回事啊？"

三吉："我哪儿知道啊……（突然想到什么）我明白了！"

金平吃惊地看着三吉。

三吉："那家伙这两三天经常出入书场老板家，一定是拍马屁顶了你呗。"

金平："你说什么！"

金平突然感到头昏目眩。

画面转暗，三吉的声音。

声音："阿金、要挺住啊。阿金、阿金！"

57. 街上（晚上）

声音滑下一半，神情绝望的金平走来。

他脑海里浮现出在亮丽的舞台上博得喝彩的富平的面孔。

金平忍不住跑起来。

58. 金乐家·起居室

坐在金乐前面的阿久。

金乐："这么说来，你是一定要走了"

阿久："是。"

金乐："你现在走让我很为难，可是又不能阻止你出嫁……"

59. 同·前廊下

正要进来的金平听到这话吃惊地停下脚步。

阿久的声音："这么多年来给您添麻烦了。"

金乐的声音："要道谢的应该是我。阿久，做个好媳妇吧。"

金平心里很不是滋味、突然跑到厨房去了——

60. 同·厨房

咕嘟咕嘟喝水的金平。

阿久回来了。

阿久："啊，金平……"

金平："（背对着不动）你要出嫁了？"

阿久："哦，本不该瞒着你的，但因为他要出征，所以急着要办事……"

金平："是吗……原来如此。"

金平一下子转过身，像小丑似的笑着。

金平："恭喜，阿久，给你道喜啦！"

说完后蹿出屋去。

61. 同·弟子房间

金平跑进来。小丑脸痛苦地扭曲着。

心神不定地在小屋里走来走去。

阿久悄悄来到门口。

对视的二人。

阿久："（递给他拿在手里的书）……这是用我第一次的工钱买的书。请收下吧。"

阿久放下后出去。

金平拿起来看。

是《啄木诗集》。

难受地关上灯。

黑暗中听到郁闷的哽咽声。

（F.O）

62. 饭摊 （晚上）

整个画面都是放声大笑的金平的面孔。自暴自弃。

金平：“大叔，再来一壶！”

他面前摆着七八个酒壶。

大叔：“喝得差不多就行了。你的那份已经喝光了。”

金平：“（火了）你说什么？”

挥舞着空酒壶。

那只手被紧紧攥住。是勺子。

金平：“（怄气地）干什么，是大哥啊。”

勺子：“（恳切地）你、变了……”

金平：“用不着你管，放开我。”

勺子：“混蛋！”

勺子突然用手扇了金平一个耳光。

金平：“你，你要干什么？”

勺子：“都是我不好……都是因为我的轻率才让你这么痛苦的……可是金平，如果现在灰心丧气的话，不就前功尽弃了吗。你拜师求艺时的劲头儿都跑哪儿去了。你还年轻，你要是真的窝心的话，为什么不好好学习，超过富平呢。”

金平突然趴在饭摊上。

金平：“大哥，我已经不行了。”

勺子：“没什么不行的。我们回去吧，师父也惦记着你呢。”

金平撒娇似的、又像反抗似的趴着摇头。

勺子：“这家伙真没办法……但有一点你要记住：在决定助演负责人时你比富平说得好。可现在不同了。在你闹情绪时，他的进步很快，抓住了观众的心。这是为什么，你不应该好好想想吗……（对大叔）今天他的酒钱就记在我的账上吧。”

勺子说完后出去。

金平抬起头。焦躁不安的眼。

63．说书场"美吉"内部

舞台上坐着富平。

观众兴高采烈。

从二层的柱子后面聚精会神看着下面的男子，是金平。

金平："（自语）……真像师兄说的那样……是比我强……"

金平无地自容地离去。

64．楼梯下

金平从二楼下来。想避开众目逃将出去。

书场老板叫住他。

书场老板："这不是金平吗。我从刚才就叫小子们去找你。"

金平："（突然扭过脸去）什么事？"

书场老板："让你去出堂会。马上到柳桥的"千代乃家"去。"

金平："哎，让我出堂会？还真有好事的，这么关照我。"

书场老板："你能去吧？"

金平："只要能赚点儿酒钱，哪儿我都去。"

金平出去。

书场老板："（目送着）喊，不光是脸，连心都扭曲了。"

65．日式酒家"千代乃家"的走廊

老板娘带着走来的金平。

金平："老板娘，究竟是谁的堂会啊？"

老板娘："你到了就知道了。"

老板娘先到两步，拉开一间屋子的拉门。

金平双手着地施礼

金平："晚上好。"

抬起头一下子愣住了。

金平："师父！"

66．同·宴会厅

金乐师父稳稳当当地盘腿坐在那里，由艺妓们陪着喝酒。

金乐："（对艺妓说）喂，来了个怪怪的单口相声演员，我们还是听他说一段儿吧。"

艺妓们高兴地拍手叫好。

金平："（慌张地）别开玩笑了，师父。"

金乐："混蛋，你是不敢在请你来的客人面前演出，还是因为是我叫的而不服？"

金平为难地无所适从。

金乐："喂，快点儿演吧，说相声的。"

金平："那我就说一段'唠叨念佛'吧。"

金平开始说。

金平："常言道：上了年纪就心定神闲，实际上并不完全如此。话说有一位终日专心念佛之人。可他念佛时却夹杂着许多唠叨，真不知他到底信仰什么。南无阿弥陀佛、南无阿弥陀佛，哎，怎么佛龛前的花枯萎了？怎么能让我佛的花枯萎呢？是谁烧香时把香弄倒了？这不就把佛龛搞得到处是灰了吗？南无阿弥陀佛、南无阿弥陀佛……"

突然，金乐张口大笑。

金乐："啊哈哈哈，说得太糟糕了，听不下去了。（对艺妓们）怎么样？你们也没笑吧。"

艺妓们发窘的面孔。

金平："（怒上心头）太过分了，单口相声本来就没有一开场就让人笑的。"

金乐："喂，你想跟师父顶嘴吗。"

金平："因为您说您今天不是师父是客人我才这么说的，我告辞了。"

金平要站起来。

金乐："等等，你肯定还有话要对我说吧。"

金平："有，有很多。您用不着在这儿羞辱我……我知道您喜欢富平。我算什么东西。"

金乐："……（嗤嗤冷笑）"

金平："师父！您为什么不把我逐出师门呢。"

说完后跑出去的金平。

67. 同·大门

老板娘站在跑出的金平面前。

老板娘："辛苦啦。师父让我把小费给你。"

拿出写有"大入袋"的钱袋。

金平："我不要！"

老板娘："别这么说，收下吧，拿着它也不费事儿……阿金，你最近手头有点儿紧吧？"

死死盯看老板娘面孔的金平。

金平："（嘲讽地笑着）嗯，是有点儿紧巴。反正我注定要靠别人施舍才能活，那我就收下了。"

夺过钱向外走去。

68. 夜晚的道路

电线杆上的灯泡投下暗淡的光影。

金平过来。打开钱袋。

和钱一起还有一封信。

近视眼的金平因光线太暗看不清。

金平爬上电线杆。

一直爬到灯泡底下看信。

信（金乐的声音）："金平，最近你玩儿疯了吧。

为了了解世间百态玩玩也好，可要是不反映到舞台上那就是浪费。

可爱的金平，自己的路要靠自己发现并开拓！"

金平反复朗读最后一段。

金平："自己的路要靠自己发现并开拓……（忍不住叫起来）师父！"

金平差点从电线杆上掉下来，紧紧地抱住电线杆。

（F.O）

69. 战时色彩的说书场招牌　几个蒙太奇

歌笑的声音："如此这般我心生一念，将名字改为歌笑，专心编写新式单口相声整整两年，我本来就爱看的文学作品是毋庸赘言，再加上阿久送给我的《啄木诗集》都是我的良师。曾被人投之以石的啄木，他的诗集紧紧抓住了我那颗刻有丙级烙印的心。"

镜头最后停在"欣欣亭"的招牌上。

70. 说书场"欣欣亭"里面

演出啄木风格的新编单口相声的歌笑（金平）。

狂热的观众席。

（WIPE）

演出另一新编单口相声的歌笑。

狂热的观众席。

（WIPE）

71. 同·后台

外面下起了绵绵细雨。

从背后舞台上传来狂热的观众们的欢呼声，闷闷不乐下场的歌笑。

助演们赞不绝口地迎着歌笑。

歌笑宛如要从这些声音中逃跑似的出了后门。

意识到下雨了，有些为难的脸色。

正要拽起衣角跑出去时，后面响起了女人的声音。

声音："歌笑先生，我送你到地铁吧。"

歌笑回过头。

是这个场子老板春藤喜一的女儿藤子，她手拿雨伞微笑着站在那里。

歌笑："这怎么使得？小姐。"

藤子："我正好要到那边去有点儿事。"

藤子啪地一声打开了伞。

72. 街道

伞在走。

歌笑："就到这儿好了。"

藤子："其实，我根本就没什么事要办。我是看你的脸色有些担心……你是不是有什么为难的事？"

歌笑吃惊地望着藤子。

73. 附近的外餐券餐厅

坐在端来的菜粥面前的二人。

歌笑："小姐，我跟你说实话吧，最近我很寂寞，甚至有些悲伤。"

藤子："为什么呀？你才二十岁就这么红，演员们都羡慕死你了。究竟为了什么让你如此苦恼？"

歌笑："（自嘲地）是艺术上的烦恼吧。我的心情是别人无法理解的。只要我一登台，说完一段相声后就赢得了笑声和掌声，这当然令人高兴。可是，当我还一句都没说时，就有人说，'看，歌笑，那张脸长得多有意思。'这真让人恼火。相声演员不是靠脸来逗大家笑的，要靠相声来调动观众的情绪才对呀。"

藤子："我能理解你的心情，但我不这么认为。单口相声演员是笑的艺术家，逗人笑是第一位的。如果别人笑你长得怪，你正好趁势说你的相声不就行了吗。"

歌笑松了口气，脸上现出恍然大悟、充满希望的神色。

歌笑："对，小姐说得对啊。好，明天就从我这张脸说起。"

藤子："对呀，就得有这种气魄。"

歌笑忽然环顾四周。

墙上贴着印有"余要宣战"字样的希特勒照片的海报。

凝视的歌笑。

号召群众的希特勒的照片。

凝视的歌笑。

希特勒的照片。

歌笑突然来了灵感似的叫起来。

歌笑："就是他！"

大吃一惊的藤子和店里的人们。

74.说书场"欣欣亭"场内

在舞台上兴高采烈地模仿希特勒的动作表演的歌笑。

歌笑:"人的脸就像个记号,无论多么粗陋只要有一个就很方便,据说眉清目秀之人往往流于游手好闲之辈,也只能得到轻浮女性的青睐;而如我这般貌似畸形儿的人却天生果断、头脑清晰。长谷川一夫何许人也?上原谦亦然。面对这些美貌与财富兼得又迷倒无数女子的男子,我这个长着一张怪脸的年轻相声演员,要在此向他们宣战!!"

观众席、雷鸣般的掌声。

站在最后一排观看的藤子和喜一。

藤子也鼓掌。

台上的歌笑继续说。

歌笑:"世上面容各异的诸位男子:必须要用放大镜来仔细观察我这张脸,方能找到充满性魅力的根源。"

鼓掌、鼓掌。

突然从观众席传来声音。

"住口!"

场内马上鸦雀无声。

两个便衣警察跑上台。

警察:"我是警察,跟我到局里走一趟。"

歌笑:"(诙谐地)警察先生,您说的什么?我没听见。"

观众席哄堂大笑。

警察:"肃静!你愚弄同盟国盟主希特勒总统,又在这非常时期污言秽语,真是岂有此理。我逮捕你。"

说着拷上手铐。

突然闯进的藤子。

藤子："请等一等。等等，警察先生。"

警察："叫什么！"

藤子被撞开。

有两三个穿着学生服装从刚才就在最前排笑着观看节目的年轻人拦住了警察。

学生："求求你们，放了歌笑吧。"

警察："你们要干什么！"

学生："我们是学生。明天我们就要作为学生兵上战场送死去了。今天是为了最后的欢笑才来这儿的。请不要把我们的歌笑带走。"

警察："将赴圣战的人还要笑！笑能杀死敌人吗！"

警察抬手就要打学生。

突然咬住那只手的歌笑。满腔愤怒骇人的脸。

75．拘留所

闭目端坐的歌笑。喃喃自语。

歌笑："被打之后关进拘留所，不知皇恩浩荡，作何感想……"

（F.O）

76．整个画面都是报纸的新闻

"B29 袭击北九州"

"塞班岛失陷"

"东条内阁总理辞职"

"台湾海面空战中日本空军败北"

"B29 从塞班岛开始空袭本土"

77. 说书场"欣欣亭"后面的空地

只有孤零零的一棵松树的空地。

金乐、勺子、歌笑、富平、顽福、藤子、喜一等说书场所有的男女老少都在进行竹枪训练。他们前面站着穿军装的教官。

做错动作的金乐。

勇猛的富平。

软绵绵倒下的勺子。

每次都引来教官的怒吼。

教官站到歌笑面前。

教官："你怎么不用劲儿呢？要用力，腰上再使点儿劲儿！"

歌笑一声"杀！"狠狠地刺去。

但因用力过度把教官刺倒。

昏迷过去的教官。

喜一："谁快拿水来。"

年幼者跑走。

金乐微笑着靠近歌笑。

金乐："（边擦汗）多亏你救了我。天天做同样的事，真让人受不了。"

金乐将年轻人拿来的水桶里的水泼向教官。

78. 金乐家·弟子房间（晚上）

额头捂着湿毛巾睡着了的勺子。

在昏暗的罩灯下口中小声叽咕看书的歌笑。

随意摆放着几本文学书籍。

突然，勺子发癔症跳了起来。

勺子："敌人来了，敌人来了，敌人来了，我怕，我怕！"

在屋里乱窜乱逃。

歌笑："（惊讶地）师兄，你怎么啦，镇静点儿！"

勺子忽然神志清醒了。

勺子："原来是梦啊……"

歌笑："吓一跳吧。"

勺子："是啊，吓死我了……我梦见我刚端起竹枪，敌人就出现在我面前。教官命令我们'杀死他！'我不知怎么着就'噗'的一下刺死了面前的敌人……我、杀人了！"

勺子抱着脑袋。

歌笑："不就是个梦吗？用得着这么……"

勺子："梦也一样。我杀人了……我、杀人了！"

歌笑目不转睛地俯视悲痛的勺子。

响起了空袭的警报声。

歌笑立刻关上灯。

二人的投影。

79. 说书场"欣欣亭"后面的空地（三月）

黄昏。听到小声说相声的。

藤子、背着大背囊、疲惫不堪的脚步回来了。

站在唯一的一棵松树下凝视天空的勺子。

藤子："（注意到）勺子大哥，你在这儿干什么呢？"

勺子："啊，小姐，你回来了。"

藤子："火车上挤得要命……不过，你看，我还是买了这么多白薯来。散场后，我请大家吃白薯。"

藤子要走。

勺子："（叫住）小姐。"

藤子回头。

勺子："歌笑是个好人，我就把他托付给你了。"

藤子："（笑）什么呀——这么郑重其事的……今天的勺子有点儿怪呀。"

故意开朗地说后走了。

80．同· 后台

聚集着圆八师傅等十来个艺人们。

也有歌笑的面孔。

藤子："我回来了。"

藤子进来。

"累了吧。"

迎接她的艺人们。

藤子放下背囊，来到歌笑旁边。

藤子："勺子大哥他怎么了？"

歌笑："你看见他了？该他出场了，从刚才就一直在找他。"

藤子："在空地那儿哪。一副无精打采的样子。"

歌笑："哎，不应该呀……（歪头对助演）师兄在空地那儿哪，快把他叫来。"

"好。"

助演中的一人跑出去。

藤子："（想起什么似的笑着）勺子大哥，他还对我说……"

歌笑："对小姐说？"

藤子："呵呵呵……还是别说了。"

歌笑："说什么了，痛快点儿。"

勺子进来。

歌笑："啊，师兄，该你上场了。"

勺子："（来到歌笑旁边）我有件事求你。"

歌笑："什么事？"

勺子："让你这个主演来干，你也许会不愿意，但是就今晚这一次，一定要你来给我击鼓。"

歌笑："就这点儿事啊，我乐不得的呢。"

相声演员从台上退场。

歌笑换下助演坐在大鼓前。

歌笑："嘿嘿，久违了。我就喜欢击鼓。"

咚咚地击鼓。

勺子主意已定，登上舞台。

81. 同·舞台和观众席

勺子施礼后开始表演。

竖耳倾听的稀稀拉拉的观众席。

勺子的相声可感受到从未有过的勇气。

82. 同·后台

传来观众的掌声。

透过帘子盯着勺子的歌笑。

艺人们也被吸引着往台上瞧着。

喜一："（忍不住叫好）真棒……（对助演）你们也好好听着，这才是地道的相声呢。"

继续表演的勺子的侧脸。

83. 同·后面的空地

太阳落山，只有黑色的松树枝给人留下深刻的印象。

播放着勺子的声音。

84. 同·舞台和观众席

勺子说完一段。

喝彩的观众席。

85. 同·后台

击退场鼓的歌笑。

勺子走下来。

歌笑扑向勺子。

歌笑："师兄，你让我们欣赏了地道的单口相声，谢谢你。"

勺子："（无所谓地）我只是想说给你听。"

歌笑："怎么听着与世惜别似的，你今儿有点儿怪啊，师兄。"

勺子："不，能得到你的夸奖，我很高兴。那我先走了。"

藤子过来。

藤子："怎么，就要走了？白薯可马上就好啊。"

勺子："我有事出去一下。以后再吃吧。诸位，我先走了。"

勺子逐一告别后离去。

圆八师父送他。

圆八："好像急着去见女朋友似的。"

艺人们听后大笑。

歌笑担心离去的勺子。

歌笑："（对藤子）我总有点儿不放心他，我出去送送他。"

歌笑正要从后门出去时，却碰上富平从门外跑进来。

富平吓得直哆嗦。

喜一："怎么了？富平。"

富平："（指着背后）……师兄他……师兄他……"

86．同·后面的空地

吊在松树枝上的勺子。

跑来的众人。

歌笑："师兄！"

歌笑抱住勺子的尸体。

注视着的艺人、藤子等。

勺子手中紧握着一片纸。

歌笑取出但光线太暗看不见。

歌笑："（对藤子说）上面写着什么？"

藤子接过来看。

藤子："是入伍通知书！"

歌笑："入伍通知书？！"

突然间唧唧喳喳。

"来了入伍通知书了。"

"他是害怕去打仗啊。"

突然圆八师父喊道。

圆八："胆小鬼！我们当中竟然出了这么个不忠的家伙，我们怎么向世人解释啊！"

"报警吧，报警。"

圆八："本来应该高高兴兴地去的，真没出息……"

歌笑气得瞪着声音的方向。

歌笑："都给我滚！你们怎么会了解师兄的感受呢！！"

慑于歌笑气势汹汹的神色，走了一个、两个，最后只剩下藤子和歌笑两人。歌笑抱住勺子垂下的双腿。

歌笑："（大声喊叫）师兄，你为什么不说呢……为什么也不跟我说一声就走了呢！"

歌笑哇哇大哭。

藤子也热泪盈眶。

说书场突然响起掌声，唱起了《悠闲曲》。

无论如何，一定要战胜。

无论怎样，都要胜利。

战之必胜，

不胜则败。

哈哈 好悠闲啊

这是战争的真理。

日本的日字是朝日的日。

亚美利坚的美字

美在朝阳的照射下

就要当上日本的妈妈。

哈哈 好悠闲啊

啊 心情好舒畅"

歌笑和藤子在歌声中将勺子解下来放到地上。

歌笑："（哭着）……师兄本来干的就是逗大家笑的活儿……可你为什么却让我们如此难过呢……我要对师兄、平常总是训斥我的师兄发誓……我要把师兄那份笑也带给大家，一定要让全日本充满笑声。"

突然响起空袭警报声。

"发布空袭警报！"

"发布空袭警报！"

探照灯一下子照亮了夜空。

从说书场疏散的客人和艺人们。

B29飞机逼近的轰鸣声。

喜一跑出来。

喜一："藤子，快逃命吧！"

藤子无动于衷。

喜一："你干什么呢，快来吧！"

喜一跑下。

歌笑："小姐，我再跟师兄待会儿，你快走吧。"

藤子："（安静地）我不会一个人走的。"

歌笑吃惊地看着藤子。

藤子："勺子大哥说过：歌笑是个好人，我把他托付给你了……（目不转睛地看着）歌笑，如果你不嫌弃的话，请你收下我吧。"

歌笑："小姐……"

歌笑深受感动地看着藤子，但又不由自主地摇摇头，向后退了两三步。

歌笑："不行，不行……我长得这么丑怎么能和小姐这么漂亮的美人……不可能……（哭声）不可能！"

B29飞机逼近的轰鸣声。

夜空瞬间染红。

藤子惊叫着扑到歌笑怀里。

紧紧拥抱着的歌笑。

歌笑："（脸朝外）……小姐，你刚才的话当真吗？"

藤子："你能娶我吗？"

歌笑："真不敢当……小姐，让我喊出来吧……（冲着开始燃烧的夜空喊叫）勺子师兄！让这场战争见鬼去吧！”

87．照片

O 八月十五日在皇宫广场磕头的人们

播放着《我君治世》。

《我君治世》突然变成爵士乐，同时

O 美军进驻日本本土的几张照片

爵士乐声高昂，

O 饥寒交迫的人们

O 流浪儿翻白眼儿的面孔

O 妓女痴呆傻笑的面孔

O 疯狂采购的几张照片

播放歌笑的声音。

声音：“国破山河在，美丽的日本，无比荒凉，‘嘉禾之国’的神通力已荡然无存，变成星条旗下惨死和黑市泛滥的国家……饥饿的寡妇为了让孩子吃饱，竟然出卖自己的肉体，年轻人为了能当舞场的舞蹈演员和去热海玩耍而抢劫……”

88．黑市全景

接着照片静止的画面。

歌笑的声音继续着。

声音：“自由、解放、自由、解放、虽然有分配的自由却没东西，没有东西就没有欢笑。靠典当度日而消瘦的身体只会被民主之风刮跑。出现吧，笑容！为了填饱饥寒交迫的人们的肚子，并非政治家的我们就以笑容迈出了战后的第一步。”

与声音终止的同时，静止的画面突然活动起来。

响遍整个黑市的高昂的《苹果之歌》。

黑市摊主们的吼声和叫声。

高高的美国兵和小巧的妓女并肩行走的奇妙反差。

从中跑过去的流浪儿们。

聚集在一个廉价收音机铺子前面的下层老百姓。

从收音机里传出歌笑的声音。

收音机声："闷闷不乐，悲惨可怜。可悲的是我们家既无米又无酱，没有酱油没有盐；没有炭来没煤球；想买东西又没钱；一天三顿吃不到，肚子饿得受不了；悲惨可怜日难熬，各种办法想尽了；即使想找谁借钱，人家不信我能还，再说工作又找不到，没有没有无止境，青蛙的肚子无肚脐，本段选自歌笑的苦楚诗集……"

听得入神的人们。

在这当口儿，有坏蛋从别人的背囊里偷走东西。

听完后，妓女噼里啪啦地鼓掌。

妓女美代子："歌笑我是百听不厌……（模仿歌笑的口气）原来我等可爱之小女子皆为黑色发带飘飘的娴静淑女，肤如凝脂、杨柳细腰、美丽无比。选自歌笑纯情诗集……（用手捂胸）真让人感动啊。"

手持购物袋站在人群后面听着歌笑的段子的藤子，忽然侧耳细听。

妓女晴美："歌笑长的什么模样啊？"

美代子："你想他能写出纯情诗集，肯定是个美男子。（造势地）啊，歌笑先生，我想和你上床。"

苦笑的藤子。

89. 废墟（黄昏）

一片烧过的野地里有几间棚屋。

藤子提着购物袋回来了。

打开用啤酒箱拼凑的门。

90. 棚屋里

藤子吓了一跳。

蹲在屋子里沉思着什么的歌笑的背影。

藤子："哎，你已经回来了。"

歌笑没吱声。

藤子："（快活地）今天呀，我在黑市听到你的广播啦。很受欢迎啊……不知怎么的，我眼泪都流出来了。"

依然沉默不语的歌笑。

藤子："（因没理她而发窘）我马上就做饭，你要是饿了就先忍会儿。"

藤子正要向厨房走去。

歌笑："藤子。"

歌笑叫住她。

回头的藤子。

歌笑："我不能到说书场去了。"

藤子惊讶地看着他。

歌笑："（倾吐似的）我被赶出来了！"

藤子："为什么呀？！"

不由自主地扑通一声坐下。

91. 说书场"美吉"的舞台（回忆）

歌笑说完一段后施礼。

雷鸣般的掌声淹没了歌笑。

92. 同·后台（回忆）

等他出来的圆八师傅。

在喝彩声中退场的歌笑。

圆八冷不防用扇子打了一下歌笑的手。

圆八："真粗俗，竟敢在我面前卖弄！"

甩下这句话后想向舞台走去的圆八。

歌笑意想不到地站在他面前挡住去路。

歌笑："师傅，您刚才怎么说话儿来着？"

圆八："因为你太俗我才说的，怎么啦？"

书场老板及众艺人惊讶地跑来。

歌笑："（勃然大怒）你别看着我人气旺就没事儿找茬儿。而且，您的演技也很棒啊。可是啊，我却不在乎像怎样拿羊羹、怎样放进嘴里这些小把戏。因为首先人们现在根本就不吃羊羹啊。"

书场老板："歌笑，你是怎么跟师傅说话哪！（对圆八）真抱歉，我会好好说他的，请您登台。"

圆八："哼，现在的年轻人对长者一点礼貌都不懂。这是什么世道啊。"

他推开歌笑向舞台走去。

歌笑："我把话搁这儿，就是说我俗也无所谓，因为本来我就没打算像鱿鱼干儿似的越嚼越有味儿！"

书场老板："（怒气冲冲地）有完没完啊你，给我回去！"

歌笑："因为师傅用扇子打我我才说的。并不是只有这一个书场，你要我走的话，我这就走！"

书场老板："你说什么？别以为有了一点儿人气就觉得了不起了。只要一个电话，我看哪个书场敢收留你！"

歌笑："我粗俗的话，那你们是什么？（怒吼）你们是封建社会的亡灵！"

93. 棚屋里

声音接下一半。

不禁捂住耳朵的藤子。

歌笑："什么是民主！民主主义绝不是空喊的运动！"

藤子："喂，你用得着这么兴奋吗……"

歌笑："这怎么能让人不兴奋呢！"

藤子："可要是被书场赶出来……"

歌笑："明白，我明白着哪。"

藤子知道不能再说什么了。

敲门声。喜一进来。

藤子："啊，是父亲。"

喜一进来坐在歌笑面前。

喜　：　"我都听说了。我理解你发火的心情，都是对方不好。可要是不能去书场的话，怎么过日子呀。别的不说了，你就看在我这张老脸的分儿上，去向圆八师傅道个歉吧。"

歌笑："您就别管了。现在我就靠收音机跟他比一比。"

喜一："指靠收音机的工作怎能糊口呢？并不是因为是我女儿我才这么说，让藤子过这样的生活……"

歌笑："藤子，你也这么想吗？"

藤子夹在父亲和丈夫中间很是为难。

藤子："这个嘛，我觉得他是不会向他道歉的，我也想让他按自己的心思坚持下去，可是……"

歌笑："可是什么？"

藤子："你能保证不发火吗？"

歌笑："……"

藤子："对说书艺人来说，书场就是生命；父亲说的也有道理，就是生活、不，我绝不是想过得多么舒适。"

歌笑："住口，藤子！难道你高兴看着你的丈夫像条狗似的摇尾乞怜吗！"

藤子："我并没有那么说啊……"

歌笑："别说了！"

歌笑奔出棚屋。

藤子追到门口

藤子："老公！"

94．黑市全景

黑着脸、毫无目的地奔走的歌笑。

嘲笑似的美国兵们和妓女们娇滴滴的声音。

冷不防手伸到歌笑口袋里的流浪儿。

歌笑："（觉察到）干吗？"

掏出钱包后逃走的流浪儿。

歌笑追去。

流浪儿拐弯。

接着拐弯的歌笑，被突然出现的人撞回来。

站在面前的是美代子、晴美等十来个妓女。

美代子："（严厉地）大哥，你敢对孩子怎么样？"

歌笑："让开，他掏了我的钱包。"

美代子："别说这种传出去不好听的话。那孩子的爸爸妈妈都在战争中死去了，你连一点怜悯之心都没有吗？"

歌笑："即使如此也不能偷人钱包啊……"

美代子："少废话。喂，我说各位，我们把他身上的所有东西都统统扒光吧！"

妓女们欢呼着冲向歌笑。

拼命抵抗的歌笑。

衬衫被剥走，裤子也掉了下来。

黑暗中传来大姐大的声音。

声音："美代子，差不多就行了。"

听到声音，歌笑一下子抬起头来。

只穿着一条裤衩拨开妓女站到说话的女人面前。

侧脸的女人用疑惑的目光看着歌笑。

歌笑："（凑过去看着）是阿久姑娘！"

女人也大吃一惊。是变得面目全非的阿久。

阿久惊讶地说不出话来，后退了两三步。

歌笑："（不知说什么好）阿久姑娘……阿久姑娘……"

妓女们惊愕地看着。

美代子："（对阿久）你认识他呀？"

阿久："（点头）是单口相声艺人歌笑先生。"

美代子惊讶地重新审视歌笑。

美代子："（目不转睛地看着他）你就是纯情诗集的歌笑先生？对不起，早知道的话，我们就不会干那种事了（说完，还给裤子）……可是，我想象中你是个比现在要强点儿的男人。摘自见面不如闻名的美代子苦楚诗集。"

大笑的妓女们。

95. 同· 另一角·铁桥下

悲伤的吉他旋律。

歌笑和阿久背对背地说话。

阿久："（自嘲地）……我简直像个孩子，什么都听父母的，结婚后，只跟他过了十天，他就永远回不来了……（笑）最后，我就成了这个样子。"

歌笑："阿久……"

阿久："（遮掩地）可是，我并不是要你同情我。我一点也不觉得我有多么可怜。我从婆家跑出来好痛快呀。这毕竟是我第一次自己做主啊。"

歌笑："你说谎！"

阿久："说谎？"

歌笑："听我的，到我家来吧。过去，阿久不是经常鼓励我吗，现在只要是我所能做到的。"

阿久笑着，好像全然不理会歌笑的话。

歌笑："阿久，你好好听我说。"

阿久："（严厉地盯着他）金平，噢，是歌笑先生，你现在已是大家公认的妓女偶像，你怎么能说这种话呢。即使能把我救出去，那全日本的妓女怎么办？请你别管我，还像以前那样把欢乐与笑声带给大家吧。"

歌笑："带给人们欢乐与笑声……"

阿久："黑市里混饭吃的这些人都是你的崇拜者呀。男的女的，老的少的……"

美国兵乔治从一边跑过来。

乔治："嘿，久子。"

阿久先是吃了一惊，尔后，马上对歌笑说。

阿久："这是我的男朋友，（随即轻快地站了起来招呼道）过来，乔治。"

乔治："哦，我、亲爱的、久子，来了、来了。"

阿久依偎在乔治粗壮的臂弯里，回过头来。

眼里含着晶莹的泪花。

乔治和阿久离去。

无言伫立目送的歌笑。

其身后响起了话外音。

声音："那天，他伫立在黑市的夜幕中，回想起初恋的痛楚……"

96．棚屋里

忐忑不安的藤子。

忽地，门被打开。

歌笑："藤子！"

藤子："（吃惊地站起）老公！"

歌笑一下子挽起藤子的手臂，两人在狭小的棚屋里跳起舞来。

藤子："方才对不起啊。"

歌笑："哪里。没理解你的辛苦，我的说法也不好。"

藤子："那之后，我一直在想……自己似乎是了解你，可是还是不行啊。"

歌笑："说哪儿去了。"

藤子："（越发亲近地）不，当时差点儿造成你的误解。穷算个啥，不管发生什么事，我都会陪着你，一直到排挤你的人们来向你道歉。"

歌笑："喂喂，藤子，别这样激动。"

藤子："这能不激动吗。"

两个人会心地大笑起来。

歌笑："藤子，明天我想去采购。"

藤子："你呀，就算我是个好媳妇，你也不用这么快就变殷勤了呀！"

歌笑："傻瓜，（一边踩着舞点儿一边说）我这是去学习的，去摸摸支持我的人们的心气儿。"

97．行驶着的列车中

通常人们说的采购的列车。

男男女女的掮客茬得满满儿的。

列车突然停车，掮客们倒向一边。

随着站台上传来"哇"的喊声，一个个米袋子从窗户扔了进来。

其中一个正砸在倒在车里动弹不得的歌笑的头上。

眼前的事儿乱得让人头晕，不过，这也是这个时代最具活力的情景。

掮客们像冲锋的士兵一样，从窗户和车梯踏板处拥了进来。其中格外抢眼的是身着复员军服，头扎头巾额前打结的藤田三吉。

三吉："对不起，对不起。这样打搅你们也是没有办法，不倒点儿黑市货活不了啊。日本的政治不行。不应该上军阀们的当进行战争。忍耐一下吧。对不起啦。"

三吉的谈吐如歌笑般诙谐，说话间翻身爬上了行李架，躺在了行李上面。

黑市商人1："三吉，什么时候得让我们见见歌笑吧。"

三吉："是啊，每天都在黑市赶货，哪儿有时间啊。干脆歇他一天怎么样？"

　　歌笑也听到了这些说话，想靠近一些，可身子被货物挤住，动弹不得。

　　三吉："歌笑是我的铁哥们，下次警察打埋伏的日子，咱们再一起去吧。"

　　黑市商人 1："三吉，你说是让大家休息，实际是想把大米一个人全吞了吧。"

　　行商大婶："你真是歌笑的铁哥们？"

　　三吉："你这个人，怎么不信呢……"

　　这时传来歌笑大声说话的声音。

　　声音："三吉，歌笑在此。"

　　三吉："哎？真是金平的声音啊。（环视周围）奇怪呀，我太崇拜他了，耳朵听谁的声音都像他了吧。"

　　歌笑的声音："非也，三吉，我在这儿呢！"

　　三吉："没错，就是金平！"

　　三吉从行李架上跳下来，朝着声音的方向走过去。

　　人们像雪崩似的被挤得东倒西歪。

　　货物与人群之间，被挤扁了的歌笑探出头来。

　　歌笑："后援会长！"

　　三吉："金平！"

　　歌笑与三吉紧紧地拥抱在一起。

　　三吉："（向车厢里喊着）大家看哪，这就是我的铁哥们，三游亭歌笑！"

　　"是歌笑"，"是歌笑"，"哇，纯情诗集"，"怪脸"，"来一段儿"，"一段儿不行，要一直说到野上车站！"

　　兴奋的掮客们。

呆站着的歌笑。

三吉："干什么傻站着？这帮人都等着呢，来吧来吧。"

歌笑："（答应着）好，来一段儿，开说啦，三吉！"

掮客们一下子把歌笑举上了行李架。

歌笑："各位听官儿上眼，凭这张脸，在下便是三游亭歌笑。"

随着掮客们的掌声和欢呼声。

歌笑端起架势开说了起来。

歌笑："电车车厢里，有两个女人在悄声说话。他们一边看着我一边说，'你知道那个人么？他就是总在广播里或相声园子里典见着那张丑八怪似的脸瞎白话的相声演员'"。"啊，真的吗？就说是行家吧，可这张脸长得真够难看的……"

（只留下声音，O·L）

98．电台

话筒前卖劲儿表演的歌笑。

歌笑："……不过那个人还是挺幸运的，多亏是个男的，要是个女的，肯定被卖到动物园，或当小丑。就算没被卖到哪儿去，跟着爹娘，肯定嫁不出去，也不会有人上门做女婿，这一生注定孤单单悲切切，没跑儿。"

（只留下声音，O·L）

99．黑市，旧收音机行前

下着雪。

妓女们在收音机前捧腹大笑。

歌笑的声音："可真是的，就因为是男的，能说相声，才得以混口饭吃。电车来到了目黑站，两个女人挽着手下了车。"

（只留下声音，O·L）

100．中小企业的工厂（初夏）

午休的员工们。

歌笑的声音："人们沿着楼梯走上去，车到涩谷站时。"

（只留下声音，O·L）

101．棚屋中（几个镜头）

每个家庭都有配给的明太鱼，饭桌上的东西都差不多。

歌笑的声音："愤怒和悲哀，使我眼泪盈眶，电车车窗和广告都模糊得看不清。唉，又有谁知道，一个相声演员，一个生来相貌丑陋的年轻男子的痛楚啊。摘自歌笑纯情诗集。"

收音机里传来雷鸣般的掌声。

（F.O）

102．棚屋外面（白天）

藤子在晾衣服。

邮差来了。

藤子："辛苦了。"

藤子接过信，向着棚屋里喊着。

藤子："老公，电台来信了。"

透过小窗户，可看见歌笑正对着桌子写稿。

藤子打开信。

正要读，却一下子愣住了。

信。

因本局方面原因，你的所有播音节目一律不予安排。敬请谅解。

致

三游亭歌笑

广播协会

藤子顿时变得面色苍白。

歌笑："（快活地）说什么来着？"

藤子："……"

歌笑："（从小窗户里探出头来）怎么了，藤子。"

藤子赶快把信揣到怀里，故作轻松。

藤子："没什么，是季节问候信。"

藤子接着晾衣服。

歌笑："藤子，这儿有一个好段子，你听听看。（拿着草纸开始读起来）怎么说咱也是比那助演们略胜一筹的单口相声艺人吧，哦，我的妻，咱也是七尺男儿啊，总有一天我会让你不为吃饭，不为借钱而操心的……"

藤子按耐不住，把脸埋在要洗的衣服里，忍住哭声。

歌笑："（觉得不对劲）藤子。"

103. 金乐家·起居室

宅悦正在给金乐按摩。

金乐："我明白你的意思，是歌笑这小子让你来求我的吧？"

前面坐着表情坚定的藤子。

藤子："哪里，他不知道我今天来拜访师傅。是我自己决定来求师傅的。"

金乐："（还是那么大声）嗯！藤子，实际上我还等着他来呢，这小子干脆不来。有种，出息了。"

藤子："能蒙师傅这样夸奖，他该多高兴啊……"

金乐："我知道电台方面是谁在操纵这件事。不瞒你说，前天在美吉还提起歌笑的事呢。"

104. "美吉"书场办公室（回忆）

以金乐为首，圆八师傅，其他师傅们和书场老板都在。

书场老板："（向圆八说）这篇儿能不能翻过去啊。差不多也该到期了吧。"

圆八："你们过得去，我可一辈子也忘不掉。"

金乐："真固执。不是因为是我的弟子就说你，靠一个收音机就得到大众那样的支持，一定有他的魅力。把歌笑赶出书场，晾起他来，你不认为这是相声界的耻辱吗？"

圆八："有什么耻辱！把一个不懂江户式幽默的家伙当作单口相声演员，这才是相声界的耻辱哪。行啊，要把他带回来，你们看着办吧，我走！"

圆八愤然离去。

105. 金乐的起居室

金乐："后来，师傅们又说起这件事，都认为既然是回到书场，干脆让他演压轴儿节目。"

藤子："让他压轴儿！"

金乐："藤子，你别误会。这并不是靠谁的力量，是歌笑这小子自己干出来的。"

藤子双手伏在榻榻米上施礼。

藤子："谢谢……谢谢……（说着眼泪扑哧扑哧地掉下来）被赶出书场以来，他没有唉声叹气过一次……不过仅仅做广播节目也挺单调的。没有事儿做的时候就想见朋友，总是外出……可是一回来，像是为了鼓励我，就喊我跳舞，于是就在屋里跳起来……他要是知道能让他压轴儿的话，他……他……"

藤子喜极而泣，用袖子掩住了脸。

金乐欣慰地看着藤子，说

金乐："藤子，好久不见了，想见见歌笑这小子，走，我跟你一起去找他。"

106. 火灾废墟（傍晚）

金乐和藤子走过来。

藤子忽然停下脚。

藤子："啊，他怎么在那儿……"

金乐一看，歌笑稳坐在烧焦的废墟的一块石头上，从后背看去，好像在一边念叨着一边思考着什么。

藤子想叫他。

被金乐制止。

歌笑在草纸上写着什么。

他前面有四五个小孩儿在玩过家家游戏。

歌笑从草稿上抬起头，以石头做讲台，端坐着并说了起来。

歌笑："在一个阳光普照的院子里，邻居家的孩子们在玩过家家游戏。邻家的孩子当爸爸，点心铺儿家的孩子当妈妈，榻榻米店和鱼店家的孩子当孩子。十分可爱的妈妈对流着青鼻涕的爸爸说，我说他爹，今天配发白薯，咱们没有钱，怎么办呀？"

说话间，路过的人，四五个、七个、八个聚拢到歌笑身边来。

金乐："（感慨地念叨着）……藤子，你老公可真了不起啊。"

藤子也十分感慨。

歌笑并未察觉，继续说道。

歌笑："于是爸爸说了，你先到邻居家寻点儿吧，时下倒货的人们每天每天祸事不断，昨天是长白米，今天又被骗了两贯黑炭，一点儿钱也没赚着，真伤脑筋。我说老婆，明天我们换个地界吧。正说着，家家中扮作小孩儿的孩子们大声唱了起来。唱的是《星河》。"

夕阳西下，伴随着《星河》的旋律，画面转暗。

107. 黑市全景

歌声：随波星河里，今夜宿何方。

藤子表情木然地走着。

戏闹着的美国兵与妓女。

美代子跑过来。

美代子："大姐，听说歌笑上压轴主角儿啦。"

阿久："（面无表情）是吗。"

美代子："你瞧你，应该再高兴点儿才是呀。"

108. 同上·另外一角

聚在一起咕嘟咕嘟灌着浊酒的掮客们。

三吉也在。

黑市商人1："（叫着）三游亭歌笑说压轴主角儿万岁。"

三吉就像自己的事儿一样激动。

109."美吉"书场外面

随风飘动的"晋升压轴儿的三游亭歌笑"的幡子。

两只花环并排放着。

前面站着年老的高水保和为吉。

保:"(非常激动地)老头子,你看,送来了这么好看的花环,春男真出息了。"

为吉读着赠花环者的名字,愤愤然。

为吉:"不就是黑市商人和妓女嘛。不知羞耻,老子走了。"

保:"(慌忙地)老头子!"

110.同·里面

从后座传来哨子声,幕启。

歌笑居中,右有金乐,左为富平,一起向观众席行礼。

掌声阵阵。

镜头切向满书场的听众。

能看到美代子和晴美等妓女们的脸。

还能看到三吉等捐客们的脸。

金乐做开场白。(以下镜头依次切入开场白期间听众们和到场的广播电台人员的反应)

金乐:"值此门人三游亭歌笑晋升之际,我来说两句。首先向各位听官声明,这小子的晋升并不是由于他出色……"

111.棚屋里

藤子趴在破收音机前,只穿一件衬衫。

金乐的声音:"我是想他晋升之后,可能会更加用功……"

收音机忽然发生了故障。

藤子拿起来摇晃着，还是不响。一个不留神，收音机从手上掉到地下。

没想到有声音了。

金乐的声音："他说话也傻里傻气的……"

112."美吉"书场里

金乐："特别是他那张要命的脸。前些日子我在电车里遇到了侦探小说界的巨人江户川乱步先生。我告诉他我是先生著作的读者，我问先生说，您还真能想象得出诸如蜘蛛人啊、侏儒矮子那样的人啊。你猜先生怎么说，先生说：哈哈哈，你不是有个叫歌笑的弟子嘛，只要想起他那张脸就行了。哈哈，天生这张标志性的脸，初次捧场的请记住这就是歌笑，常来的主顾们多给以鞭策，只是恐怕要累点儿，在下特别拜托各位了。请多抬爱。"

掌声雷鸣。

坐在保旁边的为吉疯了似的拍着巴掌。

三吉的脸，美代子的脸。

镜头切回到台上的歌笑。

成串儿掉在地板上的泪珠。

113.棚屋里

藤子抱着收音机，忘情地哭着。

114."美吉"书场后台

从台上下来的歌笑。享受着大家的祝福。

书场老板："不错不错，非常成功，祝贺你。"

歌笑："谢谢。"

书场老板："哦，还有，方才妓女们来了，放下了这么个东西，说交给你就知道了。"

把一个小包交给歌笑。

歌笑："（接过来）我稍微失陪一会儿……"

歌笑走到角落里，打开小包。里面有一个二十　大的放大镜和一封信。

阿久的声音。

> 祝贺你当上主角儿。
>
> 　没能看到书场的盛况，因我决定与乔治一起去美国。我并不认为幸福正在大洋彼岸等着我，但是，能去的地方我会尽量去。随信的放大镜，你把她当作我，永远爱护她吧。
>
> 　　　　　　　　　　　　　　久

歌笑抬起头，强烈的孤寂感袭来。

看着阿久留下的放大镜，镜中闪现出她做佣人时那开朗美丽的脸庞，一下子朦胧起来变成涂着刺眼口红、浓妆艳抹的面孔。

歌笑："（一阵悲痛涌上心头）是谁让阿久到美国去的！"

周围的人们惊诧地看着歌笑。

115. 街道·当铺的外边

拨开门帘跑出来的歌笑。

手里拿着包裹，急匆匆地走在回家的路上。

116. 棚屋里

只穿一件衬衣，在打喷嚏的藤子。

歌笑跑进来。

歌笑："藤子！"

藤子："老公！"

藤子依偎在歌笑的胸前，放声哭着。

歌笑也哭着。

两人拥抱着，久久地哭着。

(F.O)

117. 全画面特写用放大镜看报纸的歌笑的脸。时事性的新闻一个接一个地透过放大镜进入画面。

○帝银事件（二十三年一月）

○昭电贪污事件（二十三年十月）

○东京法院判决（二十三年十一月）

○法龙寺正殿毁于火灾（二十四年一月）

引出歌笑的声音

声音："眼下火灾不少，法隆寺、松前城，近的有东京八重洲口，到处是火灾。仁德天皇若在，定能恩泽我民。"

○下山事件（二十四年七月）

○三鹰事件（二十四年七月）

放大镜停留在"无人驾驶电车横冲直撞"的报道上。

118. 夜间的电车轨道（幻想）

失控的无人电车撞向民居。

歌笑的声音："听说75年前，一个叫格拉汉姆·贝尔的人发明了电话，现在日本也……"

119."美吉"书场台上

身着燕尾服正在演出着的歌笑。

歌笑："这年头科学两字走红，有了许多发明。比方说无人驾驶的电车也研究出来了。可这离开路轨，冲撞民宅的电车到底是谁发明的呀。"

（WIPE）

身着和服外褂正在演出着的歌笑。

歌笑："由此我想起了这两年的水灾，水田和旱田都被淹了，望去满眼泥泞。哎，那个时候要是新田义贞在，投去镶金宝剑，大水也许会马上退去吧。"

面部镜头叠现新闻报道，新闻报道。

（WIPE）

昭和二十五年，回到以片名为背景的舞台。

歌笑："哎，一张有与没有大不相同的面孔终于出现了。各位听了我半生的相声，伤害了您们审美的眼光，在下诚表歉意。不过，如果不能偶尔地欣赏到这水灵灵的美男子，那极度颓废的社会将会更加难熬。我的父母亲不仅仅出于人道的立场，而且是看穿了这个时代，才给这大地贡献了一条汉子。啊，何等之善举啊！圣母玛利亚为拯救世界生出了神的儿子耶稣，我的父母出于同样目的生出了单口相声艺人歌笑。啊，何等善美的行为啊。因为其善美，所以我才被美妙地生在了这并不美妙的世道里。——出自歌笑诗集六百零六首——哎，算了，不说我这脸的事儿了。让各位受累了。"

120. 同· 后台口

相声迷们堆在狭小的后台入口处。

歌笑走出来。

相声迷们叫了起来。

"请您给签个名吧!"

歌笑耐心地,拿起签名本,举到快到额头的地方,一个个地签了名。

报社记者来了。

记者:"歌笑先生,人气旺盛啊。"

歌笑:"托福托福。"

记者:"(不知羞耻地)都说你是个情趣低下的人。"

歌笑:"(忍着火气)能力所限,没有办法。"

记者:"(笑了)人说你是战后颓废派的代表人物,你自己怎么看?"

歌笑:"战后颓废也并不坏。战后颓废云云,人们傻子似的重复着,青春年少时,哪一个没有点儿颓废性。"

记者:"是啊……不过,你现在的人气会持续到什么时候?"

歌笑:"你是问歌笑何时没落?这实在叫人感到心冷。(突然将脸贴近记者的脸)你胡诌什么来着。我能让听众开心地笑就行了,人气因此而持续不好吗。"

121. 棚屋里

比以前又增建了两间,显得宽绰了。

还装上了电话,比以前富裕些了。

藤子一边擦着手,一边从厨房走出来,忽然注意到表情严峻地躺着的歌笑。

藤子："老公，你在想什么？"

歌笑："藤子，说书场已经不能让我满足了。"

藤子："（吃惊地）嗯？"

歌笑："（起身）是这样，不管我怎样试图打破狭小粗俗的氛围，但书场毕竟只是个书场，在这样狭小的空间里，不会有大的作为。室外也好，球场也好，我想创造那种可以把我的想法尽情地表现出来，让成千上万的人们一起开怀大笑的形式。"

藤子："我了解你的心情，……"

歌笑："（说着，又倒在床上）这只是梦想吗……"

藤子："怎么会是梦呢。你不是一直在干着自己想干的事情吗。（像是要鼓动他似的）三游亭歌笑，别这样沮丧，你不能松懈啊，你要像猪那样勇往直前！"

歌笑："（一下子笑了）是的，藤子说得对，我要勇往直前。"

藤子："就应该有这种干劲儿。"

歌笑："藤子，到哪儿去吃点什么吧。"

藤子："太破费了吧……"

歌笑："你想想，穷啊穷啊，干啊干啊的，以前我们也只能一起吃吃菜粥嘛，走吧走吧。"

藤子："（掩饰不住高兴的心情）好，走吧。几点了？"

藤子看看表。

藤子："表停了。"

藤子打开收音机。

正在播送朝鲜战争开战的插播新闻。

歌笑，愕然地与藤子对视。

歌笑："还没到五年，邻国又打起来了。"

电话铃声响起。

藤子拿起话机。

藤子："喂，这儿是高水家。啊，是藤田先生……（对着歌笑）老公，是三吉先生打来的。"

歌笑接过话机。

歌笑："是三吉啊，嗯，嗯……"

藤子这时开始换衣服。

歌笑："（手持话机）嗯……行，一会儿见。"

放下电话。

藤子换好衣服后走过来。

藤子："（拿着姿势）老公，怎么样？你看合不合身？"

歌笑："藤子，去不成了。"

藤子："（失望地）怎么了？"

歌笑："听说三吉的那帮掮客朋友们，足有一百号人专程来到京城，说是无论如何也要看看我的尊容才肯回去。自称是后援会长的三吉招架不住了。"

藤子："是吗……好吧，既然他们都是你的重要崇拜者，你去吧。不过今天的约定一定得后补啊。"

歌笑："真对不起。"

藤子："行了。"

藤子赶紧帮着歌笑换衣服。

藤子："今天打算说哪段儿？"

歌笑："是啊，索性即兴说说朝鲜战争爆发吧。"

藤子："（娇嗲地）早点儿回来啊。"

歌笑："嗯。"

走出去。

藤子："喂，老公，镜子忘了。"

拿起桌上的放大镜，交给歌笑。

歌笑："我去了。"

藤子："路上当心。"

歌笑走了。

藤子感到有些失落。

歌笑从小窗户探出头来。

歌笑："藤子，回来时我给你买你喜欢的烧鸡。"

带着灿烂的笑容走了。

122. 黑市全景

匆匆赶路的人们的一条条腿。

白人的脸，黑人的脸，妓女的脸，掮客们的叫喊声。

简直一派殖民地风景。

歌笑穿行于嘈杂之中。

另一方向，一辆拉着妓女的吉普车开过来。

赶路的歌笑的脸。

行驶过来的吉普车。

赶路的歌笑的脸。

行驶过来的吉普车。

歌笑想过马路。

瞬间撞向歌笑的吉普。

歌笑的身体一下子被撞飞起来，又重重地落在了地上。

一动不动地躺在路上。

旁边有摔碎了的放大镜。

吃惊地跑过来的美国兵和妓女们。

画面停止，变照片效果。

「怪人」

画面马上又动了起来。

在人们的呼唤声中，静静地睡着的歌笑的脸。没有风，可写着"通向天国的阶梯"的招牌，轻轻地飘落在歌笑的身上。

123．球场

为了夜场棒球比赛而疯狂。昭和三十八年的日本人的一张张脸。

一张张脸轻轻地从画面上消失，空无一人的观众席浮现出来。

伫立着两个人影，一个是藤子，另一个是三吉。

藤子的眼里闪动着泪花。

藤子："他说，想创造出能让成千上万人一起欢笑的表演形式……哪怕一次也好，真想让他能圆上自己的梦。"

藤子忍不住呜咽着。

藤子的话刺痛着三吉的心。

三吉："……我心也去了。"

藤子忽然看着场地。

藤子："（情不自禁地叫了出来）啊，那不是他吗！"

三吉惊异地朝下看去，什么也没看到。

三吉："夫人，怎么了……"

藤子："是他，是他，你看那儿……他说战争快些结束吧……你听。"

藤子猛然间向球场跑去。

三吉："夫人！"

呆然地站立着。

藤子边跑边喊。

藤子："歌笑……"

突然，球场的正中央一下子亮了起来，亮处闪现出身手风趣忘情表演着的歌笑的身姿。

他似乎为着什么而发怒，又像是为着什么而慨叹，场面摄人心魄。

藤子："歌笑！"

镜头摇起，形成俯瞰画面，画面中，藤子背对着镜头，向着幻出的歌笑跑去。

结束画面与之重叠。

（完）

『五番町夕雾楼』

根据水上勉同名小说改编

编剧：铃木尚之　田坂具隆

1. 樽泊（1941 年初秋）

坐落在与谢半岛顶端的一个偏僻的渔村。

灰色的大海宛如涂抹了一层淡淡的墨。

白浪拍打着悬崖峭壁。

房屋如同紧紧地贴在陡坡上，一层层地聚集在一堆，坡上的绿色梯田一直贯通到半山腰。

一位老人沿着梯田爬上来，他就是酒前伊作（63 岁）。

伊作止步，眺望大海。他半张着嘴，表情显得十分痛苦。

远处的海角朦朦胧胧。

伊作扭曲着脸。

远方的海角——视点模糊。

伊作蹲下身子，一只手撑在地上。

伊作：“（喘息般地）……快叫阿胜！……快叫阿胜！……”

2. 酒前伊作的家·大门口

夜。

坐落在悬崖半腰的一栋面临大海的房子。

透出昏暗的灯光。

两个女人从海边沿着坡路快步爬上来，她们是夕雾楼的老板娘胜枝（45 岁）和娼妓久子（30 岁）。

她俩走进屋里。

3. 酒前伊作的家·内

伊作昏昏沉沉地睡着。

枕边围着四五个村民，他们似乎感到了什么，转过身来。

胜枝和久子气喘吁吁地走进来。

村民们默默地打过招呼后退到角落里。

胜枝跪到伊作的铺前。

胜枝："老爷……"

伊作微微睁开惺忪的双眼。

胜枝："（俯身看着）我是胜枝啊……我从京都赶来了。"

伊作："（微微地点点头）……夕雾楼的人，都还好吧？……"

胜枝："是啊，增加了许多新妓，又像战前那样了……"

伊作："哦……又兴旺起来了？"

伊作满意地张开了口角。

久子："阿爹。"

伊作："久子吗？"

伊作说着静静地闭上了眼睛。

村民们用眍䁖的眼睛凝视着他们的对话。

胜枝忽然感到不对头，摇晃着伊作。

胜枝："老爷！"

默不作声的伊作。

深更半夜。

敞开的拉门，对面是黑夜里的大海。

胜枝和久子在说话。

她俩的身后是聚在一起通宵守灵的村民们，他们围坐在被白布覆盖着的伊作的尸体旁。

胜枝："（似乎在探寻着回忆）到底是死在了这种荒凉僻静的地方……"

久子："（同样在回忆着）这都是七年前的事了，阿爹说京都一定会被大火烧掉的，于是他回到了这里。"

胜枝："是啊，这是战争期间的事啦。老爷说想过过脚踏实地的生活，把夕雾楼交给了我，隐居到了与谢这个地方……（眼里突然噙满了泪水）真是一个无依无靠、孤单寂寞的人啊……"

4.悬崖上的梯田一直延伸到净昌寺

白天。

不足十人的送葬队伍朝上走去。

队伍前头是净昌寺的和尚，随后是村民们抬着的棺材、胜枝和久子，以及村民们。

送葬的队伍通过望得见大海的山岗，登上净昌寺的石阶，在本堂前拐弯，走进墓地里去。

在土坟前开始念经。

5.酒前伊作的家·大门口

夜里。

一个农民模样的男子和一个身着碎白道花纹布和服的姑娘沿着坡道走下去的背影。

这是片桐三左卫门（47岁）和夕子（19岁）。

两人走进伊作的家。

6.酒前伊作的家·内

昏暗的电灯泡照着土间。

三左卫门打着招呼。

三左卫门："请问家里有人吗？"

在居室里，久子往包里塞着物品，做着出门的准备。她闻声抬起头来。

三左卫门："（连忙点头行礼）……半夜来打搅你们，实在是对不起了。我想见见太太……在你们临走前，有件事求你们一定要帮我办一下。"

夕子低着头，躲在父亲的身后。

久子："（惊讶的表情）唉……"

久子正要起身时，同样一脸惊讶的胜枝从里屋走出来。

胜枝："找我有什么事……"

三左卫门："您就是太太吧？……（又郑重其事地行礼）我叫三左卫门，在樽泊北边的三股一带打柴……其实我把夕子带到这里来，是想把她托付给您的。"

胜枝："（略感惊愕）托付给我？你的意思是想让我把你的女儿带到京都去吗？"

三左卫门："是的，请您就帮帮我这一次。"

胜枝又交替地望了望三左卫门和夕子的脸。

胜枝："……你们大概很清楚我是做什么买卖的……（略带讽刺）再没有这么好的买卖了……这买卖可是要遭到世人暗中责骂的。"

三左卫门："（无精打采地盯着）这些我都清楚。其实，我这个女儿下面还有两个女儿……夕子是我的大女儿。她母亲得了肺病，干不了农活，总往医院跑。哪儿都需要钱哪……我正好听说您要回去，就急急忙忙地跑来求您了。"

三左卫门讷讷的话语，既没有诉苦，也没有悲伤，好像完全失去了感情一样。

胜枝难以判断似的看着久子。

三左卫门："这一切也都是为了糊口啊。太太，我就把夕子这孩子交给您管教了，由您任意使唤，行吗？我这个做父亲的也没什么可说的。不过夕子是个好姑娘，她从来没有生过病。她不但在学校的成绩很好，而且性格也很温柔。"

胜枝："哪几个字？"

夕子："哦，是夕阳的夕字。"

夕子低着头第一次开口说到。

突然，夕雾楼檐灯上的"夕"字在胜枝的脑海中掠过。

胜枝："（喃喃自语地）这个字和我还真是有缘啊……久子，把坐垫拿来。"

久子："是。"

久子拿来坐垫。

胜枝："（请对方）来，坐下。"

三左卫门："谢谢您了。"

三左卫门和夕子非常客气地并排坐在了二道门的低框上。

胜枝："既然做父亲的都同意了，我不得不收下这个孩子啦……战争结束都已经六年了，世道也变了。像过去那种因欠债出卖身体，赚来的钱都被老鸨据为己有的事情都不存在了。根本没有自己卖身到了一个坏地方的感觉。由于想法不同，你会想去个好地方，就去了京都，这还算不错。不过，你马上会被坏男人缠住，在桥下或木屋町的橡树桥一带当个野鸡。这么一想，我们的买卖还行，由于得到了法律的认可，客人也会放心地登门。而且，你有个头疼脑热的想休息的话，随你的便，你硬要撑着干也行。如今，妓院里的制度处处都是为娼妓着想的。"

三左卫门："（不停地点头，对夕子说）说得太对了。你还不赶快让人带你走？"

话音里带有催促夕子表态的意思。

夕子仍然低着头，点头表示同意。

夕子："我在哪儿干都没关系。只要太太认为合适，就请您把我带走吧。"

胜枝突然用惊喜的眼神看着久子。

胜枝："真是这样的话，夕子就交给我了。"

三左卫门："谢谢您了，请太太多多关照。"

三左卫门起身低头致意。

夕子也学着三左卫门的样子。

胜枝："明天乘早上的那班船走，不要紧吧？"

三左卫门："可以……"

胜枝："这是上京都，我想，你的钱我尽量帮你垫上。"

三左卫门："谢谢太太了………那么，我们告辞了。"

三左卫门和夕子频频鞠躬致谢，退出去。

胜枝等着他们离去的脚步声渐渐消失后说道。

胜枝："……这下我们算是捡了个大便宜。久子，我看那姑娘一定能替我们赚大钱。"

久子依旧半信半疑的神情。

久子："真的吗，阿妈？到底是来到与谢就有好事啊。这也都是阿爹的运气好呀。"

两人一边说着一边朝居室走去。

居室里供着新的灵牌。

胜枝一边给蜡烛点火一边对着灵牌说。

胜枝："……老爷，这下夕雾楼又来了一个好姑娘。（叮吟的一声，敲响了小铃铛）南无妙法莲华经……南无妙法莲华经……"

久子："阿妈，阿爹是禅宗！"

胜枝："哦，可不是么……南无阿弥陀佛、南无阿弥陀佛。"

7. 黑夜中的小道

三左卫门和夕子的背影，父女俩默默地回去。

小虫的鸣叫声。

8. 三左卫门的家·内

病榻上的母亲似乎感觉到了什么，忽然抬起头来。

挤在一块睡的妹妹们。

三左卫门和夕子进来。

三左卫门坐到没有生火的围炉里侧，嘀咕了一句。

三左卫门：“决定去了。”

母亲艰难地从病床上爬起来，坐到了围炉里侧。但是，她什么也没说，唯恐触及到这个话题。沉默一直持续着。

夕子一动不动地站在水池旁。

她默默地洗起晚餐用过的碗筷。

9. 伊作的家·大门口（9月26日）

清晨。

沿着坡路走下去的胜枝和久子。

胜枝突然转过身来，感慨地说道。

胜枝：“再也不会回到这来了……”

10. 码头（远景）

停泊在小防波堤旁的机动船。

背靠悬崖建起的一排可以放船的破房子。

在父亲和妹妹们的护送下，拎着一个旧柳条包的夕子，沿着前面的石路走来。

当她走到防波堤附近时，胜枝和久子从另一条路走下来。

双方走近，互相打着招呼。

三左卫门急忙行礼。

胜枝和久子在前头站着。

夕子看了一眼父亲和妹妹们，扔下他们去追赶胜枝和久子。

三左卫门毫无感情地目送着夕子。

夕子跟着胜枝等人上了船。

船拉响汽笛开始离岸。

妹妹们喊叫着："姐姐——！"

11. 大海

船朝近海驶去。

眼看着三左卫门和妹妹们离得越来越远。

12. 船上

站在甲板上的夕子一眼不眨地眺望着对岸。

胜枝和久子站在她的身旁。

黑色的森林被悬崖峭壁从中劈开。

船驶出海湾。

夕子嘀咕了一句。

夕子："太太，这儿能看得见净昌寺。"

夕子的这句话使胜枝松了一口气，胜枝得救似的露出了微笑。

夕子："（一直望着前方）……就是举行葬礼的那个寺庙……我们部落也一直使用那个寺庙……漂亮吧？百日红都开了。"

胜枝看着寺庙的方向。

13. 鲜花、波涛和路轨

净昌寺的本堂和墓地坐落在对岸海滩上那座高耸陡峭的山顶。

那里开放着一簇簇粉红色的百日红花。

胜枝望着远方的面部特写。

夕子目不转睛地望着远方的面部特写。

在夕子的面部特写上叠印出百日红的花。

摄影机推近百日红的花，白色的波涛将其覆盖。

夕子凝视着白色波涛的面部特写。

夕子的脸上叠印出路轨，并传来列车奔驰的轰鸣声。

14. 奔驰的列车中

夕子的面部特写，以车窗外的景色为背景。

火车疾驶在深山峡谷中。

胜枝的声音："夕子，你是第一次坐火车吧？"

夕子："唉。"

久子的声音："不过，这条线隧道多得不得了。"

夕子将目光从窗外收回，看着久子坐的方向。

夕子："不过，从黑暗的地方走到明亮的地方时，心情可好啦……"

这时，火车驶进长长的隧道中。

15. 京之町·全景

从双个丘望去的景色。

豆粒般大小的火车朝站内驶去。

摄影机摇移，华灯初上的京城展现在眼前。

16．奔驰的火车・车窗外

本愿寺附近——

四条大街——

远处，河原町附近华丽的霓虹灯快速闪过。

堀川大街——

淡墨般的林荫树和房屋。

千本丸太町附近——

突然传来胜枝的声音。

胜枝的声音："夕子姑娘，就要到五番町了。"

火车朝五番町驶去。

17．五番町的大街

奔驰的火车，窗外是屋檐栉比的妓院。

每家妓院都在三合土的门口放上一把圆椅子，负责拉客的阿婆或站着或坐着。

嫖客的身影还很稀少。

窗外的景色在夕雾楼的檐灯前停住。

"你们回来啦。"

鸨母阿新（50岁）打着招呼，随后朝着屋里大声喊道。

阿新："阿妈回来了！"

18．夕雾楼・玄关

娼妓松代（24岁）、净子（23岁）、雏菊（24岁）、敬子（22岁）等从逗留聊天的地方闻声迎出来。

19. 夕雾楼·二楼·走廊

飞奔出来的照千代（25岁）化妆只化了一半。

红叶（24岁）、团子（23岁）等人紧随其后。

20. 夕雾楼·楼下·账房及胜枝的房间

"您回来啦。"

"真辛苦您了。"

胜枝在妓女们的簇拥下来到房间里，在佛龛中供上伊作的灵牌，点上线香。

阿新、照千代等老伙伴合掌。

胜枝转过身来，面朝大家。

胜枝："大家都听着……（看着夕子）这位夕子姑娘从今天起就和大家在一起做事了，她才19岁，在我们当中她年纪最小，大家要好好待她。"

来到五番町第一次露脸的夕子，面部特写。

夕子默默地低头行礼。

妓女们也向她还礼。

胜枝："（对夕子说）从那边开始，雏菊姐、照千代姐、红叶姐、松代姐、团子姐、净子姐、敬子姐，一下子也记不住那么多名字，你慢慢地记吧。哦，还有，这位是阿婆。"

胜枝把阿新介绍给夕子。

夕子行礼。

阿新："喔，请多关照。"

21. 夕雾楼·厨房

负责做饭的阿婆美弥（60岁）抬起头来。

在胜枝的带领下，夕子走来。

胜枝："老婆婆，这是才来的夕子姑娘，可要好好地疼爱她呀。"

美弥看了一眼夕子，点了点头。

胜枝："我们这里的人全部介绍了。走吧。"

胜枝说着走在前面催夕子走。

夕子跟在她的身后。

22．夕雾楼·庭廊

庭廊面临栽种着南天竹和枫树的内院，夕子在胜枝的带领下穿过庭廊。

23．夕雾楼·夕子的房间

和敬子的房间只隔了两间房。

胜枝进来打开电灯。

胜枝："这儿就是你的房间。"

夕子伫立在门口，呆呆地环视着屋里。

胜枝："我不会让你马上开始干活的……我要好好地和你谈一次，在此之前，你可以休息，行吗？"

夕子："……"

胜枝："对了，你找个空给你父亲和妹妹写封信，好吧？"

夕子："……（点点头）"

胜枝离去。

孤零零地剩下夕子一个人。

夕子把柳条包轻轻地放到榻榻米上。

从大门口传来娇媚的声音。

24．夕雾楼·门前的大街

来来往往的嫖客。

鸨母们的声音将他们唤住。

阿新抓住一位试图逃脱的中年男子的胳膊。

阿新："老爷，我可认识你，干吗捂着脸，前天不是来过吗？"

中年男子："（认输）别大声嚷嚷呀。"

中年男子被阿新拖进来。

25．夕雾楼·玄关

阿新把嘴贴在休息处的窗口上。

阿新："雏菊姑娘，有客人。"

坐在椅子上的妓女们。雏菊站起身走过来。

雏菊："哎呀，是啊，富呀！"

阿新看着大门口。

阿新："等一等，这位学生！美术学校的学生！"

阿新又奔出去。

26．夕雾楼·账房

格橱内的交错搁板上装饰着蓝色波涛图案的舞扇。

胜枝和换上一身职业服的久子在吃刨冰。

胜枝："我一直在考虑，让谁来给夕子姑娘破身呢？西阵的竹末先生，你认为怎么样？"

久子："这太好啦，打个电话过去，阿竹马上就会跑来的。"

胜枝："你也是这么想的？"

久子："保准会跑来的。正是他喜欢的那种类型……小夕子这下子可该难过了，不过会高兴起来的。我们这些人，如今能想起来的，只有第一次接客时哭了整整一夜……（感叹）为破身接客而哭时是最美的。"

从玄关传来一位年轻男子的声音。

"久子，你跑哪儿去了！"

久子："是小勇啊。"

久子满不在乎地站起来。

27．夕雾楼·玄关

久子："哎呀，真想死我了。"

一身司机装束的阿勇（25岁）站在那里。

和久子站到一起简直就像母子一般。

阿勇："你说什么呢，你根本就没在你那儿嘛。"

两人一边说着一边朝二楼走去。

雏菊拿着嫖客给的钱走下楼梯。

阿勇砰地拍了一下雏菊的屁股。

雏菊："讨厌！"

28．夕雾楼·账房

胜枝在拨电话。

雏菊过来。

雏菊："阿妈，钟点钱放在这儿了。"

雏菊留下话离去。

胜枝："（手里拿着电话听筒）……喂喂，大老爷在吗？……啊，阿竹，是我呀。"

29．竹末商店·店堂

竹末甚造（55岁）在接电话。

店铺的规模相当大，与其西阵纺织厂十分相称。

在通往里间的过道上，挂着深蓝色的布帘，布帘上印染着店铺的字号"竹"字。

甚造："怎么，是阿胜啊。有什么事吗？……嗯……嗯……（一边挠着头发一边说）又说傻话了，这么好的姑娘会到你们这儿来？是从别的妓院挖来的妓女吧？你又在骗我了。"

30．夕雾楼·账房

胜枝："你说什么呀，一张嘴就这么说。我可生气啦……这可是我在与谢找到的一个没开苞的姑娘……哎，阿竹，在电话里没法细说。你到天久来一趟，我也马上过去……喂，我等着你啊。"

胜枝放下听筒，叹了一口气。

31．天久咖啡馆内

带有一个大喇叭的留声机。

店内很热闹，一位扎着围裙，使人联想起大正时期的女招待在为顾客服务。

胜枝和甚造坐在一个角落里。

甚造："是酒前先生那个地方的？"

胜枝："是的。是一个好姑娘。她还是一个什么都不懂的处女……（意味深长地）你就没看出？我正愁着没找到一个好人给她破身呢。"

甚造："……"

胜枝："（故作生气的样子）竹末先生，别总不说话，倒是说点什么呀。我可是想到了你哦……"

甚造："好，我明白了。你特意来，我这就去一趟。"

胜枝："你能不能明天来？"

甚造："明天可不行，我要接待东京的马尔西斯先生，得去祇园。我一喝多酒，就无法遵命了。"

胜枝："真是一个大忙人呀。你别干什么都是一见面就说。我让你见见那个姑娘，先约一下。"

这时，一位中年顾客和上七轩的艺妓菊市（22岁）进来。

菊市迈着醉步走到里面的柜台，没有注意到甚造和胜枝。

胜枝目光敏锐地发现了菊市。

胜枝："那不是菊市姑娘吗？……（奚落似的）阿竹，怎么样啊？"

甚造看着柜台那边。

菊市正在和客人调情的身影。

甚造："（苦着脸）真是轻浮……"

胜枝："（笑着）喂，阿竹，刚才说的那件事……"

"我说你过来一下行吗？"

菊市闻声走过来。

菊市撒娇似的搂住甚造的脖子。

菊市："阿姐，你找竹末先生有什么事呀？"

胜枝："……"

甚造："你怎么找了一个令人讨厌的家伙。"

菊市："（笑）你吃醋了……来跳舞吧。"

菊市拽着甚造的手跳起来。

胜枝看着，心里很着急。她倏地站起身来往回走。

甚造追过来，在胜枝的耳边嘀咕了几句。

甚造："橡树那带有一个叫'道'的酒吧，你知道吧？"

胜枝："嗯，我知道。"

甚造：“明天，宴会中途我溜出来，八点左右，你把那个妓女带到那儿等我，好吗？”

32．夕雾楼·玄关

久子把阿勇送出来。

久子：“你这就去东京？……跑班车也太累人了吧。”

阿勇：“哪儿呀，管跑什么，都一样。没什么了不起的。”

阿勇回去。

胜枝迈着轻快的脚步回来。

胜枝：“久子，我和竹末先生说定了。”

久子：“哎呀，那太好啦。”

胜枝通过中间的走廊朝夕子的房间走去。

33．夕雾楼·夕子的房间

胜枝进来。

夕子把手提包放在灯下，在包上铺张报纸，两只胳膊像是在藏东西一样，写着明信片。

胜枝：“怎么，你还没有睡呀。”

夕子：“嗯。”

夕子用一双清澈的眼睛仰视着胜枝。

胜枝：“（用柔媚的声音说）……明天我到仓库里再给你找张桌子来。”

夕子：“嗳，谢谢您了。”

胜枝：“今晚早点睡，明天和大家一起吃早饭，好吗？”

夕子：“嗳。”

胜枝的目光落在了用铅笔写的明信片上。

胜枝悄悄瞅了一眼最上面的一张。

> 京都市上京区衣笠山凤阁寺
> 栎田正顺先生　收

夕子发觉后悄悄地捂住。

胜枝：“（装出笑容）要寄许多封明信片呀。”

34．夕雾楼·门前大街

十点多种——最热闹的时间。

阿新缠着客人不放。

阿新：“就进来待一会儿嘛，吸口烟歇一歇。借个火儿。”

阿新说着把嘴贴到对方的耳边。

阿新：“这里有很不错的妓女。”

35．夕雾楼·夕子的房间

夕子睡着，突然睁开了眼睛。

门外大街上的喧闹声。

夕子拿起枕边的明信片反复看了几遍。在她的脸部特写上盖满了百日红的花，回响起波涛声和列车的轰鸣声。

夕子把明信片放回到原来的位置，然后静静地闭上眼睛，进入梦乡。

36．夕雾楼·账房的钟（9 月 27 日）

清晨，未明。

钟敲响了五点。

37. 夕雾楼·胜枝的房间

一直睡着的胜枝，蓦地爬起来，迅速换好衣服，然后从佛龛上拿起念珠袋，步出房间。

38. 夕雾楼·大门口的街上

难得这么安静的时间。

胜枝步履匆匆地走去。

远处咯哒咯哒敲梆子的声音随着胜枝的步伐越来越响。

39. 法华寺·院内

越发响亮的梆子声。

信徒们多得从院内一直排到了人行道上。

每位信徒的手里都握着一个小梆子，他们一边咯哒咯哒敲着梆子一边念佛。

胜枝走进院内，消失在人群中。

梆子的声音越发高亢。

40. 五番町·大街上

梆子的声音又渐渐远去。

胜枝走回来。

这时，从一个妓院中跑出一位过夜的嫖客。

如同被梆子声追赶似的，嫖客往回走。

41. 夕雾楼·胜枝的房间

胜枝进来。

她迅速换好衣服，横着躺下。

42．夕雾楼·厨房

白天的阳光照进昏暗的土间。

妓女们正在用餐，她们将早饭和午饭并成了一顿。

夕子在一个角落里。

43．夕雾楼·澡堂

中午两点——

胖子照千代和瘦子松代半裸着，一边哼着流行歌一边洗衣服。

44．夕雾楼·账房

雏菊、敬子和团子等人站在胜枝面前。

胜枝："雏菊姑娘。"

胜枝不停地看着账面，把钱递给雏菊。

雏菊："阿妈，谢谢了。"

雏菊离去。

胜枝："敬子姑娘。"

胜枝把钱递给敬子。

敬子："谢谢了。"

敬子说着要离开。

胜枝："（唤住敬子）夕子姑娘在干什么呢？"

敬子："她在自己的房间里呢。"

胜枝："你去叫她来一下。"

敬子离去。

胜枝："团子姑娘。"

胜枝把钱递给团子。

夕子来了。

胜枝："啊，夕子，你快和姐姐们一起去洗个澡，做好随时出门的准备。"

夕子："是……"

胜枝："敬子，洗完澡后，能给小夕子化点淡妆吗？姑娘家要有一个姑娘的样。"

45.夕雾楼·大门外的大街上

久子、照千代、松代、雏菊等妓女从澡堂回来。

刚刚沐浴出来的夕子捧着手桶跟在后面。

46.四条·河原町附近

夜。

繁华街上的霓虹灯。

胜枝带着夕子从纷乱的闹市中走来。

胜枝："有个人想见见你。不管怎么说，你对京都还不熟悉，你要跟牢了我。"

夕子："嗳。"

47.面临高濑川的甬路

角落里有一盏"道"酒吧的街灯。

胜枝和夕子走来。

48."道"酒吧内

两人走过来，在一个临河的位置上坐下。

"欢迎光临。"

女招待走过来。

胜枝："来一个果汁，外加一杯水。"

女招待离去。

胜枝和夕子交换座位。

夕子将目光落在了窗下的河面上。

看得见河草像海带一样漂浮在水面上。

在河对岸的路灯灯光衬托下，夕子的面庞显得格外漂亮。

"等好久了吧？"

传来甚造的声音。微醉的甚造进来。

胜枝站起来，向夕子介绍。

胜枝："小夕子，这位是竹末先生，他总是关照我们夕雾楼。"

夕子转过身来，静静地看着甚造。

一瞬间，甚造醉醺醺的双眼钉在了夕子的脸上。

果汁和水端来了。

甚造："（突然醒悟过来）我也来杯水。"

女招待离去。

胜枝："你就叫她阿夕吧。她从与谢第一次来到京都，还是一个什么都不懂的黄毛丫头。阿竹，你就代替他父亲，好好和她谈谈吧。"

这话音里有一半是说给夕子听的。

看来甚造对夕子的美貌和纯真非常中意。

甚造："好啊，在这儿喝一杯后，去吃点什么吧。"

胜枝看透了甚造的心情。

胜枝："是啊，是有点饿了，去吃点什么吧。"

49. 加茂川的夜景

路灯的灯光倒映在清澈的河水上。

50．"章鱼壶"·里面的一间

江户风格的卖五香菜串儿的小吃铺。

敞开的拉门对面，是铺着白沙的狭窄庭院，庭院里栽着丛生竹。

饭菜摆上桌子，三人都已不拘礼节。

胜枝："（对夕子说）你肚子饿了吧？喜欢吃的，你就可劲吃。"

夕子："是，谢谢。"

夕子不知为什么扭扭捏捏的。

胜枝："怎么了，你要干什么？……（有所察觉）你是不是要撒尿？厕所就在刚才进来的那条走廊的旁边。"

夕子红着脸站起来离去。

甚造目送着她的背影，舔嘴咂舌。

甚造："真是一个好姑娘啊。"

胜枝："我没说错吧。她彻头彻尾还是一个雏呢。"

甚造："（深疑的目光）真的吗？"

胜枝："你说什么呀，这姑娘可和京都的姑娘不一样。不管怎么说，才 19 岁，在乡下机会可没那么多呀。"

甚造："我弄不明白，近来只要姑娘在那里一发呆，我就受不了啦。……不过，你倒是有点在自夸呀。"

胜枝："要是真的话，阿竹，你肯出钱吗？"

胜枝拿着酒壶给甚造斟酒。

甚造一饮而尽。

甚造："好呀，别到了末了再谈。多少钱？"

胜枝："那就全看你的心眼怎么样了。那孩子真可怜，母亲得了肺病，在家闲着打发日子。所以，我想尽可能找一个好客人疼她，让她高高兴兴地工作。"

甚造："所以我才问你多少钱嘛。"

胜枝："多少钱？这有价吗？如今，想做好事的话，得花两万日元吧。"

甚造："（有些舍不得地）两万？"

胜枝："这钱全是给那孩子的。阿竹，要是破身，这可是最好的了。我要是男人，绝不会提钱的事，会立即答应下来的。"

能感到夕子从走廊的另一侧走回来。

甚造："（咽了一口唾沫）好，我就让你了，阿胜。"

51．夕雾楼·夕子的房间

胜枝和夕子穿着出门穿的衣服就进来了。

胜枝啪哒一声把拉门拉上了。

胜枝："怎么样，高兴吗？"

夕子："高兴。"

胜枝靠近夕子坐下。

胜枝："我说，你从明天起，像雏菊姐和久子姐那样，和客人一起玩好吗？"

夕子："……（太阳穴在微微跳动）"

胜枝："今晚的那位阿竹，可是一位大老爷，他在西阵有家大商店。他夫人去世都已经五年多了，可他至今一直孤身一个人生活。说起来，他在西阵的商人中还是个头儿。那位阿竹，不管怎么样，还是喜欢你的。"

夕子："……（低头听着）"

胜枝："（探头望着）你知道怎么和客人玩吗？"

夕子："……"

胜枝："你知道吗？"

夕子抬起涨得通红的脸。

夕子："（以几乎听不见的声音说）……阿妈，我知道。"

胜枝："是吗，那么你看阿竹怎么样？"

夕子："……"

胜枝："阿竹可是喜欢你的……反正第一次和客人玩，最好找一个有一面之交的人，你说是吧？"

夕子："……"

夕子微微地低下头，点了一点。

胜枝放心地舒了一口气。

胜枝："是吗？谢谢你了。我说，明天阿竹要是到这里来的话，你可要给我去陪他呀，阿夕。"

夕子："……（点点头）"

胜枝："（感到兴奋）谢谢你了……阿夕，谢谢了。"

52．夕雾楼·厨房

美弥在炉灶旁，眼睛一亮回过头来。

胜枝小跑过来，兴致极高地说道。

胜枝："美弥阿婆，明天去黑市商贩那儿买点糯米来好吗？夕子小姐要破身了。"

美弥把嘴里嚼着的东西吐到湿漉漉的三合土的地上，点了点头。

53．夕雾楼·胜枝的房间

胜枝过来。

她从衣柜里取出鲜艳的火红色绉绸睡衣和桃红色腰带后，又站住了。

54．夕雾楼·夕子的房间

胜枝进来。

胜枝："小夕子，这是我在上七轩当艺妓时穿过的。明天你把它穿上。"

夕子："（声音微弱地）谢谢您了……"

胜枝："我和阿竹老爷说好了，收他两万日元。你可以随意支配这些钱去孝敬父母……（告诫似的）我说小夕子，对你来说，阿竹老爷可是佛一样的顾客呀，知道吗？不管阿竹老爷做什么，你都得闭眼忍着。清楚了？"

夕子："……"

夕子的目光一直盯着榻榻米。

那里摆放着漂亮的绉绸睡衣。

55．五番町·大街上（9 月 28 日）

白天。

"要买花吗？"

清脆的叫卖声。白川女头顶一个盛满鲜花的簸箕走过。

"卖花的！"

敬子从夕雾楼里跑出来。

白川女转过头来的面部特写。

敬子从簸箕中挑选了一些夏季的草花。

56．夕雾楼·厨房

敬子一边往罐子里插着鲜花，一边试着吟诗。

敬子："走过妓院的卖花女，其脸极似我那满脸皱纹的老母亲……不怎么样啊。"

敬子拿着罐子和剩余的花朝自己的房间走去。

57. 夕雾楼・敬子的房间

堆满了书籍。

敬子把花摆上，朝隔壁房间喊道。

敬子："夕子妹，要不要花？我给你留了一些。"

夕子的声音："谢谢你了……可是，我，没有花瓶呀。"

敬子："是吗？久子姐那里有。我们去跟她借一下。"

敬子走出房间。

58. 夕雾楼・楼梯及二楼走廊

敬子和夕子沿着楼梯走上去。

正是中午时分。

每个房间都敞着门。

墙壁上贴满了电影明星照的房间。

摆着留声机和衣柜的房间。

各具特色的房间。每个房间的布置，不但可以看出各自房间的居住者的性格，还保证了其生活所需的一切。

两人从这些房间的门前走过去。

59. 夕雾楼・久子的房间

久子的房间在最里面，和其他房间有些距离。虽然房间最大，但有些差，不过收拾得最为整洁，使人联想到她的经历。

敬子和夕子进来。

敬子："大姐……你这儿要有花瓶的话，借一个给夕子妹吧。"

久子躺在那里读着杂志。

久子："哦……那儿的随便挑吧。"

墙角里摆着玻璃花瓶和磁花瓶。

夕子："对不起……（拿起磁花瓶）这个我就借走了。谢谢大姐。"

60．夕雾楼·二楼走廊

敬子和夕子正要下楼时，从照千代的房间里传出照千代的声音。

照千代："敬子妹，去喝茶好吗？在八重桥。夕子妹也一起去吧。"

夕子："好，我先把花插上，一会儿见。"

敬子留下，夕子一个人走下楼去。

61．夕雾楼·厨房

美弥在蒸红小豆糯米饭。

蒸笼里冒出热腾腾的蒸汽。

夕子过来，给花瓶里灌水。

62．夕雾楼·夕子的房间

夕子把鲜花摆在一个角落里。

夕子凝神注视的脸上，闪现出对樽泊的回忆。

夕子站在山丘上割草。

把割下来的草塞进背篓里。

突然发现混杂在杂草中的几朵花。

怜惜地将花拿在手里看。

从中院的走廊传来胜枝的声音。

胜枝的声音："大家都到我的房间里来一下。"

夕子倏地回到了现实中，离去。

63. 夕雾楼·胜枝的房间

按照人数摆放好了饭菜，备有红小豆糯米饭和炖鱼卷。

夕子进来。

妓女们也都进来，各自入席。

大家恐怕都知道这是一个什么仪式，但谁都不开口。

胜枝等大家到齐后静静地说起来。

胜枝："……今天是庆贺夕子姑娘将要成为一个女人的日子。若是在过去，饭菜要丰盛得多，更得好好地庆贺一番。不过，如今没人这样做了，再加上物资不足，我们只有红小豆糯米饭和炖鱼卷了。来，大家为她祝贺……夕子姑娘，恭喜了。"

妓女们纷纷道喜，拿起筷子。

但是不知为什么，过于安静。

也许都在回忆自己曾有过的这一天。

忽然看到夕子凝视着红小豆糯米饭一动不动。

胜枝："你怎么了，夕子？……不喜欢红小豆糯米饭吗？"

夕子："不，我喜欢吃……我以前吃过，我在想是什么时候吃的……我这就吃。阿妈，谢谢您了……各位姐姐，也谢谢你们了。"

夕子安静地吃起来。

突然，久子说道。

久子："阿妈，我真想喝它一杯酒。"

胜枝："你说什么呀，大中午的……"

久子："我不知道怎么回事，一下子变得坐立不安了！"

如同救场似的，引得大家哄堂大笑。

但是夕子没有笑。

她默默地吃着饭，看上去吃得很香。

她似乎对这顿红小豆糯米饭意味着什么，没有放在心上。

伊作的佛龛前也摆着红小豆糯米饭——

64．夕雾楼·厨房

摆着许多布袋佛的神龛上也供着一小盘红小豆糯米饭。

美弥一个人弓着背坐在昏暗的门坎上吃着红小豆糯米饭。

65．夕雾楼·大门口的街上

当天夜晚。

身着捻线绸夹衣的甚造，像老鼠一样，从 A 角度沿着屋檐下面小跑过来。

66．夕雾楼·账房

一张两万日元的支票扔在了胜枝面前。

甚造："都成银行了。可以存在你的银行里。怎么样，你跟夕子都说清楚了？"

胜枝把支票收下，揣进怀里，然后用眼神示意了一下，走在了前面。

甚造一边跟在后面一边说。

甚造："我这等于交了定钱的。如果不好好地伺候我，我会要你退还一部分钱的。"

甚造说着走到了走廊里。

迎头碰上了雏菊。

雏菊："（把嘴贴在甚造的耳边）阿竹老爷，要是伺候好了，你不多赏点钱，以后有你好瞧的。"

甚造："知道，知道。真拿你没办法。"

甚造边笑边跟上胜枝。

67．夕雾楼·庭廊

胜枝和甚造来到夕子的房门前。

胜枝："阿夕，阿竹老爷来了。"

胜枝打着招呼拉开了拉门。

红色的被子已经铺开，身着火红色绉绸睡衣的夕子坐在铺边，面色有些苍白。

胜枝："阿夕，阿竹老爷来了。"

夕子默默不语地点了点头。

胜枝："行了，阿竹老爷。"

胜枝把呆立在门口的甚造推进房间里，随后啪地一声拉上了拉门，转身离去。

68．夕雾楼·玄关及休息场所

五位像是拍电影的顾客与阿新争执着，呼啦一下拥进来。

阿新："·共才 1800 日元，你可别那么不讲理啊。这不，还没到半夜呢。"

管事的人："你可别这么说，团体还打折呢。"

其他人透过窗口朝休息场所窥视。

敬子、雏菊、松代、团子等五个人坐在那里。

男子 A："（透过窗口）大姐们，全包了多少钱？"

敬子："（半开玩笑似的）什么全包了，真不讲礼貌，希望你们也要尊重一下我们的人格呀。"

男人 B：“倒是希望你们尊重我们一下，明天五点钟还要出发拍外景呢。”

阿新和管事的人谈妥。

阿新：“好吧，谈好了，一共 2000 日元。”

阿新走近窗口。

阿新：“是团体，大伙儿都过来。”

妓女们从休息场所出来。

除了敬子外，妓女和嫖客都拥上了二楼。

敬子带着一个嫖客从账房前通过。

胜枝透过门缝朝敬子递了一个眼神。

敬子会意地点点头。

69．夕雾楼·庭廊

夕子房间的灯已经熄灭。

敬子朝嫖客使了一个眼神，示意安静，随后走进隔壁自己的房间。

70．夕雾楼·账房

敞开的拉门对面，看得见夕子的房间灯光已灭。

胜枝坐立不安，时不时朝着夕子的房间看看。

阿新在账房前吃着中午剩下来的红小豆糯米饭。

阿新：“今天顾客可真多呀，就剩下照千代一个人还没接客。不过刚才国木老爷来过电话，说马上就来。老板娘，这一定是夕子姑娘的喜气把顾客都招来了。”

“有人吗？”

一个宏亮的声音。

阿新："是国木老爷。"

阿新奔出去。

71．夕雾楼·玄关

穿着时髦的国木（50岁）看了一眼休息场所。

国木："怎么，一个人都没有啊？"

阿新："欢迎光临。"

阿新出来。

照千代从楼梯上下来。

照千代："国木老爷，怎么来得这么晚？是不是又疯去了？"

国木："嘿嘿嘿……（笑着）你等一下，我找老板娘有点事。"

说着朝账房里张望。

国木："老板娘，面条买来了，是松之家的，是手擀面。如今在京都做手擀面的只剩这一家了。你尝尝看，很好吃的。"

说完便与照千代闹哄哄地朝楼上走去。

声音："谢谢了。"

是胜枝的声音。

72．夕雾楼·账房

胜枝正要收拾一包面条时，突然看到夕子房间里的灯亮了。

胜枝连眼都不带眨一下地望着。

甚造出来了。

甚造："阿胜。"

甚造招呼着坐到胜枝旁边，悄悄耳语。

甚造："她不是处女。"

胜枝的脸一下子拉长了。

胜枝："你可别信口胡说呀。"

甚造："我根本没有让你退钱的意思。这身子两万日元太便宜了。阿胜，那身子可是罕见的呀。"

73.夕雾楼·夕子的房间

夕子蹲在凌乱的被褥旁。

夕子突然看到摆在角落里的小花瓶倒了。

夕子很怜惜地扶起花瓶。

74.夕雾楼·账房

甚造："从她的右肩稍靠下一点的地方，到腋毛那里，布满了许多芝麻点儿，竟有一百来粒。"

胜枝："（惊愕得瞪大了眼睛）芝麻点儿？"

甚造："是啊，很多的麻点儿。这就像甘柿子的麻点儿一样，一兴奋起来，会变成红褐色。肌肤如雪一般洁白，简直无法形容了。而且还有一个小奶头。"

胜枝："小奶头是什么呀？"

甚造："（吃惊地）你，不知道？……就是在乳房上还有一个鼓胀的像乳峰的疙瘩，上面带有一个褐色的仁丹大小的乳头。"

甚造双眼生辉，眼角布满了皱纹。

胜枝："唉，这种妓女怎么了？"

甚造："不过她不是处女呀。不是处女也没关系。阿胜，我可不会放了她的。"

甚造兴致很高，喋喋不休地说着，然后站起身来。

甚造："阿胜，给我来盅酒，再到天六那里叫点下酒菜。"

甚造又心神不定地返回夕子的房间。

甚造前脚刚走，出去送客回来的久子便后脚跟进来。

久子："（目送着甚造的背影）……小夕子可真行啊……"

胜枝一边拨着电话，一边使劲点头。

胜枝："被阿竹喜欢上……一跃便会成为贵夫人的。"

75. 夕雾楼・玄关

拍电影的几个人被妓女们送下楼来。

敬子也走出了房间。

男人 A："已经不行了，明天的拍摄告吹了。"

几个人吵吵嚷嚷地走了。

76. 夕雾楼・走廊

妓女们的笑声。

胜枝突然看到夕子房间里的灯又灭了。

77. 夕雾楼・大街上（10 月 6 日）

八天后的夜晚。

甚造从 A 角度像老鼠一样小跑过来。

阿新的声音："欢迎光临！"

78. 夕雾楼・账房

甚造进来。

甚造："阿胜，我有话跟你说。"

以一种罕见的一本正经的神情坐下来。

胜枝："什么事呀？"

甚造："是关于夕子的事……（豁出去似的）我迷恋上了她。

怎么样，把她让给我吧。"

胜枝笑他在开玩笑，可注意到阿竹认真的目光后，不禁大吃一惊。

胜枝："（惊愕地）你多大岁数了也改不了啊。"

甚造："你可别敷衍我。不管怎么样，我都想得到她呀，阿胜。"

胜枝："……"

甚造："总之，我也说过好几遍了。这身子真是太好了，我常年乐于此道，还是第一次遇上这种身子。再说啦……（咽了一口唾沫）她已经不是处女了。阿胜，你一定是把她的身子先给了别人。"

胜枝："（勃然大怒）岂有此理，阿竹，我可不是一个睁眼瞎。"

甚造："就这种事我哪敢骗你呀。"

胜枝："（断然否定）唯有那个姑娘不会这样。她是不是处女，我这个在妓院干了多年的人明白。阿竹，你为了得到那个姑娘，就能信口开河吗？"

甚造："（生气）你别找一些稀奇古怪的借口。我说过，那个孩子即便不是处女也没关系。我根本没想把那种已往的小缺陷搬出来吹毛求疵。不过，因为是难得的身子，我不是才跟你说的嘛。"

胜枝："（嘴角有些歪）……那么，如果那孩子乐意，我什么意见也没有。不过，是那孩子在与谢的父亲把她托付给了我。你要是为她赎身的话，不做出一些相应的表示，我就太没面子了。"

甚造："这么说，是不是又要钱啊？"

胜枝："那当然啦。阿竹……这姑娘来京都还不到一个月，就顾客盈门了，我能说给就给吗？我会遭人恨的。"

甚造："钱的事好说……想想看呐，一个卖身的妓女能得到作为一个女人的幸福吗？只和一个男人交往，再有一个漂亮的房子，过着幸福的日子不好吗？女人的幸福在哪里，不是很清楚了吗？”

胜枝："（招架着）真是这样的话，你也凭你的本事别让她再当妓女呀。如果她想走的话，我会为她考虑的，会帮她一把的。"

甚造："嗯。"

甚造似乎终于弄明白了，表情缓和下来。

团子过来。

团子："阿妈，这是客人给的钱。"

胜枝点点头，在账面上盖了一个印。

甚造："这样的话，我去夕子的房间了。叫她来呀。"

甚造步出账房。

净子："（目送着）阿竹，算今天都连着八天了，真有本事。"

胜枝："我看正因为他有本事，才能从纺织厂的一个小学徒做起，拥有了今天这份资产啊……"

大门外仍旧是喧闹的声音。

79．夕雾楼·账房里的钟

当天夜里。

钟敲响了十点。

80．夕雾楼·玄关

夕子沿着庭廊把甚造送出来。

胜枝从账房里探出头来。

胜枝的声音："真少见，今天这就回去了？"

甚造的声音："还要去准备一下春季展示会，不能再多待了。"

对胜枝嘻嘻一笑离去。

81. 夕雾楼·大门口外的街上

阿新把甚造送到大门外，甚造像老鼠一样，朝 A 的角度溜走。

一群流氓在大打出手。

82. 夕雾楼·夕子的房间

墙角里摆着叠好的被子。

夕子呆呆地坐在榻榻米上。

从走廊上传来胜枝的声音。

声音："阿夕，我可以进去吗？"

夕子："请进。"

胜枝进来，坐到夕子面前。

胜枝："我想把这个给你，就带来了。"

胜枝从腰带中抽出一叠钞票，放在了榻榻米上。

胜枝："这是两万日元，是你赚来的辛苦钱。来，收好。"

夕子："……（瞥了一眼那叠钱）"

胜枝："不过，阿夕，这其中有四成账房得提走。也就是八千日元。在你能够付得起服装费和房费之前的一年期间，由你和账房六四分成。所以我得把八千日元拿走。以前空着手来的妓女，无论谁都是这么办的。行吗？快把这一万两千日元收好。"

胜枝拆开那叠钞票，抽出八千日元。

胜枝："这都是你的，你想怎么花都行……不过，大伙儿都是把这钱寄回家里，你也可以考虑一下，阿夕。"

夕子："好的。"

胜枝："你不都寄给与谢的父亲？"

夕子："是的……我还得存点钱，想给妈妈寄去作为住院的费用。阿妈，谢谢您了。真是这样的话，我就收下了。"

夕子一幅欲哭的神情，低头致谢。

胜枝感动得频频点头。

胜枝："太好了，夕子。阿竹老爷非常喜欢你，要不是你，他也不会通宵待在这里的。"

夕子："……"

胜枝："那个人是个好人，是个有钱人。我看你暂时不要接别的客，就为他守节吧……这件事，阿竹老爷对你什么都没说吗？"

夕子："这件事，他什么都没说……阿妈，谢谢您。多亏了您，我才能得到这么多的钱。谢谢您，谢谢您了。我想马上把这些钱寄给与谢的妈妈。"

胜枝眼角湿润了。

胜枝："（呜咽）好，好，以后再谈吧，今天就早点休息了……"

胜枝站起来，走出房间。

夕子再次将目光落在了那叠钞票上。

夕子凝滞着。

她的脸上叠印出躺在破房子里的母亲和挤在一块睡的妹妹们。

浮现出坐在围炉旁一语不发的父亲三左卫门的身影。

83. 夕雾楼·账房

胜枝进来，打开有左右对开两扇门的保险柜。

她从腰带间取出八千日元正要放进去，却像改变主意似的，又拿出了一千日元，然后把保险柜关上。

84. 丸太町千本大街

早晨。

电车通过。

这时，胜枝在一家临街的门面狭窄的店里买廉价图章的身影出现在眼前。

85．附近的邮局·大门外
胜枝走进去。

86．邮局·内
胜枝隔着金属丝网站在邮局工作人员的面前。

胜枝："拜托了，以片桐夕子的名字办个新存折。先存上一千日元。"

87．夕雾楼·玄关
美弥在擦拭打扫。

准备外出的夕子从中廊走来。

夕子："阿妈呢？"

美弥："她说出去一下马上回来……"

就在这时，胜枝回来了。

胜枝："（很得意地）小夕子，我帮你办了一个存折。"

胜枝把存折打开，给夕子看。

夕子："（看着）阿妈，这里还存着一千日元呢。"

胜枝："这是我的一点心意。"

夕子："谢谢您了。"

胜枝高兴地点点头。

夕子放下存折回到房间去。

胜枝眯缝着眼目送夕子。

照千代、雏菊、松代等叼着牙刷从楼上下来。

胜枝："我说夕子这姑娘呀，还真是良家女，也许她会为这事感到悲伤的。你们要好好待她呀。"

夕子回来。

夕子："阿妈，我出去一下行吗？"

胜枝："难得呀。没关系，去吧，路上小心点。"

夕子："知道了。"

88. 夕雾楼·大门外的街上

夕子出来。

她望着 A 的角度。

那是甚造常走的路。

鳞次栉比的妓院。

夕子望着 B 的角度。

那边有面馆，感到了市街的气氛。

夕子朝 B 的角度迈步走去。

夕子的背影，她踱着犹豫不决的步子，战战兢兢地消失在 B 的街角。

89. 从北山眺望京都的全景

90. 夕雾楼·大门外的街上

黄昏。

夕子在 B 的街角出现。

她迈着像是捕捉到什么东西似的步子走回来。

阿新："（目光迎着夕子）你回来啦，出去的时间可真长啊。"

夕子："阿婆，我从今晚开始接客。"

阿新："（吃惊地）要是这样的话，阿竹老爷会发脾气的。"

夕子："（意外地强硬）就是发脾气也没关系。那个人就不是个男人。"

夕子朝里走去。

阿新瞪圆了眼睛看着夕子。

91．夕雾楼・账房

夕子："阿妈，我回来了。"

胜枝："这么晚呀，去哪儿了？"

夕子："我到处走走，看了好多地方……"

夕子退去。

阿新跑进来。

阿新："夕子姑娘说她要接客。"

胜枝："嗯——？！"

胜枝大吃一惊。

92．夕雾楼・夕子的房间

夕子解开腰带。

胜枝进来。

胜枝："你要开始接生客？"

夕子："是的。"

胜枝："小夕子，阿竹老爷会生气的。"

夕子："接阿竹老爷不也是接客吗？我没那么喜欢他。阿妈。"

夕子的话音里带有一股刚强。

胜枝瞬间感到了一种被人背叛的寂寞，突然沉默不语。

夕子解开腰带。

揣在怀里的美术明信片啪哒一声掉在地上。

封套的正面写着"凤阁寺"三个字。

胜枝："哦,你去凤阁寺了。"

夕子："是的。"

不知为什么,夕子遮遮掩掩地把美术明信片放在一个旮旯里。

胜枝："……是啊,能挣的时候就挣,得给父亲寄些钱去。"

胜枝说着刚要迈步离去,可又停下来。

胜枝："哦,订做的西装送来了。颜色很好啊。"

胜枝说完步出房间。

夕子走到西装盒前,漫不经心地打开盒子,然后用指尖轻轻捏着西装拎起来看。

夕子确认完西装后,又出神地看着美术明信片。

《凤阁寺·大门》的美术明信片。

传来夕子的声音。

声音："您认识不认识一个叫栎田正顺的和尚?"

《凤阁全景》的美术明信片。

传来夕子的声音。

声音："您认识不认识栎田正顺先生?"

《凤阁寺·铺上石头的路》的美术明信片。

传来夕子的声音。

声音："您认识不认识栎田正顺先生?"

《凤阁寺·夕佳亭》的美术明信片。

传来寺庙男仆的声音。

声音："是正顺吗?有一位,他姓栎田。"

夕子站在夕佳亭前,她的脸上突然闪现出一丝喜悦。

夕子："他在吗？"

93. 夕雾楼·大门外的街上

正顺（20 岁）出现在 B 的街角。

他低着头，毫无顾忌地走来。

看不清他的脸。

阿新："欢迎光临。"

94. 夕雾楼·玄关·休息场所

阿新对着正顺的背影说道。

阿新："这里净是好妓女，来，你来看一看。"

正顺惴惴不安地透过窥窗看着休息场所。

久子、松代、团子、红叶等妓女并排坐着。

其中有夕子的面孔——

夕子穿着刚才那件西装坐在那里。

正顺既不害羞，也没有装出大人的腔调，而是用嘶哑的声音结结巴巴地说道。

正顺："就、就要她。"

妓女们不由得看着夕子。

阿新搓着双手抱歉地说道。

阿新："那个姑娘才刚刚出道，所以没有五百日元……"

正顺："（打断阿新的话）别说了，五、五、五百日元我有。"

正顺从衣兜里掏出显得有些脏的纸币。

夕子过来，从高处用眼睛打了一个招呼。

夕子："来，上来吧。"

正顺脱鞋的背影。

夕子牵住正顺的手。

夕子："这边儿。这里很暗，小心一点。"

夕子用学会的娼妓语言引导正顺从中廊下走过。

阿新和妓女们瞠目结舌。

胜枝透过账房的门缝看着。

95．夕雾楼·账房

胜枝返回座位。

被人背叛的寂寞感再次袭上心头。

夕子进来。

她的脸上呈现出一种喜不自禁的快活神情。

夕子："阿妈，这是顾客给的钱。"

胜枝一边记账，一边抬头看钟。

钟指着八点零五分。

胜枝："是个学生吧？看上去相当年轻啊。"

夕子："我还什么都没和他谈过呢？"

夕子似乎在逃避胜枝的问话，快速转身走出去。

胜枝坐立不安地走到走廊上。

96．夕雾楼·中廊下

胜枝目送着夕子的背影。

夕子径直走去，啪哒一声拉上了房门。

拉门上映出夕子的身影。

但是房间里的灯光很快就熄灭了，只有内院的枫树在不知从
哪里透出的亮光的衬托下，呈现出鲜艳的色彩。

97. 夕雾楼·玄关

胜枝招呼阿新。

胜枝："大姐，阿竹老爷要是来了可就遭了，你留意点儿！"

阿新："是……（压低声音）夕子姑娘变化可真大呀。"

胜枝："（凄凉地一笑）如今年轻人的想法，我搞不懂。太可怕了。"

胜枝朝账房走去。

98. 夕雾楼·账房

胜枝不由得伫立在那里。她的视线前方有一把装饰用的舞扇。

99. 那把秋草的舞扇

钟的声音。

敲响九点。

100. 夕雾楼·庭廊下

传来钟的声音。

夕子房间里的灯亮了。

映出夕子的身影。

101. 夕雾楼·账房

胜枝竖着耳朵听。

夕子像是把正顺送出门去了。

102. 夕雾楼·玄关

夕子的面庞充满了画面。

夕子："欢迎你再来。"

正顺的面庞充满了画面。

正顺："……（点点头）"

正顺转身往回走去。

103．夕雾楼・大门外的街上

"欢迎过几天再来。"

正顺拐过 B 的街角走去，身后传来阿新的声音。

阿新突然看到甚造从 A 的角度像老鼠一样小跑过来。

阿新："啊，太好了。你刚来吗？"

甚造："你说太好了是什么意思？"

阿新："（装糊涂）夕子在等你呢，快去吧。"

甚造："是吗？"

甚造兴冲冲地朝里走去。

104．舞扇（11 月中旬）

舞扇已变成红叶的图案。

105．夕雾楼・大门外的街上

正顺出现在 B 的街角。

106．夕雾楼・玄关・休息场所

阿新："欢迎光临……（对着休息场所）夕子姑娘！"

阿新喊道。

正顺挺立在那里。

雏菊探出头来。

雏菊："欢迎光临。"

雏菊讨好地打着招呼，可是正顺不理睬她。

夕子出来。

她带着正顺离去。

妓女们在休息场所浏览着杂志和报纸。

雏菊："真是一个怪人。"

照千代："要说绷着脸不吭声，就是指那个学生的样子。"

净子："夕子妹到底喜欢那个人什么呢？"

团子："是哪儿的人？"

妓女们感到了什么，突然沉默下来。

看得见夕子从走廊上过来，走进了账房。

107. 夕雾楼·账房

夕子："（爽朗的声音）阿妈，客人付的钱。"

胜枝一边记账，一边若无其事地问道。

胜枝："小夕子。客人叫什么名字呀？"

夕子："哦，他叫栎田。"

胜枝："栎田……这个名字真少见啊。"

夕子："是的。"

夕子逃离似的正要离去。

胜枝："（叫住夕子）小夕子。"

夕子："……（回过头来）"

胜枝："对男人可不要放松警惕呀。"

夕子："知道了。"

夕子离去。

108．夕雾楼·休息场所

敬子把正在读的书啪的一声合上。

敬子："最近出的书，厚倒是挺厚的，就是没看头儿。"

敬子并没有对谁说，只是喃喃自语地站起来。

109．夕雾楼·中廊下

夕子房间里的灯熄灭了。

敬子从夕子房间前走过。

从房间里传出微弱的合唱声。

敬子放轻脚步，悄悄地走进自己的房间。

110．夕雾楼·敬子的房间

敬子从一摞书中抽出一本来。

忽然，她侧耳倾听着隔壁传来的歌声。

111．夕雾楼·夕子的房间

夕子和正顺的脸，黑暗中两人并排躺着，望着天花板。

他俩沉浸在只有两个人的世界里歌唱。

歌声：

在山上的田地里采摘桑粒

把它装在小篓里

这一切都是在幻境中吗……

歌声中透出他们对樽泊怀念。

两人在明媚的风景中游玩。

盛开着百日红的净昌寺墓地。

成群翱翔在海滩弃船上空的海鸥。

绿色的梯田和羊肠小道。

透过狭窄的甬道看到一望无际的沧海。

浮现在火红的夕阳中的净昌寺本堂。

歌声继续。

歌声：

夕阳西下晚霞一片红，

小小红蜻蜓，

蓦回首，

它已静静地停在竹竿顶……

回到现实中。

夕子和正顺一边唱着，一边微笑着。

112. 夕雾楼·大门外的街上

甚造像老鼠一样，从 A 角度小跑过来。

大吃一惊的阿新跑进玄关。

113. 夕雾楼·玄关

胜枝从账房里飞奔出来。

胜枝："（吩咐阿新）快悄悄地去告诉夕子。"

"小夕子在吗？"

甚造问着走进来。

突然注意到了她俩的神情。

甚造："怎么，有客人在？"

胜枝："是，是的。这位客人马上就走。阿竹老爷，你都十天没来了吧？年轻姑娘轻浮一次也是理所当然的嘛。"

甚造不悦地走进账房。

胜枝跟进去。

114．夕雾楼·账房

甚造扑通一声盘腿坐下。

甚造："客人是谁呀？"

胜枝："不清楚，是个生客。（笑）你不要介意嘛。"

甚造被她逗笑了，可是又突然现出不悦的神色。

甚造："最近太忙了，明天就要开展示会了，可……"

胜枝："（松了一口气）这次在哪儿开呀？"

甚造："在紫野，提起紫野，可是世界闻名呀。我一直梦想着，有朝一日在那座著名的庭园里，展示西阵那些做和服带子的料子与和服衣料。"

胜枝："（钦佩地）哦——"

这时，听到夕子房间的拉门拉开的声音，两人的脚步声从走廊里传过来。

胜枝："像是客人走了。"

甚造："哦，是吗？……（耷拉下眼角）是哪个家伙，看一看。"

甚造透过门缝看着玄关。

115．夕雾楼·玄关

夕子的面庞充满画面。

夕子："欢迎再来！"

正顺的面庞充满画面。

正顺："……（点点头）"

116. 夕雾楼·账房

甚造窥视着。

甚造："一脸苦相，是学生吗？"

胜枝："（无心回答）像是吧。"

甚造："这家伙身为学生真够狂的。替那种孩子的父母想想看，够难办的了。干活儿挣的钱都被孩子用在嫖妓上了。近来，年轻人净干些大人做的事儿……真没办法。"

夕子进来。

撒娇似的看着甚造。

夕子："阿竹老爷，请原谅我吧，对不起了。我要是知道您来，才不会去接生客呢……原谅我吧。"

夕子说着拉住甚造的手。

夕子："来，走吧。来吧，来吧。"

面对一反常态欢蹦乱跳的夕子，甚造十分得意。

甚造："这样的话，我就去了。"

胜枝掐了一下甚造的大腿。

甚造："（夸张地）疼疼疼，疼死我了，阿胜。"

甚造喜不自禁地走出账房。

117. 寂静的夜路

正顺毫无目的地漫步在龙按寺附近黑暗的小路上。

正顺的脸上现出非常苦恼的神色。

118. 夕雾楼·账房

甚造从夕子的房间里匆匆忙忙地走出来。

甚造："阿胜，这姑娘的身子真是不错。我上次跟你说的事，你再考虑一下好吗？"

胜枝："给我来支朝日牌的烟。"

胜枝拿起甚造的烟，点燃一支。

胜枝："那孩子，是怎么说的？"

甚造："什么怎么说的，我就是说真格的，妓女会把它当真吗？肯定你每天都在告诉她们，说什么男人都是畜牲，不管男人说什么好话都不能相信。与其我说，倒不如你去说，这样夕子也会认真考虑的。"

甚造又返回到夕子的房间里去。

119. 夕雾楼·夕子的房间

甚造从走廊里把拉门拉开。

他所看到的是（主观镜头）——

躺在被窝里的夕子突然睁开眼睛，看着甚造。

电灯的灯光在夕子的脸上迅速消失。

壁龛里微弱的光衬映出夕子的面庞。

传来甚造的声音。

声音："你来这里之前，一定有过一位很好的恋人。"

夕子偷偷一笑，不作回答。

声音："没错吧？都写在你脸上呢。"

夕子静静地笑着。

声音："刚才那个嫖客，真的是第一次接触的生客吗？"

夕子不予回答。

声音："说是个学生，不过我总觉得这孩子心里有话憋在肚子里不说。他多大了？"

夕子："说是 21 岁了。"

声音："叫什么名字？"

夕子："到这儿来所说的名字都不可信。是真名还是假名我不清楚，他叫栎田。"

声音："栎田？"

夕子："是的。"

夕子用毯子把自己裸露的肩膀重新盖好。

声音："你喜欢那个年轻学生吗？"

夕子："不喜欢。"

声音："（不由得抬高声音）真的吗？"

夕子被人盯看的面庞。

声音："学生也不错，不过，偶尔是不是还要和你不喜欢的客人睡？这种日子最好别过得太长。我去和阿胜说说看，你别在夕雾楼干了，住到我家去好吗？"

夕子不予回答。

她一直凝视着天花板。

120. 灯全寺·全景（12 月 3 日）

晴朗的白昼。

121. 灯全寺·内（展示会场）

（A）庭院——

做和服带子用的料子与和服衣料，被无心地装饰在银沙波上和黑色的庭院点景石旁，或从高高的松枝上笔直地垂落到地上。

众多的顾客手拿目录，仔细地看着。

今天的主办者甚造，难得穿上了西服，胸前别着"竹店主"的胸牌。他与顾客谈笑风生地踱过石桥。在桥下的白沙上也摆放着华丽的和服面料。

（B）茶室中——

壁龛的墙壁上装饰着鲜艳的和服腰带面料。

（C）渡廊下——

整齐地摆放成一排的和服面料与和服腰带面料。

甚造从拥挤的人群中走来，对所有的顾客都是笑脸相迎，致以问候。

（D）书院——

这里成为了休息场所，上七轩的艺妓们在接待客人。

菊市那副得意的面孔也在其中。

甚造过来。

甚造："（啪地拍了一下菊市的肩膀）辛苦了。"

说罢离去。

角落里摆着一张承办订货用的办公桌，店员们在接待顾客。

甚造寻问一名店员。

甚造："（小声地）怎么样？"

店员："真不得了啊，定了××批货，共××匹，该怎么办啊！"

甚造："（嘻嘻一笑）太好了！（又小声地）我们不是又能狠狠地赚上一大笔了吗？"

（E）通向方丈处的渡廊——

十几个身着黑色僧衣的小和尚排成一列走过来。

甚造正要走过去时，突然以一副疑惑的表情站住。

僧人的队伍越走越近。

第三个小和尚正是正顺，脸部特写。

甚造总觉得在哪儿见过这个面孔，但是想不起来。紧接着他突然想起来了。

僧人的队伍朝方丈那边拐去。

（F）方丈——

僧人的队伍走进去。

甚造悄悄走过来，躲在拉窗后窥视着里面。

念经开始。

甚造叫住正从他身旁走过的执事僧。

甚造："请打听一下，最边上的那个小和尚是不是叫栎田？"

执事僧："（确认后）是的，他是凤阁寺的小和尚。"

甚造："（惊愕地）凤阁寺的？"

执事僧："凤阁寺和聚阁寺同样都是本寺的下属寺庙，所以他们要来练习忏法会的回向……有什么事吗？"

甚造："没有，谢谢了，谢谢了。"

快步离去。

执事僧诧异地看着甚造离去，随后自己也离去。

念经的声音继续着。

正顺在大声念经。

122.夕雾楼·账房

胜枝："（惊愕地）阿竹老爷，是真的吗？"

甚造盘腿坐在胜枝面前。

胜枝："提起凤阁寺，是不是一个有来历的寺庙？那里的小和尚到我们这儿来了？"

甚造拘谨地用指尖摆弄着领带。

甚造："连凤阁寺的小和尚都来嫖妓啦。来这里并不是什么坏事。自古以来，禅宗的小和尚们就时常到五番町的上七轩来玩女人，也就是做道场什么的。不过，我感到奇怪的是，身为一个学生哪儿来那么多钱呀。"

胜枝："瞧你，怎么就不明白呢，那不是一个能收到大笔拜谒费的寺庙吗？"

甚造："又说傻话了，即便有钱，小和尚不还是小和尚吗？他说要去嫖妓，大和尚就会给他假、给他钱吗？"

胜枝："可不是嘛。"

甚造站起身来。

123. 夕雾楼·内庭

黄昏。

大雨击打着红色的南天果。

124. 夕雾楼·敬子的房间

夕子身着日常穿的衣服来到敬子的房间里玩。

敬子从书箱里取出一本杂志。

敬子："这是我作的诗歌，让你看一首寄到令女苑后获奖的吧。"

夕子接过来，朗读着画着红杠的地方。

诗歌的标题《在妓院》

我所向往的
是我魂牵梦绕的故乡

天神树木茂密的森林

头顶一片蓝色的天空

北野天神的森林闪过。

啪嗒啪嗒的

传来拖鞋冰冷的声音

为了在妓院维持生计

我将嬉皮笑脸地度日

穿着拖鞋的妓女走过阴冷的走廊。

疲惫的双眸

映出神清气爽的早晨

送来一支漂亮的绢花

我却不知送花人的名

一朵褪色的绢花。

夕子将埋在杂志中的头抬起。

夕子："敬子姐，你写得可真好啊。"

敬子："你的故乡与谢……"

夕子："从宫津乘船一直往北走就到了，是半岛顶端的一个海边小村，叫三股。"

敬子："是个景色很美的地方吧？"

夕子："是的……（远望着）可以看到海边上有一片墓地，那里开着许多百日红花。从海上望去非常漂亮。"

敬子："墓地？就在海边上？"

夕子："是的。那里的农田都是一小块一小块的。所以，死了人要埋的话，就得找海边那些无用的土地，否则太可惜了。墓地都是在海边很高很高的地方。那里有一座寺庙，开满了百日红花。

一刮风，花瓣就飘散到大海里去了。"

敬子叹了一口气。

敬子："可不像诗歌里咏叹的那种好地方呀，夕子妹。"

从走廊上传来美弥的声音。

声音："夕子妹，有客人来了。"

夕子："（诧异地）我连灯都没开呢，是谁？"

美弥的声音："就是那个学生。"

夕子的脸上豁然明朗起来。

夕子："栎田先生是我让他来的。"

夕子站起来。

125．夕雾楼·庭廊下

夕子跑向自己的房间，拉上拉门。

正顺穿着被淋湿的外套，把领子立起来，从对面走过来。

正顺正要拉开拉门时，从房间里传出夕子的声音。

夕子："请等一下。"

正顺伫候在那里。

敬子过来，朝正顺微微一笑。走向大门口。

"请进！"

传来夕子的声音。

正顺拉开拉门。

已经换好衣服的夕子面带微笑站着。

126．夕雾楼·夕子的房间

正顺背着手把拉门拉上。

正顺："药、药、药我给你带来了……你、你、你总是出虚汗，这、这样不好，我、我就给你买了一点药来。”

正顺口吃非常厉害。

夕子：“（凝视着正顺）……”

正顺：“阿、阿、阿夕，感、感、感冒是最要不得的……你、你还要照顾你母亲。我给你买来了德国的好、好、好药。”

夕子：“你哪儿来那么多钱……”

正顺：“我、我、我打工挣的。每、每、每四个小时服一粒。你、你、你把水拿来。”

夕子点点头，拿过来一杯水。

正顺取出一粒药，然后把手搭在夕子的肩膀上。

正顺：“你、你服下去。”

夕子抬起头来，让正顺给自己喂药。

夕子：“在樽泊总是这样，由你喂我吃樱桃的。”

夕子静静地闭上眼睛。

脑海里闪现出净昌寺的本堂。

淅淅沥沥的小雨，朦朦胧胧。

夕子：“……雨天，我们总是在本堂玩耍。”

夕子闭着眼睛服完药后，把脸埋在正顺的怀里。

夕子：“有一次，我们在本堂里睡着了，等醒来时，本堂里一片漆黑，我们吓得不得了……”

脑海里闪现出净昌寺的本堂。

黄昏悄然来临。

127. 夕雾楼·庭廊下

当夜。

暴风骤雨，远处传来雷鸣声。

敬子送客出来。

夕子的房间一片漆黑。

敬子：“（觉得可疑）夕子妹！”

敬子试着喊了一声，可是没有应答声。

敬子把客人送走。

128．夕雾楼·账房

胜枝在拨拉着算盘。

敬子过来。

敬子：“（低声问道）夕子妹在房间里吗？”

胜枝抬起头来，一脸诧异。

敬子：“她没有接客，可灯关着，这不是很奇怪吗？我们看看去怎么样？”

129．夕雾楼·庭廊下

胜枝和敬子过来。

胜枝站在夕子的房门前。

胜枝：“小夕子！”

胜枝喊了一声，可仍然没有应答声。

胜枝拉开拉门。

130．夕雾楼·夕子的房间

两人进来。

夕子在黑暗中睡着。

胜枝试着把手贴在夕子的脸上。

胜枝：“小夕子，小夕子。”

敬子打开电灯。

夕子惊愕地醒来。

胜枝："小夕子，你怎么了？哪儿不舒服呀？"

夕子："……（睡眼惺忪地看着她俩）"

夕子突然捂住脸啜泣起来。

胜枝："你这孩子真怪呀。是不是做梦了？……小夕子，可不要睡迷糊了。你知道现在都几点了？你是不是哪儿不舒服呀？"

夕子总算醒过来。

夕子："不，没什么。客人给我喂完药后，我就犯困了。就这样睡着了……（环顾四周）我不记得铺被子了。"

胜枝："客人是栎田先生吗？"

夕子："是的……（嘟哝着）哦，是栎田先生给我铺的被子。"

胜枝沉下脸来。

胜枝："小夕子，过一会儿能到我房间里来一下吗？"

胜枝给敬子使了一个眼色，催促她离开。

131. 夕雾楼·账房

两人进来。

胜枝："阿夕是不是服毒了？"

敬子："怎么会呢，阿妈。"

胜枝："你在她的隔壁，夕子和栎田说悄悄话时，听没听到什么让人放心不下的事？"

敬子："没有听到过。不过，夕子妹好像喜欢那个学生，而且栎田先生总来。会不会他也喜欢夕子妹呀？"

胜枝："两人好上了，这也说不定呢。"

夕子依然脸色苍白地进来。

夕子："阿妈，对不起了。"

胜枝："小夕子，你是不是身体哪儿不舒服了？"

夕子："（嘟哝一声）……常出虚汗。"

胜枝和敬子相互看了看对方。

夕子："我和栎田先生说了，他说今天把药给我带来。"

胜枝："（逼问似的）栎田先生是凤阁寺的小和尚吧？"

刹那间，夕子死死地盯着胜枝。

敬子也吃惊地看着胜枝。

这时，电闪雷鸣。

电灯忽亮忽灭。

"阿松！"

传来唤住松代的的声音。妓女们从楼梯上呼啦一下跑下来。

身着和服长衬衣的松代惊恐地跑过来，胜枝拦腰抱住她。

胜枝用惯用的动作抚慰着松代。

久子、照千代、团子等人也走进来。

每当闪电时，松代都吓得发抖。

倒是有种滑稽感。

夕子惊愕地望着。

妓女们没有一个人在笑。大家默默地等待松代的发作平静下来。

敬子："（悄悄地对夕子说）由于广岛的原子弹爆炸，她成了孤苦伶仃的一个人。"

夕子睁大眼睛再次看着松代。

闪电与雷鸣渐渐远去。

胜枝："（促使松代平静下来）松代姑娘，已经不要紧了。"

久子抱着松代的肩膀。

久子："来，走吧。"

久子带着松代朝走廊走去。

妓女们跟出去。

132. 夕雾楼·走廊及楼梯

松代的客人穿着睡衣呆呆地站在楼梯上。

久子："对不起了。她一听到雷声就害怕。"

嫖客："是吗？吓了我一跳。我干得正来劲儿，没注意到打雷。对了，摔跤比赛的时候，裁判喊完 1.2.3，一直压在下面的家伙砰地一声被抛出去了。刚才就和这儿一样。"

133. 夕雾楼·账房

妓女们的笑声。

胜枝："阿夕，刚才我问过你，那个人是凤阁寺的小和尚吧？没错吧？"

夕子："（干脆得令人感到意外）是的，没错。"

夕子的回答触怒了胜枝。

胜枝："（话里带刺地）是不是你以前就和他认识？"

夕子："（毫不打怵地）是，我认识他。他是与谢净昌寺的小和尚。"

胜枝："（惊愕地）是你告诉净昌寺的小和尚你到这里来了？"

夕子："是的。"

胜枝："那么，他看到你的明信片后是怎么说的？他对你到了这种地方什么也没说，就来找你睡？"

夕子："阿妈……（压抑着自己的感情）不是栎田先生来买我的身子，是我把身子给了他。"

胜枝："（露出惊愕的表情）你给的？说什么呢……"

夕子："（忽闪地睁开明亮的眼睛）是我的身子。我喜欢他。阿妈。"

胜枝："那么，嫖资是谁出的？"

夕子："他是寺庙里的小和尚，没有那么多钱。都是我叫他来的。"

胜枝："（吃惊地）小夕子，你这不是受骗了吗？不管你们怎么青梅竹马，两小无猜，哪有白给他玩的道理？这都是你挣来的血汗钱呀。"

夕子："是的……不过，我根本没有乱花自己劳动挣来的钱。栎田先生是个令人可怜的人。我只是帮助了一个不幸的人。"

胜枝："（咄咄逼人）你说说看！那种让妓女倒贴钱的男人，你喜欢他什么？"

夕子："（不由得火起来）阿妈……栎田先生他说不了话。"

胜枝："……"

夕子："他在人前说话，别人都听不懂。他的口吃相当严重。"

胜枝："……"

夕子："他中学毕业后，马上就从与谢来到了京都，在凤阁寺当上了小和尚。由于他天生是个结巴，大家都瞧不起他……他就是在这种冷漠中长大。因此，他变得很乖僻，自卑得连别人的脸都不敢仔细看。尽管他也念经，可也吃了很多苦。他至今在凤阁寺仍然要吃很多很多的苦……"

敬子聚精会神地听着。

胜枝："（不满地）可以叫他上大学去呀。"

夕子："是啊，不过，即便他上了学，还会遭到大家的歧视。所以，他不愿意去上学，才跑到我这儿来玩的。"

胜枝："那是他的事……人无论谁都有缺点。就因为这个，变得那么老成，在憎恨别人之中生活，那就错了。要是喜欢上有这种危险思想的和尚，你还有得苦吃呢，阿夕！"

夕子："我吃苦吃惯了。我只想陪伴着栎田先生，直到他振作精神，认为这个世界是光明的那一天。阿妈，他一个朋友也没有。没有一个人想和他聊聊。他确实是个孤独的人。"

夕子一气说完。

胜枝叹了一口气，走到左侧。

胜枝："我说阿夕呀，我恨的是那种要把你挣来的钱骗走的人。你要是认为即便这样也是幸福的，那就算我多管闲事了。不过，阿夕你还是听大人的一句劝吧。"

忽然，夕子用双手捂住脸抽泣起来。

夕子："阿妈您也不喜欢栎田先生吗？"

从透明般的指缝儿间，露出断断续续的声音。

夕子："阿妈，栎田先生虽说付了钱，可没有碰过我……他在……我的被窝里……什么也没做，只是躺在那里。"

胜枝和敬子听到这番话，心如刀绞。

134. 五番町·大街上

甚造像老鼠一样从 A 角度小跑过来。

阿新从烤火盆旁站起来。

阿新："欢迎光临。"

甚造："阿胜在吗？"

阿新："在，在里面钻被炉呢。"

135. 夕雾楼·胜枝的房间

双腿伸在被炉里的胜枝抬起头来。

其造熟门熟路地通过账房走进来，和胜枝面对面地坐下，将双腿伸进被炉里。

其造："阿胜，我今天去了灯全寺的总寺院，顺便调查了一下那个小和尚。"

胜枝："调查了一下栎田先生？……那怎么样了？"

其造："那小和尚虽然总是耷拉着脸，但这儿看上去不错（拍拍脑袋），凤阁寺的大和尚像是要让他去上大学。听说他成绩很好，不过，他不爱说话，很难交往。连总寺院的小和尚们也不喜欢他。看来他是一个刚毅好胜、反抗心极强的孩子，你越提醒他学得越坏。总寺院的大和尚也头痛得简直拿他没办法。"

胜枝："……（一个劲儿地点头，表示原来如此）"

其造："（略微得意地）于是我跟宗务所的和尚说了，栎田到五番町被夕雾楼的妓女迷住了。这事要是传到社会上去，也有损于凤阁寺的名声啊。"

136. 灯全寺·宗务所

其声音低下一半——

执事僧满脸惊愕的表情。

执事僧："是吗？……我们还没有注意到呢。赶紧向凤阁寺的长老报告，请求妥善处理……竹老爷，您告诉得很及时，谢谢您了，谢谢您了。"

137. 夕雾楼·账房

胜枝："喂，我说你呀，做了一件好事。这多管闲事是好是坏先不说，这次做得就不错嘛。"

甚造："就是嘛，我也是这么想的，如果我的这番话能使他改正，也是为他好呀。"

甚造用温柔的目光看着胜枝。

胜枝："（点点头表示同意他的话）不错。我说阿竹，你至今真的还打算和那个姑娘一起生活下去吗？"

甚造："只要她同意。"

胜枝："（轻轻瞪了一眼）那菊市姑娘怎么办？"

甚造："菊市？……她哪能和夕子比呀，虚假，轻浮，还尽算计人。那家伙现在正和两三个男人热恋着……我根本不依恋菊市，只依恋那一个姑娘。"

甚造用下颚颐指了一下，然后将门缝儿拉大，看着内院里。

不知什么时候下起了鹅毛大雪。

甚造："阿胜，下雪了。"

胜枝："……"

甚造："给夕子的房间里也放个被炉。今晚我要和她喝一盅。从天六那儿订两份寿司来。不，是订三份来。一份是给你的，你一个人在这儿吃行吗？"

胜枝："你也得给那些鸨儿一些什么呀。"

甚造："（板着脸）素面就行了。求你替我保密。要是被二楼的那些家伙听到了，又得敲我一把了。"

甚造嘿嘿一笑站起身来。

138.夕雾楼·中廊下

甚造心神不定地过来。

把手搭在了夕子房间的门上。

139．凤阁寺书院

拉门拉开，大和尚进来。

正顺跪坐在那里。

大和尚静静地坐下。

一阵沉默。

大和尚："怎么样，考虑过了吗？"

正顺："……"

大和尚："为什么不老老实实地交代？……自己都做了一些什么事情，你还不明白吗？你认为尘世丑陋，是因为你的心灵不纯净。"

正顺："……（要说什么，但是说不出来）"

大和尚："你还想抵赖吗？……你的所作所为有背修业之道，在你明白这个道理之前，不许你再见人。你也不要去上学了。从明天开始去做杂务！像寺庙的男仆一样，把走廊的旮旮旯旯都擦一遍。一边拧着肮脏的抹布，一边在抹布的气味中好好反省。去把院子里的杂草拔掉！把旮旮旯旯里的杂草一根一根地全拔掉！在杂草的气味中好好地反省。动中的功夫胜于静中的功夫……你的行为已被世人所知，原本是要破门的，但是看在我和你父亲是同期修业的师兄弟，就饶了你。权当佛的慈悲吧！"

正顺："……"

正顺以绝望的神情仰视着大和尚。

140．夕雾楼·二楼·久子的房间

白天。

全体妓女聚在一起。

这是一次决定工会代表的会议。

敬子的旁边也有夕子的面庞。

照千代手里拿着一本《工会章程》的小册子。

照千代："那么，我来念一下……工会要依靠自己的力量来维护工会会员的生活，致力于发展自己的工作……（抬起头来）这从社会角度来说不是很奇怪吗？"

妓女们在思考。

敬子："让我说一句行吗？"

照千代："请说。"

敬子："如果说维护我们的生活这点还说得过去，那么发展我们的工作算是怎么回事？……无论是社会上，还是道德上都不存在的事，要作为一种理想的娼妓制度来发展，不是太怪了吗？"

雏菊："（难得的认真）……娼妓会消亡吗？如果男人的精力能随着制度的消亡而消亡，这样的话我还能明白。不过，这是绝对不可能的。这和组建工会，便于发展是不一样的。"

团子："是呀，娼妓要是都这样了，像我们这种穷人家的女孩儿就没地方可去了……"

久子："（慢慢悠悠地说）总之，我们这些在好与坏，也就是善与恶的交界处做买卖的人，也并不反对组建工会。但是，我们不愿意挥动着红旗，向阿妈发起进攻，把她当成资本家或剥削者。"

团子："我们非得挥舞红旗吗？"

红叶："（嗤笑着）我们要是挥舞着红旗在街上走，大家一定会欢迎的。"

雏菊："这才对发展我们的工作大有益处呢。"

净子："我呀，才不挥舞红旗呢，我把它缠在腰上。"

雏菊："对了对了，只要关于红旗的事，我们就是老资格了。

没什么害怕的，不是哪都敢去吗？"

久子："那当然啦，我们全国的娼妓团结起来，罢工一个星期看看，男人们全都得疯了。这才是社会问题呢。"

照千代："那么，看来都同意组建工会了，没反对的吧？"

大家："没有。"

照千代："那么，我们夕雾楼派出的代表，还是拜托久子姐，大家赞成吧？"

大家："赞成！"

大家环顾四周，不知什么时候夕子离开了。

敬子："夕子妹到哪儿去了？"

敬子站起来。

141. 夕雾楼·中廊下及夕子的房间

敬子走来。

敬子："夕子妹妹。"

拉开拉门，吓了一跳。

夕子趴在那里，双肩剧烈抖动着大口喘气儿。

敬子绕到夕子头部那边窥望。

夕子把手纸捂在嘴角上抽泣着。

手纸上洇着鲜红的血。

敬子吓得跑到走廊上。

敬子："（朝着楼上）大家快来呀！"

惊叫起来。

美弥闻声出来。

敬子："姊娘，不得了了，快叫医生来！"

妓女们涌下楼梯，跑进夕子的房间。

142. 竹末商店·店铺的房间里

甚造拿起电话听筒。

甚造："怎么，是阿胜吗？"

143. 夕雾楼·账房

胜枝："不得了啦，阿夕吐血躺倒了……喂喂，你倒是以什么态度在听呀？"

144. 竹末商店·店铺的房间里

甚造："是肺病吗？……"

无动于衷的表情。

145. 夕雾楼·账房

胜枝："大概是冻着了吧？阿竹，前几天，有一天不是下雪了吗？就是和你喝酒的那天。那天晚上，小夕子在你面前……"

146. 夕雾楼·夕子的房间

12月下旬，一个飘舞着鹅毛大雪的夜晚。

喝醉的夕子在唱歌。

歌声：

再也不想去了

这是往日的歌

再也不会去了

再也不会去了

在丹后的宫津

在以上的画面里传出胜枝的声音。

声音：“她真是难得唱歌，这是为了讨你欢心呀。我做梦都没想到她会这样……阿竹，我不会给你添麻烦的。她是我这儿的孩子，我根本不会向顾客提出任何要求的。责任全部由我来负。不过，我求你就来一趟。”

甚造的声音：“喔，我明白了。现在嘛，店里正忙着呢。最近在展示会上订的那批春季的货一下子全从下面上来了。”

147. 夕雾楼·账房

胜枝：“（有气无力地）是吗？那就算了……我说，把电话挂了吧，阿竹。”

148. 竹末商店·店铺的房间里

甚造：“哦。”

甚造慢慢地放下电话听筒。

149. 夕雾楼·账房

胜枝听到放下电话听筒的声音后，咔嚓一声挂断电话。

胜枝的双脚朝中廊下走去。

150. 夕雾楼·夕子的房间

夕子被大家安顿在被子上躺下。

“小夕子。”

随着一声呼唤，胜枝走进来。

夕子用毫无生气的目光望着胜枝。

胜枝："提起精神来，好吗？小夕子，医生说了，用不着担心。你安静地躺着，就不会吐血了。"

夕子："……（轻轻点了点头）"

胜枝："你不要担心与谢那边。你一想到与谢，就会感到悲伤的。你就只想想敬子姐、久子姐和我们，会好受一些的。好吗？你可不要去想与谢的妈妈哟。"

夕子："（微弱的声音）阿妈，对不起了，请您原谅我。"

胜枝："（哭腔）说什么呀，你这个孩子……"

夕子："阿妈，存折放在了那个包里，就托给你保存了。请您把我送到医院去，我要去医院。"

胜枝："（难过地）好，你愿意去，我就把你送到医院去。不过，现在你要在这儿安静地躺着。"

胜枝说着打开柳条包，取出存折，看了一眼存折上的存款数额。

10 月 07 日　1,000 日元

11 月 11 日　3,000 日元

11 月 14 日　3,000 日元

11 月 17 日　6,000 日元

11 月 20 日　3,000 日元

11 月 25 日　3,000 日元

12 月 01 日　3,000 日元

12 月 05 日　10,000 日元

12 月 10 日　3,000 日元

12 月 13 日　5,000 日元

12 月 15 日　3,000 日元

12 月 25 日 7,000 日元

01 月 10 日 3,000 日元

01 月 20 日 10,000 日元

01 月 30 日 10,000 日元

02 月 10 日 5,000 日元

——————————

78,000 日元

胜枝的泪珠滴落在存折上。

胜枝："七万八千日元，你真是拼了命干呀。每个月去千本都是为了存钱？"

夕子："阿妈，由你随意安排，用这些钱来治我的病。为了不给大伙儿添麻烦，求您快点把我送到医院里去吧。"

夕子静静地闭上了眼睛，透明的一行泪珠朝着耳朵流下来。

151．东山医院·病房（7 月中旬）

敞亮的病房。

薄薄的窗帘随风飘荡。

躺在病床上的夕子。

敲门声。

夕子："请进！"

敬子走进来，一身小姐的打扮。

夕子："哎呀，敬子姐……打扮得真漂亮啊。根本看不出是五番町的人。"

敬子："是吗？来的时候，在电车中有一个怪怪的男人向我送秋波，我狠狠地瞪了他一眼。"

敬子说着拿出礼物。

敬子："这是阿妈送你的钱，这是我送你的花（说着把花插到枕旁的瓶子里）这是大伙儿送你的单和服，漂亮吧？"

把单和服展开给夕子看。

夕子把单和服拿在手里看。

白地上印着可爱的图案。

敬子站在窗边。

敬子："啊，景色真美。一到了这里，心情总是很敞亮……今天又能清楚地望见衣笠山那边了（转过头来）夕子妹，栎田先生来过了吗？"

夕子："……（寂寞地摇摇头）"

敬子："哦？……我说夕子妹，我说这种话你也别生气，那个人总是愁眉苦脸的。"

夕子眼睛一亮，望着天花板。

夕子："是尘世间使他变成了那样……（眼泪涌出来）不过，他过去可是一个纯真开朗的人。这点只有我清楚。小时候，我们蹬着墓地的石塔爬到百日红的树上一起玩耍时，我就知道了。"

敬子："你那么喜欢他，为什么还要告诉他你来到了五番町呢？"

夕子："因为我想见到他……来到五番町，我确实很悲伤。不过来到京都也许就能见到正顺了。这就是我唯一的盼头。我就是想见到他。于是最先告诉了他。"

敬子："……"

夕子："我一直把他当作自己的哥哥……我很清楚，当只有我们两个人时，他也会把寂寞忘得一干二净，肯定会想起过去爬树的事情。真的是我把他叫到夕雾楼来的。"

正顺孤独凄凉的面庞一闪而过。

敬子："可你告诉栎田先生你在这儿了吗？"

夕子："（摇摇头）我的病是个可怕的病，还是不见的好。"

敬子："（悲痛涌上心头）即便如此，能见而不见是多么悲哀呀，夕子妹……"

夕子："（恳求）敬子姐，你千万别去凤阁寺呀，你千万别告诉栎田我生病了。"

敬子被夕子那坚定的目光所折服。

敬子："我不去。你都那么说了，我还能去吗？"

敬子一边说着一边开始做回去的准备。

152. 夕雾楼·账房

胜枝迎上前。

胜枝："怎么样了？那姑娘还好吗？"

敬子："还好，气色也好多了。"

说着走过来坐下。

敬子："不过……她太可怜了，真没办法呀。"

胜枝："就是嘛。人好的时候，一口一个'夕子，夕子'叫着；人生病了，他连来都不来了。男人呀，全像阿竹那样没好玩意儿。"

敬子："我说的不是阿竹老爷，是栎田先生。"

胜枝："栎田？"

敬子："我说这种事可能不好，不过，是不是阿竹老爷嫉恨夕子妹和栎田先生的关系？我总有这种感觉。"

胜枝："栎田不来正好。那是个战后派的不良和尚。"

敬子："你要是这么说，夕子妹就太可怜了。他们俩人的关系就像兄妹一样。"

胜枝："兄妹？什么意思？"

敬子："栎田先生是夕子妹精神上的哥哥。两人的关系依然是很纯洁的。"

胜枝："……"

敬子："夕子妹在医院里哭着说，栎田先生是个可怜的人。"

胜枝："（呆呆地凝视着）……"

敬子："阿妈，你想想看，夕子妹生病后，阿竹老爷来过一次没有？栎田先生遭到了别人的嫉恨，被人挑拨离间，甚至连夕子妹生病了都不知道。阿妈，你可以去问问雏菊妹和久子姐，还有照千代姐。大家都在这么议论呢。你可以去问问。"

敬子越说越激动，生气似的走出了房间。

胜枝："……"

胜枝在沉思。

153. 凤阁寺·正门（8月1日）

摄影机朝正门方向移动。

这时，胜枝走来。

寺庙的男仆蹀跶地对峙着。

寺庙的男仆："你说的栎田就是正顺吧？"

胜枝："对，是的。麻烦你，能叫他出来一下吗？"

寺庙的男仆："（冷淡地）栎田和尚正在苦行中，不能见你。"

胜枝："（恳求的目光）你不要这么说，让我见他一下就行。求求你了。"

胜枝一边说着，一边拿出一个小包。

寺庙的男仆："我要是收了你的东西会挨骂的……那么，你等一下。"

说完朝寺里走去。

胜枝擦着汗。

寺庙的男仆折回来。

寺庙的男仆："（指着便门）你在那边悄悄地等一会儿……谢谢了。"

飞快地接过胜枝的小包。

胜枝按着男仆的指点朝便门走去。

一扇破旧的木门嘎吱一声开了。

胜枝吃惊地看着。

正顺出现在眼前，他穿着肮脏的纯一色和服裤裙，系着一条整幅布料裁成的腰带。他眼珠向上一翻，瞥了一眼胜枝。

胜枝："（低头行礼）你是栎田先生吧？"

正顺："（盯着看）……"

无意识地用腰带擦拭着手背。

胜枝："是栎田先生吧？"

正顺："……（点了点头）"

胜枝："对不起，在你百忙之中来打扰你，不要紧吧？我马上就回去。我是五番町夕雾楼的。是夕雾楼的老板娘。"

正顺："……（点了点头）"

胜枝："栎田先生，夕子咳血住院了。"

正顺的脸突然扭曲了。

正顺："唔、唔、唔。"

嘴里发出声音，但是形成不了一句话。

正顺的脸部特写，画外传来胜枝的声音。

声音："你用不着绝望。（以为正顺的表情是一种绝望）医生说了，再看看情况，动了手术会好的……栎田先生，你能去看看她吗？夕子并没有说想见你（看着正顺的脸，以为正顺想见夕子）不过，她太可怜了呀……"

胜枝："（继续说着）我们都看不下去了。她住在五条大街的东山医院，在三层的病房里躺着。动手术之前，她要一直躺着。"

正顺："……"

正顺的面部特写，画外传来胜枝的声音。

声音："透过医院的窗户，可以清楚地望见衣笠山。每当夕子凝视着衣笠山的时候，我就想落泪（正顺的脸上已经挂满大滴的泪珠）"

胜枝："栎田先生，如果可以的话，请你去一趟。"

正顺："……"

想说什么，动了动嘴，不过仍然没有发出声音。

胜枝："我的事就全办完了。我就是想把这事儿告诉你一声……栎田先生，那么，我就告辞了。"

正顺突然两眼发出炯炯的光芒。

正顺："对、对、对夕子，说、说、说声谢谢。已经结束了，让、让、让她放心……"

胜枝："（不知道他说的什么）栎田先生，你说的是，已经结束了……放心吧，是吗？"

正顺："（瞪着眼睛）谢、谢、谢谢了。我、我现、现在没有空。等抽出空来，我、我会去医、医院看她。一、一、一定会去的。让、让夕子放、放、放心吧。拜、拜、拜托你了。"

正顺说完转身离去。

154. 凤阁寺·庭院内

正顺跑过铺着石子的路。

155．凤阁寺·庭院内

正顺从夕佳亭前跑过。

朝着池塘跑下去。

156．凤阁寺·庭院内

在树影倒映的池塘畔。

正顺跑下来，扑倒在地，号啕大哭。

157．半夜里的京都城（8月2日）

消防车拉响警笛疾驶在街上。

158．夕雾楼·大门外的街上

人们从 B 角度跑来。

北边的山上腾起熊熊大火。

"是衣笠山那边！"

"在凤阁寺附近！"

159．夕雾楼·楼梯及玄关

国木一边系着裤腰带，一边走下来。

照千代拿着上衣追过来。

国木："要是凤阁寺那边，说不定是我们家呢。我老婆总是睡得迷迷糊糊的。会不会是她做错了什么。"

一边说着，一边穿上鞋飞奔出去。

妓女们邋邋遢遢的样子聚在玄关发抖。

阿新和美弥也在其中。

胜枝："正是慌乱的时候……千万不能慌。"

一边说着，一边惊慌不已。

160. 东山医院·病房

夕子从床上起来。

这里也能听见远处传来的警笛声。

夕子透过窗帘的缝隙张望着。

一瞬间，猛然推开了窗户。

清晰地传来大街上的嘈杂声和消防车的警笛声。

161. 北山的天空（主观镜头）

通红一片。

衣笠山像是中心部位。

162. 东山医院·病房

大火映红了夕子的面庞。

夕子呆呆地眺望着。

消防车拉响警笛从医院旁边驶过。

警笛声渐渐远去。

夕子感到自己似乎失去了知觉。

夕子的眼里噙着泪水，但是嘴角上却浮现出微笑。

三田护士进来。

三田："会感冒的！"

夕子转过身来，断言道。

夕子："凤阁寺被烧掉了，没错吧？"

163. 报纸上的消息

《国宝凤阁寺彻底烧毁　纵火嫌疑犯栎田正顺正在通缉中》

164．夕雾楼·账房

胜枝和所有的妓女围在一起看报纸。

大家都一言不发，脸上露出担心的神色。

电话铃声响起。

胜枝拿起听筒，她的太阳穴跳动了一下。

胜枝："阿竹老爷，有什么事？"

妓女们全神贯注地听着。

165．竹末商店·店铺里的房间

甚造："（夸胜似的）看过报纸了吗？到底还是让我说中了吧？"

166．夕雾楼·账房

胜枝："（心口堵得慌）阿竹老爷，您真是个冷漠无情的人呀。您是说过栎田先生的事情，（气不打一处来）不过，不过……"

167．竹末商店·店铺的房间

甚造："阿胜，怎么了，栎田难道不是一个做了坏事的国贼吗？就是我所说的那种坏家伙，阿胜。"

168．夕雾楼·账房

甚造的声音冷酷地冲击着胜枝的耳膜。

胜枝闭上双眼，撂下听筒。

雏菊："我还以为阿竹老爷在为夕子妹担心呢，原来不是啊。"

久子："（嘟囔了一句）原来阿竹老爷对夕子妹来说也是个陌路人呀。"

169. 报纸上的报道

《凤阁寺纵火嫌疑犯栎田正顺被拘捕》

170. 东山医院·病房

精神恍惚的夕子倚靠在床架上。

传来叩门声，胜枝和久子进来。

胜枝："小夕子，真是吓死我了。你都听护士说了吧？"

夕子："……（点了点头）"

胜枝："我一直为你担心着，就跑来了。栎田先生做了一件不得了的事。城里也都传开了。你尽快把那个人忘掉。你不要去想那个可怕的人。你是不是也是这么考虑的？"

夕子来回看了看胜枝和久子。

夕子："阿妈，久子姐，对不起，让你们操心了。不用管我，放心好了。"

说着，拽起毛毯盖上，随后一动不动。

胜枝和久子互相看了一眼。

胜枝："小夕子，看你气色好多了，我们走了，还会来看你的。"

夕子一动不动。两人回去。

夕子轻轻地起来，走到墙角。

她从柳条包里取出凤阁寺的美术明信片，凝神望着。

过了一会儿，她用纤细的指尖把明信片撕得粉碎，扔出窗外。

只有一片还留在她的掌心里。

夕子望着这张残片，满怀爱意地将它轻轻地揣进怀里。

171. 报纸上的消息

《凤阁寺纵火犯栎田自杀》

172. 夕雾楼·账房

胜枝和妓女们聚在一起。

久子大声读着报纸。

久子："凤阁寺纵火犯栎田正顺被拘押在西阵警署。他接受过主任检察官的审问后，趁负责本案的检察官不备，用准备好的剃刀割断颈动脉，企图自杀，因出血过多，在日赤医院死亡……"

久子读完后抬起头来。

在场的人都神情暗淡。

电话铃声响起。

胜枝："说不定又是阿竹打来的讨厌电话。我不接，敬子你去接。"

敬子拿起听筒。

敬子："嗳，这里是夕雾楼。没呀（惊愕）你说夕子从医院到这儿来了？"

胜枝急忙接过听筒。

胜枝："她没有回来呀，发生什么事了？好，好，我们也留意一下，拜托您了。"

放下听筒。

妓女们的目光都盯着胜枝。

胜枝："小夕子说去散步，出去后就没有回医院……"

突然，敬子喊道。

敬子："阿妈，不得了了。夕子妹会不会去死呢？"

胜枝和妓女们都吃了一惊。

敬子："栎田先生死了，夕子妹一定会很悲伤的。栎田先生不是被送进了日赤医院吗？会不会夕子妹看到报纸后，想见见正顺先生，就跑到那里去了？"

妓女们的脸上露出不安的神色。

妓女们的面部特写，从画外传来敬子的声音。

声音："昨天，阿妈她们在医院前脚走，我后脚就到了。当时，夕子妹对我说……栎田先生是个可怜的人，世人……"

在妓女们的主观镜头中，敬子的声音听上去像是夕子的声音。

声音："都憎恨栎田先生，骂他是国贼。不过，从小就和栎田先生一起玩耍的我，一点都不认为他是坏人。栎田先生是个和蔼可亲的好人。我在五番町患感冒时，他花很多钱给我买来了药。他是一个心灵纯洁、待人热忱的人。即便他烧掉了凤阁寺，也不是他那纯洁美好的心灵所为。正是因为寺庙里的人歪曲了栎田先生，他才起来反抗，做出了那种出格的事。栎田先生说，自从来到凤阁寺后，他曾几次想去自杀。因为师兄弟和大和尚总欺负他，骂他是结巴，所以他心情很糟。我非常了解栎田先生的内心感受。栎田先生放火烧了凤阁寺，也是因为他想从这种痛苦的日子里逃脱出来，可怎么也办不到，而且还回不了与谢，他无处可去，被逼得无可奈何才……"

夕子那种像是在诅咒什么、声讨什么的声音消失，又变成敬子一人的声音。

敬子："做出了放火这种出格的事。我心如明镜。栎田先生是个可怜的人。他不是国贼。夕子妹哭着对我说了这番话。"

一口气说完，语尾颤抖着。

妓女们静静地抹着眼泪。

暂短的间隙。

胜枝："（抬起泪水涟涟的脸）敬子姑娘，你能去一趟日赤看看吗？"

敬子："（松了一口气似的）好的。"

站起身来。

胜枝："（突然一丝不安掠过心头）等一等。"

敬子："……？"

胜枝内心激烈地斗争着，最终还是豁出去似的说道。

胜枝："我前天去了凤阁寺，见到了栎田先生。"

敬子："（愕然）阿妈，你去过了？"

妓女们也不由得屏住呼吸，看着胜枝。

胜枝："（点点头）我见到了他，告诉他夕子病了。当时栎田先生让我转告阿夕，说已经结束了，请放心……（自己也在思考着）已经结束了，这是什么意思呢？"

妓女们被某种预感弄得十分紧张。

胜枝："已经结束了，这句话要是指放火的事，等于阿夕已经知道他要放火了？这样一来，事情可就闹大了。你怎么看的，敬子？"

敬子："阿妈，您是说，夕子妹如果是同案犯，会牵扯到夕雾楼？……我认为夕子妹不知道这件事。连自己的病情都不让告诉栎田先生，夕子妹怎么会知道这种事呢……（责问似的）我倒认为，由于阿妈把夕子妹的事情告诉了栎田先生，才促使栎田先生放了火。"

胜枝："（狼狈地）才不会呢，怎么会这样呢？……敬子姑娘，阿夕可能已经去了日赤。不过也不要小题大做，认为她会去死。那姑娘的存折，还在我这儿保管着呢。上面还存着她挣来的八万多日元。她怎么会放弃这些钱去死呢？那姑娘还要给与谢的家里寄钱呢。她还有一个因病卧床的母亲和两个年幼的妹妹呢。她不会死，一定还活着。一定会回到夕雾楼来的。放心吧。"

敬子："（反驳）即便如此，阿妈，不是还有万一吗？夕子妹在日赤医院见到栎田先生后，是不会愿意回到医院里去的。她在东山转来转去，连个倾诉的人都没有。这种寂寞会不会造成她产生一死了之的念头呢？"

妓女们也责备似的看着胜枝。

敬子："（刺痛胜枝）这样的话，阿妈你可要负责哦。"

胜枝："（情绪激动地）随你的便，敬子姑娘，你想怎么办就怎么办，你去找她，直到心安理得为止。"

敬子："……（瞪着胜枝）"

胜枝："我可不去。"

胜枝说罢，忽然为自己的强硬态度而感到一丝凄凉。

胜枝："（心软下来）……我只是不想去惊动阿夕。那姑娘一定会回到夕雾楼来的。如果她回来了，大家什么都不要说，要热情地迎接她，好吗？夕子姑娘内心的悲痛，是我和你们无论怎么想都想象不到的，是一种很深很深的悲痛。只有等待时光的流逝来抚平她内心的痛苦。明白我的意思了吗，敬子姑娘？"

泪水沿着胜枝的面颊流下来。

短暂的沉默。

久子悄悄地擦拭着眼角。

久子："敬子妹，就照着阿妈的意思办吧。夕子妹一定会回来的。夕子妹一定会回到夕雾楼来的。"

至此一言未发的松代，此时呜呜地放声哭起来。

敬子以平静下来的表情低声说道。

敬子："不过，阿妈，夕子妹会不会去别的地方呢？"

173．夕子

——此时夕子正坐在火车上。隧道中，夕子苍白的面庞。

——夕子在大海上。浪花一个接着一个向后流去。

夕子凝视着。

——在夕子的视线中，出现红色的百日红花。

——花被拉成远景后，夕子的身躯横卧在百日红树下。

174. 悬崖上一条望得见大海的小路

派出所的警察领头，三左卫门和村里的人们急匆匆地爬上来。

175. 净昌寺·墓地

三左卫门等人跑过来。

鲜红的花飘落在夕子苍白的脸上。

"夕子，夕子。"

三左卫门呼唤着，跪伏在一旁。

三左卫门："夕子，夕子，什么时候回来的？你什么时候，一声不吭地就回来了？夕子，夕子，你为什么瞒着爸爸去死呢？夕子。"

三左卫门哭着，把粗糙的手掌贴在夕子的面颊上，如同抚摸一般。

过了一会儿，他把手放到了夕子的背上，用熟练的动作，把夕子一下子背起来。

三左卫门："（哭泣着）夕子，走吧。你妈妈在三股等着你呢。夕子，多亏了你，你妈妈康复了。她在等着你呢。阿幸和阿照也都在等着你呢。"

三左卫门一边对背上的女儿说着，一边沿着悬崖上的小路走下去。

村民们和警察跟在后面走去。

人们的身影渐渐消失，在美丽的云彩和大海的背景中，只有一棵百日红树孤零零地矗立在那里。

（完）

『饥饿海峡』

根据水上勉同名小说改编

编剧：铃木尚之

1. 轻津海峡

台风即将袭来的大海。

汹涌澎湃的波涛。

片名：饥饿海峡

以下出现片头字幕。

2. 函馆港码头

怒涛澎湃。

待命出航的青函联运船的巨大船体，随着大浪摇晃。

画外音："1947 年 9 月 20 日，拂晓，通过能登半岛的第十号台风将从关东北部朝着偏东南的方向经过三陆近海。这是气象台当天的预测。但是，临近八点的时候，气象公报有所改变，函馆海洋气象台发出了如下警报。"

摄影机从天线摇到北海道南部的地图。

收音机里传出的广播声："台风的风向逐渐偏向东北，可能在北海道南部登陆，特别是在函馆……"

3. 岩内町·全景

收音机里传出的广播声："至岩内一带出海捕鱼的渔船务请注意。陆上有 25 米至 35 米的强风，海上有 35 米至 40 米的强风……"

忙于采取紧急措施的几艘渔船。

巨大的波浪冲过了防波堤。

4. 佐佐田当铺门口及门前的街道

从窗户喷出来的熊熊烈火。

摄影机从火前向后拉，拍摄佐佐田当铺的全景。

两个人影从火焰中蹿出来。

画外音："在这场台风中，岩内町的佐佐田当铺突然发生了原因不明的火灾，顷刻之间，整条街化为火海。"

震耳欲聋的警报器声和报火警的钟声响成一片。

镇上的人们朝腾起的浓烟跑去。

从相反的方向大步跑来两个人影——木岛忠吉（34岁）和沼田八郎（27岁）。

沼田腋下夹着一个装纸烟的大纸盒。

挎在木岛肩上的大提袋，像癞蛤蟆的肚子一般鼓鼓囊囊的。

5. 岩内车站·售票处

"来三张去函馆的票！"

一个蓄着络腮胡子的大汉犬饲多吉（29岁）从窗口朝里面望着。

开车的铃声盖过了火灾报警器的声音。

6. 岩内车站·站台

跑过来的木岛、沼田和犬饲跳上已经开动的火车。

7. 奔驰的列车·车厢内

三人找到座位坐下。

犬饲把车票递给木岛和沼田。

三人的脸上露出作案后紧张的神情。

沼田："（悄声地）这风够厉害的啦。"

木岛："照这样，火势可就要着得快啦。"

木岛突然发现自己手腕背面有血迹，忙用舌头舔光。

沼田敲着一条和平鸽牌的香烟说："这个，这个！"

他撕开包装，递给木岛和犬饲每人两盒香烟，

然后从衣兜里掏出打火机点烟，有滋有味地吸起来。

木岛："喂，借个火！"

沼田把打火机递过去，看着木岛膝盖上的大提袋。

沼田："换一下，我来拿吧。"

沼田说着，伸手要去拿。

木岛："得了得了，用不着担心。（对犬饲）这趟车赶得上青函联运船吗？"

犬饲："（点头）……"

沼田透过纸烟的烟雾盯着提袋。

木岛也将目光落在了自己的膝盖上。

犬饲交替地看着他俩，过了一会儿，他的眼神也被那只提袋吸引住。

8. 奔驰的列车

列车的车轮。

9. 奔驰的列车·车厢内

三人都一眼不眨地望着那只提袋。

10. 函馆附近的小车站

火车停在这里。

车外是迅猛的暴风。

列车员走进犬饲他们这节车厢。

列车员："大家都急于赶路，实在是对不住了，由于台风，本次列车要在这里暂时停车。希望各位多多谅解。"

乘客甲把将要离去的列车员叫住。

乘客甲："要等多少时间？"

列车员："现在还说不准。"

乘客乙："要是步行到函馆，要多长时间？"

列车员："是啊，要是男人的脚力，大概一个钟头左右吧。"

沼田不经意间听到了他们的对话。

沼田："（对两个伙伴）喂，咱们走去吧。"

木岛："走着去？"

沼田："要是赶紧走，说不定能赶上层云号那条船。要尽快地溜往内地呀！"

三个人从车厢里跑出来，相继跳下踏板。

11. 函馆港码头

波涛似乎平静了几分。

开船的锣声响起。

层云号朝大海驶去。

12. 铁道上

在大风中——

三个人一声不吭，朝着函馆急匆匆地走去。

13. 函馆湾

层云号在大风浪中行驶。

这时，一阵疾风突然袭来。

在船头将要稍微偏转方向的瞬间，一个大浪从船尾铺天盖地打过来，三千吨的巨大船身顿时倾斜。

悲鸣般的警笛震耳欲聋。

14．七重滨

急匆匆跑来的渔民和派出所的警察们遥望着大海。

15．波涛汹涌的海上

即将倾覆的层云号。

16．七重滨

"是层云号！"

"来船哪，快去救人！"

17．波涛汹涌的海上

层云号顷刻间翻倒。

甲板突然成了陡坡，乘客们慌乱不堪。

18．街上

满载警察的卡车一辆接一辆地开赴现场。

19．拉响警笛疾驶而过的消防车

街上一片混乱。

20．铁路的道口

救护队的卡车和消防车一辆接一辆地驶过。

从急匆匆赶往函馆的犬饲等三人的眼前疾驶而过。

三人意识到发生了非同小可的事，望着警笛声消失的方向。

21．七重滨

卡车开来。

消防车到达。

警察和消防队员们跳下车来。

有的人在海滩上支帐篷。

有的人升起篝火。

在渔夫们的帮助下，消防队员把放在海滩上的几条小船划出去。

小船朝着近海海面划去。

犬饲等三人赶来，被眼前这番光景惊呆了。

22．躺倒的层云号

像鲸鱼脊背似的船身，看来是和波浪搏斗了一阵，然后，顷刻间就与如同送终般的警笛声一起沉入大海。

23．波涛汹涌的海上

罹难者们凄惨的哀叫声。

抓着漂浮的木材不停哭喊的妇女。

带着救生用具也未免一死的男人。

24．七重滨

小船回来。

警察们跑上前，把罹难者的尸体卸下来。

群众在远处围观着。

木岛、沼田、犬饲夹杂在这些群众之中。

船又向浅海驶去。

木岛："（望着海面）喂，大个子，设法弄条船来！"

犬饲："……？"

沼田："干什么？"

木岛："趁着这片混乱，从海上溜走。"

25．波涛汹涌的海上

救护工作继续进行着。

许多木船在漂浮的尸体中穿行。

犬饲等三人乘坐在其中的一艘木船上。

木岛和沼田隔着提袋面面相觑。

摇橹的犬饲，面部特写。

26．新闻报道

报纸大字标题——

台风中发生两起惨案

青函联运船层云号沉没

死者达五百三十二人

岩内发生大火

全街三分之二被烧光

死者众多

27．岩内町佐佐田当铺附近

吞噬掉了大半个市街的火仍然余烬未熄。

附近已不见往日的景色，从这里一直到大海，成为一片火烧过的荒原。

消防队员和当地人东奔西跑地忙着处理善后。

"佐佐田老板死啦！"

突然从一个方向传来喊叫声。

众人拥过去，只见瓦砾堆中有一具烧焦了的尸体，头盖骨已被砸碎。

又从另外一个方向传来喊叫声。

"这儿也有一具尸体！是老板娘！"

摄影机朝着声音的方向奔去。

"这是他们的女儿！"

群情骚然。

28．岩内警察署·走廊

门上贴着纸条。

佐佐田当铺抢劫杀人纵火犯搜查本部

29．岩内警察署内

屋子里坐满了消防队员和镇上的人。

在发现尸体的几个地方已用黑圈标明的佐佐田当铺的示意图前，警长田岛清之助（36岁）在向人们报告案情。

田岛："……三具尸体，分别在左右上额部都有受到严重殴打留下的裂伤，鉴定结果表明，这是头盖骨破裂致死的。保险柜被破坏，毫无疑问，这是杀人之后放的火。诸位，罪犯不仅残害了佐佐田一家人之后又放火烧毁了他们家的房子，而且还把本街烧掉了三分之二。烧毁的房屋达三千四百五十户，负伤者达一百五十人，而且还有三十九人为此丧生，这是一个穷凶极恶的罪犯！"

30. 七重滨·尸体收容所

两天后——帐篷外面，一个冻得直搓手的吏员突然抬起头来打招呼："辛苦啦！"

候补警长弓坂吉太郎（47岁）和户波刑警（30岁）走来。

弓坂："都处理完了吧？"

吏员："只有两具还没人来认领！"

弓坂："嗬！"

弓坂走进帐篷。

空空荡荡的帐篷里，停放着两具盖着草帘子的尸体。

弓坂："让我看看他们的脸。"

吏员掀开草帘子。

弓坂和户波俯视着。

（不露出尸体的脸部）

户波："像是无所牵挂地走了！"

弓坂突然蹲下身去。

弓坂："好像被人打过呀。"

户波："不会有这种事吧。也许是头碰在柱子上和漂浮的木材上啦。"

弓坂："嗯……不过你不感到奇怪吗？无人认领的两具尸体

都有同样的伤。"

弓坂充满疑惑的目光，开始仔细地检验尸首。

31．函馆警察署·门口

> 处理层云号死难事件本部

32．函馆警察署·会议室

处理此案的会议正在进行。

在署长刈田治助（50岁）和从札幌来的候补警长等人的注视下，弓坂在发言。

弓坂："……乘客的总数是八百五十六人，其中死者有五百三十二人。但令人难办的是，这个数字比遇难的乘客多出了两具尸体。也就是说，按着乘客的名册和家属的辨认，死者已经全部被认领走了。但是，乘客名册上没有的两具身份不明的尸体，直到今天仍然没有人来认领。是偷渡的呢，还是别的什么人？所以，必须考虑这无人认领的原因……"

有关官员彼此小声议论起来。

刈田催促不愿发言的那位札幌来的候补警长。

刈田："请札幌来的谈谈吧。"

札幌来的候补警长："弓坂先生谈到多出两具尸体的事，听起来好像是一起案件似的。我问过管乘客的人，据说，过去就常有做小生意的等快要开船了才赶到，他们一苦苦哀求，连名字都没登记就让他们上了船。这一点你是不是好好调查过了？"

弓坂："当然，已经调查清楚了。必须注意的一点是，直到今天还没人来认领。国营铁路公司已经内定，支付每人一万八千元的吊慰金。报纸上也发布了这条消息。我倒不是说来领尸的人是为了领这笔钱的，但是，即使离这儿很远的人也一定会来问个明白的。会有没人认领的尸体，叫人不可思议。"

札幌来的候补警长："这么说，弓坂先生怀疑通缉中的犯人会不会也混在了其中……"

弓坂："不，这是我的直觉。我只是出于职业意识，唯恐发生万一。这两个人连船都没上过，尸体却混在了乘客当中。你不认为这是一个令人毛骨悚然的事情吗？"

33. 函馆·面向大海的墓地

"观自在菩萨行深般若波罗蜜多时照见五蕴皆空度一切苦厄……"

弓坂正在念般若经。他的身后是两三个为遇难者立的白色墓标。

死者家属在烧香。和尚从人群中出来走近弓坂。

和尚："弓坂先生，听您念的经，和尚就要失业了。哈哈哈哈。"

弓坂："……"

和尚："可是话又说回来嘞，现在要土葬……是因为死者有什么原因么？"

弓坂："不……这是当刑警特有的感觉吧。我总觉得这两具尸体有百思不解的地方。假设死者没有任何问题的话，你如果是他的家属，也要和死去的儿子见一面的吧。"

34. 岩内警察署·内部

田岛从外面回来，愣匆匆地来到警察署长跟前。

田岛："署长，我从银行方面打听到，自从那次暂停支付以后，佐佐田老板几乎不往银行存款了，他扬言不再相信银行，似乎所有的现款都在家里保管着。有人说他家里可能有七八十万的现款。"

署长："哦？"

田岛："除此之外还有一件事，听说案发的三天前，佐佐田全家到朝日温泉旅馆去过。为了慎重起见，我打算现在就去一趟。"

署长："啊，就这么办吧。"

"田岛，这位已经等你好久了。"

年轻的警察走上前，把一张名片递给田岛。

名片——

> 网走监狱看守部长
> 巢本虎次朗

田岛和巢本（50岁）在一个角落里相对而坐。

田岛："你是说可疑的人么？！"

巢本："是的。今年六月初，我们监狱取保释放了两个人，名叫沼田八郎和木岛忠吉。但是这两个人至今还没有回到他们的居住地。这就是那两个人……"

巢本掏出两张稍微弄脏的照片。

田岛接过来仔细看。

（观众这时候才知道，提着提袋奔跑的两个人就是沼田和木岛。）

巢本："沼田就是这个人。以前在富山县的鱼津所犯的前科，和这次惨害当铺老板一家的作案手法极其相似……我是看了报纸才想到这点的，所以，借来札幌的机会顺便跑来告诉您一声。"

35．朝日温泉旅馆

温泉的场景——

36．朝日馆·门厅

旅馆老板："对！佐佐田先生十六日到十八日在这里住过。"

田岛和年轻的警察走过来。

田岛："那时没有别的客人吗？"

老板："有……（向里边）喂，把店簿拿来！"

田岛灵机一动把两张照片掏出来。

田岛："是不是这两个人？"

老板："（吃了一惊）对！是这两个人。一点儿也不错。三个人之中确实有这两个人。"

田岛："三个人？（这回是田岛大吃一惊）不是两个人吗？！"

老板："是三位。（他打开女用人拿来的店簿）就是这位！"

田岛紧紧盯着店簿上的记录。

札幌市南二十一条大
街西十二段
犬饲多吉及另外两位

田岛："这个字是谁写的？"

女用人："是一个大个子写的。开头（指了指木岛的照片）是这个人想写。可这个人却把店簿交给了大个子了，让他写。大个子就一声不吭地写了。"

264
×
265

武士道残酷物语：铃木尚之电影剧作选集

田岛（打开笔记本）："那你就给我谈谈那个大个子的情况吧！"

37．函馆警察署・搜查一科

弓坂握着话筒。

户波、佐藤等四五个刑警围着他，把他的复述记录下来。紧张的气氛。

弓坂："……另一个人名叫犬饲多吉，年龄二十八九岁，身高约六尺，光头，四方脸，面孔微黑，满脸胡子，关西口音……好，明白啦。总而言之，主犯是沼田，从犯是木岛和犬饲啦……好，要紧急通缉。有没有沼田和木岛的照片？正在复制？好，洗好了请立刻送来！"

咔嚓一声放下话筒。

佐藤："确实潜逃到函馆来了吗？"

弓坂："不清楚，据说已经向北海道全区各署发出了紧急通缉令。不过，罪犯手里拿着七八十万元现款的话，逃往内地的可能性最大。函馆可是北海道通向内地的门户啊……佐藤君，你马上去查一下二十日以后的联运船乘客名单！"

佐藤："是！"

说完飞也似的跑开。

弓坂："户波君，你们几位把从事水路运输的人都给我调查一遍。——没错吧？这三个人罪大恶极。这几个家伙杀了人家全家，抢走全部现款，这还不算，还放火烧毁了岩内町。应该考虑到，他们的逃跑计划也是相当周密的。你们要把往返于函馆和青森之间的渡船一个不漏地过一遍，找出目击者来！"

刑警们立刻跑开。

电话铃声。

弓坂："是，搜查一科……啊，是佐藤君吗？乘客名册里没有他们的名字。明白啦。"

放下听筒。

刑警甲："主任，电话！"

弓坂拿起另一电话的听筒。

弓坂："是，搜查一科。什么？渔夫的小船被盗！什么时候发生的？"

38．杂货铺的门口

户波正在打电话。

户波："据说是二十日。失主说，小船被借去运送层云号遇难者的尸体后，就一直没还回来。"

39．函馆警察署·搜查一科

弓坂："奇怪啦！警察借的小船和附送的一份谢礼，在二十一日中午之前就全部交清了嘛！是消防队借的？好，我马上去。"

40．三木的渔村

这是一座紧靠着七重滨的小渔村。

渔夫辰次撂下手里的活正在说话。

站在他面前的是弓坂和户波。

辰次："是函馆消防队的人，说运送尸体遇到了困难，问我能不能把小船借给他用一下，我马上就答应了，把小船借给了他。"

弓坂："是什么样的人？"

辰次："四方脸，满脸胡子，个头高高的。"

户波："（满脸疑惑）……这不是和岩内方面的查询一样了吗？"

弓坂："嗯。（对辰次）是二十日的几点钟？"

辰次："正是这个时辰。"

弓坂："（看看表）五点……是满脸胡须的大个子一个人来的吗？"

辰次："就他一个人。我还说要帮他一把呢，可他说他有伙伴，用不着我帮忙。"

弓坂："伙伴？！"

户波："主任，一定是那三个家伙。"

弓坂："嗯……（他思考了一下，回头望了望大海）如果他们渡过了波涛汹涌的大海，那一定是朝下北去了。"

41．下北半岛·拂浦

汽艇声。

高耸入云的奇岩怪石的峭壁，朝着摄影机逼近。这是一幅使人望而生畏的景色。

弓坂、户波、当地的警察和渔夫四个人坐在船上。

渔夫指着峭壁。

渔夫："就在那顶上，我是从海上望见的，准确的地点我不知道，但是二十三日那天晚上的确有过篝火。"

42．下北半岛·峭壁

四个人攀援而上。

43．下北半岛·峭壁顶上

这是一片和陆地隔绝的原始森林。

户波突然发出一声尖叫："主任！"

弓坂等人跑过来。

眼前一个洼地里有烧过篝火的痕迹—— 一堆厚厚的灰。

弓坂用一根树枝拨弄着灰，仔细观察。他面露焦躁的神色。

弓坂："你们有时会在这种地方点篝火吗？"

渔夫："啊，不会是我们打鱼的人干的。这地方连林营署的人都不常来。"

弓坂："……"

弓坂深感奇怪，他突然俯瞰眼下的大海。

44．弓坂眼下的大海

他们刚才乘坐的汽艇停泊在下面。

缆绳把岩石和船拴在了一起。

45．俯瞰大海的弓坂

他的脑海里闪现出一个推理。

46．峭壁（幻影）

那三个人的船吊在了空中。

缆绳被用力地拽上来。突然浮现出沼田、木岛、犬饲三个人拽船的身影。

但是，在弓坂的主观镜头中只有三个人的身影，却看不清三个人的面孔。

小船终于被拽到了悬崖顶上。

弓坂的画外音："犬饲是个大个子壮汉。沼田和木岛是在网走经过锻炼的家伙。这点儿力气活，他们办得到！"

47．峭壁顶上

俯瞰大海的弓坂，脸上现出一种确信不疑的神色。

弓坂抓起一把灰大声地招呼户波。

弓坂："户波君！这三个家伙一定是在这里烧船灭迹的。你再到大间转一下。我从川内奔大凑看看。肯定有人见过这三个家伙，我们要找到见过他们的人。"

说完，他用手帕包起那把灰。

48．森林

肩上挎着大提袋的犬饲独自摇摇晃晃地走着。

看来已是饥肠辘辘了。

49．周围全是旱田的村庄·八重的家·门口

穷苦人家的青石片房顶。房檐上吊着萝卜干。犬饲从门前路过。他上前摘下萝卜干啃起来。这时从屋里传出异样的声音。

犬饲吓了一跳，悄悄地窥探着屋里。

50．八重的家·屋内

巫女对着佛龛激烈地摇晃着上身念着咒语。

她的背后恭恭敬敬地坐着杉户八重（23岁）、长左卫门（55岁）、八重的四个弟弟妹妹以及街坊邻居们。

巫女突然转过身来面向众人。

巫女是个盲人。她用几乎听不出来的声音开始叽叽咕咕念叨起来。

长左卫门："这是你妈的声音哪！"

人们伸长脖子仔细听着巫女的声音。

巫女："地狱之路有七条，不过这是一条不归路。没有退路啊。"

51. 部落的路

犬饲走来，似乎在逃避巫女的咒语声。

他滑下悬崖。

他把脸伸进河里，大口喝着河水解渴。

随后，昏昏欲睡。

不知过了多久，犬饲被轰鸣声吵醒。

看得见森林小火车从铁桥上驶过。

犬饲站起身来。

犬饲："喂！等等我！"

52. 路轨

犬饲追赶着。

53. 行驶中的森林小火车·内

犬饲好不容易才追上，跳上车来。

森林小火车的前部，出现八重手支下颚的身影。

犬饲擦着汗。

旁边的一位老婆婆在捡烟头。

一直盯着老婆婆的犬饲，忽然想起衣兜里揣着的"和平牌"
香烟，于是掏出来递过去。

犬饲："这个，给你啦。"

老婆婆："不敢当，不敢当……"

八重回过头来，看见了这一幕。

心想犬饲真是一个好人啊。

八重解开裹盒饭的包袱。

54．行驶中的森林小火车

小火车在行驶——

55．行驶中的森林小火车·内

八重吃着饭团。

犬饲的目光盯着八重的盒饭。

八重嫣然一笑，走到犬饲跟前。

八重："饭团，吃不吃？"

犬饲："……"

八重："请。"

犬饲："大米饭做的吗？"

犬饲咽了一口唾液，取了一个饭团。

八重："你呀，是个好心人。"

犬饲："你说我？"

八重："我看得出来……再吃一个？"

犬饲："谢谢了。"

八重："今天是我妈的三七忌日哪！"

犬饲："你妈妈去世了？"

八重："我是为了听听妈妈的声音才回来的。我爸呀，请了一位巫女来，让我听听妈妈说的话。"

犬饲："（吃了一惊）死了的人能说话？"

八重："当然能啦，所以才要请恐山的巫女来嘛。"

犬饲："巫女……是干什么的呢？"

八重："就是能把死者的亡灵召唤回来的女人呀。"

犬饲："……那么，你听见你妈妈说话了吗？"

八重："嗯，听见啦。她说，没有退路，没有归来的路……不过，这是迷信，我看她在信口开河。"

八重笑起来。

八重："你到大凑去吗？"

犬饲："嗯。"

小火车继续行驶着。

56．川内桥

开往大凑的公共汽车停下。八重和犬饲上了车。公共汽车从桥上通过。

这时，汽艇从海上开来。弓坂下船。

57．沿着海岸行驶的公共汽车

八重和犬饲坐在车上。

58．大凑车站前

八重："再见啦！"

犬饲离去。八重依依不舍地目送他，然后扭头走去。

59．"花家"·门前

八重走进去。

60．"花家"·店头

已换上便装的八重从二楼下来。她看了一眼门口，大吃一惊。

八重："等等，你！"

犬饲满脸迷惑的神情站在门口。

八重飞奔过来。

八重："（眉目含情地）你，是跟在我后边来的吧？"

老板来间佐吉望着他俩。

61．"花家"·二楼·八重的房间

八重："来，进去吧。"

八重像是推着犬饲似的走进房间。

八重："洗澡水烧好了，你要洗洗吗？"

八重想帮犬饲脱衣。

犬饲甩开八重的手。

犬饲："我一个人去洗。"

犬饲接过八重手上的毛巾、肥皂和安全剃须刀，走出房间。

八重："真是个怪人啊……（目送着）走错了，走错了……下了这个楼梯向右拐，尽头就是……"

62．凑车站前·警察派出所

弓坂正在喝茶。

警察："那三个家伙……还没有找到啊。"

弓坂："其中一个是满脸胡子的大个子。"

警察："……（寻思着）"

弓坂："大凑的妓院有多少家？"

警察："说起来嘛，两年前，因为这里还是军港，所以这一行相当繁荣。大大小小算在一起，有三百家吧。发生什么事了？"

弓坂："没，既然这样，我想挨家挨户地搜查一下试试看。"

63."花家"·二楼走廊

犬饲洗完澡回来。

剃了胡须，显得干净利落了。

64."花家"·八重的房间

犬饲把毛巾搭在手巾架上，突然目光盯住了扔在铺盖旁边的报纸。

那上面是关于"层云号"和岩内町发生火灾的报道。

犬饲："唔唔……唔唔唔唔。"

犬饲目不转睛地望着报纸，口中发出一种说不清是否悔恨的呻吟。

八重进来。

八重："你在那儿干什么呢？……来，坐过来。"

八重让犬饲坐到自己身边。

八重："哎呀，……你刮了胡子蛮精神的嘛！……给你拿酒来，要不？"

犬饲："我不会喝酒呀！"

八重："你真够单纯的啦……叫什么名字？"

犬饲："……"

八重："你可别撒谎哟，上这儿来的人都不讲真话。"

犬饲："我叫犬饲多吉。"

八重："我叫千鹤，就是千之鹤那两个字。不过，我的真名叫杉户八重。"

八重有所感悟地站到窗旁。

八重："啊！下雨啦。这是留客的雨……恐山好像在哭泣似的……"

犬饲："这山是不是能使死者复苏？"

八重："是的。"

犬饲："……"

犬饲的面部特写，随之出现的是巫女的声音，然后是七重滨凄惨的尖叫声和沼田、木岛高呼救命的声音。

犬饲吓得脸都僵硬起来。

"你怎么了？"

八重双膝蹭着靠近犬饲。

犬饲试图从八重身边逃跑。

八重调着情，紧紧抱住犬饲。

两人抱在一起倒在了被子上。

犬饲几近残暴的爱，八重接受着这种爱。

长时间的爱抚后，两人裹在一个被窝里，就像一尊地藏菩萨。

电闪雷鸣的恐山俯视着他俩。

犬饲在昏暗的房间里醒来。

八重也醒来，蹲在梳妆台前。她为自己燃烧的情欲而感到害羞，一边怜惜地抚摸着脖子上被犬饲挠出来的几条红道道，一边对犬饲说。

八重："你瞧不起我吧？我可知道。"

犬饲："我说过什么吗？"

八重："你什么也没有说。"

犬饲："是吗？"

八重从梳妆台的抽屉里拿出一把剪刀。

八重："你把手伸过来……你看，长得这么长了……"

八重帮犬饲剪去长长的指甲。

犬饲："你妈去世啦？"

八重："干哪，干哪，活活累死的，我妈妈真是可怜啊。"

犬饲："你爸爸是干什么的？"

八重："伐木的。"

犬饲："……"

八重："有时候帮营林署伐木，有时被山主雇去伐木。他总是带着个大饭盒子出门。可是，这阵子闹神经痛，挣不到多少钱啦。"

犬饲："你也是穷人家的孩子哪。"

八重："我妈死的时候借了一笔债。所以我不干也不行啊。"

八重剪完左手，开始剪右手，

她忽然发现犬饲的拇指上有残疾。

八重："（吃了一惊）哎呀，怎么搞的？这个！"

犬饲："以前叫手推车给挤的！"

八重："唉，当时很疼吧？……噗噗噗噗，呼呼呼呼 ，治好啦。"

犬饲："你心眼真好呀！"

楼下传来一声呼唤。

"千鹤！"

八重："来啦！（应了一声后，对犬饲说）喂，你打算怎么办？住下来吗？"

犬饲："不，我回去。算多少钱？"

八重："回去？……（寂寞地）五十块！"

犬饲从提袋里掏出一张五十元的钞票。

八重："（接过来）我说，你下次什么时候来？"

两人对视着。

犬饲好像想起了什么似的，把身旁的报纸扯过来，从提袋里掏出一把钞票用报纸包好，扔在了八重面前。

犬饲："我也不知道有多少，都给你吧。"

八重："（大吃一惊）这么多……"

犬饲："这不是什么脏钱。是在黑市上赚的。你愿意怎么花都行。"

说完，逃走似的跑向走廊。

八重："（吃了一惊）等一下！你……"

八重把一包钱藏在褥子底下，随后追出去。

65．八重从梯上跑下来

66．门前的大街

八重冲出门来。

黑暗中已不见犬饲的踪影。

远处的灯火，那里是死气沉沉的、已经废弃的军港。

67．八重的房间

八重咔嚓一声点亮电灯。

颤抖的手从报纸包里取出钞票。

然后数起来。

数错了。

重新数。

把数好的钞票放在裸露的两个膝盖下面压住。

八重："（全部数完，惊呆了）三万四千块……"

再用报纸包起来。

八重不知所措。

她霍地站起来。

八重："啊！好疼！"

犬饲的大指甲扎进了八重的手掌。

八重："犬饲先生……"

她自言自语似的说着，拔出了指甲。

露珠般的血渗了出来。

八重用洁白的纸把指甲包好后，连同钞票一起用报纸包起来。

然后，一双颤抖的手把报纸包塞进衣箱的最底层。

（渐隐）

68."花家"的店头（第二天）

弓坂来到这里。

佐吉："我不清楚是不是三个人，满脸胡子的大个子倒是一个人来过。"

弓坂："（立刻瞪大眼睛）那是什么时候？"

佐吉："是昨天傍晚。"

弓坂："（不禁愕然）昨天？！"

佐吉："就是上去找千鹤的那个客人哪！"

弓坂："能把那个姑娘给我找来吗？"

佐吉："她说，要带她父亲去洗温泉，所以今早我就让她回去了啦。"

弓坂："知不知道是哪儿的温泉？"

佐吉："她说了要去汤野川。就在她家附近。"

69.汤野川温泉

温泉的景色。

70．公共浴池内

这是一个用粗糙的松木板钉起来的建筑物。

八重和长左卫门浸泡在蒸汽腾腾的池子里。

八重："爹，我打算离开花家，你看行吗？"

长左卫门："那借的债怎么办？"

八重："还呗！"

长左卫门："你什么时候攒了那么一大笔钱？"

八重："这阵子很忙，所以多少存了些钱。还清这笔债后，我打算上东京。"

长左卫门："上东京？！"

八重："我不想总干这种买卖。这一带熟人太多。不管怎么说，得去人生的地方。爹，只要我能走得远远的，别人就能正眼瞧我的呀。"

长左卫门："……"

八重："你在听我说吗？爹。"

长左卫门："（底气不足）听着哪……"

八重："我说，你还记得以前在花家待过的阿时吧？她说东京挺景气的，还给她妈寄来了两千块钱哪。"

长左卫门："是那个时么？……你觉得怎么办好就怎么办吧，爹是到死也不离开山的。"

这时，突然从儿童浴池那边传来一个男人的咳嗽声。

八重愣了一下，捂住胸部。

透过蒸汽看到了弓坂的面孔。

八重慌忙离去。

弓坂的眼睛紧盯着八重的背影。

71．公共浴池·后边

一片白色的野菊花。

八重有所察觉地回头看看。

弓坂走近。

弓坂："你是衫户八重姑娘吧。"

八重："……（点头）"

弓坂："（亮出警察证）我是函馆警察署的弓坂。"

八重："（忐忑不安的眼神望着他）……"

弓坂："好不容易来温泉治疗，我却来打扰，非常抱歉啦。说实在的，我正在找一个人，他和你的一位客人长得有些像。就是昨天傍晚去你那儿的大个子。"

八重脸色苍白，为了不让对方觉察出来，转过身去蹲下。

八重："你是说昨天傍晚，就是那个穿着复员军人服、从川内来的人吗？"

弓坂："川内？"

八重摘了一支野菊花，然后扭过头来。

八重："那人说，他是到川内的木材加工厂来的。不错，他说他叫工藤。"

弓坂："工藤？"

八重："是个四方脸的大个子。老是沉默不语，什么话也没说。是个叫人讨厌的顾客。"

弓坂："他说话没带关西口音吗？"

八重："说的一口青森话。他说川内的木材加工厂有他的一个熟人，他是来介绍木材生意的。我还想他会不会是一个木匠呢。"

弓坂："他没有带什么类似提包一样的东西吗？"

八重："包袱嘛，倒是带了一个……"

八重简直想哭起来，可是却极力装出满不在乎的样子。

弓坂："（颇感失望）是吗？……我弄错人啦。啊，我听说是个大个子，穿着复员军人服，就以为准是我要找的那个人……惹你心烦啦。"

八重："我可没有说谎啊。刑警先生，我就是说谎也得不到一分钱的好处呀。"

弓坂："（微笑着）你打算去东京吗？"

八重："（一愣）待在大凑，赚不到养家糊口的钱嘛。我想上东京跟朋友一块儿干。"

弓坂："（使劲点了点头）到了那里可要打起精神好好干呀。"

八重逃脱似的跑进公共浴池。

72．公共浴池・脱衣处

八重伫立不动，心跳得很厉害。

长左卫门在木板房里松快地休息。

八重悄悄地透过板壁的缝隙向外窥视。

弓坂远去的背影。从他驼着的背上可以看出徒劳而终的悲伤。

八重好像在抑制着自己心肠软下来，自言自语道。

八重："怎么能对那个家伙说实话呢……（回过头来）爹，明天我就去东京！"

73．函馆警察署・署长室

署长刈田正在大声训斥。

弓坂和户波站在他的面前。

刘田："光会花钱不算有本事！你是怎么搞的？从三木弄出去的船，连在什么地方不见踪影的都摸不清楚。还是跑得不够，不够！——你可真行啊，杀人放火的家伙已经逃出我们的管辖范围啦！"

弓坂："……（连一句话也说不出）"

刘田："你看，从札幌也来了这样一份公函！"

他把放在桌上的信封推给弓坂。

74. 函馆警察署·搜查一科

弓坂回到自己的座位，无精打采地坐下来。

他毫无表情地打开手里的那份公函。

夹在公函里的两张照片刷地一下掉下来——翻印的沼田和木岛两人的照片。

弓坂拾起来一看，不由得吃了一惊。

他翻来复去对比着看。

他的手微微地颤抖着。

弓坂："户波君！"“

户波连忙跑过来。

弓坂一言不发地把照片递给他。

户波接过照片，大吃一惊。

户波："主任！这是……"

75. 望得见大海的一片墓地

两口棺材被挖了出来。

弓坂屏住呼吸注视着。

他的旁边是户波和鉴定员。

人夫打开棺盖。

刹时间一股令人窒息的恶臭扑面而来。

弓坂往里瞧着，反复对比着照片和死尸。

弓坂："（嘟嘟囔囔地）到底是他俩！"

鉴定员："一点儿也不错。"

弓坂脸上的表情十分复杂。

弓坂的画外音："……简直是连想都没想到！"层云号"上遇难的尸体竟然是沼田和木岛……"

76. 弓坂的家·饭厅

弓坂手里端着盛着白薯饭的碗，停下筷子，陷入沉思之中。

弓坂的画外音："搞不懂……死去的两个人，难道并没有偷船渡海么？——迄今为止，我们以三个人为前提条件所进行的搜查，全都白费了。"

忽然，如同点燃了火一般，孩子哭起来。

弓坂一下清醒过来，看看周围。

长子一郎（10岁）和弟弟次郎（7岁）端着饭碗在吵架。

妻子织江从厨房跑出来。

织江："你们干什么哪！"

次郎："（边哭边说）哥哥把我的白薯抢走啦！"

一郎："才不是呢，是他掉的，我给捡起来了。"

次郎："他给吃啦！"

弓坂把火全都撒到了一郎身上。

弓坂："混蛋！"

一郎白了父亲一眼。

弓坂："（勃然大怒）干吗那样看你爹！"

织江劝架。

织江："孩子他爹，你就别说啦。一郎也不是存心干的，他是肚子饿了嘛。咱家不像别人家，都是死心眼。孩子们也怪可怜的。"

弓坂霍地站起来。

织江："哎呀，你要出去吗？"

织江向门厅跑去追弓坂。

次郎忘了刚才的吵架，对一郎说。

次郎："爹不在家才好呢。"

77．夜里的街道

弓坂抑制着焦躁的情绪在街上走着。

弓坂的画外音："要沉着……要沉住气啊……再从头重新考虑一下……那三个家伙逃出岩内后，立刻就到了函馆，并看到了当时的一片混乱。"

78．九月二十日的七重滨和大海

被运送到收容所来的数十具尸体。

为救助工作东奔西跑的消防队员和警察们。

弓坂的画外音："他们可能认为这是逃往内地的最好时机。"

几艘木船在黝黑的浮尸之间穿行，忙于救助。

弓坂的画外音："他们诡称自己是消防队的人，把船借到手后，趁着一片混乱，把船划到海上。当时海上正忙着抢运尸体，谁都没有认为这条船有什么可疑之处。"

79．夜里的七重滨

弓坂的画外音："但是，问题就在这之后了……"

弓坂望着漆黑一片的大海在思考。

波涛冲刷着一束白菊花，不知是送给谁的。

弓坂懊恼地举步走开，突然想起了什么。

立刻停下脚步。

80．尸体收容所

弓坂和户波观察着两具尸体。

弓坂的画外音："沼田和木岛的尸体上都有奇怪的伤痕，我最初就应对此有所怀疑。"

81．夜间的七重滨

弓坂目光炯炯。

弓坂："（小声地喊起来）这并不是不可能办到的事！"

82．九月二十日夜的海上（幻想）

三个家伙的木船在漂流的尸体间行驶。

犬饲摇着橹。

沼田和木岛蹲着。

但是，三个人的面部模糊不清。

突然间，一只橹朝沼田和木岛的头上劈了下来。

犬饲把两人推到海里。

弓坂的画外音："把他们推到海里，就不会弄清是谁的尸体了。让这两具尸体夹杂在层云号遇难者的尸体里，这纯粹是个有预谋的犯罪行为。"

沼田和木岛的尸体漂浮在海面上。

在弓坂的主观镜头中，两具尸体的面孔清晰可辨。

弓坂的画外音："这个人残杀了一家人后，又纵火烧了房子。这样的事他是干得出来的。"

犬饲的面部模糊不清，他乘坐的小船抛下两具尸体，朝着近海渐渐远去。

弓坂的声音："不过，等一下！犬饲是一个人渡海的。如果这样的话……"

83．佛浦·顶上

篝火的痕迹。

弓坂的画外音："三个家伙在佛浦把船烧掉——我的这个推理就不能成立。一个人要把船拽到悬崖顶上去，是办不到的。不，并非绝对办不到。犬饲是个大块头的人，他一定比普通人力气大得多。即使只他一个，也不是不可能的。"

摄影机摇摄到断崖下。

84．俯瞰下的大海（幻想）

被波浪推到岸边的小船。

突然，面部模糊不清的犬饲举起一块大石头开始砸船。

犬饲执拗地重复着同一动作。

小船被砸得山响，渐渐被毁。

85．峭壁（幻想）

犬饲扛着小船的碎片往上攀登。

弓坂的画外音："办得到！只要把小船砸成碎片一个人也能办到！"

86. 夜里的七重滨

犬饲目光炯炯。

弓坂的画外音："后来这家伙到哪里去了呢？在下北一带，谁都没有看到过犬饲。可这是不可能的，一定有谁见到过他，一定有谁……"

弓坂的目光被岸边那束海浪冲刷着的野菊花吸引住。

87. 八重折了一朵野菊花回过头来

88. 夜里的七重滨

弓坂一动不动地凝视着野菊花。

弓坂的画外音："……她不可能撒谎。"

话虽如此，但是，弓坂的脸上却现出深深的疑惑。

89. 八重的面部特写

八重："我可没有说谎啊。刑警先生，我就是说谎也得不到一分钱的好处呀。"

90. 夜里的七重滨

"就是这个女人！"

弓坂突然叫起来。

涌过来的巨浪把岸边的野菊花卷走。

91. 函馆警察署·署长室

弓坂站在刈田面前。

刈田："去东京？"

弓坂："是，想去东京看看。我打算见见离开大凑到了东京去的杉户八重，把犬饲的问题搞清楚。"

刘田："……"

弓坂："杉户八重这个女人为什么要到东京去呢？我的推理似乎有了一个新的飞跃。署长听了也许见笑。因为这个女人下决心上东京去的日子，正是一个像是犬饲的男人找过她的第二天。我和户波君两人尽管把下北一带挨门挨户地搜查了一遍，可还是让特征极其明显的满脸胡须的大个子犬饲多吉漏网了。对此我只能考虑到是由于有人掩护了他。这个人就是杉户八重。虽然看起来搜查很困难，但是我觉得在这里找到了一丝线索。是不是让我出差到东京去一趟？"

92. 东京·池袋·铁桥下（夜）

连接东口和西口的一个脏兮兮的隧道。

电车的轰隆声不绝于耳。

聚集在这里的邦邦女郎拉住过往的男人们。

电车隆隆驶过的声音和女人们娇滴滴的声音混杂在一起，整个隧道里嗡嗡地回响着极不协调的声音。

男人们急匆匆的脚步。邦邦女郎的纠缠使他们不得不加快脚步。

"喂，玩一玩吧，很便宜的。"

"妈的，真小气！"

"玩不玩你那金蛋蛋还不是那样嘛！"

摄影机从人群中穿过去，直推到西口的路口。

这里又是一帮给酒馆拉客的女人们。

其中就有八重的面孔。

八重："喂，到我们铺子里去喝两杯吧，在哪儿喝还不都是一样嘛。"

突然从铁桥下的隧道里传来喊声。

"警察来抓啦！"

随着喊声，邦邦女郎们像旋风似的跑出来。

八重被卷进人流里。

警察们追上来。

邦邦们被抓住后使劲挣脱着。

"妈的！想砸了老子的饭碗吗？！"

八重混在一群四处逃散的邦邦中逃走。

93. 池袋的小酒馆街

这是一条在废墟上建起来的小酒馆街，如同迷魂阵。

八重顺着一条狭窄的小道逃来。

她一头钻进"富贵屋"小酒铺里。

94. "富贵屋"

这是一间窝棚式的酒铺。

八重："（调整着呼吸）老板娘，我可受不了啦。隔壁的和子也被抓走啦。"

老板娘："（笑了笑）你很快就会习惯的。"

八重钻进狭窄的柜台。

一看便知道是流氓的两个年轻人——小川（28岁）和阿铁（19岁）——正在喝酒。

小川："新来的就是这个姑娘吗？挺漂亮的姑娘嘛。"

老板娘："小川先生，这姑娘可不是干那行的，人家说了要认认真真的干活，你可别动手动脚的呀。"

阿铁无聊地狂笑。

小川一幅冷笑的模样看着八重。

八重不快地扭过脸去。

小川一把攥住八重的手。

小川："大姐，好漂亮的手啊。"

八重想摆脱掉小川的手。

小川更加用力地握着。

八重惊恐地望着老板娘。

老板娘装作没有看见。

小川忽然卑猥地笑。他松开手站起身来，把钱放在柜台上。

小川："不用找零啦！"

说完，催促阿铁一同离去。

八重擦着手背。

老板娘点头哈腰地送走他们。

老板娘："你可得多加小心哪，凡是新来的姑娘都会被他盯上的。和那些家伙搞上，不死也得脱层皮。"

八重："……（神色不安，疾首蹙额）"

95. 废墟（白天）

弓坂走来的面部特写。

到处都是临时搭建的棚子。弓坂在街角的烟铺前站住。

弓坂："打听一下，您知不知道有个青森人名叫葛城时子的住在哪里？"

老板娘："啊，是独身一个人吧，就是那个房子。"

96. 葛城时子的家·门前

大门打开，时子出来倒垃圾。

洋人所喜欢的那种浓妆艳抹。

弓坂走上前来。

弓坂："您是葛城时子小姐吧？"

时子："是啊，有什么事？"

弓坂："有位叫杉户八重的来找过您吧？"

时子："八重，大凑的？"

弓坂："对！"

时子："八重她到东京来了？"

从时子惊愕的表情来看，她没有撒谎。

弓坂："那么说，她还没到你这儿来？"

时子："是的……她要是来了的话，一定会先来看我的……她早就说了，想来看看我。"

弓坂："是吗？"

弓坂有些失望，亮出了警察证。

弓坂："我是做这个工作的，如果她来了的话，请你和这儿联系一下。"

弓坂递过一张写着地址的纸条后离去。

时子："（看着纸条）八重犯什么事儿啦？"

97. 烟铺

老板娘："函馆警察署的？"

弓坂："老板娘，暂借一下你家的店面用用。过后再答谢……"

老板娘："（不快的神色）别提这事儿……"

弓坂："请您协助一下。"

弓坂站在烟铺的一个角落里，开始监视着时子的家。

98."富贵屋"二楼（夜）

这是一个三角形的房间。

八重把从报纸里拿出来的钞票托在手上，一个人自言自语。

八重："我把借'花家'的钱还了，还分给了我的父亲和弟弟们一些……剩下的就这些了，可是我一辈子再也不会动它了……而且我要认认真真地劳动，把赚来的钱攒起来。"

从她的眼神中透出一股认真的神情。

八重："犬饲先生……谢谢你，我忘不了你的恩德。"

她拜过一叠钞票后，把郑重收藏的那片指甲拿出来，目不转睛地看着。

她用那片指甲挠着自己的身躯。

一阵快感。

又用那片指甲挠着双颊和嘴唇。

自慰的恍惚正要达到粗重的喘息时，忽然从楼下传来老板娘的喊声。

老板娘的画外音："八重，我去洗个澡，你照看一下门面吧。"

八重："知道啦！"

八重用报纸把一捆钞票和那片指甲重新包好之后，又用手帕裹起来，塞到衣箱的最底层。

八重："犬饲先生，再见了……"

99.同上・铺子里

八重哼哼着歌曲走下楼梯，她的脚突然停住。

小川和阿铁从门口进来。

阿铁："怎么，一个人？"

八重："老板娘洗澡去了。"

八重走进柜台。

小川："给我来一杯！"

阿铁："咴，大姐，（敲敲胸脯）今天有点儿寂寞呀。请你多多赏光啦，行吧？"

八重："我可做不了主……这事要问老板娘……"

阿铁："（不等她说完）当然不会总像今天这样嘛。我这位大哥不是那种让人不放心的人。他既舍得花钱，又仪表堂堂。在这方面，我简直就没法和他比。"

小川："（故作惭愧）喂，别吹捧我了！"

阿铁："喂，大姐，怎么啦？"

八重没办法只好给他倒了一杯酒。

电灯忽亮忽灭。

阿铁："嘿，又停电了？要吃的没吃的，还老停电，邦邦又让美国佬给抢走了，没一件顺心的事呀，大哥！"

100．烟铺（同一天傍晚）

弓坂正在这里监视。

一辆吉普车从门口开过去。

吉普车在时子家的门前停住。

黑人士兵朝着房子里喊。

黑人士兵："喂，时子！"

时子跑了出来。

时子："噢，我亲爱的！"

时子和黑人士兵拥抱着走进棚子里。

一群孩子朝时子的家跑去。

老板娘跑出来。

孩子："妈！黑鬼又来啦！"

老板娘："真浑，不是跟你说过不许去么？"

孩子："可是，黑鬼一来，那个大姐就会给我们糖吃的。"

老板娘："（对弓坂）刑警先生，你说糟不糟，日本到底是怎么了？"

时子家的电灯亮了。

弓坂趁机站起来。

弓坂："老板娘，我明天再来。"

这一天又以徒劳而告终，弓坂往回走的背影。

101."富贵屋"门前的街道（夜）

阿铁走来。

102."富贵屋"

阿铁进来。

不见八重的身影。

阿铁："那姑娘怎么啦？不在吗？"

老板娘："招揽客人去了啦。"

阿铁："哦，给我来一杯！"

说完坐下。

103．隧道入口处

八重混在一群招揽客人的妇女中间。

她向一方望去，面部立刻僵住了。

原来小川站在不远的地方直勾勾地望着她。

八重浑身发抖似的赶紧跑开。

小川紧盯着她。

流氓町田和他的两个小兄弟从小川面前走过。

町田的小兄弟望着小川紧盯着的方向故意嘲讽小川。

小兄弟："到别人的地盘上来，如果过分随便的话，说不定有你好看的呢。"

小川："……（脸上抽搐了一下）"

104．"富贵屋"

八重回来。

阿铁："回来啦？"

八重一声不吭地走进柜台。

阿铁把杯子里的酒一口喝干，掏出钱来。

阿铁："老板娘，这是上次欠的酒钱和今天的酒钱。（对八重）大姐上回挺赏脸哪，谢谢你。我大哥说过了要谢你呢。"

他另外拿出近二十张百元钞票往八重手里塞。

阿铁："这是我大哥给你的！"

八重："（吃了一惊）我可不要！"

阿铁："没关系，拿着嘛！"

硬塞给八重，然后朝门口走去。

就在这时，町田等三个人站在门外，挡住去路。

阿铁不由得一愣。

町田："你倒玩儿得挺漂亮啊。谁让你来的？"

阿铁："没什么呀！我只是来还钱的。"

町田："哼，你听着，不许再来了！回去跟你大哥就这么说！”

阿铁：“是！”

阿铁逃走似的跑出去。

屋子里，八重拿着钱央求老板娘。

八重：“我求求您，老板娘，把这个钱还给他。”

老板娘：“我可不干，我也怕他们呀。”

町田一个人突然走进来。

老板娘：“啊，町田先生！”

町田：“大姐，别担心，我会好好地收拾他们。把那酒壶递给我。”

八重把架子上的酒壶递给他。

町田用一只手哗啦哗啦地点着钞票，点完后把钞票插进酒壶里。

町田：“这么一来，这钱就与你们毫无关系啦。他们要是说三道四，由我来给你们撑腰。（伸伸下巴颏）把它放那儿。”

八重战战兢兢地把酒壶放回架子上。

钞票像把打开了的扇子似的插在酒壶里。

105．楼上·三角形的房间

包钱的小包从行李中取出来。

八重把它塞到怀里，朝楼下走去。

106．"富贵屋"·铺子里

正在洗东西的老板娘抬起头来。

老板娘：“唉呀，你这是上哪儿去呀？”

八重：“（心事重重的样子）对不起，我去看个朋友就回来。”

老板娘："非今天去不可么？"

八重："我还从来没跟她见过面呢。傍晚前就回来。"

八重不等她回答就沿着小巷走远了。

107．废墟

八重沿着以前弓坂走过的同一条小路走来。

她走进街角的那个烟铺。

十分凑巧，弓坂此时不在。

八重："（对老板娘）打听一下，葛城时子的家在哪里？"

老板娘看了看八重，已经猜到了八九分，但是她没有说话，指了指一边。

八重按她指的方向望去。

她看到弓坂在时子住处周围巡视的身影。

八重："（小声地喊了一声）啊！"

八重吓了一跳，不由得朝后退着，赶紧跑开。

108．"富贵屋"门前的大街（傍晚）

八重吓得连头都不敢抬，匆匆跑回来。

突然，传来门被撞开的声音，两个男人从里面蹿了出来。

是小川和町田。

八重大吃一惊，连忙躲进巷子里。

小川和町田展开了一场激烈的格斗。

八重非常惊恐地望着他们。

看热闹的人越来越多。

警察赶来。

咔嚓一声，手铐锁住了小川的手和町田的手。

两人被带走。

八重如同心上的一块石头落地似的，站在"富贵屋"的后门口。

她看见警察在跟老板娘说话而没有进去。

警察："知道啦。好吧，作为证人，也许要叫那个姑娘来一趟，如果传唤她的话，还要请你协助一下。"

八重凝然伫立在那里的面部特写，同时伴以她的内心独白。

八重的内心独白："如果去了警察署，说不定就要调查我的身份。那样，我可就……"

八重不由得紧紧地捂住怀里的那个包着钞票的小包。

109．隅田公园（白天）

河水缓缓流去。

四五个流浪汉正起劲儿赌钱。

坐在长椅上的八重茫然出神地吸着纸烟。

八重："犬饲先生，对不起喽。"

她好像下定了决心似的把纸烟摔在地上，用木屐齿使劲把它踩灭。

八重起身走去。

110．龟户妓院街·街道

八重走来。

在写着"梨花"两个字的墙上贴着"招聘妇女"的纸条。

八重从它前面走过去。

但是她又转身回来。

悄悄地向里张望。

犹豫不决的八重，下定决心走了进去。

111."梨花"的内部·账房

本岛进市和夫人妙子。

八重坐在了他俩面前。

本岛:"跟你说,干这行生意,甚至会遇上很讨厌的客人哪,对这种难堪的事情你可要有充分的思想准备哦。"

八重:"是……"

本岛:"(看着妙子)那就让她来吧。"

妙子:"这样的姑娘,很快就会有客人来捧场的呀。"

本岛:"不错。(对八重)你有粮食配给证吧?"

八重:"(非常为难的表情)……"

本岛:"不马上交也行。你不把配给证带来不行啊,老实说,给大家吃的都是黑市上的米,可是不带配给证来,警察是要找麻烦的呀!"

八重:"我,没有配给证。"

本岛:"……?"

八重:"我把它留在乡下啦,我有四个正能吃的弟弟妹妹,所以就把我那份口粮留给他们了。"

本岛:"这可不大好办啦!(瞥了一下妙子)好吧,算啦,那就另想办法吧。"

八重:"(松了一口气)那么说,你们收留我啦?"

本岛:"啊,哪天方便的话你就搬过来吧。"

八重:"今晚我回去,明天一早就把行李带来。"

妙子:"有车钱吗?"

八重:"带着哪……"

释然与悲痛一下子涌上心头,使八重失声痛哭。

本岛:"怎么啦?"

八重：“我这是高兴，我刚才在想，你们要是拒绝了我，我该怎么办呢。我真是太高兴了。”

112．警视厅·门口

113．警视厅·办公室

弓坂进来。

主管警察：“明白啦。你说的就是那个出生于青森县下北，曾在大凑当过妓女的，名叫杉户八重的女人吧。（从笔记本上仰起脸来）不过，十天也太紧啦。我们也是一筹莫展呀。如今在东京，要查出一个女人，可不是一件轻而易举的事。如果改名换姓钻进了红线区或蓝线区，那可就跟在太平洋里捞针一样啦。不过，我们想想办法吧。因为这案子可以指名通缉嘛。”

弓坂：“（使劲点了点头）那就拜托啦。”

114．上野车站（傍晚）

一群奔跑着的流浪儿。

弓坂朝着同孩子们奔跑的相反方向走去的背影。

弓坂回头看看灯火初明时的废墟。

寒酸相里透出一丝残兵败将的悲哀。

弓坂好像不报任何希望似的消失在站台上。

（渐隐）

115．复兴起来的东京全景（冬天）

国营电车在高架铁路上通过。

116．龟户的天神社

一月二十日是传统的"换莺节"。

熙来攘往的人群。

神社的办事处正在出售木雕的黄莺。

妙子和艺妓们一起走来。

其中也有八重。看得出，经过五年的岁月，她不再担心什么了。

妙子给一个年轻的艺妓买了一个木莺。

八重也买了一个。

妙子："（对年轻的艺妓）这就是换木莺用的黄莺。拿好了，明年的今天再来换。听说，这样一来，一年中假的东西飞得不知去向，只有真实的留了下来。（译注："莺"与"假"在日语中同音）对了，'独独逸'小调里不是也有么……（哼唱）是假还是真？是真还是假……"

另一艺妓："不过，八重可真有意思，她不想把一年来的假东西换出去，都已经积攒四个黄莺了。"

八重："（笑着）别说了，我有我的原因呀。"

她怜惜地抱紧小木莺。

117."梨花"的二楼·八重的房间

朴实无华的房间，没有任何多余的陈设。

小衣橱上摆着四个木莺。

八重把第五个木莺摆上后，从衣箱底掏出报纸包的小包来。

存折从小包中露出来。

八重手里拿着存折回到木莺前。

她打开存折。

第一笔是一万三千日元，下面是密密麻麻的数字，说明她已经存了很多的钱。

犬饲的指甲，龟户天神社里讨来的护身符，珍重地夹在存折里。

八重把存折拿给小木莺看，一个人自言自语起来。

八重："犬饲先生，谢谢你……分手以来已经五年了，我在拼命地攒钱哪。说起来这都是托您的福啊……我感恩不尽……我想向您表示由衷的感谢……可是，犬饲多吉这个名字是真名吗？……要是假名字的话也许就见不到了……如果能见到的话，他现在会是怎么样呢……如果还是孤身一人过着艰苦的生活，那么，我简直不知道该怎样向他道谢才好。"

摄影机最后推近排成一行的五个木莺。

叠印。

排成一排的六个木莺。

响起流行歌。

叠印。

排成一排的七个木莺。

响起流行歌。

叠印。

随着足以表现时代变迁的流行歌声，依次叠印到十个木莺。

118. "梨花"·楼下·账房（盛夏的白天）

艺妓们围坐在本岛夫妇身旁。

本岛："把大家叫到一起倒不是为了别的事情。我想你们也略有耳闻吧，咱们这行已经干不下去啦。通知已经来了，明年三月底之前，要废除这行。虽说还有半年多时间，但是我想今天要为大家的未来考虑一下。"

八重正在听本岛说话，她的目光突然被扔在一旁的一张报纸吸引住。

八重往前探身仔细看着。

她大吃一惊。

报纸的第三版上栏刊登着樽见京一郎的照片，这个人和犬饲多吉一模一样。

妙子的画外音："你们每个人都要考虑一下自己将来的出路啊。"

本岛的画外音："市政府说，要给你们办各种各样的职业辅导。你们有什么打算？"

八重聚精会神地在看那张照片。

她突然抓起那张报纸，跑出房间。

本岛惊讶的表情望着她的背影。

119．同上·八重的房间

八重十分激动，再次仔细地看着照片。

她读起报纸上的报道。

八重："……为刑满出狱者的自新事业捐赠三千万元资金，五鹤市的大慈善家樽见京一郎的善举嘉行……樽见京一郎……不对，这是犬饲先生，一定是犬饲先生……"

她虽然断言此人是犬饲，但她并没有把握。

八重的画外音："樽见……说不定犬饲多吉是个假名呢……也许是另外一个人……"

她的目光突然停住，凝视着一点。

八重的画外音："不过，去见一见他，就会搞清楚的。对！去见见这个人！"

八重的表情顿时明朗起来，她用剪刀把关于樽见京一郎的报道剪下来。

120. 奔驰中的火车

121. 火车车厢里

八重穿着连衣裙坐在座位上。

122. 东舞鹤·全景

火车驶进来。

123. 行商客栈"若侠屋"的门口（俯拍）

"若狭屋"的招牌。

八重转动着阳伞走出门来。

八重（对女茶房）："今天晚上我要住在这儿。请多关照。"

女茶房："请您早点回来。"

124. 樽见淀粉工厂·门口

这是一座庞大的建筑物。

机器的噪声震耳欲聋。

一顶阳伞过来。

八重朝事务所里张望，在打听着什么。

机器噪声轰鸣，听不见她的说话声。

八重打着阳伞，行礼道谢后离去。

125. 海岸边的大街

一顶阳伞走去。

126. 住宅区

阳伞突然停下。

阳伞前面是一块写着："樽见京一郎"的门牌。

八重抬头仰视。

这是一座豪华的西式住宅。

127. 樽见京一郎的家·门厅

八重按门铃。门开了。寄宿学生竹中诚一（26岁）露面。

八重："我是从东京来的，名叫杉户八重。我想拜见尊府的主人。麻烦你转告一下，就说曾在大凑的花家待过的千鹤来了。"

竹中："……请稍等一下。"

说完，朝里面走去。

八重怀着不安与期待的心情，注视着竹中的背影。

京一郎的妻子敏子（32岁）出来。

敏子："您有什么事吗？"

八重："是这么回事……我从报纸上看到了贵府主人的照片。十年前承蒙先生的帮助，我是前来面谢的。"

敏子（一直毫无表情的面部抽动了一下）："我家先生照顾过你……"

八重："是的。我站着谈十分钟就行。绝不会给你们添麻烦。"

敏子："（微笑）请稍等一下。"

她门也没关朝里面走去。

八重好像感到了威慑似的，环顾四周。

古老的西式邸宅，墙上爬满常春藤，阴森森的。

敏子回来。

敏子："叫你久等了，我家先生说那就见见你。好，请吧！"

128. 樽见京一郎的家·客厅

墙上大镜框里的观音像。

敏子把八重让在沙发上后走开。

八重的面部特写，因不安与期待而显得紧张。

脚步声由远而近。

八重站起来朝门口望着。

樽见京一郎进来。

将近六尺高的身躯，四方大脸，跟犬饲多吉一模一样。

思念的情怀涌上心头，八重不由得喊了一声。

八重："犬饲先生！好久没见啦！"

京一郎没有应答，在沙发上落座后，瞥了一眼八重。

京一郎："我是樽见！"

八重的面部特写，突然间被浇了盆冷水似的。

八重："难道你不是犬饲先生吗……"

京一郎："我是樽见京一郎，不是犬饲！"

八重一下子感到浑身无力。

京一郎："你说你是大凑人？"

八重："……（点头）"

京一郎："我去过大凑，可是不记得见过你呀。"

京一郎下意识地把有残疾的大拇指遮掩起来。

八重："这是不可能的。您用犬饲这个名字去花家玩过。那时候您穿着一身复原服，满脸胡子……当时您给了我三万四千块钱。您不记得了么？我是那时候的千鹤。"

京一郎："……"

八重："请您回忆一下。我是在森林小火车上第一次见到您的呀！"

京一郎："……"

八重："犬饲先生……"

京一郎："……"

京一郎忽然站起来，把地板上的垃圾捡起来。

话被岔开，八重露出凄惨悲切的表情。

八重："犬饲先生……请原谅，我又称您犬饲先生了……樽见先生，我突然冒昧前来，跟您信口开河了一番，您大概深为惊讶吧？不过，我只是想当面向您道谢。我用您给的钱治好了我父亲的病。我的弟弟们也都长大成人，能干活了。而且我还清了欠的债，到了东京。今天，我之所以能到这里来，也完全是因为您待我太好了。我总想看您一眼，看看您的尊容。并且希望您能让我当面向您道一声谢。仅此而已，我就心满意足了，犬饲先生……"

八重眼里闪着泪光，注视着京一郎。

京一郎："这可让我太为难啦。我说过几次了，我不认识那个名叫犬饲的人。我要是撒谎承认下来，那又有什么意思呢。我的确去过大凑。但是，这是最近的事。（用打消对方疑虑的口吻说）人世间，两个人面貌完全相似而实际上毫不相干的事是常有的呀。因为你老是想见到那个名叫犬饲的人，所以就把我错认为犬饲了。"

京一郎攥着拇指的那只手在微微地颤抖。

八重仍然用悲切的目光盯着京一郎。

八重："樽见先生，我如今也许是一个被你瞧不起的女人，因为我是个出卖肉体的娼妓嘛。不过，正是因为这个缘故，我懂得用身体来了解男人的方法。所以对于终生难忘的人我是记得清清楚楚的。"

京一郎："……"

京一郎克制着感情，坐在那里动也不动。

八重绝望了。

八重："樽见先生……（再也克制不住自己的感情，试图用手帕捂住脸）我是为了什么活下来的？……你连当面道谢的机会都不给我，我活着真是一点意思都没了。"

八重断断续续地说着，悄声地啜泣。

京一郎嘴唇搐动着。为了掩饰自己内心的不安，他朝着里边叫了一声。

京一郎："喂！"

竹中进来。

京一郎："敏子在家吗？"

竹中："买东西去了，刚才走的。"

京一郎："给客人倒茶！"

竹中："是！"

竹中退出。

京一郎："（慢声慢语地）你说你叫八重，是吧。你是一位心地善良的人哪。为了向十年前曾帮助过你的人表示谢意，特意远道而来，对于你的善良心愿，我深为感动……尽管你认错了人，但不能不说这是一种神奇的因缘。我不会把你看作是陌生人的。如果再有机会到这里来，请你务必顺便光临舍下。"

八重被这番意想不到的亲切话语所惊呆，直勾勾地望着京一郎。

竹中端着红茶进来，把热气腾腾的茶碗放在八重面前。

京一郎夹起方糖。

京一郎："放几块？放两块好啦。"

这时竹中走开。

京一郎："来，请喝茶！"

八重微微点头，喝了一口红茶便站起身来。

八重："樽见先生，请原谅我很不礼貌。打扰了！"

她恭恭敬敬地行了个礼，告辞离去。

看着八重绰约多姿的背影，京一郎难耐感情的冲动。

他不由得把她叫住。

京一郎："八重！"

八重回过头来。

京一郎充满爱怜的目光。

紧紧攥着的拳头松开了，残疾的拇指露了出来。

八重看到了那只拇指，吃了一惊。

八重："犬饲先生！"

八重发出决堤般的喊声，猛地扑倒在犬饲的怀里。

京一郎不由得紧紧抱住八重。

但是，他嘴里却说着："我不是犬饲……我不是犬饲……"

八重："（痛哭失声）犬饲先生……"

京一郎默许着八重这样呼唤自己，用尽力量紧紧抱住她。

"喀哧"一声，突然在他那粗壮的胳膊中传来脖颈被扭断的声音。

八重的身体一动也不动了。

京一郎猛然一惊，松开胳膊。

八重的身体"扑通"一声滚倒在地。

京一郎愕然。

竹中听到声音跑了进来，吓得呆若木鸡。

傍晚的庭院里，哗哗地下起骤雨。

129.樽见家门前的街道（深夜）

暴雨击打着路面。

电闪雷鸣。

一辆三轮摩托货车在暴风雨中疾驶而过。

坐在驾驶座上的是竹中。

罩着篷子的车斗里装着一个大口袋，披着雨衣的京一郎坐在旁边。

130. 在暴风雨中疾驶的三轮摩托货车

131. 海岸边的街道

怒涛汹涌澎湃的大海。

三轮摩托货车从马路上驶到沙滩下来。

车轮辗着沙滩前进。

车辙立刻被雨水冲刷干净。

（渐隐）

132. 安嘉岛

次日，万里晴空下的大海。

捞蝾螺的船只在岩石与岩石之间穿行。

一位渔夫朝一方望去，大吃一惊。

他的主观视线，一对紧紧拥抱在一起殉情的男女。

133. 附近的海滩上

停放在稻草席上的两具尸体。

原来是八重和竹中。

有关人员正在验尸。

搜查组长味村时雄（34 岁）和他的手下人员唐木、堀口等东舞鹤警察署的刑警们，围在法医身旁。

法医："（查看着八重的尸体，抬起头来）被人掐住脖子掐死的。"

味村："掐死的？"

法医："是皮下出血。"

法医转而检查竹中的尸体。

唐木从八重的尸体上找到了手帕和关于京一郎的剪报材料。

唐木："发现一个奇怪的东西。"

味村接过来看。

唐木："……是不是和樽见先生有某种关系的女人哪？"

味村："没有发现什么别的东西吗？"

唐木："只有一条手帕。光拿着一张剪报材料去死，这位死者可真怪呀！"

法医：（他在检查竹中的尸体，抬起头来）"也是被掐死的。两人都是死后入水的。"

味村："（听了他的话愣了一下）……"

唐木："年长的女人和年轻的男人……这是常有的事啊。"

味村："嗯……不过，如果是殉情而死的话，不是很奇怪吗？第一，男女互相掐住对方的脖子，这样的死法也太不自然啦。靠一般的力量是很难办到的。"

唐木："那么说，主任认为另外有一个人帮助他们情死喽？"

味村："没有人帮助他们情死。但是，要使他们看起来是情死，倒是需要有一个人……"

刑警们吃惊地看着味村。

味村："总而言之，要查清这两个人是从什么地方来到这个岛上的。不然，老是这个样子，连报告书也没法写。"

堀口等两三个刑警走开。

味村："（大吼）再不快点太阳就落山啦！"

134．东舞鹤警察署·门口（夜）

135．东舞鹤警察署内

挤在走廊上的新闻记者们。

味村从署长室里出来。

新闻记者们一拥而上把他围住。

味村："叫大家久等了。尸体解剖的结果已经知道了，现在公布。（看了看文稿）两具尸体的死亡时间，推断为八月七日的下午五点到十点之间。从男女两人的脖子上都能看得出，由于受到疑为外界压力而造成的皮下出血。因此，几乎可以确定是死后入水的。与其说是自杀，倒不如说是一起被伪装成自杀的杀人案的迹象更为明显。不过，如果这一对男女打算殉情而前往现场，两人把身体绑在一起，互相掐住对方的脖子而落到海里的话，就会产生与此相似的结果。判断为他杀的根据也是从这一点来考虑的。因此，既不排除是他杀，也不排除是情死。我说的就是这些。"

记者A："味村先生，你个人认为是自杀呢，还是他杀呢？"

味村："我什么都还不能说。"

记者B："对于死者的口袋里装有关于樽见先生的剪报这一事实，你是怎么看的？"

味村："这个问题同样还回答不了。总而言之，把死者的身份弄清楚是先决条件。希望诸位给予协助。"

136．晨报

大字标题

> 情死？他杀？
>
> 安嘉岛上发现一对男女
>
> 可疑的尸体

137．樽见京一郎的家·走廊

敏子疾步奔向门厅。

138．樽见京一郎的家·门厅

敏子开门。

味村站在门口。

味村："您家先生在家吗？"

敏子："在！"

味村："大清早就跑来打扰，很对不住，因为出了一件事，想向他询问一下……能不能转告一声，就说我想和他面谈五分钟。您一提东舞鹤警察署的味村，他就知道了。"

敏子迟疑了一下。

敏子："请进来吧。"

她把味村让进客厅。

139．樽见京一郎的家·客厅

味村坐在了八重曾经坐过的那张沙发上。

京一郎有些睡眠不足的样子走进来。

京一郎："啊，这可是稀客！"

味村："大清早就来打扰，很抱歉。今天的《晨报》您看过了吗？"

京一郎："报纸……啊，我还没看……有什么……"

味村："发现了奇怪的尸体。在小桥的安嘉岛上……一男一女死在了那里。"

京一郎："……（一愣，眼珠转了一转）"

味村："男的二十四五岁，女的三十岁左右，从这个女的怀里发现了最近报上登的关于您的报道。"

从衣袋里掏出剪报给他看。

味村："就是这个。对这个人的情况我们还不了解，我想您是否知道一些，所以跑到府上来请教。"

京一郎用颤抖的手接过那张剪报。

京一郎："味村先生，那个男人是不是我家的竹中呢？一定是他！从前天下午他就没有回来，我正在放心不下呢。可他一去就没……"

他突然向门外大声招呼。

京一郎："喂，喂！"

敏子快步过来开门。

京一郎："来找竹中的那个女人叫什么名字？"

敏子："（怯生生的语调）不知道。竹中什么也没说。"

京一郎："这家伙真让人头痛！（愤愤地）和来找他的从前认识的女人……一起死了个屁的啦。一定是这么回子事。味村先生，那尸体还在吧，带我去看看好不好？我想一定是竹中。"

140. 疾驶的汽车中

京一郎和味村坐在车里。

京一郎："他从兵库县的乡下到我家当寄宿学生，已经四年了。他叫竹中诚一。我觉得大体说来是一个神经质的人……前天有一个女人来找竹中……竹中跟我妻子说，从前认识的一个女人从东京来啦，要请一天假，据说四点左右两人一起上街去了。就这样，一去就没有回来。我和妻子都很担心，觉得这事很蹊跷。……结果呢，给我们搞了这么个麻烦……两人去殉情了……"

味村："樽见先生，照您这么说，您和您太太都不知道这个女人的来历了啦。"

京一郎："不知道。"

味村："那女人从东京来，属实吗？"

京一郎："我妻子说，她听说是这样的。不过，这也是竹中说的，是不是真的还不知道哪。"

车到东舞鹤医院前停下。

141. 东舞鹤医院·走廊

"尸体管理室"的门牌。

负责官员领着京一郎和味村进来。

142. 同上·尸体管理室

阴森森的屋子，两具尸体躺在稻草席上。

京一郎看了看竹中的尸体，愕然大叫。

京一郎："这的的确确是竹中，混账透了。味村先生，他一定是有什么过不去的事情才用这种办法死的……我是不了解年轻人的心思。"

味村："您认识不认识女的？"

京一郎："不认识……从来没见到过哪。"

刑警唐木在走廊上探头进来。

唐木："主任！"

味村（对京一郎）："失陪！"

他去找唐木。

143．同上·走廊

唐木（等得不耐烦了似的）："女的来历弄清楚了。"

味村："？！"

唐木："车站前若狭旅馆的老板看了今天早晨的报纸以后前来报告。这个旅馆就是那女人住的旅馆……从店簿上得知，她住在东京的龟户，名叫杉户八重。我们赶紧用电话向东京照会，原来那女人是娼妓。"

味村："娼妓？"

144．东舞鹤警察署·刑警室（傍晚）

堀口等两三个刑警回来。

味村注视这一行人。

堀口："白费事。类似男人或女人走过的脚印什么的，一个也没看到。总而言之，脚印让雨给冲光了。"

味村："辛苦啦！"

味村大失所望。他忽然把剪报拿出来思考。

味村的画外音："东京的娼妓特意来找食品公司董事长家的寄食学生……这背后有什么问题……一定有什么复杂的问题。"

味村的眼睛紧紧地盯着剪报上的京一郎的照片。

接完电话的唐木走来。唐木："主任，方才东京来了电话，'梨花'的老板和下北的八重的父亲要来了。"

味村："什么时候？"

唐木："今晚九点坐夜车从那边出发，明天一大清早就到。"

145．东舞鹤车站（早晨）

从出站口涌出来的人群。

人群的最后，年老的长左卫门被本岛进市拉着走出来。

味村和唐木迎上前去。

味村："您是杉户八重的父亲吧？我是东舞鹤局的味村。这次您……"

长左卫门老泪欲出。

味村："本岛先生也辛苦啦，一定累了，请先到旅馆歇歇吧。"

长左卫门："不用啦，我不累。让我看看八重吧，让我马上去看八重吧。"

146．东舞鹤警察署·接待室

署长荻村以及味村、堀口等刑警围着本岛进市而坐。

本岛："……简直不能相信。光是八重到这么远的城市来这件事我就不相信呢。我只是想，一定是有人把她叫到这儿来的……"

荻村："本岛先生，方才你说的这个问题是不是知道什么苗头？"

本岛："没有。只是这个月初，我们曾谈过停业的问题，大家商量过以后的出路。紧接着这姑娘就表示过，有一个需要跟他商量的人，她想等见到那个人之后再决定以后干什么去。说不定她想找的同她商量的人，就是剪报上的樽见先生呢……"

荻村："是八重的报纸这一点没错么？"

本岛："没错……（从皮包里拿出一张报纸）这是八重屋子里的。"

味村把京一郎的剪报往那张被剪成钥匙形窟窿的报纸上一嵌，完全吻合。

荻村："一点儿也不错。"本岛仰起紧张的脸。

本岛："署长先生，我感到非常奇怪，八重为什么把离东京这么远，但在此地功成名就的人的新闻报道带在身上？她为什么非死不可？我不相信是情死。后来我们才发现，八重有一百三十万元的存款，这笔钱是她在我们那里拼命地干，舍不得吃点儿好的，舍不得穿点儿好的，几年如一日始终不懈地攒下来的命根子一般的钱，她为什么把这样一大笔钱扔下而去死呢？……我认为她一定是被别人杀害的……"

本岛把话说完，立刻呜呜地哭起来。

人们默默地看着他。

147. 同上·署长室

荻村和味村进来。

味村："署长，樽见先生有十分可疑的地方。"

荻村（颇有同感）："嗯…… 你认为可疑的是哪些？"

味村："本街的人从来没有一个人看见竹中和八重在一起走过。但是，细想起来，说他们俩一起出门而去的，只是樽见一个人的证词。他说的我们就能相信么？他说的全是能够证明的第三者根本没有亲眼见过的事情。况且……"

荻村："况且？"

味村："如果说八重为了往访竹中而剪了报纸，那么，报道里并没有竹中城一的名字这一点，就让人百思莫解了。是不是像本岛说的那样，八重是为拜访樽见而来的？"

荻村："不过，樽见先生说过，他并不认识什么叫杉户八重的女人哪。"

味村："樽见先生不认识女的，但是不妨考虑一下女的认识樽见呢。"

荻村的眼睛立刻亮起来。

148．东舞鹤医院·尸体管理室

长左卫门坐在八重的尸体旁。

他弓着背叨叨咕咕地在说什么。

唐木领着荻村、味村、本岛三人进来。

味村："老爹，有些事想问问您……"

长左卫门："好！"这时老头子才发觉进来四个人而回头看看。

味村："老爹您认识名叫竹中的那个人么？"

长左卫门："不认识！"

味村："那么您认识樽见京一郎这个人么？"

长左卫门："不认识！"

味村："那么请您告诉我，八重上东京去之前在哪儿呢？"

长左卫门："在大凑。在一个名叫花家的妓馆。高小毕业的那年春天，她说要和村里的姑娘们到大凑去干活，我以为是到一个正儿八经的地方去呢，和她妈一商量就让她去了，可是八重去了就当妓女了。"

味村（点头）："从东京常常寄信来么？"

长左卫门："上月初来过。信上说，说不定要离开那个铺子呢。"

味村："就这些么？"

长左卫门："就这些。八重向来是不写些无关紧要的事的。"

长左卫门昏花老眼忽然闪着光亮。

长左卫门："那是很久以前啦，我想大概总有十年之久了吧，也有一位警察曾找过八重呢，到我们乡下来过好几次……我想这次的事情未必和十年前的那回事有什么关系……"

味村和荻村的表情紧张。

味村："十年前……"

长左卫门："对！函馆的刑警来过多少次……（他好像回忆起往事似的）对，名叫弓坂的刑警。他来问，一个大高个男人到没到八重那里去过。我说不知道，弓坂就说，他上东京去找过八重……"

味村和荻村像受到巨大冲击似的，不由地面面相觑。

荻村（焦急地）："老爹，他问大个子男人？"

长左卫门："对！他问我，有一个差不多有六尺高的一个大汉来没来过……他最关心的也就是这件事。"荻村："那个名叫弓坂的刑警是函馆的人吗？"

长左卫门（点头）："是函馆警察署的。不过呀，这是十年前的事啦，我觉得不会和十年前的事有什么关系……"

荻村："老爹，我们失陪了啦！"

荻村向味村、唐木示意去走廊说话。

149．同上·走廊

荻村停步。

味村和唐木把荻村夹在中间在走廊商量。

荻村："味村，你怎么想的？……准是樽见么？"

味村："我还是认为八重到东舞鹤来是找樽见的。"

荻村："你的设想似乎是对路的。十年前一定有过什么关系，八重来找樽见是想同樽见商量她的出路问题。"

味村（一时冲动）："署长，我去找樽见去！"

荻村："等一等！想让你去的不是找樽见，而是上函馆。"

味村："……"

荻村："你去见见十年前到八重的老家去过的弓坂这个人，问明白他为什么为了查明那个大汉的下落从下北一直找到东京，在这件事打听清楚以前，你连樽见家的门槛都不能迈。懂了么？"

味村："是！"

150．函馆监狱

监狱的牌子。

151．同上·后院

二十来个囚犯正在拔草。

守卫走来。

守卫（递交名片）："弓坂先生，有人要见你。"

一位穿着劳动服的监工官员回过头来，这人就是弓坂吉太郎。

152．同上·看守休息室

弓坂和味村。

味村："请允许我免去客套先谈来意吧，您认识杉户八重这个女人么？"

弓坂："杉户八重？！（呆滞的眼睛立刻显出光亮）当然知道！八重怎么啦？"

味村："死啦！似乎是情死的样子。"

弓坂："情死？！她情死的？！"

味村："我总觉得是不是伪装的情死呢。弓坂先生，你认不认识一个叫樽见京一郎的？"

弓坂："樽见……"

味村："这是一个差不多身高六尺的大汉。听说你以前曾经跟踪一个大汉，那个大汉是不是名叫樽见？"

弓坂立刻动了心。

弓坂："你听说的樽见是个什么人物？"

味村："是一位有罐头工厂、淀粉工厂的食品公司的董事长。还担任市的教育委员、防范委员。还是一位有名的慈善家，最近他就捐赠了私财三千万元作为刑满出狱者的自新事业资金。"

味村把那张简报拿出来。

弓坂："请给我看看！"

接过来仔细看着简报的弓坂，低声地念起来。

弓坂："刑满出狱者自新事业资金……"

味村："这张简报就是从八重的身上发现的。"

弓坂瞪大眼睛看着味村。

弓坂："那姑娘带着这个？"

味村："对！"

弓坂又看了一眼简报。

他的嘴唇微微地颤抖着。

突然，他像呻吟似的叫起来。

弓坂："是犬饲，一定是犬饲多吉！"

味村："犬饲多吉？！"

弓坂突然跑到窗户跟前。

窗户的对面是拔草的囚犯们。

弓坂好像是克制着兴奋慢声慢语地说：

弓坂："味村先生，十年前我搜捕的那个大汉哪，就是把两名刚刚从网走监狱出来的刑满释放者打落到海里淹死，孤身逃跑的犬饲多吉这个人。这个犬饲正是你所说的樽见京一郎，绝对没错。"

味村："弓坂先生……"

弓坂："这个剪报就是最好的证据。这十年来，犬饲多吉用樽见京一郎这个假名搞成今天这样的地位，为刑满释放者而抛出的三千万元的捐款，是对他自己的罪行所采取的赎罪之法呀……（他猛然转过身来）一定是这样的，味村先生！”

弓坂重新坐在味村面前。

弓坂：“那还是发生层云号事件的时候。”

味村：“层云号？！”

弓坂：“是的。那是一次奇怪的事件呢。那个翻船事件还有类似它内幕史一样的东西呢……”

153. 七重滨

来去匆匆的波浪。

154. 函馆警察署·资料室

尘封许久的文件一份一份地重叠起来。

《层云号事件日记》

《把头基地两具死尸的处理报告书》

《沼田八郎、木岛中吉死亡确认书以及认领通知书抄件》

《岩内大火有关资料汇编》

《三木村木船被盗调查书》

《搜查犬饲多吉的经过报告·第一部》

《搜查犬饲多吉的经过报告·第二部》

在这些文件出现时伴以弓坂的独白。

弓坂的画外音：“……我恨犬饲多吉，犬饲多吉在那历史上空前的重大事故的紧张时刻，他把他杀死的两个人混在遭难溺死的尸体之中……当时，我如果不是执拗地追踪八重的话，也许打那以后过了十年的今天你就不必来找我了……十年哪！”

弓坂从卷柜里拿出最后一本文件之后回过头来。

味村站在他身旁。

味村："弓坂先生，我简直不知道怎样感谢……"

弓坂走到堆高了的文件旁边。

弓坂："我也想会会所谓樽见京一郎这个家伙。"

味村："你也想会他？"

弓坂："对，见到他，我真想把他的脸皮撕下来。旅费自备，我也去。……味村先生，请你带我去舞鹤吧！"

155. 弓坂家·内部（夜）

穿着劳动服的一郎（20岁）正在发脾气。

一郎："我反对！我爹也够糊涂的啦。十年前的事情还要……愚蠢透啦！"

织江："别那么说吧。一千块也行，两千块也好，你就借给你爹啦。你爹为那件事简直拼了老命……"

一郎："妈！妈你忘啦？我爹就是因为那件案子断送了一生啊！"

156. 同上·隔壁房间

弓坂急急忙忙地收拾行装。

味村就在他身旁。

一郎的责难声这里听得清清楚楚。

一郎的画外音："随便地这里跑一趟，那里跑一趟，结果呢，什么也没抓住，因此才被追究责任的呀！那是吃也没得吃的年代，妈拖着个失业的父亲，你不是一直玩命地干活吗？爹要去，那随他的便，可是为这个让我们掏腰包啊，对不起，办不到！咱们这个家没有那份砸鸭子脑袋的钱，这，当爹的难道不知道？"

织江的画外音："一郎！"

话音突然断了。这些话深深刺痛味村的心。

弓坂难为情地笑着看看味村。

弓坂："丢脸的事都让你听见啦，真抱歉。"

弓坂在衣橱里乱翻腾一气，边翻便招呼。

弓坂："织江！"

织江答应了一声，她同次郎进来。

弓坂（仍在寻找）："你没看见那个手帕包么！"

织江："包的像灶膛灰那样东西的小包吧？在那儿呢。你的东西没人敢动哪。"

织江给他找出来。

弓坂："啊，有啦，有啦！"

非常高兴，塞进衣袋。

弓坂："好，味村先生，咱们走吧。"

他提起一只旧提包走出去。

157. 原来的房间

一郎呆呆地在想。

传来织江和次郎欢送的语声。

一郎站起来要出去，又停步。

织江和次郎回来。

一郎（对次郎）："老爹挺高兴么？"

次郎："啊，劲头十足！"

一郎："糊涂的老爹。（拿出两三张千元钞票）给他送去！"

次郎和织江吃了一惊。

一郎："没什么，让他带着。"

次郎："好！"

他一把抓起来就跑出去。

158.同上·门口

次郎跑出来。他朝一方跑去。

159.山坡

次郎跑来，他在苍茫的暮色中望去。

远处，弓坂和味村走上山坡朝海的方向走去。

次郎（大喊）："爹！"

一溜烟似的朝弓坂跑去。

160.东舞鹤警察署门口（两天后的白天）

一辆汽车开到门口停下。下车的是樽见京一郎。

161.同上·二楼·会议室

站在窗户旁俯瞰窗外的堀口刑警说了声"来了！"

他的话音一落，荻村署长、味村、唐木等五个刑警都各就各位。稍远一点的末席上就座的是弓坂。

京一郎倏地进来。

弓坂死死地盯着樽见，因为今天他才看到费尽心血尚未捕获的这个大汉。

荻村："在您百忙中……请坐在那儿吧。

京一郎："好！（坐下来看看屋子里的人们）大家为竹中的事找我吧？"

荻村："樽见先生，到今天为止的搜查结果证明，那两具尸体是被杀的。因此作为证言人，我们必需留下您的证言记录，所以，我们才请您跑一趟腿。"

京一郎："知道啦。大概的情况我已经跟味村先生说过了，如果还有不清楚的地方，请提出来吧。"

味村瞥了一下写着提问项目的纸片。

荻村："首先是您的名字，樽见京一郎这个名字，是您的真名么？"

京一郎："您问的可真奇怪哩。当然是真名嘛！"

荻村："原籍是京都府桑田郡哦澳神林村字胸袋九号，这也不错吧。"

京一郎："一点儿不错。"

荻村："大正七年（公元 1918 年）九月十日生人，这也是实事吧。"

京一郎："是实事。和你们调查的完全相符。"

荻村："什么时候雇用的竹中诚一？请你说明日期、时间。"

京一郎："我不能连日期、时间都记住，反正是四年前啦。"

荻村："照这么说，那就是昭和二十八年（公元 1951 年）啦。"

京一郎："对！"

荻村："让他干什么工作呢？"

京一郎："我们不是什么大公司，也就是在我身边伺候我，主要工作是写个信啦，把我说的记录下来啦，等等。"

荻村："樽见先生，你认不认识杉户八重这个女人？"

京一郎："我不认识呀。竹中那时候没有跟我提他女朋友的名字。"

荻村："我问的不是你通过竹中认识她，问的是你在过去见没见过杉户八重的问题。"

紧紧盯着京一郎的弓坂面部特写。

京一郎："怎么会有那样的事呢，如果有，早就说了。"

荻村："那么，你有没有在东京的龟户或者是青森县大凑一带，同在妓院里干活的名叫八重的女人或者说娼妓见过面的经历呢？"

京一郎："没有。"

这时，味村第一次开口发问。

味村："那时候，我只是随便问一问的，这次是还需要'关系人不在现场证明'，因此，所以才再问一次。"

京一郎（好像发怒的口气）："一直在我自己的房间里！"

味村："晚上也在么？"

京一郎："当然啦。那么大的雨，哪里也不能去嘛！我一直待在家里。（用挑衅的眼光）好像是对我很抱怀疑啦。味村先生！干吗呀！"

味村："这次的情死案件……为了参考，所以才问的。樽见先生，您从前在北海道住过没有？"

弓坂不知不觉地紧握拳头。

京一郎："住过呀。那又该怎么啦？"

味村："那就请您说一说在北海道的什么地方住过。"

京一郎："这，这样的事为什么我非要告诉你不可呢？"

味村："因为是侦查上的需要。"

京一郎把头猛地扭向一边。

味村（立刻追问）："您去过函馆么？"

京一郎："函馆？去过呀。那地方哪，凡是上北海道的谁都要过的地方嘛。我没有在函馆住过，可是我曾在俱知安住过一个短时期。"

味村："俱知安？……请您说一说您当时干什么工作。"

京一郎："在农场里。我在北海道可以说遍尝辛苦啦。"

味村："那是昭和几年呢？"

京一郎："十五年吧。我也就是二十岁左右的时候吧……当时中国事变打得正激烈的时候。"

味村："叫什么名的农场呢？"

京一郎："现在还有没有，就不知道了，它叫鲛岛农场，是个小农场，主要生产圆白菜、土豆。"

味村："您离开原籍立刻就到北海道去的么？"

京一郎："我不知道你们出于什么打算。关于调查我的历史问题，就谈到这个程度好不好？我说的都是老实话。……只要到我的老家一打听，你们就什么都一目了然的嘛。"

味村："你什么时候离开北海道的？"

京一郎："昭和十九年。"

味村："十九年？……（干脆地）您知道岩内么？"

京一郎："知道，可是没去过。"

味村："您知不知道有一条叫层云号的联运船，在函馆近海翻船的事件？"

弓坂不由得往前探了探身。

京一郎："啊，有过。暴风中还死了许多人……那时候我已经回到内地了。"

味村："在内地的什么地方？"

京一郎："我没有连这类问题都回答你的情理吧？我过去的事，难道不是和竹中情死的案件毫无瓜葛么？"

味村："正是有瓜葛所以我才问您的。"

京一郎："凡是你问的，我一直是老老实实地回答了，看来我要是闷着头回答下去，你们简直就死心塌地地把我当作杀害竹中和那女人的杀人犯了……有什么证据吗？你们是有了什么可疑的根据才问这些问题的么？说一说看！"

京一郎转向荻村。

京一郎："署长先生，你为什么默不作声呢？我从来不记得你如此蔑视过我。"

荻村："……"

京一郎："你既然无话可答，那么我离开这里倒更好。人要是过分老实了就给当成犯人。这简直是岂有此理……好，失陪啦。这样的讯问，我可不想来第二回啦。"

京一郎发完牢骚之后就要朝门口走去。

"请等一等！"

这时，荻村和弓坂好像再也忍耐不下去似的同时喊了一声。

弓坂："樽见先生，您认不认得木岛忠吉和沼田八郎他们这些人？"

弓坂好像要把他的表情牢记在心似的望着京一郎。

京一郎（转了转眼珠瞥了他一眼）："不知道呀！"

弓坂："真的如此，不是谎话吧？"

京一郎："说不知道就是不知道。说谎话，对我有什么好处呢？那么，你是谁呀！"

弓坂："我是前函馆警察，追捕层云号遭难时发生残杀两个刑满释放者的凶手的弓坂。"

京一郎："刑满释放者？"

弓坂："对！残杀刑满释放者！"

京一郎："你说的话到底什么意思！……我为刑满释放者的自新运动曾向政府捐赠了金钱。可是，你说那话和这有什么关系么？……一个退职警官居然也混在这里胡说八道，（看着荻村）

署长先生，如果有什么事情要问我的话，总还有比这个稍微礼貌些的通情达理的问法吧。如果到我家里去问我的话，那么，任何时候我都有问必答。但是，我可有言在先，把我当作一名莫名其妙的案件中的犯人那样对待，如果这样，那我可不接受。"

走出屋门把门一摔地关上，扬长而去。

刹那间，沉闷得令人窒息的静寂笼罩全室。

获村："到底把他激怒了。"

唐木："不过，他把北海道的事说了出来，这也是老家伙很大的疏忽呢。"

弓坂："不，不能大意。他有非常有力的'不在证明'呀。从他那很有自信的情况来看，他是不会泄露出重要线索来的呀。"

味村："署长，只要是不把'樽见就是犬饲'这一确凿的证据给他端出来，他的'不在证明'就不会失效。"

获村："对……弓坂先生，要搞清楚十年前的问题，如果不得到你的协助，那是无从下手的。你能帮忙么？"

弓坂："当然要出把力。"

获村："这就对我们帮大忙啦，（对大家）分成三个搜查班，一班调查清楚樽见周围的情况，二班去樽见的故乡，三班呢……味村，你再上北海道和下北跑一趟。大家懂了吧。这小子也不是神仙，他总会有证据落到我们的手里。我们要把准备很不充分就展开决战的失败不再重演的证据，搞得齐齐全全！"

162. 樽见京一郎家·内（白天）

熊熊燃烧的火焰。

原来京一郎正在烧他的日记。

敏子进来。

敏子："给您倒好茶啦。"

京一郎："谢谢！放在那儿吧。"

敏子看了看火焰和丈夫的背影转身要走。

京一郎（把她叫住）："敏子！"

敏子："……"

京一郎："你出去旅行几天怎么样？"

敏子："……你又重复昨天说过的问题啦。是不是有了什么我在家你就不大方便的事？"

京一郎："瞎说……我是想让你出去散散心才劝你的，不愿去那就不去好啦。"

敏子静静地坐在他身旁。

敏子："昨天夜里你睡了么？"

京一郎："啊！"

敏子："净扯谎。昨晚上和前天晚上你一点儿也没睡。"

京一郎："既然知道为什么还要问呢？"

敏子："你呀，一定有什么瞒着我。"

京一郎："……"

敏子："说起竹中死后你跟我谈的话来，无非是跟警察这么说，那么说，净是这一类的事。"

京一郎："……"

敏子严峻的眼睛闪闪发光。

敏子（自问自答似的）："你还是认识那个女人嘛……说是根本不认识她，这完全是骗我……我是您的妻子呀，告诉我同这个女人有过什么样的关系，这样简单的问题，这难道有什么不可以的！"

京一郎："别唠叨啦，敏子！"

突然，京一郎打了敏子一个嘴巴。

敏子以十分轻蔑的眼光望着他冷笑。

京一郎："请原谅我，敏子……我不认识那个女人……我真的不知道那个女人和竹中怎么死的……（望着敏子）我求求你，你暂时先让我一个人待几天。"

163．东舞鹤警察署·会议室

荻村、味村、唐木、堀口、仓桥、岩田等全体人员集合在一起，开搜查报告会。

弓坂坐在味村身旁。

堀口刑警在报告。

堀口："我的调查项目是《东舞鹤市内，有关工厂，以及樽见住宅的内部侦查》。详细情况看发给大家的报告书，我想概括为两点来谈谈。一点是犯罪时间之内京一郎之妻——敏子的活动。那天，敏子乘四点开的公共汽车上的街，在商店里买了东西之后，坐六点十分到达的公共汽车回的家。也就是说，可以想象，京一郎把敏子打发出去买东西，自己单独搞犯罪活动的。另一点是作案的前一天淀粉工厂买进一辆工厂用的三轮摩托，不三日早晨以前一直放在樽见家里这一事实。由此可以想到，他是否用它往安嘉岛运送尸体了呢？我说的就是这些。"

仓桥接着报告。

仓桥："我报告的是樽见京一郎到东舞鹤以后的调查所得。转入本市的户口报告是昭和二十四年三月。不过当时正是从海外撤退的时候，市内非常混乱，居无定所的人是很容易混进来的。所以，完全可以想象，在这以前就潜入本市，到了二十四年再报上户口。当时的住处就在现在的淀粉工厂厂区之内，他在这里搞了一台制粉机，设了一个小作坊开始做买卖。那时把配给的玉米或大麦加工成面粉，生意相当兴隆。二十六年建起现在的工厂，那年秋天，和从大陆上撤退回来而住在撤退者接待所的敏子结了婚。到接待所一打听，据说，敏子曾经生过黄毛的私生子，她当时在日本是个无依无靠的女人。此外，我们还从各方面调查了大宗款项的用途问题，从账簿上看是毫无可疑之处的。工厂的人说，既不喝酒也不吸烟的董事长的诚实精神，才使樽见食品工厂能有今天的兴隆。我的话完了。"

唐木开始报告。

唐木："我报告一下去樽见老家调查的结果。京都府奥神林大字熊袋这地方虽说是他的老家，但是他的老家还在丹后山区里一个无法形容的穷村里。我们在这村里最早听到的是说樽见京一郎是个了不起的人，应该上《立志传》的人。在村里稍微转一转，就会充分理解到樽见受到村民如此称赞的理由了。因为，这个村凡是像个样子的公共财产，几乎可以说全是樽见捐赠的。比如，孩子们的棒球用具，消防车和消防工具。他包下了改建菩提寺的全部经费，两年前就已开始的'樽见奖学金'等等，项目之多，举不胜举，该村受他的恩惠之处很多。京一郎的父亲在他七岁时死了，他母亲把他养大，尽管他对母亲十分想念，可是小学六年毕业以后就到大阪的一家酒类批发商当学徒去了。后来到北海道的开拓农场去干活，在此期间每月给他母亲寄钱。村里的邮政局送挂号信的地方，只有他母亲那里，这一点甚至直到今天还常常是人们怀旧的话题。据说他的母亲五年前去世了。我老实说，从调查他老家的情况，不利于樽见的证据连一项也找不到。只是最后见到樽见的生身之家调查的时候，目睹那种悲惨景象使我不由得产生了这样的想象：生在这样不幸之家的人，他们到底在想什么问题呢？难道能够培育出不具有犯罪意识的人来么？我是这么想的：恐怕少年时代的京一郎一定憎恶自己的穷困境遇。他一定向往自己能够过上更像个人似的生活。千方百计地想在这个人世上有个出头之日，希望自己有所发迹。如此焦虑的心情，难道不会和犯罪有什么联系么？我的话完了。"

人们长吁了一口气。每个人的表情都是复杂的。

唐木说完之后味村站起来。

味村："我报告有关杉户八重的情况。弓坂先生和我，为了从八重身边找到物证，先到东京的梨花去了，但因为行李等等已被她父亲长左卫门带回家去了，我出门立刻就在当天夜里去下北，访问了八重的老家。幸亏她老爹带回的行李还没有动，我们从八重的行李找到两项物证。"

他拿出两样东西。

一个是十年前的《青森新闻》，一个是用信纸包的小包。

味村（拿起报纸）："无需说明，这张旧报全版都是报道十年前发生在北海道的层云号遭难和岩内大火的消息，但问题是八重为什么在漫长的十年期间，如此珍贵地把这样的旧报纸保存到今天呢？当然可以从各种角度推理，得出不同的结论，但是最重要的一点是报纸报道的事件和八重的某一方面有联系，绝不是毫无关系的。"

全员："……"

味村："其次就更加令人感到奇怪了，就是这个不可思议的指甲。"

打开那已经变色的信纸包，露出了龟户天神庙的护身符、推了油的、简直和木乃伊的指甲一般的一个大汉的手指甲。

署长以及全体人员的视线都集中到这个不可思议的手指甲上。

味村："这个手指甲到底是……"

荻村："明白啦！味村，这是犯人的指甲！"

味村："署长也是这么想的么？我们俩的直观也是如此呢，弓坂先生！"

弓坂："要说起蠢话来，也的确是蠢话，这个报纸发行的那天……正是我搜捕那个满不在乎地在大凑过逍遥日子的犬饲多吉呢。那时候，这个犯人住在八重那里，让她给剪了手指甲，所以……啊，请原谅……"

味村："署长，一个女人把男人的指甲放在护身符里，珍藏十年之久，这说明，两个人的关系也许有超出我们想象之外的震动人心的东西。"

荻村（拿起那个大指甲）："用不着化验，这是樽见大拇指的指甲。犬饲多吉——樽见京一郎，把自己的指甲留在杉户八重那里，这就是最好不过的证据。"

唐木："这是使他无法招架的致命的一招啊！"

味村："还有一项是弓坂先生想起来的一件重要的东西。"

他说完拿出一本店簿放在桌上。

味村："这是犬饲多吉于岩内案件的前一天住在朝日温泉旅馆时填的店簿。（翻页码）这个字就是铁证，因为这是犬饲亲笔写的。"

大家满怀着胜利的喜悦。

荻村："这样证据就算齐全了。剩下的只是给樽见京一郎摆在眼前了啦。弓坂先生，让您受累啦！"

弓坂毫无笑容地回答。

弓坂："不，这是个很难对付的家伙。让他从实招供之前，远不能高兴呢。"

在人们深深地点头赞许中——

（渐隐）

164．樽见京一郎的家（大清早）

吉普车开到，打破静寂。

从车上下来的是署长荻村，以及味村、唐木等刑警。

165．同上·门厅

京一郎穿着睡衣，嘴里叼着牙刷出来。

他看到站在他面前的是一群刑警，不由得一愣。

荻村："樽见先生，请你跟我们到警察署里去一趟吧。"

京一郎叼着的牙刷掉在地板上。

白色的汁液溅在他脚下。

京一郎"还要让我去警察署……到底有什么事呢？希望你说说理由呀。署长先生！"

荻村："逮捕你的理由，这个证件上写得很清楚，是因为你犯下杀害木岛忠吉、沼田八郎的杀人罪，以及杀害杉户八重、竹中诚一的嫌疑。"

京一郎（吃了一惊，太阳穴处微微颤动）："杀人嫌疑？"

荻村："对！你要申辩的话，到局里去说吧。立刻走。这样就行。"

京一郎："这身打扮我怎么能上警察署呢？"

荻村："我们给你换外出服装的时间。"

味村："樽见先生，等一下……"

味村走上前来，以非常快的动作剪下樽见的指甲。

味村（对刑警）："交给鉴定科……"

规规矩矩地坐在一把木椅上的京一郎。

他的旁边是荻村，对面的是味村和唐木，弓坂站在一旁。

味村："樽见先生，啊，应该说犬饲多吉先生，昭和二十二年九月二十日岩内町被大火烧光的事！你是知道的啦？"

京一郎："……"

味村："照你不回答的情况来看，我们理解为你知道但是不说，你看这样行么？"

京一郎（瞥了他一眼）："知道啊，那又该怎么样？"

味村："知道而不说，可叫我们为难啦。因为火是你放的嘛！"

京一郎（大怒）："你有什么证据说这样的话？太不懂礼貌啦！"

味村："证据，那就是这个（把朝日温泉旅馆的店簿摆出来）大概你不会忘记吧。你随便写了地名就住在这个旅馆的。"

京一郎（瞥了一眼）："……"

味村："你不知道！好，那说明你撒谎。根据鉴定这个笔迹，很明显，这是你写的。你仔细看看吧。"

味村把一张彩色纸和店簿摆在一起。上面写的是：

> 石上三十年是忍耐也
> 樽见京一郎

味村："你能矢口否认这个也不是你写的么？"

京一郎（冷笑）："瞧不起人也得有个限度。如果那笔迹和我的相似，不，就算的的确确是我的字吧，你有什么根据因此就说岩内町的火一定是我放的？"

味村："有根据。因为你财迷心窍了。你闯进岩内町的佐佐田当铺，犯下了强盗、残杀其全家的罪行，为了毁尸灭迹而放了火，然后你带着沼田、木岛两人，在台风中前往函馆。"

京一郎："……"

味村："偏巧函馆湾正是由于层云号的翻船事件而出现了阿鼻地狱般的场面，你就乘这个空前的混乱局面从渔夫三木那里借来船，和沼田、木岛划出海面。当时海面上正在拼命地忙于收容死难者的尸体。尽管你们三个人的船谁都看见了，但是当然谁都不以为怪。这样你们离开了近海，你就犯了第二次的罪。"

京一郎："……"

味村："因为，你想到，如果让你的伙伴沼田和木岛活下去，过不多久，你在岩内犯的强盗杀人放火的大罪就会暴露无遗，所以非常害怕。沼田和木岛同你比起来是小个子家伙，如果给以致命一击之后推下海去，他们简直无法抵抗，掉下大海一定淹死。"

京一郎："……"

味村："你的犯罪行为完全成功了。看起来的确是成功了十年之久。但是，你的本来面目，是被命运呢，还是被你自己的手呢，给撕了个粉碎。"

京一郎："味村君，请你说话不要绕圈子吧。"

味村："好，那么就请你看看这个吧。"

味村把《青森新闻》放在京一郎面前。

味村："你还记得这张报纸吧。"

京一郎："什么记得？！……我说过多少次，那是跟我毫无关系的事件！"

味村："我说的不是事件。你十年之前，曾拿过这张报纸。就在大凑的花家二楼杉户八重的房间里。"

京一郎：（笑）"就算傻瓜也想跟你说一声，你赶快歇着吧。到底你有什么证据……"

味村："证据？有啊，就是这个！"

味村把夹在护身符里的那个大指甲拿出来。

味村："你以为这是谁的指甲？樽见先生，是你的！那个大拇指的指甲。"

京一郎："嘿！"

味村："也许你吓得魂不附体了，别着急，沉住气听着。我要慢慢地告诉你我们是在哪里搞到它的。"

京一郎："……（脸上渗出油汗）"

他难以掩饰惊慌失措，右手在颤巍巍地发抖。

味村："八重把这个指甲放在衣箱的最底层珍藏了十年之久。她舍不得丢掉它而留作纪念，严守你的秘密！而你却把如此情长义重的八重杀死。"

京一郎："……"

他的面部肌肉突突地颤抖。

味村："樽见先生，你再也不能说你不认识八重了。你见过她，就在花家的二楼，你是把从岩内抢来的钱用那张报纸包起给她的……你能否定么？！"

京一郎："……"

荻村："樽见先生，证据到底给你摆出来了吧。等一会儿，鉴定员把方才取的你的指甲和这个指甲同属一人之物的报告交来，你就会一清二楚了，这也是你无意识留下的物证。你居然把唯一的朋友八重杀了，甚至牵连上竹中，你是个多么混账而穷凶极恶的人哪！"

京一郎（低声自言自语地）："混账而穷凶极恶的人？！"

荻村："事已至此，你已经没法抵赖了。干脆下个决心从实招供吧。"

京一郎（呆呆地想了一会，然后痛痛快快地）："你是想听真话么？"

味村："想听！"

京一郎："你们是不了解实际情况的。"

味村："你说我们不了解实际情况？！"

京一郎："……我没有杀沼田，没有杀木岛。我也没有杀当铺老板的全家。你们都是诬赖好人！"

他"咕咚"地敲了一下桌子。

众人的面部表情。

京一郎："我告诉你们真实的情况吧。我的确是在大火的前一天住在朝日温泉旅馆的。当时的同伴的确是沼田和木岛。我是在札幌认识他们的。"

167. 札幌·军需工厂的废墟（回忆）

卖零工的正在往卡车上装废品。

其中有京一郎、沼田、木岛。

京一郎的画外音："我们是在干搬运废铜的活儿时开始认识的，我们用当时赚的钱去了朝日温泉旅馆。"

168. 朝日温泉旅馆·一个房间（回忆）

昏暗的灯光下，三个人正在躺着。

京一郎的画外音："到了这里我才知道他们是从网走监狱出来的。我听他俩说，从监狱领的钱花光了，即使回到内地，人家总认为有过前科，不大容易找到工作。"

木岛忽然好像想起来什么似的欠起上身，对沼田和樽见说话。

京一郎的画外音："当时的木岛说，和他在一起洗温泉的岩内的佐佐田当铺的老头儿是个好心人，他曾说，函馆那里有熟人，我们托托他给找找工作好不好？老实说，我没去见佐佐田先生，所以第二天大清早一到岩内就和他俩分手了，我就去车站等车了。"

169. 岩内车站（回忆）

火警的钟声。

消防车的警笛声。

站在候车室惶惶然的人群中的京一郎。

黑烟冲过市区建筑物的屋顶。

京一郎的画外音："正在等车的时候偏巧赶上火警，乱乱糟糟。"

木岛和沼田在大风中跑进来，每人都夹着自己的提袋和"和平牌香烟"盒子。

木岛（对京一郎）："马上买票吧！"

170. 东舞鹤警察署·会议室

京一郎："火车开动以后我才发觉，佐佐田当铺被烧以及强盗、杀人事件是他俩干的。我想，这下子我可要受到可怕的牵连了。但是火车到达函馆之前的一个钟头左右，是个什么地方已经记不得了，火车就停在那里了，因此，我们三个人决定徒步去函馆。这样，我们偏巧赶到了七重滨翻船的现场。就在这一片混乱之中，沼田和木岛跟我说，也分给你一份，你去弄条船来。他们说要往内地溜，我当时也财迷心窍，就去三木滨，冒充消防队员搞到一条船，混在运送尸体的船里面而出了海。到这段为止，味村先生，我的经历和你推断的大致相同，只是你说我闯进过佐佐田当铺这个判断是错误的。除此之外，你的调查大体上符合实际。但是这以后，有一个重要的问题你搞错了。"

味村："错了？"

京一郎："我没有杀沼田和木岛，是他们彼此火并交了手，最后木岛还要把我杀了，因此我才出于正当防卫出手还击，把它打下海去。"

味村："说的真好听啊……有证据么？"

京一郎："证据？！没证据……不过这是事实。请你听我说下去！"

171.9 月 20 日的大海（回忆）

三个人的船在飘浮着的尸体中前进。

京一郎摇船。

沼田和木岛隔着中间放着的提袋彼此对视着。

沼田掏出打火机点火吸烟。

突然。木岛抢起掏水桶朝沼田头上砸来。

京一郎闻声大吃一惊地回头看着。

两人格斗。

木岛把沼田推下大海。

京一郎惊恐地注视着他。

木岛用掏水桶打中了京一郎。

京一郎手腕上被砸得挂了花。

京一郎出于防卫的本能举橹朝木岛狠狠地一击。

木岛一声惨叫掉进大海。

京一郎摇船前进。木岛告饶求救。

京一郎掉转船头要回来，但刹那间的犹豫之后，不理他俩的死活摇船而去。

172. 东舞鹤警察署·审讯室

味村："你撒谎！死人是不会说话的，你打算把它说得那么周全把我们骗过去吗？"

京一郎："不是撒谎。说要听真实情况的，不是你么？我是在说真话呢。"

味村："那么我问你，钱怎么啦，难道你能说那笔钱和他俩一齐沉了大海啦？"

京一郎（低下头来）："……那钱就归我啦。"

味村（得意地）："你看怎么样！"

京一郎："请听我说！请听我说说以后的情况。离开他们之后我就拼命地摇船，深夜中渡过了津轻海峡。因为非常恐惧，我简直来不及想那笔钱的事了。我九死一生到达佛浦的时候，东方才刚刚发白。我把船拉上岸来藏在岩石的背阴地方，就在船旁边像条鲨鱼似的沉沉入睡。等我醒来的时候已经是太阳当头高照了。"

173. 拂浦（回忆）

京一郎醒来，太阳照得他眯起眼睛环视周围。

耀眼的晨光，洒遍了大海、巉岩峭壁。

京一郎忽然想起船上的提袋，连忙打开。里面是被水泡得精湿的成捆的百元钞票。

旁边是沼田掉在那里的打火机。

抓着钞票的京一郎的那只颤抖的手，以及他那颤抖的面孔。

京一郎的画外音："我浑身打战了。我既没有杀过佐佐田的全家，也没有放过火。但是，人们怎么看待和这笔巨款一同留在人世的我这个人呢？……这时我不由得想起，我已经处于势必担负一切罪责的立场上了。"

174．东舞鹤警察署·审讯室

味村："你不要支吾搪塞了！"

京一郎："这不是支吾搪塞。我想，要不尽快地报告警察，后果将不堪设想，沼田和木岛的罪落到我的头上，我就被当成十恶不赦的罪犯。起初我是这么很诚实地想过的。"

味村："可是你不仅没有报案，反而把钱霸占了！"

京一郎："对……我要去报案，谁能相信我说的是事实呢？我没有任何足以证明我没有犯罪的证据。像我这种境况的人，即使老老实实毫无隐瞒地说了，结果人家也会以为，这小子纯粹胡诌瞎扯，企图逃出法网，根本不加理睬。"

味村："这是找借口！"

京一郎："你看，我说的这些，难道不是连你都一点儿也不相信么？这和十年前的结果是完全一样的。去报案也罢，不报案也罢，反正警察总是要把我当犯人处理，这丝毫没有什么不同的，这一点，我根据我的体验了解得最清楚。"

警察沉默无言。

京一郎："那笔钱决定了我的命运啦。像我不管怎么挣扎都万世徒劳的这一辈子里，这样滚到跟前而俯拾即得的一大笔钱，不会遇上第二次吧。……故乡我还有一位年迈的母亲等我给她寄钱呢。从这笔钱里要是一回给她寄一千元，不，就寄两千吧，就靠这么多的钱，我母亲活多大年纪都无须担忧。说不定用这笔钱能够开阔我的新生活。即便这是一笔来处不善的钱，在我的手里让它繁衍增值，如果用它做些哪怕是微不足道的好事也是好的。

即使天不见怜，我也打算这么生活下去。因为穷人摆脱困境的道路只有这么一条啊。你们也许以为我这是坏蛋的逻辑，就算这是坏蛋的逻辑也无关紧要，但它是穷人活下去的逻辑。你们不认为这是对的么？"

警察们怃然无言。

京一郎："我为了重新起步，必须抹掉过去的一切。沼田留下来的打火机使我想起必须烧掉那只船。"

175. 拂浦·顶上（回忆）

渐趋微弱的火焰。小船的残骸眼看着化为灰烬。

旁边是把打火机深埋在土里的京一郎。

176. 东舞鹤警察署·审讯室

京一郎："当时用的打火机，如果现在去找的话还会有，我绝不撒谎。"

味村："那么，你是说你犯的只是正当防卫和侵占钱款的罪么？"

荻村："……"

京一郎："对。味村君，你认为我以上说的有道理么？"

味村："你过于美化你自己了。"

京一郎："那么你是怀疑我做了强词夺理的供述了么？"

味村："……"

京一郎："署长，你的想法如何？我说的都是实话。对于我的申述，你是怎么理解、怎么判断、留下个什么结论呢？"

味村："好，明白啦！那么，就把你在大湊遇上八重把那钱……"

京一郎："且慢！味村君，你说的明白啦是指明白了什么呢？"

味村："……"

京一郎："对于我来说，这个判断是个转折点，是从北海道去内地的转折点。对于我说的实事，你认为是假的呢，还是认为真的呢？这两句话我要等你一句。不然，我就不再往下说了。"

京一郎环顾警察们。

京一郎："署长，我想一定听听你的意见。然后决定我的态度。"

他说完静静地闭上眼睛，摆起岿然不动的姿势。

过了一阵。

令人扫兴的沉默继续下去。

味村忽然"啪"的一声摔了一下文件。

味村："你这是什么态度？打算行使默秘权么！？"

荻村："味村君，好啦！（站起来）喝碗茶去。好，走吧！樽见先生，对不起，你在拘留所里好好想想。这也是你的希望嘛。"

他说完率先走出房间。

177. 同上·走廊·一个房间

荻村走在前头，味村、弓坂等人跟在后面走来。拐过走廊，是一间和警察署完全不协调的铺着草席的房间。

人们一拥而入，脱下拖鞋或鞋上了草席。

荻村："弓坂先生，您喜欢茶道么？"

弓坂："茶道，说起茶道……"

荻村："当然不是光为了喝茶。（他拿来两个坐垫，递给弓坂一个）我只有在这个时候才到这里来呢。"

居员早就知道他的习惯，马上把茶道所需的器皿摆在他面前。听差的把水壶端来。

荻村（边冲茶边说）："我冲的茶没有古香古味，纯粹俗茶……好，喝一碗！"

他把一碗放在弓坂面前。

弓坂："啊，我可是不懂礼节……"

荻村："好，请吧。"

弓坂："那就……"

动作虽然不是十分高雅，但毕竟合乎礼节的……淡绿的茶滋润了久已干渴的弓坂的喉咙。

弓坂："多谢这么好的茶……"

荻村："弓坂先生，您是很精于茶道哪。"

弓坂："没有的事……只是陪老婆喝喝。"

荻村："挺好的嘛。……不过，弓坂先生，您的看法怎么样？"

弓坂："看法，您所说的是对樽见的问题？"

荻村："对！"

弓坂："他的问题我早就想过，这是一个凡事都胸有成竹很难对付的家伙……"

荻村："八重是他所杀是毫无问题的了，（看了看大家）对于他的供词，请大家谈谈意见吧。"

片刻的沉默。

唐木："……我不认为他说的是真话。他的犯罪行为之中，就包括常常做好周密的逃跑计划，方才所说的一定是为了逃跑而搞的诡辩。"

堀口（对唐木的发言点头表示同意）："我也不认为是真话。"

味村：“但是我们没有任何物证证明他说的是谎话。”

唐木：“照这么说，主任是相信他的话了？”

味村：“我是说，也没有物证证明他说的话是真的。可信与不信，我们都没有任何起关键作用的证据。”

唐木：“所以说，这样就不能结案。我们使他有这种想法本身，就是这家伙巧妙的诈术嘛。我认为他完全构成犯罪。”

味村：“照你的说法，是把他确定为凶恶犯了。假如确实像他说的那样，他的供词全是真的，那么我们将陷于什么地步？”

唐木：“……（张口结舌，无言以对）”

味村：“这家伙是在钻我们搜查方法本身有问题的漏洞呢。”

唐木：“那么，我们怎么办才好呢？”

味村：“……”

唐木：“这个呀，用下象棋的话来说，纯粹是跟我们下万年棋哪。狡猾的家伙！”

又是一阵沉默。

年轻的堀口露出手臂。

堀口：“既然这样，就揍他一顿。”

味村：“那不是解决问题的办法！”

荻村：“堀口，你那么干他也不说。弓坂先生，你看该怎么办？”

弓坂：“这是个难问题呀……一开头就认为他是犯人的我这个人要是这么说，也许是贻笑大方的。我总觉得樽见这个人的罪行无法找出物证，只能用心来证明。”

弓坂：“抛开他的罪行暂且不论，细想一想他这一段的人生，虽然还不能肯定说他是善良的，但他并不是为非作歹的……在他的头脑里，是否可以说极端的善与极端的恶并存的呢？我认为这是一个不可思议的人物啊！"

178．同上·拘留所

京一郎闭着眼睛端然正坐。

179．同上·一间宽敞的屋子

弓坂、味村等人围着荻村正在商量问题。

唐木从外边回来。

味村："怎么样？"

唐木："啊，他妻子什么也不说，只是哭。她是从海外撤退回来被樽见收容去的，因此她对樽见感恩戴德。"

味村："夫妇两人默秘权？"

荻村好像故意打断刑警们的嘈杂。

荻村："他的目的就是跟我们下万年棋，所以我们不必着急。一定是他那方面先沉不住气，最后认输的是他。"

弓坂结结巴巴地跟荻村说话。

弓坂："署长先生，能不能让我……让我见一见樽见？"

荻村："可以嘛。你有十年的宿愿，那就跟他谈谈吧。"

180．同上·拘留所

京一郎仍然是闭目端坐。

弓坂拿着烟灰缸进来之后就坐在他旁边。弓坂掏出纸烟。

弓坂："怎么样？抽一支吧。（忽然发觉）你挨打了么？"

弓坂一个人点火吸烟。

两人都暂时沉默无言。

京一郎："要是没了就请回吧！"

武士道残酷物语：铃木尚之电影剧作选集

弓坂从衣袋里把那手帕包掏出来。

弓坂（边打开手帕包）："樽见先生，你以为这是什么？"

京一郎："……（瞥了一眼，一言不发）"

弓坂："这是你在拂浦烧船的灰呀。我这么说，你不相信吧。你也许以为我是从那边的听差房间里拿来的呢。可是，这是真的。这是我找你找了十年一直拿在手上的灰呀。"

京一郎："……"

弓坂："看你一言不发，我觉得你仍然不相信。你不会相信我说的是事实。我也不相信你所说的从来没杀过沼田和木岛，没杀过八重。这实在是可悲的。人和人彼此互不信赖……你连八重都不相信。你就是不杀她，她任何时候也绝不会说出你的秘密。你对如此忠实于你的八重为什么下那样的毒手……我恨你，真的恨你！樽见先生，你所走过来的路是连草木都不长的么？！"

弓坂再一次看了看那把灰，然后慢慢地说下去。

弓坂："这个灰，对我来说，包含着漫长的宿怨。但是，我不需要它了，你随便处理吧。"

弓坂把那包灰推到京一郎面前便走出去。

剩下孤零零的京一郎目不转睛地望着那包灰。

他抓起一把向地上四处撒开。

忽然他仰起脸来喊叫。

京一郎："弓坂先生！"

181．同上·附近的走廊

窥视京一郎如何反应的弓坂，闻声吃了一惊。

他跑回拘留所前。

182．同上·拘留所

京一郎（对弓坂）："弓坂先生，我求你一下，把我带到北海道去，到了北海道，什么都会弄清楚的，弓坂先生！"

他摇着铁栅栏，喊破喉咙似的大声喊叫。

闻声一起跑来的荻村、味村等人。刑警们都瞪着他。

京一郎："你们什么都不明白！我没有杀过当铺老板的全家！没有放火！没有杀过沼田和木岛！我在北海道没干过坏事！北海道知道我！"

味村："樽见！别吵！"

唐木："老实点儿！"

话音刚落，京一郎马上又叫起来。

京一郎："要相信我！"

京一郎在狭窄的拘留所里简直像笼中的狮子一般，暴跳如雷。

他的话哪些是真的，哪些是谎言，无从得知，但是只有一点是很清楚的，那就是一块肉因无从可信而受到惩罚。

京一郎："一到北海道就会了解真实的情况，带我上北海道去！花多少钱都没关系，把我带到北海道去！"

神经错乱中的京一郎表情、真实的眼睛。

味村以职务上冷静的态度同荻村说话。

味村："署长，让他先到北海道，然后去下北，弄清楚他来到舞鹤的经过，也可以说这是一个好方法。"

荻村："唔。"

京一郎（仍然大喊大叫）："带我去北海道！"

荻村："樽见先生……"

183．奔驰中的火车

火车的车轮。

184．火车里

在靠窗席位上闭目静坐的京一郎的面孔。

旁边是用手铐和京一郎连在一起的味村。

他们面前坐着唐木和弓坂。

八重的画外音："犬饲先生，你是个好人哪！"

京一郎闭着的眼睛流出大颗泪珠，淌到脸上。

弓坂目不转睛地望着他。

京一郎哭而无声，扑簌地落泪。

弓坂要跟他说话，欲言又止。

他以痛楚的神态望着京一郎。

京一郎忽然用他那残疾的拇指擦了擦蒙上一层蒸汽的车窗。

车窗对面是波涛汹涌的日本海。

185．青森车站・站内

四人向码头走去。

弓坂忽然停步。

弓坂："味村先生，暂时失陪一下……

弓坂好像突然想起什么似的快步朝去大街的方向走去。

味村莫名究竟地望着他。

186．同上・码头

待命出航的青函联运船。

出航的铜锣响了。

弓坂跑来，跳上轮船。

他胸前抱着一束白菊花。

187．津轻海峡

联运船在蓝色的大海中前进。

188．联运船上

京一郎的手铐换上了捕绳。

远远地可以看见下北半岛。

弓坂抱着花束走近京一郎。

弓坂："樽见先生，看得见八重姑娘的出生地下北的山了。那就是恐山……"

京一郎："……"

弓坂："知道八重姑娘的生前的，只有你和我。好，我扔给她花，你也……"

弓坂把花分给京一郎一半之后就走进栏杆。

他边念般若经边扔花。

弓坂："观自在菩萨行深般若波罗蜜多时照见五蕴皆空度一切苦……"

京一郎目不转睛地望着念经的弓坂。

他突然两手紧紧握住花束。

刚以为他是直奔栏杆而去，却不料他带着花束跳进大海。

这是刹那间发生的事。

"啊"地一声朝下面望着的弓坂的面孔。

味村的面孔。唐木的面孔。

跑过来的船客们。

汽笛长鸣。

白菊花的花束泛起来飘浮在海面上。

伴着花束的画面是似乎从海底涌上来的音乐。

（渐隐）

（完）

『啊，无声的朋友』

编剧：铃木尚之　根据有马赖义的小说『送遗书的人』改编

1. 黑暗中的旷野（1944 年·满洲）

货车行驶在远方。

机车的前灯和末尾的乘务员室内的灯光，如同幻影一般运动着。

2. 黑暗中的旷野·另外一处地点

货车继续疾驶在黑暗中。

3. 机车

伴随尖厉的汽笛声，车头朝着这边驶过来。

前灯放射出耀眼的光芒。

随着车轮的轰鸣声，机车从画面前驶过。

绵延不断的黑色货车车厢。

4. 货车的一节车厢

涂成黑色的车厢。

满铁的标志和番号数字，在星光下泛出微弱的白色。

随即消失在更为深沉的黑暗中。

为了换气通风，车门微微开了一条缝儿。

车轮发出单调的声响。

一声尖厉而短促的汽笛声。

画外音："第四军担负着苏联边境的警备任务，1944 年 8 月 20 日动员令下达到其下属的第一师团各部队……这是发生在战败前一年的事情……命令要求他们在 9 月 30 日之前集结到上海……士兵们被塞进了货车里，当然他们不知道将要去向何方。"

又传来短促而尖厉的汽笛声。

黑色的车体与黑暗融为一体。

车轮发出单调的声响。

车厢一节接着一节，宛如象征着那些士兵们惴惴不安的心情。

5. 货车·内

黑暗中传来松本军曹点名的声音。

重叠着其他分队长点名的声音。

松本点名结束。

松本的声音："第二分队，松本军曹及下属十三人全部到齐！"

先后传来各分队长的报告声。

百濑点燃香烟。

黑暗中浮现出他的脸庞。

百濑深深吸了一口，然后将香烟递给了身旁的吉成。

香烟微弱的火衬映出吉成的脸庞。

香烟在分队十三名士兵中间传递着。

岛方将香烟递到身旁的西山民次面前。

岛方："喂，西山。"

民次："（注意到香烟）……我不吸。"

岛方："你怎么了？"

岛方将脸凑近，开口问道。

民次："不知怎么搞的，这么热……"

民次满脸大汗。

岛方："喂。"

岛方将香烟递给对面的上辻。

小队长的声音："谁在吸烟呢？掐了！"

上辻用两手捂住，继续吸烟。

这时车门被打开，一道光线照射进来。

瞬间浮现出第二分队十三名队员肩挨着肩挤在一起的身影。

光线又照射进来两三次，随后消失了。

汽笛声。

市原："到哪个车站了？"

百濑："到哪里不都一样吗？你知道了又会怎么样呢？"

百濑甩过来依据。

松本将香烟在鞋子上捻灭了。

松本："我说，大家都睡吧。"

民次的呼吸痛苦而急促。

6．黑暗中的旷野

货车的灯光在远处行走着。

7．货车的一节车厢

货车车厢的侧面驶过。

朝阳照射在上面。

8．货车车厢·内

民次的脸庞——因高烧昏迷过去。

松本将耳朵贴在民次胸口上听诊。

分队的士兵们不安地注视着。

百濑："（开口问道）是感冒吗？"

松本："……"

松本仁仍然一言不发，开始为民次号脉。

民次："（一边喘着一边说）……水……给我水……"

市原瞥了一眼松本的脸。

松本："……（无言地点点头）"

市原将水筒里的水喂给民次喝。

百濑："不要紧吧？"

松本："列车停下后，谁赶快去找一下军医。"

松本的语调沉重。

分队的士兵们不安地面面相觑。

民次痛苦地喘息着。

9. 上海陆军医院·病房

民次躺在角落里的那张病床上，呆呆地望着天花板。

画外音："三天后，从高烧中醒来时，民次已经躺在了上海陆军医院的病房里。"

松本："西山。"

民次的脸上一下子洋溢出喜悦的表情。

民次："班长……（坐起来）"

松本："别起来，躺着！"

民次："没关系，前天开始就不烧了。"

市原："大家都为你担心呢。不过比想象的要好，这下我就放心了。"

松本："市原……"

松本用目光催促着市原。

市原从背囊中取出一个厚厚的纸包，递给松本。

松本动作麻利地将纸包塞到民次的床铺下。

松本："回到国内后，帮我们把这些送到。"

民次："？！"

松本："听说要把你送回国去。"

民次："（大吃一惊）唉，我能回国了？"

松本："真是太好了。"

市原："大伙儿都非常羡慕你，说你这家伙运气真好。"

民次："是吗？……我要回国了？"

民次自言自语嘟哝着。

松本："那么，就拜托你了。"

松本起身。

民次："这就要回去吗？"

松本压低声音。

松本："我们部队明天早晨就要开赴南方了……"

民次："唉？！"

市原注视着民次。

市原："西山，你回到国内后，多找我弟弟谈谈。"

松本："那么，多保重了。"

松本督促市原快走。

民次："班长！"

松本和市原表情严肃地朝病房外走去。

民次："……"

民次目送着他们，脸上露出复杂的表情。

民次躺倒在病床上。

民次："（低声自语）……送回国内？……东京现在变成一幅什么模样了呢？"

画外音："仅仅两个月后，民次便风闻自己所在的部队开赴南方后全军覆没。"

10. 上海陆军医院·病房

裹着遗书的纸包被打开。

里面展现出写着收件人姓名的十二封遗书。

民次盘腿坐在病床上读着。

民次嘟囔着。

民次："大家都阵亡了……这彻底成为了遗书……"

民次扭歪着脸，情绪激动。

民次："呜。"

民次再也控制不住自己，哽咽起来。

11. 列车（日本·1947 年秋）

挑夫们忙着把自己的行李塞到架子上和座位底下。

一片喧闹。

民次在其中。

画外音："战争刚一结束，西山民次便回到了日本内地。但是他没有回到昔日的故乡。"

民次将自己的行李塞到架子上，松了一口气。

此时，岛方静代从车窗外塞进一个帆布背包。

静代："大哥，拜托了。"

民次："好，来了。"

民次轻松地接过静代的帆布背包。

静代："谢谢了。"

列车开动。

民次："喂，让我把这个放在这儿一下。"

民次把静代的帆布背包放在了通道上。

静代从车厢的头部沿着塞满人的通道挤过来。

民次："已经放在这儿了。"

静代坐在帆布背包上，擦拭汗水。

静代："谢谢，多亏了你帮忙。"

民次："是大米吗？"

静代："吃吗？"

静代从挎在肩上的袋子里掏出红薯，掰成两段递给民次。

民次："我就不客气了。"

民次接过红薯大口啃起来。

* * * *

民次闭上双眼睡着。

静代坐在他的身旁，将模糊不定的视线投向窗外。

疲惫的神色浮现在她的脸上。

一位搞黑市交易的中年男子在车厢的一头探出头来，大喊一声。

"搜查的来了！"

民次一下子睁开眼睛。

车厢内好似捅了马蜂窝一样乱成一团。

倒爷们争先恐后地将自己的行李往窗外抛。

民次："（对静代说）快做个记号。"

民次一边从架子上往下拿行李，一边大声喊着。

静代将毛巾系在了自己的帆布背包上。

民次："看清楚地点！"

民次将静代的行李和自己的行李抛到窗外。

挡在车厢一头的刑警大声喊道。

刑警："都坐到自己的座位上去！"

另外四五位刑警开始检查乘客的行李。

其中有些倒爷没来得及将行李抛到窗外，被刑警没收了。

倒爷们指桑骂槐地高声交谈着，开始唱起鄙俗的歌来。

刑警来到民次和静代旁边。

刑警："行李没有吗？"

民次："（瞥了一眼）你看看不就知道了。"

刑警："哪个是你的行李？"

静代把挎在肩上的袋子拿下来，打开让刑警看。

有两三个用报纸包着的红薯。

静代："来一个怎么样？……刑警大人们也都饿了吧？"

12. 铁路沿线的小道

民次和静代背着先前的帆布背包，从黑暗中走来。

前后有着同样装束的倒爷们。

静代："你去过新桥市场的朴先生那里吗？"

民次："哦，我想起来了，好像在哪里见过你……原来你也去朴先生那里呀。"

静代："我也一直感觉在哪里见过你……这下太好了。这要是被没收了，不但要吃罚款，还要挨踩挨踢呢。"

13. 黑市·（东京·新桥附近）

民次和静代穿行在嘈杂的人群中。

朝着朴先生的事务所走去。

14.朴事务所·内

两人遭到朴的一顿臭骂。

朴:"怎么来得这么晚?顾客都生气了。"

静代:"在小山附近遇到了检查。"

朴:"我不管这个。没有遵守预定的时间,就得扣减一成。"

朴一边发着牢骚一边开始量米。

15.防空壕·外

在烧毁的遗迹上,一堆火燃烧着。

民次和静代围在火堆旁。

静代:"是你挖的?"

静代一边回头看着一边问道。

民次:"一半像鼹鼠窝。"

静代:"如果有地方住多好啊。我无家可归……"

民次:"那么你住在哪里呢?"

静代:"我不是说了吗,无家可归。"

静代站起身来,一边环视着四周一边说道。

静代:"高地真不错啊。……你瞧,电车在行驶呢。"

远处传来电车的声音。

民次:"菜粥做好了。"

静代回到火堆旁坐下。

民次:"没有碗哪。"

民次把菜粥盛在饭盒盖上,递给静代。

民次:"我还没问过你叫什么名字呢。"

静代:"真香啊……"

民次:"我叫西山民次。"

静代："我叫山田花子……但这不是我的真名。"

民次："是倒卖东西时用的名字？……管他真名假名，不都一样嘛。名字就是一个符号。"

静代："是啊。问起名字也没办法啊。"

民次："我说，还是有个名字方便一些。"

民次一边用水管中喷出来的水刷洗用过的饭盒一边说着。

民次："住下吧。"

静代在民次身旁洗着饭盒盖。

民次："反正你没地方可去。"

静代："你打算勾引我呢……还是想付钱？"

静代的嘴角浮现出一丝讽刺的微笑。

民次吃惊地看着静代，但是马上又把视线移开，变得结巴起来。

民次："这……随你的便。"

讽刺的微笑从静代的嘴角上消失了。

静代瞥了一眼民次，低声说道。

静代："你，是一个好人。"

16. 中天的月亮

17. 防空壕·外边

月光照射着寂静。

静代懒洋洋地从防空壕里面出来。

她伫立着，俯瞰着对面。

18. 皇居

牢固的石垣在月光下显得十分漂亮。

19. 防空壕・外边

静代："……"

民次走到静代身旁。

静代："（低声细语）护城河的石垣一点都没有变啊……"

民次："……"

静代叹了一口气，缓缓地仰面躺在了青草上。

民次在不远的地方也仰面躺下来。

中天的月亮美丽之极。

远处传来电车行驶的声音。

民次："是末班车。"

电车的声音由远而近，再由近而远。

静代："你是一个复员兵吧？"

说话的语气令人心动。

民次："你知道了？"

静代："……"

民次："你怎么知道的？"

静代："你抱住我的时候……"

民次："原来如此……"

静代："你搂抱我的方式告诉我你已经有好几年没碰过女人了。"

民次："……该付你多少钱？"

静代："我不要钱。"

民次："为什么呢？"

静代："……"

民次："说好付钱才抱你的。"

静代："你唤起了我的一些回忆。"

民次："我不想接受施舍。"

民次起身掏出钱来。

民次："就这些，再多没有了。给你。"

静代："这不是施舍。我说了，你唤起了我的回忆。"

静代凝视着月亮。

民次："（注视着静代）你想起了什么？"

静代将朝向月亮的脸转向一旁。

静代："你进去睡吧……"

民次："你要干什么？"

静代："……"

民次："走，进去睡吧。"

民次催促着站起身来。

静代："……气味真香……被露水打湿的小草真好闻……"

静代故意装出快乐的声调说道，随后用指尖迅速擦了一下眼皮。

民次："……"

20. 防空壕·内

两人躺着。

枕边放着蜡烛。

民次："……你的家人呢？"

静代："……"

民次："看来我问了不该问的了。"

静代："不是的。不过我就是说了也无济于事。"

民次："……"

烛光在天棚上摇曳。

民次："我妹妹嫁到广岛去了。听说那天我父母去广岛看外孙子……从此以后，我再也没有亲人了。"

静代："全被原子弹夺走了生命？"

民次："他们全赶上了。出征去的我就这样活了下来。"

静代突然吹灭了蜡烛。

民次："（在黑暗中）你怎么了？"

静代："（到底是在黑暗中）我打算攒够二十万就洗手不干了。我想过，要把一切都忘掉。……所以我才把名字……改成了山田花子。现在的我不是我。你或许不明白这个……"

静代说完微微一笑。

但是，她的微笑中充满了愤怒与哀伤。

民次："不，我感到自己明白了……你要是没地方住，随时都可以来。我不在的时候你也可以来住……"

21. 朴事务所·内（黄昏）

朴数着钞票，交给民次。

朴："近来赚了不少嘛。"

朴朝下一个倒爷喊道。

朴："你，以前也是小豆吧？"

朴从倒爷的背包里掏出小豆量起来。

民次不知为什么踌躇不前。

朴："（察觉到了）有什么事吗？"

民次："有一个叫山田的女人……山田花子近期来过吗？"

朴："最近根本就没来过……（嘿嘿一笑）我正想问你呢……搞到手了？"

朴将拇指和小指并接到一起，露出鄙俗的一笑。

22. 防空壕·内

民次在烛光下摊开地图。

从纸包里取出遗书。

一封一封盯着看。

被摆放到地图上的遗书。

民次对着最后一封遗书深深叹了一口气。

民次："……我想送到，可是全被大火烧得不知道去了哪里……（对着遗书说）不久我一定能把你们送出去的……真是对不住了。"

民次感到有人来了，抬起头来，大吃一惊。

静代伫立在入口处，脖子上系着一条薄围巾，脚上穿着木屐。

显然这套装束使人联想到出没夜色中的女人。

静代："求你一点事情，我会念你好的。"

民次："（突然醒悟过来）你怎么了？"

静代："我希望你出去散步一个小时……我会答谢你的。"

23. 防空壕·外边

民次坐在昏暗的草丛中。

民次："（嘟哝了一句）是流星吗……"

他的眼睛里露出一丝哀伤。

似乎感觉到了什么，他回过头去。

两个黑影从防空壕里钻了出来。

静代朝这边走过来。

民次将脸侧向一旁。

静代稍微拉开一点距离坐下。

静代："对不住了。到哪儿去都没有房间。"

民次："你不去贩东西了？"

静代："我还在做啊。都运到新宿那边去了。"

民次："为什么不在朴先生那里做了？"

静代："……（一瞬间无言以对）"

但是她马上装作开玩笑一样说道。

静代："因为我不想再见到你了。……也许是患上了单相思吧。"

民次："白天贩卖东西，晚上出卖身体……你为什么要那样折磨自己？"

静代："因为我需要钱。"

民次："谁都需要钱。"

静代："正因如此，你用不着这样问我……给你，是答谢你的。"

静代抽出几张钞票递到民次面前。

民次："你以为我会收下这钱吗？"

静代："瞧，生气了？"

民次："……（侧过脸去）"

静代："你为什么要生那么大的气？……来，拿着。"

"啪"的一声，民次把静代的手推开。

静代："啊。"

静代正要开口说什么，但是看见民次严肃的表情，瞬间又没说出口来。

静代："（又装作开玩笑一样）莫非是你喜欢上了我？"

民次："……"

静代："所以才要和你平分。你不是说了需要钱吗？"

民次："……如果是喜欢上了你呢……"

静代："？！"

静代吃惊地看着民次。

静代："你……"

静代低声说道，慢慢站起身来。

静代："你不要戏弄我了！"

静代侧过脸去。

民次："我为什么非要戏弄你呢？"

民次站起来看着静代。

民次："我……我说……（侧过脸去）你要是为了这种事情，以后不要再到这里来了！"

静代："……（凝望着民次的侧脸）"

民次："你知道我坐在这儿是什么样的心情吗？"

静代："你……"

静代用红色口红点缀的脸阴沉下来。

紧接着，好像整个身子扑过去似的，抱住民次。

静代："你打我吧，你踹我吧……"

民次："……"

民次抱着静代的那双手越发有力。

民次："哦。"

民次用尽全力紧紧抱住静代。

民次："大家……不管谁都很寂寞……哦。"

民次把静代搂得更紧了。

24．防空壕·外边

早晨的太阳明晃晃的。

静代用水管子里喷出来的水洗着民次的衬衫。

旁边陶炉上的锅冒着热气。

民次含着牙刷走出来。

民次："早。"

静代："饭马上就做好。"

静代露出快乐的神情。

静代给盆里舀了一点水。

静代："今天还出去找？"

民次："嗯。"

25．防空壕·内

民次一边吃饭一边认真看着地图。

静代一边擦拭着手一边走进来。

静代："哎呀，要出门的话，就要早一点，不然会迟的。"

民次："哦……（似答非答，还在望着地图）"

静代坐到旁边来，俯身看地图。

静代："带标记的地方是找到的？"

民次："全是烧掉后不知去向的。也不清楚疏散到什么地方去了。"

静代："左邻右舍也都换了人，是不好找啊。"

静代用指尖追寻着标记。

静代："真的，尽是被烧毁的。"

民次："我无论如何一定要送到……原本我也会和他们一起死的。"

民次往吃完的碗里倒了一点茶水。

静代："这不是没有烧毁吗？"

民次："只有那里算是再也找不着人了，收件人是母亲，已经死了。"

静代："这儿呢？"

民次："是一个甲级战犯，好像还待在巢鸭的监狱里。"

静代用指尖追寻着地图上的标记，此时脸色起了变化。

静代："三宿也有你要找的人？"

民次："是一个叫岛方静代的人，是战友的妻子。"

静代："岛方静代……"

静代发出了吃惊的声音。

民次："你认识她？"

民次转过身来问道。

静代："不，我不认识……我也该出门了……"

静代侧过身去，站起来拍打身子，准备出门。

民次："我也去三宿看过……谁都不认识这个人。住在那里的人都不是原来的那些人了。"

静代："就算找到了你也不烦吗？全部都烧毁了。"

静代的口吻好像是在说给自己听似的。

民次："如果生活能够再宽松一点的话……就用不着每天都出去找了。"

静代："……"

民次："不过，我无论如何也要送到。大家在另一个世界肯定认为我能送到……"

静代："……"

静代在着装打扮，她的眼睛里闪现出异样的光芒。

26．防空壕·外边

民次走出来。

他锁上门，朝着对面走去。

静代从暗处出来。

她悄悄目送着民次，然后迅速钻进去。

27. 防空壕·内

杂囊吊在墙上，静代伫立在杂囊前。

脸上现出踌躇的神色。

她下定决心取下杂囊，取出纸包打开。

小声念着收件人的名字。

静代："百濑清子……市原礼……松本有清……西贺纪子……"

看见下一封收件人的姓名后，静代屏住气，瞪大眼睛注视着。

遗书上的文字。

> 岛方静代 收

* * * * *

静代呆呆地坐在那里。

* * * * *

静代目光炯炯坐在那里，令人难以置信。

28. 烧毁的废墟

民次："哎，回乡下去了？"

主妇："她是那么说的……阵亡的是她的独生子。"

民次的小本子。

尾高园子

民次："在哪里？尾高女士回乡下回到哪里了？"

主妇："这个……"

民次："噢……不知道是哪里，就是回乡下去了？"

29.防空壕·内

写在纸上的文字。

我的真名叫岛方静代

纸在微微颤抖。

民次呆然望着纸上的文字。

民次："（喃喃自语）……原来如此啊。"

民次瘫坐在地。

民次仍然呆然望着纸片。

画外音："1948 年 11 月 12 日，东京法院下达最终判决，东条等 7 人绞刑，木户等 16 人终身监禁……未判无罪。"

民次突然扑倒在地上。

既没有呜咽，也没号哭——只是用拳头胡乱敲打着榻榻米。

蜡烛摇晃着。

30. 基地·出入口

盛夏的阳光火辣辣地照射着。

民次身着士兵衫和士兵裤——拉着一辆载有泔水罐的两轮拉车走过来。

民次将护照出示给美军哨兵检查。

美军哨兵仔细看了看泔水罐。

皱了皱眉头。

捏着鼻子学猪叫，然后踢了一脚泔水罐。

美军士兵："OK"

民次："散客优（谢谢）"

民次一边拉着车往这边走着，一边狠狠地啐了一口。

民次："这不是猪吃的，是人吃的。"

31. 黑市

民次和年轻的辰一在路旁架起一口大锅。

辰一穿着飞行员的靴子，一副复员兵的模样。

写有"进驻军发放的营养炖菜"的旗帜在飘荡。

大锅周围有十几个人，穿着不同的服装，他们手里捧着大碗。

民次："咳，谢谢。"

民次和辰一忙着把锅里的东西盛到大碗里，递给顾客。

锅里面炖煮着美军的残羹剩饭。

民次："来呀来呀，快来吃呀。进驻军发放的营养炖菜……里面盛满了牛排、炸肉排、火腿肠！"

辰一："满满一大碗，只要20日元。"

民次："来呀，吃啊吃啊！"

两人在往大碗里盛的空当，大声招呼着过路的行人。

顾客们狼吞虎咽。

其中一位顾客惊讶地用筷子从嘴里夹出一个东西。

他仔细看着。

是一只避孕套。

顾客："老板！"

顾客愤然地将筷子夹着的避孕套伸到民次面前。

民次："哦，您中头彩了！这东西比牛排和炸肉排还富有营养！……来，免费加一碗！"

辰一："来呀，今天只剩锅里这一点了！早来早得呀！咳，谢谢了！"

生意兴隆。

32. 民次寄宿的地方

熟练的刀功。

民次在做鲜活加吉鱼。

辰一在冷清的木地板房间里扒拉着算盘珠子。

民次将盛着生鱼片的盘子端过来。

民次："做好了！"

民次把盘子放在了桌上。

辰一大吃一惊。

辰一："简直就像活的一样。"

民次："（满意望着）拐角那家鱼铺说进了加吉鱼，我就想试试看，看自己的技艺生疏了没有。"

辰一："太漂亮了，都不忍吃它了。……不愧是在筑地的天平学过的刀功啊。"

民次："……"

辰一：“有您这把刀，我们的小饭馆一定会兴隆起来的。”

民次：“照现在这个样子，用不了一年我们就会有一个像样的店了。”

辰一：“如果有一个摊床，半年就能攒够资金了。”

民次：“这样一来就好了……阿辰，明天就拜托你去拉剩饭了。”

辰一：“……你还要去找？……我看是白忙活。”

33. 西野入家·外

豪门。

门柱上的名牌已经摘除，留下一块白色的痕迹。

民次忙立在门前。

过路的男子说道。

男子：“这是一座空宅。”

民次：“那么……西野入先生呢？”

男子：“大上个月从巢鸭监狱释放后就马上搬迁到老家去了。”

民次：“他老家在哪里？”

男子：“听说是鹿儿岛。”

民次：“鹿儿岛的什么地方？”

男子：“这个……不过他当过内务大臣，是一个名人，信封上只要写上鹿儿岛市几个字大概就会收到。”

34. 民次寄宿的地方

民次仰面躺着，呆呆吸着香烟。

辰一在旁边统计销售额。

辰一："怎么，他回到乡下去了？"

民次："……"

辰一："难道你还要到乡下去找他？……我说，西山，今天的销售额创记录了！共 2860 日元……照这个样子下去，半年后我们肯定会有一个店铺了。"

辰一的声音里充满了喜悦，他转过头来。

民次用目光呆然追逐着香烟的青烟。

辰一："你怎么了，西山？"

民次："阿辰，营养炖菜能不能你一个人干？"

辰一："你说什么？……西山，你不干了？"

民次："我有些东西必须要给人家送去，不能被开店拴住，再说了总给你增添负担也不行啊。"

辰一："是你想开一家小饭馆的。你不是会厨师这行吗？"

民次："厨师找多少都能找到。"

辰一："可是……（变了声调）西山，不管怎么说，当前自己的生活最重要。等稍微闲下来再找就不行吗？没必要这样只争朝夕的。"

民次："……不，我的心定不下来。对不住了，这之前赚的钱，我想拿走一半。"

35. 樱岛·全景

袅袅炊烟。

字幕：樱岛

36. 市内·高地

身穿廉价西服的民次往上走去。

37. 西野入的寓所·庭院

质朴的山庄。

扫集起来的树叶缓缓冒着青烟。

国臣坐在树叶堆前。

民次走过来。

国臣无言，抬起头来。

民次："您就是西野入国臣先生吧？"

国臣："……（一言不发，点点头）"

民次："我和国夫君在同一个部队。分别的时候，他把这个……"

民次从内兜里取出遗书。

国臣："国夫他……"

国臣一边望着接过来的遗书一边问道。

国臣："阵亡了吗？"

民次："听说是的。"

国臣静静地拆开信封。

开始读遗书。

读完遗书。

一语不发，凝视着读毕的信。

民次心情难受地看着眼前的情景。

国臣："你现在在什么地方……"

民次："我在东京。"

国臣："是特意给我送这个来的吗？"

民次："本应该早点来的，可是……"

国臣："你现在在做什么？"

民次："我……（结巴着）"

国臣："我想请你帮忙，可是你看到了……本想慢慢和你聊聊，可是我妻子在那间狭小的屋子里卧床不起。"

民次："不，我这就告辞了……"

民次施礼离去。

国臣默默低下头去，再次出神地凝视着手里拿着的遗书。

国臣小声读起来。

国臣："……此次出动，我已不期待生还了。这封信可能是我写给父亲大人的最后一封信。可是，我不想死。我认为我不该去死。必须去死的倒是父亲你们这些人。战争无论胜负，最后都会结束。我绝不会原谅由此造成的结果——年轻人死了，老年人却活着。怎么想我也不会原谅的。我憎恨你们。永别了。"

国臣仍然凝视着信。

透过树间的缝隙可以望得见青烟缭绕的樱岛。

泪水从国臣瞪大的眼睛中流出来，顺着脸颊往下淌。

国臣："国夫……！"

国臣用信掩住脸。

38．大浦天主堂

回荡着清脆的钟声。

字幕：长崎

39．附近的民居·檐下的廊子

传来钟声。

老婆婆一边晾晒着干货，一边用长崎腔说道。

老婆婆："这一带的人都被原子弹炸死了……内藤先生当时确实住在那边……"

民次："那么，内藤先生一家都被原子弹……"

老婆婆："嫁到这里来的姑娘，还有老伴和孙儿们也都炸死了……孙女随女校去奉公劳动才幸免于难。就这样子……太惨了。"

老婆婆转过身。

昏暗的房间里，一位年轻的姑娘一动不动躺在被窝里面。

民次："是这样啊，住在这一带的人都……"

老婆婆："没人照顾她，只好我来照顾了……真是太可怜了。"

老婆婆停下手中的活儿，看着民次。

老婆婆："那姑娘还有其他亲人吗？"

民次："听说她出生在满洲，内地只有内藤先生一个亲人。"

老婆婆："真够苦的了，太可怜了……"

民次："……打搅您了，我告辞了。"

老婆婆："您辛苦了……哦，等一下。"

老婆婆想起什么来，喊住民次。

老婆婆用报纸包了几块干货。

老婆婆："把这个拿上……真是的，专门跑来一趟，可是……"

镜头推向那张报纸。

大标题是"朝鲜动乱"的报道。

40．博多站前

上辻美喜仁立在电话亭旁。

她环视着周围。

拥挤的人群进出站口。

画外音："1950年，朝鲜半岛爆发了战争。具有讽刺意味的是，它给在战火中化为焦土的日本带来了繁荣的契机。"

电子钟的时针指向十二时。

美喜仍然一边环视着四周一边站在那里等候。

41．大厦·入口

身着美军制服的警卫站在那里。

美喜出示证件正要进去。

男子的声音："上辻小姐！"

美喜转过身来。

羽岛良助从卡车的驾驶室里面探出身来。

羽岛："听说老板会借给我车用。明天早上我去接你。等着我。"

美喜脸上露出愉快的神情——默默无言，点头示意。

羽岛高兴地挥挥手，驾车离去。

美喜目送羽岛离去，转身朝大厦里面走去。

42．大厦·更衣室

美喜正在换白大褂。

同事们一边闲聊一边换着白大褂。

美喜戴上了一个大口罩。

整个脸都被遮住，只留下一双眼睛露在外面。

43．大厦·地下室

阴森的地上排列着一排搬运车。

上面覆盖着白布单子。

美喜进来，走近那些搬运车。

美喜掀开白布单子。

那里是美军的一副副死亡面孔。

脸颊上的伤痕。

美喜的手擦拭着血迹。

贴上肌肤色的创贴膏，然后在上面开始用油彩化妆。

其他搬运车旁也在做着同样的工作。

脸上的伤痕……支离破碎的手脚……炸裂开的肚子……。

美喜被口罩遮掩住的脸庞。

露出来的那双眼睛是哀伤的。

44. 流逝而去的美丽风景

从汽车中眺望的风景。

45. 高原

汽车停在草原上。

羽岛在背阴处。

他紧紧搂抱着美喜热吻。

美喜清醒过来，将脸转向旁边。

美喜："别这样……"

羽岛紧紧抱着美喜说道。

羽岛："嫁给我吧。"

美喜："……"

羽岛："我说，咱们结婚吧。"

美喜："……"

对于刚刚错过婚期的美喜来说，这应当是令人欣喜的。

羽岛："你为什么不回答我呢……喜欢上别人了？"

美喜："……（使劲摇头）"

羽岛紧紧握着美喜的手。

羽岛："我说这话是负责任的。我辞掉现在的工作，去神户！"

美喜："？！（吃惊地看着羽岛）"

羽岛："朝鲜战争一旦结束了，还不知道现在的工作将会怎么样呢。朋友帮我在巴士公司找到了工作，公司还提供住宅。未来很美好。……美喜，我们去神户结婚吧。"

美喜："（呆呆地嘟哝）你要去神户？……"

美喜哀伤的神情。

46. 回忆

美喜的脸庞。

美喜将记着东西的纸条递给从窗户探出身来的弟弟上辻。

上辻的肩上斜挂着红布条。

美喜："如果我们分别都能回到国内去的话，就到长崎的内藤家去。……这地址不要弄丢了。"

上辻点点头，把纸条揣进兜里。

上辻："国内空袭很厉害，长崎不要紧吧？……可我们只有内藤家这一门亲戚呀。"

美喜："到时候……"

美喜突然停顿下来。

美喜："我们就在博多站相互等候吧……每月 1 日的 12 点……我等着你！"

列车启动。

上辻："姐姐！"

美喜紧紧握住上辻伸过来的手，追着列车向前跑。

美喜："1 日的 12 点，博多站……记住啊……我等着你……

不要把姐姐一个人扔下啊！"

美喜紧紧追赶着加速的列车，边跑边说。

她在月台的尽头站住。

上辻的声音："姐姐——！"

47．高原

上辻的声音伴随着残响回荡着，

"姐姐——！"

美喜背着身眺望着远方的山脉。

羽岛走到她的身后。

美喜："（始终望着山脉）……对不起了。"

羽岛："你说对不起是什么意思？"

美喜："因为我不能离开博多。"

羽岛："如果我不去神户，你会和我结婚吗？"

美喜："……"

羽岛："会嫁给我吧？"

美喜："……"

羽岛："美喜……"

美喜："我不会嫁给你……"

羽岛："为什么？"

美喜："……不为什么……"

美喜无法回答，突然失去理智地将双手伸到羽岛面前。

美喜："羽岛，我说我在那座大厦里上班，是骗你的。我在
为在战场上死去的美国兵化妆！"

羽岛："（为美喜气势汹汹的样子感到震惊）美喜！"

美喜："来，你闻闻这双手，都是死人的气味。"

羽岛："我不管这些……我想问你的是，你有没有爱上别的人！"

美喜："……"

羽岛的脸上浮现出绝望的神色。

羽岛："你到底还是爱上了别人。"

美喜："……（脸上摇摆着哀伤）"

羽岛："原来如此……我一直以为你和我一样，是一个孤独寂寞的人。……是这样吗？"

美喜此时才转过身来。

她的脸上淌满了泪水。

美喜："我不会忘记你的……"

48. 疾驶的汽车（夜）

雨水如瀑布般击打着车窗的玻璃。

雨刷毫无表情地运动着。

隔着车窗，羽岛握着方向盘。

美喜坐在旁边。

两人都是一副僵硬的表情。

美喜："……"

美喜在羽岛面前快要崩溃了，拼命控制着自己。

49. 民次的小本子

> 上辻美喜　长崎市新宫町　内藤转交

铅笔将其地址划掉。

在旁边写道：

> 下落不明

50.疾驶的列车·内

民次看着小本子。

民次："（嘟哝着）萩市横山町二段，松本友清……或许又是白跑一趟。"

列车停住。

传来呼喊声："下关……下关……"

民次心情沉重地站起身来，取下行李。

51.萩市·全景

美丽的景致。

民次走着。

字幕：山口县萩市

52.商业手工业者居住区

民次在询问过路的行人。

53.松木医院·候诊室

拥挤的患者。

民次坐在角落里。

从穿着上看，患者都是穷人。

护士探出头来。

护士："田中先生，请！"

＊　＊　＊　＊　＊

只剩下民次一个人还坐在那里。

最后一位患者从诊室内出来。

护士探出头来。

护士："你是初诊吗？"

民次："不，我想见院长先生。"

54.松本医院·二层的房间

靠着窗户摆放着一张桌子。

书本摆在那里，好像有人正在使用一样。

友清带着民次走进来。

友清："请！"

将叠放在一起的椅子拿下来，让民次坐下。

友清面对面坐下。

友清："谢谢您特意给我送来。在东京我每搬一次家就要遇到一次战祸，都搬了三次了，最后我撤回到了这里。萩市是我的故乡。"

民次："我早就想给您送来了，可是……"

友清："欢迎您的到来……哦，对了，只有您一个人回来了吧？这真是太好了。"

友清从白大褂的兜里掏出遗书，拆开读起来。

似乎是在掩饰涌上来的泪水，友清将信递给民次。

友清："请。"

民次："我可以看吗？"

友清："只有三行字，这很像是他的所作所为。"

民次接过信读起来。

民次："……永别了。不过使我多少感到一丝安慰的是，省二留下来了。对不起，我没有实现我们的约定。"

民次把信递给友清。

友清将信揣进兜里，走到靠窗户的桌子旁。

友清："省二就是军一的弟弟……他不喜欢当医生，上大学时念了文科。"

民次："……"

友清："你在候诊室里大概就已经很清楚了，我的患者全都是穷人……省二这小子说我这是感伤。贫穷靠医生的手是治不了的……也许他说的确实有道理。"

民次："……"

友清："军一虽说是从医校毕业的，但是他看来也不喜欢当医生。……他告诉我他在军队没有要求当医生，这时我就知道了。不过他对我说，回来后将接我的班……信上说的没有实现我们的约定，指的就是这件事情……他真是一个善解人意的孩子啊。"

民次："……"

友清："那张桌子没有动过，还是他出征时候的样子。"

友清打开抽屉。

友清："您看吧。这就是他出征前夜正在看的书。就这样打开着放进了抽屉里。"

民次走近。

抽屉里放着一本打开的书。

友清回到这边的椅子上坐下。

友清拼命抑制着内心的涌动。

民次轻轻关上抽屉。

桌子上摆放着一张照片。

昔日的军一和省二坐在小船上，露出灿烂的笑容。

民次："这是他弟弟吧？"

友清："是的。"

不过，民次旋即听到了令他震惊的话。

友清："省二这孩子也在台湾近海阵亡了……"

泪水一下子从友清闭上的眼帘中涌出来。

55. 辰一的店铺·外边（四谷附近）

木工正在忙着最后的收尾工程。

56. 辰一的店铺·内

小而整洁的店铺。

民次走进来。

辰一在旁边翻阅着贴有火柴图案样本的集子。

民次："这店不错嘛，这样子的话很好了。"

辰一："过去倒腾买卖时认识的一个土建公司的社长给我融的资。"

民次："这太好了。"

辰一："（一边翻着页一边说）西山，你来帮我吧。不管怎么说，开饭馆靠的还是厨师的手艺啊。"

民次："……"

民次从兜里掏出小本子和纸条。

辰一："你知道吧，这赚钱靠的是火柴外交……"

民次："我只是不想被拴住。"

民次摊开的小本子。

> 西贺纪子　北海道小樽市　圣保罗疗养院
>
> 市原　礼　宫城县气仙沼町二段　岩本清转交

民次将纸片上的文字填写在了旁边。

> 町芳野　米泽市锻冶町六段

辰一："我就交给你了。选合适的，戴上五千个……"

辰一合上集子，递给民次。

民次："没让我带上一万个，算是救我了。"

辰一："没关系吧，反正都是要用的。"

民次："谢谢了……好歹能够到达北海道了。"

辰一惊讶地看着民次。

辰一："我真不明白你是怎么想的……辛辛苦苦送到后，尽看他们的父母和兄弟姐妹们哭哭啼啼的脸了……你就来帮我吧。"

民次："这，我考虑考虑……不过，至少已经知道地址要去看看。"

民次缓缓合上小本子。

57. 小樽的街道

雪。

只见民次在远处往上走的身影。

字幕：北海道·小樽

58．郊外的道路

雪。

箭头路标：圣保罗疗养院。

民次看着指示的方向。

远方有一座异国情调的建筑。

59．圣保罗疗养院·院长室

黑衣裹住整个身躯的女院长慢吞吞说道。

院长："我们这里没有这封遗书的收件人。"

民次与她面对着面。

民次："（吃惊地）……西贺纪子女士……不在这里吗？……西贺纪子女士在这边与遭遇战祸的向岛区役所联系过，我听说后才来这里的。"

院长："西贺女士在这里，但是她已不再是遗书的收件人了。"

民次："你这话是什么意思呢？"

院长："……"

将目光投向窗外。

她的脸庞就像是被火焰映红似的，变得越来越红。

院长："（呻吟般低语）徒劳……你就是交给她也是白交。"

60．烧毁的街道（1945 年 3 月·东京）

整个画面瞬间被染成通红的颜色。

人群互相拥挤着四处逃散。

川濑三吉站在颓垣残壁前。

西贺纪子紧紧抓着三吉的袖子。

61．另外一个地点

三吉逃过来。

纪子紧紧抓着他的袖子。

三吉站住，望着远处。

三吉："（放心下来，嘟哝）到了这里就不要紧了。"

忽然注意到纪子。

三吉："你是谁？！"

纪子："……（无言，望着三吉）"

三吉："手撒开！"

纪子将拽着的手松开。

但是，她一直注视着三吉。

三吉："没地方可去了？"

纪子："……"

三吉："我把你给送回去？"

纪子："……"

三吉看到缝在纪子胸前的名牌。

三吉："西贺纪子……你没地方可去了吗？"

纪子："……（凝视着）"

62．三吉居住的公司宿舍·房间内

电灯被灯火管制用的罩子遮挡着。

在电灯照射下来的一圈灯光下，三吉将纪子抱在自己的膝盖上，摩挲着她的乳房。

三吉："这样子你也不生气吗？"

纪子："……"

纪子的瞳孔一直眺望着遥远的地方。

三吉："喂！"

三吉疯狂地搂紧纪子。

三吉："你多大岁数了？……你是黄毛丫头，还是当上了别人的太太？……喂！你回答我！……是谁，是谁将这美丽的身躯……我不会放你走的！"

三吉一边喘息着一边反复亲吻着纪子的额头、眼睛和脖子。

纪子："……（呆滞地望着远方）"

* * * * *

战后的一个中午。

纪子坐在盆子中。

三吉在为她梳理刚洗好的头发。

三吉："我去向岛找了一圈，总算找到了一家叫西贺的，可是家人全都死了。"

纪子："……（空空的目光眺望着远方）"

三吉："西贺是你婆家的姓吧？出嫁前你姓什么？"

纪子："……"

三吉："战争彻底结束了……我要调到老家北海道去工作了。别人就要住进这间公司的宿舍了。我不能就这样把你撂在这里。"

纪子："……"

三吉："纪子，你就开口说点什么吧……我该怎么办才好呀。"

三吉从背后搂住纪子。

一边使劲蹭着纪子的脸颊，一边不停地劝说。

纪子仍然没有任何反应。

她只是茫然地眺望着远方。

63．圣保罗疗养院·走廊上

身披黑衣的院长。

三吉和纪子跟在她身后走去。

在病房前站住。

院长默默地对三吉点点头示意。

三吉："拜托了！"

深深鞠了一躬。

房门打开。

院长陪伴纪子走进去。

三吉伫立在那里目送着。

房门在眼前随着响声关闭上了。

64．圣保罗疗养院·病房

狂女们的各种姿态。

两人的脚步声来到了她们跟前。

女护士从对面走过来。

院长的声音："西贺纪子呢？"

女护士："在老地方。"

女护士指了指对面。

纪子坐一个角落里。

她仍然是空荡荡地眺望着远方。

脚步声在她面前停住。

是院长和民次。

院长："你交给她看看。"

院长回头看着民次。

民次："……（一瞬间犹豫不决起来）"

民次取出遗书递到纪子面前。

纪子瞥了一眼，随即又望着不定的一个方向。

院长："这封信是你丈夫写给你的遗书。"

纪子："……"

民次吃惊地屏住呼吸，望着纪子。

传来疯女人的尖厉笑声。

院长再次慢慢重复了一遍。

院长："西贺，这是你丈夫留给你的遗书。"

纪子仍然没有任何反应。

院长："……"

转过身来看着三吉。

民次："（呻吟般地）我知道了……"

院长："费了你这番苦心……"

民次："……"

院长："如果你拿着那封遗书是一个很沉重的负担的话，那么我代西贺来……"

民次："……"

院长："还是你带回去？"

民次："……"

院长："还是我来保管吧。"

民次："……"

默默无语，鞠躬，递上遗书。

逃跑似的离去。

65．圣保罗疗养院·大门外

民次逃跑似的跑出来。

一片银色的世界。

民次的眼睛被刺得生疼。

66．青函轮渡

船在大海里劈波斩浪。

字幕：青函轮渡船

67．青函轮渡船·三等舱

拥挤不堪。

乘客们坐在榻榻米上摊开便当喝着酒。

民次坐在一个角落里，靠着舱壁。

紧挨着他的是尾上团十郎一行。

十几个人打开饭团包，喝起酒来。

民次饥肠辘辘。

他咽了一口唾液，闭上眼睛躺下。

一个女人的声音："大哥。"

民次睁开眼睛。

梅子手里拿着饭团，正对着民次微笑。

梅子："我爸爸说，如果你不嫌弃的话请用吧。"

民次："给我的？"

民次转身看着一边。

团十郎笑嘻嘻地招呼道。

团十郎："过这边来喝一杯？"

民次："好……"

被这突如其来的旅行之情搞得不知所措。

团十郎："常言道旅途靠旅伴。你就不要客气了。"

梅子："过去吧，快……"

梅子牵着民次的手，将他拽起来。

民次加入到团十郎一行中。

民次："谢谢了。"

男旦演员菊之丞递过来一个茶碗。

菊之丞："来，一口喝了。"

团十郎："可劲儿吃……梅子，把那些煮好的东西拿给他吃。"

梅子："给你……大哥。"

民次不顾一切地吃起来。

团十郎："从小樽我们就一直在一起了。"

民次："是吗？我一点都没有注意到……"

团十郎："你什么也不吃，一个劲儿睡觉……大家都说你这个人忍耐力很强。"

民次："不，我没有什么忍耐力，在小樽的旅馆里感冒了……"

团十郎："我就不问你这么多了……人总会遇到各种各样的事情……你到哪里去？"

民次："哦，我到东京去……"

团十郎："那么，在到花卷之前，我们可以一路了。"

民次："您到哪里？"

68. 釜石的街道·全景

炼钢厂的烟囱里吐出滚滚浓烟。

字幕：岩手县釜石

69. 釜石座·舞台

团十郎和菊之丞卖力表演。

座席上有八成观众。

民次也在其中。

民次大声吼着。

民次："喂，大统领！"

民次往舞台上投掷钱币。

这正是所谓装扮成观众引导大家扔钱的戏托。

随后，钱币、橘子和点心被扔到了舞台上。

喊声响起。

"日本第一"

"太棒了，团十郎！"

"菊之丞，加油！"

团十郎和菊之丞精神饱满地摘下面具。

弥助将钱币和橘子收到一起。

＊　＊　＊　＊　＊

梅子唱起了《秋田小调》。

民次和弥助站在台口。

他们敲击着大鼓。

当然是浓妆艳抹。

狂热的观众们随着梅子唱起来，往台上投掷钱币和橘子。

70. 疾驶的火车·内

团十郎一行坐在一个角落里。

民次与梅子并排坐着。

梅子："来一个。"

梅子将剥好的橘子递给民次。

民次："老爷，到了气仙沼我想请个假……"

团十郎："当然可以，当然可以。这就是你的目的地，随着我们来到了这儿。到了就马上去吧。"

71．气仙沼·港口

停满了渔船，呈现出一片繁荣景象。

字幕：宫城县气仙沼

72．海岸

三名渔夫点着篝火在织补渔网。

民次走来。

民次："这一带有一个叫岩本清的人家吗？"

渔夫1："岩本？"

渔夫们相互看了一眼。

民次："听说战争结束的时候从东京疏散到这里来的，在这里担任小学校长的工作。"

渔夫1："岩本先生家里失火，夫人和女儿都烧死了。"

民次："哦，死了？"

渔夫2："那就是在原地方重建的房子。"

民次："岩本先生那里应该有一个叫市原礼的男孩子，那孩子也……"

渔夫们又相互看了一眼。

渔夫1："你是那孩子的什么人？"

民次："他哥哥与我同在一个部队。"

渔夫们相互看了看，沉默不语。

民次："礼君也烧死了吗？"

渔夫1："那孩子的情况，警察最清楚了。你去那里问问看。警察署在车站附近。"

民次："警察署？……怎么警察……"

渔夫1："那孩子被判了死刑。"

铛！

尖厉的金属声掠过民次的耳际。

73. 仙台地方法院·法庭

审判长翻着判决书。

审判长："现在宣读判决……主文，死刑。"

律师脸色一变，看着被告席。

市原礼站在被告席上。

是一位还残留着天真的少年。

他的脸上没有显出一丝的动摇。

画外音："1953年春，皇太子殿下为列席英皇的加冕仪式从鹿岛启程，离开日本……"

判决书的宣读在继续。

审判长："……被害人岩本清在被告人的哥哥市原干出征后，收养了无依无靠的被告人，被害人尽管是被告人的恩人，但是……"

市原礼伫立在被告席上。

他的脸部特写，同时伴随着判决书的宣读声。

审判长："被告不仅残害了岩本，还残害了岩本的妻子和女儿。并且放火烧毁了其住宅。此罪惨无人道天理难容。据此判处被告市原礼死刑。"

市原礼的眼睛里闪现着泪水。

市原礼用嘶哑的声音喊着。

市原礼："哥哥……"

铛——!

尖厉的金属声。

74. 警察署·署长室

民次僵硬的脸。

民次："他的哥哥市原兵长是整个部队的模范士兵。"

署长面对面坐着。

署长："尽管是兄弟，但是他们的性格不同……是在三个月前处刑的。不过，左邻右舍的人们都说岩本一家人对他相当厉害，听说让他睡在狗窝里面。"

民次："他没有控诉吗？"

署长："听说律师劝过他多次……"

75. 水管的水龙头

美丽的水滴。

啪嗒啪嗒滴落下来。

声音发出巨大的共鸣。

76. 拘留所·会面室

在钢筋水泥的天井，水滴落下来的声音发出共鸣。隔着铁丝网，那边是市原礼。

律师在这边。

律师："这么说你无论如何都不想控诉了？"

市原礼："……（无言，点头）"

律师："还有相当大的余地可以酌情处理……被杀的岩本一家是如何虐待你的，有人愿意为你作证，你要提起控诉。"

市原礼："我不想让他们酌情处理。"

律师："市原君……"

市原礼："就是活着还有什么用呢。"

律师："可是你还年轻，应该珍惜生命。"

市原礼："……（将脸转向一旁）"

他的脸是阴沉的。

突然，他小声背诵起哥哥市原干的来信。

市原礼："今天说说云彩吧。满洲的天空是蓝色的。在那蓝色的天空上漂浮着几朵白云。地上持续着120度的酷暑。不过这里比内地的夏季要好过。清晨2点……"

天井露出粗糙的钢筋水泥。

市原礼继续背诵着。

市原礼："伴随着彻夜的不眠，天空亮了起来，晨雾从湿地涌起。晨雾从湿地升起飞上蓝天。到了5点左右，太阳出来了，晨雾消散了。升到空中的晨雾变成了白云。云朵在整整一天中几乎不动，停留在空中的一点上。"

铁丝网的对面，律师呆然注视着市原礼。

市原礼的侧脸，继续背诵着。

市原礼："傍晚来临，天空染成一片红色。7点左右，太阳落下后，白夜来临。夕阳的红色消退后，原野和山峦被微微的白色所笼罩。这种微弱的明亮一直持续到11点左右。士兵们在这种明亮中入睡了。"

水管的水龙头里滴落下珍珠般的水滴。

市原礼："望着飘浮在空中的白云，总感觉到在云的下面有一片大海。但是有一次行军追着白云走了三天三夜，那里并没有大海，只有绵延不断的原野。能否再次回到日本——这种绝望似乎日益加重了。"

市原礼透过铁丝网回头望着这边。

市原礼："这是哥哥写给我的信，最后一段……我还记忆犹新。"

律师："就是为了你哥哥你也应该提起控诉……市原君。"

市原礼将脸侧向一旁，低声说道。

市原礼："听说皇太子去国外了？"

律师："……？"

市原礼："我的生日与他的生日同一天。我们同岁……"

律师："……（嘴唇微微颤动）"

说不出话来。

市原礼转过来看着律师。

市原礼："先生，我对自己杀了岩本一家并不感到后悔……而且我也不相信制裁我的法律。我所相信的只有哥哥的……"

市原礼的话到此打住。

紧接着又说道。

市原礼："如果要让我活下去的话，就先把哥哥……我的哥哥还给我！"

铛——！

尖厉的金属声。

77. 望得见大海的山丘

市原礼的墓标。

线香冒出谈谈的烟。

民次伫立在墓前。

慢慢取出遗书。

民次："市原礼收……"

低声念着收信人的名字，用火柴点燃遗书。

远处传来市原干的声音。

市原干的声音："回到内地，你找我弟弟谈谈心吧。"

远处传来市原礼的声音。

市原礼的声音："如果要让我活下去的话，就先把哥哥……我的哥哥还给我！"

遗书在燃烧。

火焰映红了民次的脸庞。

78．仙台站·站台

民次悄然伫立着。

他的身旁是梅子。

梅子："到了米泽，你就跟我们分手了吧？"

梅子自言自语。

不远处，团十郎等人与一位像是表演家的男子在交谈着什么。

团十郎走过来。

团十郎："西山先生，米泽之行取消了。我们直接返回青森去……"

民次："你们不去米泽了？"

团十郎："就是去，还要等三四个月以后去。怎么办？"

民次："……"

团十郎："我真希望咱们一直在一起……"

民次："对不起，我想早点送达，所以……"

听到这话，梅子哀伤地低下头去。

团十郎："你是一个讲情义的人。很遗憾啊……"

团十郎从钱包里取出钱来。

团十郎："对不住了，钱不多……我们手头也不宽松，请原谅了。"

79．另一个站台

喧嚣的发车铃声。

民次坐在窗旁。

这时，梅子跑过来。

梅子："西山先生，给你。"

把包着钱的纸包塞进民次的手里。

民次："梅子姑娘，这……"

列车开动。

梅子："我想和你这样的人组建家庭。"

梅子说罢跑去。

民次："梅子！"

梅子跑去的身影。

80．列车·内

民次轻轻打开纸包。

几张纸币折叠着放在里面。

民次："……"

81. 白布高汤·全景

简陋的温泉场，夕阳中的景色。

字幕：白布高汤

82. 温泉旅馆·房间内

一双女人的手在揉着浴衣的腰部。

男浴客是民次，为他按摩的是町吉野。

町吉野："老爷，再揉一下？"

民次："哦……好吧。"

町吉野的双手按揉着民次硬邦邦的身躯。

民次："你成家了吧？"

町吉野："能看出来？"

民次："看你揉的方式就知道了。揉得正合适。"

町吉野："我有一个弟弟，在新潟读大学。"

民次："由你照顾他吗？"

町吉野："我就这么一个亲人了。"

民次："你丈夫呢？"

町吉野没有回答，反问道。

町吉野："您一直待在这个地方吗？"

民次："我到米泽来找人的……哪有闲工夫在这种地方慢慢泡温泉。不知道怎么了，我非常疲倦。"

町吉野："米泽？"

民次："你熟悉那个地方？"

町吉野："不，我去过两三次。……我揉得不好。"

民次："谢谢了。"

民次站起身来，将钱包里的钱递给町吉野。

民次："好好照顾你弟弟。"

町吉野："谢谢您了。晚安。"

町吉野退出去。

民次在被褥上坐下，打开小本子。

小本子上的文字。

> 町吉野　米泽市锻治町六地段

民次将其地址划掉，在旁边写了几个字。

> 去向不明

民次一下子仰倒在被褥上。

他吹着口哨。

但是他的神色有些黯淡。

83. 浴室

洗澡水从木质的大浴桶里溢出来。

民次正在泡澡。

浴室的门拉开了，女用人走进来。

女用人："哎呀，对不起。"

民次："要关门了吗？"

女用人："不，通宵营业。我打扫一下……"

女用人开始收拾浴室。

女用人："刚才为你按摩的那个人看上去很年轻吧？……不过，她已经三十五岁了。"

民次："听说她在供她弟弟念大学。"

女用人："那是她的丈夫，过去是她弟弟。"

民次："这是怎么回事？"

女用人："她遇到战争灾难后来到了这座城里，带着她丈夫的弟弟……那时她丈夫的弟弟还是个小学生，所以他们一起住在旅馆里打工……十岁的孩子经过十年的岁月成为了二十岁的大人……嘿嘿，听说不知不觉就成为了她的丈夫……"

民次："……"

女用人："女人就是贱，一旦知道后一个人就守不住了。"

民次："……"

民次已不在听女用人讲述。

他陷入了沉思。

84．早晨的温泉小镇

公共汽车停在那里。

民次登上汽车。

85．公共汽车·内

町吉野正坐在车内。

民次走进车内。

町吉野："您要回去了？"

民次："哦，是你？……去哪儿？"

町吉野："到麓之町……弟弟来信了……他需要一些钱。"

民次："是吗？可他都是一个大学生了……"

公共汽车开动。

86. 麓之町

公共汽车停住。

町吉野走下车来。

公共汽车开动。

透过车窗玻璃可以看见民次的脸。

町吉野鞠躬目送着民次。

町吉野走进旁边的邮局。

87. 邮局·内

町吉野把存折和印章递进窗口。

町吉野："我取 15000 日元……"

摄影机镜头推向存折上的名字。

文字：町吉野

邮局人员："请稍候。"

町吉野坐到窗旁的长条椅子上。

她的脸上呈现出疲惫的神色。

88. 东京

省线电车发出声响横穿画面。

89. 街上

民次拎着包走在街上。

一位男子的声音："西山先生！"

原来是辰一。

辰一："有阵子没见了。"

民次："店怎么样了？"

辰一："托您的福，找到了一个好厨师。……西山先生，你还在兜售火柴吗？"

民次："不，在外跑保险呢。"

辰一："那么，还在到处跑来跑去找那些人吗？"

民次："是啊。……我也有些累了。不过，我又打听到有一个人在轮岛。"

辰一："是产漆器的那个轮岛吗？还要到那里去吗？"

民次："……（以暧昧的笑搪塞）"

辰一："到店里来一趟，虽说是个小客户，也让我们加入一下保险。"

民次："拜托了。"

辰一："那么，我还有事先走了……"

辰一刚走又转过身来。

辰一："西山先生，我看你最好是适可而止吧。"

民次："……（伫立着目送辰一）"

脸上浮现出孤寂的笑容，自言自语。

民次："或许该这样做。"

民次有气无力地迈开步子。

90. 民次居住的公寓

民次走上脏兮兮的楼梯。

他伫立在自己的房门前。

门缝里夹着一张便条，他拿到手里一看，大吃一惊。

民次飞奔出去。

91. 日赤医院·正面

民次跑进去。

92. 日赤医院·病房

房门打开，民次进来。

他所看见的是——

医生护士围在病床旁，静代躺在病床上。

女护士："您是西山先生吧？"

民次："是的。"

女护士："请。"

民次："……"

民次一边靠近静代的枕边，一边用不安的眼神询问医生。

医生："……"

医生微微摇了摇头，然后呼唤着静代。

医生："岛方女士，西山先生来了。"

静代睁开眼睛。

她的视线焦点总算对准了民次。

静代："……（脸上浮现出强烈的感情）"

民次："静代。"

静代："……（微笑着）"

旋即泪流满面。

民次："为什么不早点……"

静代："给你……"

静代从枕头底下摸出一封遗书递给民次。

民次："这是……"

静代："我没有勇气读它。"

民次："……"

静代将脸侧向一旁。

静代："你搬走了……可我只知道你的住址……"

民次："……"

静代："这封遗书对我是一个沉重的负担。可是，我感到自己不能背负着沉重的负担去死……你给我读一下，你就当作你是这封遗书的收件人……"

民次："静代……"

静代："……我求你了……读啊！"

医生用目光催促着犹豫不决的民次。

民次用颤抖的手撕开遗书的封口。

民次："（开始读起来）……静代，我感到自己不能活着见到你。面临死亡，我想到的是，我们没有孩子是幸福的。如果我阵亡了，我希望你把过去的一切都忘掉，踏上你新的人生……"

静代睁着双眼咽下最后一口气。

医生将她那只搭着脉的手轻轻放进被窝里。

医生："患者已经死亡。"

民次："？！（惊呆，看着静代）"

静代纯洁的面孔。

民次："静代！"

民次手里是那封攥碎的遗书。

93. 拍打在遗书上的巨浪

摄影机镜头拉开。

94. 日本海

乌云低垂。

冬季的大海一片昏暗，波涛汹涌。

95.轮岛的小镇·眺望

成群的海鸟。

字幕：石川县轮岛

96.八木隆弘的家·外面

玻璃门上的字：漆器

人影投射在玻璃门上。

民次悄悄窥视着里面。

97.八木隆弘的家·内

八木正在制作漆器。

他的神色忧郁。

98.八木隆弘的家·外面

民次："是谁呢？感觉在哪儿见过……"

民次惊讶地嘀咕着。

接下来的瞬间，他大吃一惊，抽回身来。

99.八木隆弘的家·内

妻子千惠子从里面出来。

勤快地收拾起来。

千惠子："弄好这块就吃饭吧。"

八木："嗯。"

千惠子正要走进里屋时，发现八木的褂子破了。

千惠子："哎呀，这儿破了。"

千惠子进到里面，马上拿来替换的褂子。

千惠子："把这个换上。"

八木："吃饭的时候换。"

千惠子："不行。批发店的人要是来的话，我多丢人呀。"

千惠子强迫八木换上新的褂子。

一幕夫妻和睦的情景。

100．八木隆弘的家·外面

民次悄悄窥视着。

民次："（嘀咕）真幸福啊。"

脑海里掠过静代的面容。

静代："那封遗书对我来说是一个沉重的负担……"

民次沉思。

随即转身离去。

101．轮岛站·候车室

民次坐在长条椅子上，不知所措。

静代的声音："……那封遗书对我来说是一个沉重的负担……"

广播响起来。

"15 点 30 分开往金泽的上行列车就要开始检票了。"

民次下定决心站起身来。

他朝售票口走去。

民次掏出钱包想买票。

他又踌躇不决。

售票员问道。

售票员："您到哪儿？"

民次："……"

身后的乘客喊道。

乘客："喂。"

民次急忙转身朝出口走去——

乘客愣住了，目送着他。

102．神社·院内

出售轮岛特产的晚市。

人们在购物。

千惠子也在其中。

她在购买晚餐用的菜。

"夫人。"

千惠子回过头来。

民次站在她的身后。

民次："对不起，请到那边去……我有事情对您说。"

千惠子："跟我说……？"

千惠子惊讶的神色。

民次："有件东西我必须交给您。"

103．防波堤

红色的夕阳从低垂的云朵露出的缝隙中照射下来。

民次和千惠子站在防波堤上。

海上刮来的风吹着他俩。

千惠子看着遗书。

木内的声音："……必须写第二封遗书的时刻到来了。与上次动员令的时候不同，这次将是最后一次出动。我将从上海登船。但是这艘船不会驶向日本。我托付将要遣送回日本的西山上等兵把这封信交给你。但是，我并没有期盼它会到你手上。我一直爱着你。除此之外，我没有其他话要留下了。永别了。"

千惠子："……"

千惠子受到刺激，转过身来看着民次。

千惠子："木内他……确实一直活到了 1944 年吗？"

104. 木内的家·屋内（1942 年·回忆）

往日的千惠子拼命忍受着打击。

千惠子："木内……他死了？"

拿起放在膝盖上的笔记本。

身着军服的八木与她面对着面。

八木："我服役四年期满回到了内地。动员令下达的时候，上级已决定我退役。木内君托我把这个笔记本和手套转交给夫人。"

千惠子："……（一边翻着笔记本一边说）……上面什么也没写啊。"

八木："我回国后听说，木内君所在的部队参加了瓜达尔卡纳尔战役……发生了不幸。"

千惠子："……（哇地哭起来）"

105. 防波堤

千惠子："……我收到遗书是 1942 年……那以后我给木内写过几封信，但是始终没有收到他的回信。第二年的夏季，八木来到我在四谷的那个家……"

千惠子说到这里仍然难以置信地回头盯看着民次。

千惠子："木内真的一直活到了1944年吗？"

民次："我一直和他在一起，确实是。"

千惠子："可是我给队长也写了信呀。"

民次："……"

千惠子："可他没有给我回信。我去麻布的留守部队打听了一下。他们答复我说，除了本人的来信或伤残公报外，什么都不能答复我。"

民次："你让区役所给部队长发公函询问过吗？……如果询问过，一定会有回信的……"

千惠子："还有这种方法？……可是，木内为什么不给我回信呢？部队长也不给我回信……"

民次："……我也不清楚。"

此时民次的脑海里浮现出——

军队时代的八木。

大声呼唤着什么。

民次忽然想到了——

民次："我明白了。这全是八木搞的鬼。……夫人，让我见见八木。你什么都不要说，明天早上在这里……"

106.八木的家·内（第二天早晨）

千惠子从里面出来。

工作场空无一人。

千惠子呆呆伫立着。

她突然慌慌张张地穿上木屐，飞奔出去。

107. 防波堤

民次和八木面对面站着。

民次："你还记得我吗？"

八木："……"

八木将脸转向大海，躲避着民次的视线。

民次："我就是那个在满洲部队里经常挨你打的西山民次。"

八木："我想起来了……你把我叫到这种地方来有什么事吗？"

民次："我带来了木内佑二1944年在上海写给千惠子的遗书。"

八木："什么？……（愕然）"

108. 轮岛的街道

出售特产的早市。

千惠子从前面跑过。

109. 防波堤

民次的声音因愤怒而颤抖。

民次："1941年的冬天，动员令下达到了部队，我们都被要求写了遗书。但是，后来动员令取消了。你利用了那封遗书。"

八木："（底气不足地）你说我做了什么手脚？"

民次："我想起来了。你和部队的通信员关系很好。那以后，木内写给妻子的信，还有他妻子写给他的信，都叫你中途截下来了。退役后，你仍然叫通信兵那样做。"

八木："我没有干这种事情！"

民次："你还要狡辩吗？！"

八木："如果就算我做了你说的那些事，那又怎么了？"

八木正襟危坐似的，将脸转向民次。

民次："什么？"

八木："木内曾经让我看过千惠子的照片。从那时候起我就迷上了千惠子。花费了几年的功夫，战后我总算和千惠子结了婚。我躲在故乡悄悄生活。你少管闲事吧。"

民次："浑蛋！"

民次怒火中烧，扑向八木。

两人像两只野兽一样扭打在一起。

千惠子跑过来。

紧张地站在那里一动不动。

民次按住八木。

民次："畜牲！你的意思是……木内无所谓了？"

八木："木内最终还是死了。我和千惠子结了为了夫妻……谁都不是受害者。"

民次："木内死了，你就可以这样吗？……你以为这一切都结束了？"

八木："是他运气不好……在战争中死了……"

民次："浑蛋！"

民次任凭自己的愤怒爆发，殴打八木，卡住他的脖子。

八木痛苦得扭歪了脸，呻吟着。

八木："……我们是幸福的……你把遗书带到这里来，你才是加害者呢！"

这时，千惠子发出瘆人的喊叫声，朝着防波堤的顶端跑去。

民次被这喊声吓得回过头来。

八木："千惠子！"

八木推开民次，跑去追赶千惠子。

千惠子奔跑着。

她伫立在防波堤的顶头。

在低垂的云朵下，冬季的大海波涛汹涌。

海鸟发出哀鸣声，成群翱翔在海面上。

千惠子："……"

她的双手盘在胸前。

木内的声音："……已经三年没有你的音讯了。我百思不解，你为什么不给我回信。难道是前面那封遗书给你带去了什么特别的事情？"

八木跑过来。

八木："千惠子！"

八木把手搭在千惠子的肩上。

千惠子猛地一下拨开他的手。

千惠子："不要碰我！"

千惠子憎恶地盯着八木。

八木："……"

悄然垂下头来，低声说道。

八木："因为我爱你……"

千惠子："……（无言，盯视着）"

民次在这边呆立着。

他面朝大海蹲下身来。

海鸟尖利的叫声。

日本海今天仍然是一片昏暗，波涛汹涌。

110. 东京·辰一的店铺

营业前的忙碌。

民次拖着疲惫的脚步进来。

辰一："（很快发现了）来啦……快进来。"

辰一交代店员几句，与民次面对面坐下来。

民次："这店不缺人手了吧？"

辰一："想安定下来了？若是这样的话，倒是一个好消息。"

民次："有我能干的地方吗？"

辰一："瞧你，我不是和你说过吗，开这家店的时候，土建公司的老板帮助过我……那个人出于喜好，要在伊豆开一家活鱼料理店。他托我给他找一个厨师。你等一下，我马上和他联系。"

辰一朝电话走去。

民次喝起店员端来的茶水。

从他的动作中可以看出他的疲惫。

辰一回来。

辰一："社长同意了。他说今晚在常去的那家料理店请你吃饭，我也一起去。"

民次："今晚？可我这身打扮……"

辰一："你穿上我的西服……社长叫国本，看上去就像土建公司的，挺着一个大肚子。"

111. 料亭·座席

花香在跳舞蹈。

国本坐在上座。

这边是民次和辰一。

辰一："（低声说着）国本先生的目标是那个跳舞的艺妓。

她叫花香。"

花香跳完舞蹈。

国本鼓掌。

辰一献媚般地鼓掌。

民次不得已鼓掌。

国本："阿辰，你这个朋友我就收下了。今晚好好热闹热闹……喂，拿酒来！斟酒！"

两名艺妓分别坐在民次和辰一身旁劝酒。

花香："请。"

花香给国本斟酒。

国本："花香，接着上次的继续说下去……就是你那位初恋情人的故事。你说他应征入伍了……"

花香："是啊。去了满洲。……很快就来了一封信，像是遗书一样……"

民次吃惊地抬起头来。

国本："信上写了什么？"

花香："他说，在九段的樱花树下相见吧。"

国本："哦，九段的樱花树？"

花香："是啊。那个时候，我还是一个孩子呢。我单纯地以为九段的樱花树下是指约会的地方。于是我这样写道，我期盼着在九段的樱花树下与你相见。"

民次呆然注视着花香。

112. 货车·内

光线从打开的车门照射进来。

松本分队的士兵们在草推上挤成一团。

市原在写信。

上辻问市原。

上辻："给弟弟写吗？……家里就剩你们俩了……"

吉成看看市原，对民次说。

吉成："下达动员令的那会儿，我们都被要求写过遗书呢。"

民次："三年前，你们刚入伍后不久嘛。"

吉成："当时，准尉还逼着我改了。"

民次："遗书吗？……都写了些什么？"

吉成："我写道，我不想死……我哪能想到遗书还会被检查呢。"

百濑："（从旁插话）那是理所当然的啦。"

吉成："于是我写道，我想在九段的樱花树下相见。后来我收到了回信。"

民次："是情人写来的？"

吉成："是的。她给我回信了。信上说，我也期盼着能在九段的樱花树下相见的那一天。"

百濑："这不等于是说让你去死吗？"

吉成："大概是她没有弄明白这句话的意思。那时她只有十六岁。……我把信拿给伙伴们看，引得大家哄堂大笑。不过，我躺在铺上又看了一遍，流下了眼泪。真悲惨……"

113. 料亭·单间

民次呆然注视着花香。

艺妓："大哥，怎么了？"

民次："你来一下……"

民次用目光示意着艺妓，站起身来。

艺妓随着民次走出房间。

114. 料亭·走廊

民次站住，转过身来看着艺妓。

民次："花香的真名叫什么？"

艺妓："哦……怎么了？"

民次："你能悄悄帮我问一下吗？如果是叫黑泽桃子的话，让她到这儿来。"

艺妓："好的。"

艺妓朝对面走去。

民次拉开旁边房间的拉门。

115. 料亭·房间内

民次看着遗书。

遗书上的收件人姓名是——

> 黑泽桃子 收

拉门打开，花香站在门边问道。

花香："你怎么知道我的名字？"

民次："你就是黑泽桃子啊。……请进来。"

花香背着手拉上门，坐了下来。

花香："我可想不起来你是谁。"

民次把遗书放到花香面前。

民次："我和吉成佐武郎是同一个部队的。我们分别时，他交给了我这封遗书。"

花香："……"

花香默默拿起遗书，拆开来看。

民次："我找了你好久，没想到能在这种地方见到你……"

花香读罢，看着民次。

花香："这个能给我吗？"

民次："当然可以。这就是写给你的。"

花香："哦，谢谢你了。"

花香的表情和言语中没有丝毫的激动。

花香："我们到那边去吧。"

花香招呼着呆然的民次。

花香打开拉门。

此时国本恰好从门前走过。

花香："哎呀，您要走了？"

花香追过去。

民次走到走廊里，辰一走过来。

辰一："你干什么呢！那个胖艺妓说你和花香搞上了。国本先生不高兴了。"

民次："……"

辰一："走，我们去送送，不然不好。"

116. 料亭·大门外

民次、辰一、花香、艺妓们目送着快步离去的国本。

辰一转过身来看着民次。

辰一："有像你这样的吗，白白糟蹋了一个来之不易的机会。国本先生是一个气派很大的人，说不定将来会为你开一家店呢。"

民次："……"

辰一："事情都这样了，也没办法了。总之，你先去国本先生那里道个歉。"

辰一朝对面走去。

他站住，转过身来。

辰一："那身西服送给你了，就算为你饯别了。"

辰一撂下这句话后离去。

民次惨兮兮站在那里一动不动。

花香走近。

花香："刚才的事情谢谢你了。不过，那种信如今能不能收
到都无所谓了。"

花香说罢小跑进门内。

民次："……"

他站在那里一动不动，心情更加凄惨。

117. 南迁住·道口

货车。

车轮发出单调的声响。

很长——终于全部通过。

等待吊杆升起来的人们拥了过来。

民次也在其中。

118. 街道

一片矮小的房屋。

其中有一家烟铺。

119. 烟铺·外面

民次走过来。

他将手中的小本子与牌匾对照了一下，然后走进去。

120. 烟铺·土间

眼前有一个通向二层的楼梯。

民次向看店的老婆婆打招呼。

民次："这里有一位名叫百濑清子的女士吗？"

老婆婆哦："你找夫人？……夫人，有客人！"

老婆婆朝楼上大声喊道。

"来啦。"

从楼上传来应答声。民次紧张起来。

一位中年女子走下来。

感到她好像要崩溃了一样。

她默默无言，惊讶地看着民次。

民次："您是百濑大吉的夫人吧？"

女人："是的啊。"

民次："我带来了百濑先生的信。给您。"

民次取出遗书递过去。

女人目不转睛盯着信的背面。

她站在原地拆开信就读。

民次："听说您的故乡在长野县的冈谷。上个月我才总算打听到了您。……找了好长时间。"

女人的脸上没有任何表情。

女人："你等一下。"

女人拿着读完的遗书走上二楼。

民次："……"

楼上传来男女争吵的声音。

民次询问老婆婆。

民次："那是谁在吵呢？"

老婆婆："是老爷。"

民次："老爷？……她再婚了？"

这时，从楼上传来脚步声。

民次："（大吃一惊）百濑！"

百濑穿着木屐走下来，说道。

百濑："我们出去一下。"

民次："你还活着？"

百濑："我们慢慢说，走吧。"

百濑走在前面，出了家门。

民次："……"

民次呆然伫立着。

百濑转过头来催促他。

百濑："喂！"

121. 小酒馆·内

两人喝着烧酒。

百濑避开民次的视线，开口说道。

百濑："读着自己九年前写的遗书，这心情你能明白吗？"

民次："……"

百濑："遗书的收件人是百濑清子……可是收到这封遗书的人不是清子。"

民次："你说什么？"

百濑："清子在三年前与我离婚了。现在这个是我后来娶的。"

民次：“是吗？……原来这么回事……”

百濑：“那时候我想到了死，所以写了许许多多。于是造成了一场纠纷。真是写错了收件人名字的遗书啊。哈哈哈。”

民次：“早知道这样，我不该带来了。”

百濑：“不，即便你把它交给了已经离婚的清子，恐怕也不会有好结果。”

民次：“清子现在在做什么呢？”

百濑：“在仲世见的后街为小酒馆当女用人。”

民次：“你见过她吗？”

百濑：“常常见到。不过，我在部队期间，她与别的男人搞上了。她说她这样做是为了生活……”

民次：“刚才那位呢？”

百濑：“原来是邦邦女。”

民次：“这都一样嘛，你为什么要和清子离婚呢？”

百濑：“这不一样。不该做这种事情的女人做了这种事情，而理所当然做这种事情的女人却毅然决然地不做了。而且我自己也变了。”

百濑在桌子上用烧酒开始书写分队战友的名字。

民次：“你怎么活着回来了？”

百濑：“详细说可太麻烦了。我是应征入伍的。可以说我具有与自己年龄相应的智慧。”

民次：“其他人呢？”

百濑：“确实全都死了。”

民次：“……”

百濑：“在你面前的是一个幽灵啊。来喝酒！”

民次将烧酒一饮而尽。

民次用蘸着烧酒的指尖书写着百濑没有写到的其他战友的名字。

百濑："八年来，你一直在到处跑，去送遗书吗？"

民次："如果不把这件事了结，我就感到无法从头开始。……不知不觉间就过去了八年。"

百濑："你可真傻啊。"

民次："或许是吧。"

百濑："算了，我不想再听到什么战争了。连报纸不都在说什么战争结束了吗？"

民次："……是吧。"

百濑："你是个笨蛋！"

民次的眼睛一亮。

看着百濑。类似愤怒的表情。

但是，很快伏下视线。

民次："……我或许是个笨蛋……"

百濑："我说，西山，我亲眼目睹了伙伴们全部死去。有的感到很痛苦，有的并不痛苦。市原有市原的死法，西贺有西贺的死法。死了的就是死了，难道不是吗？"

民次："你的意思是怎么样都行？那些上了战场的人都是笨蛋？"

百濑："你发怒了？……（浮现出含着恶意的笑容）"

民次："（盯视着百濑）对……我们可以发怒。现在我想通了……为什么八年来，我尽管一直过着贫穷的生活，可还要去送遗书，因为我愤怒了……我现在才发觉到这点。"

百濑："笨蛋……发怒并不高尚。这是惰性呀……仅此而已。"

百濑投过来这句话。民次瞪着他。

434
×
435

民次突然站起来。

百濑："要走了？"

民次："我走。"

民次走出去。

百濑："把它全忘了吧，这样你才能好受……把遗书全烧掉吧！"

货车在很近的地方驶过的声音。百濑随着一声响伏在了桌子上。

122．道口

货车缓慢运动着。

民次站在吊杆对面瞪着货车。

123．小酒馆·内

百濑伏在桌子上。

身体随着货车的震动而摇晃。

百濑并不是在睡觉。

睁开的眼睛发出奇怪的光来。

124．道口

货车还在慢吞吞行驶着。

车轮发出单调的声响。

民次站在吊杆的对面。

他瞪着眼睛，一直望着货车。

车轮发出的单调声响——越来越响。

（完）

『海军特种少年兵』

编剧：铃木尚之

1. 硫磺岛的地图

解说员的声音。

解说："昭和二十年（1945）二月，以破竹之势北上的美军开始登上硫磺岛，与日军展开了寸土必争的决一死战。"

2. 硫磺岛

白天

炸开花的炮弹。

浓烟滚滚、接二连三爆炸的炮弹。

解说："同年三月，两万三千多名日本海陆军守卫队溃不成军，仅剩下八百人。"

巨大的炮弹。

硝烟滚滚。

（O.L）

夜里。

美丽的星空。

不知从哪里传来日本歌谣的旋律。

是美军播放的。

星空下像青虫一样蠕动前进的十四五名日本兵。

是吉永中尉（25岁）率领的死里逃生的海军部队。突然，周围被照亮了。

空中带有降落伞的照明弹。

摇摇晃晃地降下来。

身体隐蔽在暗处的吉永等海军部队。

美国兵的喇叭响了起来。

喇叭："日军弟兄们……日军弟兄们，战争结束了。我们已经占领了岛的四分之三。只剩下你们这几个人了。放下武器投降吧。
我们美国军队会把你们当作朋友对待的……"

照明弹一下子消失了。

吉永挥舞着军刀第一个从暗处冲出来，向美军阵地发起攻击。

紧随其后的将士们。

激烈的枪声。

*　　*　　*

另一地点。

工藤上士（30岁）忍着伤痛匍匐前进，同时环顾四周。

随着枪声他猛然停住。

*　　*　　*

用机关枪疯狂扫射的美国兵们。

黑暗中黑影相继倒下。

*　　*　　*

照明弹升空。

工藤马上伏下身体。

嘟囔着。

工藤："不是他们……"

被照得如同白昼的战场上再次响起喇叭声。

喇叭："日军弟兄们……不要进行无谓的抵抗了。你们已经出色地完成了任务。放下武器投降吧。"

*　*　*

　　在另一地点。

　　喇叭："我们会把你们安全地送到等待你们返回的父母、妻子儿女所在的日本去。"

　　在炮弹炸出的弹坑里，潜伏着江波洋一、桥本阿治、宫本平太、栗本武——稚气未脱的海军特种少年兵们。

　　洋一小声地告诉大家。

　　洋一："照明弹一灭我们就冲出去！"

　　点头同意的少年们。

*　*　*

　　工藤从暗处抬起头寻找洋一他们。但渺无踪影。

　　工藤："江波！"

　　终于忍不住喊了起来。

　　猛烈的机枪扫射声。

　　工藤周围硝烟四起。

　　工藤趴在地上。

　　肩膀被击中。

　　照明弹消失了。

　　工藤站起来向黑暗中喊叫。

　　工藤："喂——，江波……栗本……你们在哪儿？是我……我是班主任！"

喷火的美军机枪。

工藤一个倒栽葱摔倒在地上。

　　　　　＊　　＊　　＊

少年兵们回头张望。

平太："是班主任。"

洋一："走！"

洋一简短有力地说了一声就冲出了弹坑。

紧跟着的少年兵们。

美兵的机枪又开始喷火。

暗处的黑影相继倒下。

　（O.L）

朝霞初升。

惨不忍睹的战火痕迹。

相机执拗地追拍。

手握军刀趴在那里的吉永。

工藤浑身血迹倒在弹坑里。

几个美兵的脚从旁边走过。

他们高声谈论的声音。

是英语。

声一："不愧是日本兵，我们的损失也超过一万了吧。"

声二："我也打过几次仗，可这一个月是最难熬的。"

洋一等少年兵们的尸体摞在一起。

只有洋一在不远处、下半身陷在弹坑里。

声一："啊！"

发出惊讶的叫声，美国兵们停住了脚步。

一个戴着上校肩章的军官，像是他的副官模样的大尉，拿着自动手枪的警卫员，士兵五六人。大尉翻转阿治的尸体使其面部朝上，摘下了帽子。

上尉："是个孩子！上校，日军连孩子都……"

上校："真残酷啊。"

上校在胸前划十字。

洋一用手撑着想站起来。

用尽全力喊着。

洋一："NO！"

但那只是微弱的声音。

洋一："我不是小孩……"

用英语讲的。

美国兵们听到声音回过头来。

上校："哦，他还活着。"

士兵们举起自动手枪。

洋一拼命想站起来。

洋一："……我们是军人……"

洋一想大声喊出来。

但是，只发出微弱的声音。

大尉："别动！开枪啦！"

洋一摇摇晃晃地想站起来。

他朝着美兵们走去。

洋一："我们是海军特种少年兵……"

美兵们的自动手枪一齐喷火。

洋一倒栽葱般地滚倒在弹坑里。

帽子飞走，露出洋一的面庞——微瞪着双眼。

一股殷红的鲜血流了下来。

洋一的嘴唇微微嚅动着。

从眼角流出一行热泪。

洋一停止了呼吸。

稚气未脱的面容——圣洁而美丽。

叠出主片名。

（F．）

3．武山海兵团·正门

现出片名。

贴着

海军志愿兵报名处

无数少年涌进门来。

皆为稚气的脸。

有穿校服的，有穿和服脚踏木屐的——服装各异。

（O．L）

4．礼堂

少年们只穿着短裤列队站好。

在进行体检。

不知脏净的少年们的脸、手、脚。

检查官和少年们之间的问答和斥责声。

还听到一些和画面无关的其他噪音。

（O．L）

5．宿舍

少年们穿着水兵服。

还有班主任工藤上士。

还有教官吉永中尉。

少年们和班主任的会话，私语，还听到一些和画面无关的其他噪音。

正在整理发下来的军装、工作服、校服、帽子、袜子等的少年们。

工藤吹响了叼在嘴里的哨子。

工藤："马上把穿来的衣服送回家去。把世俗习气也一道送走。明白了吗！"

少年们的声音响彻云霄。

"哈意！"

片名结束。

（F.O）

6．宿舍

正念日记的洋一的声音。

洋一的声音："昭和十八年（1943）六月一日，晴，闷热。加入武山海兵团，成为海军二等水兵。十四岁零八个月……"

少年们穿着不合身的水兵服坐着。其中有洋一、阿治、武、平太、拓二等。

前面是工藤。

工藤："从今天起，你们就是日本海军军人啦，而且是海军史上最年轻的边防军。希望你们时刻牢记着这一荣耀来进行今后为期一年的学习训练。"

工藤旁边是分队长原特务上校、教官吉永中尉和国枝少尉等。

工藤："从现在开始，我们要同心同德，共同生活，统一行动，就像一家人一样。从今天起，你们就把分队长当作父亲，把副分队长当作母亲。班主任我就是你们的兄长。明白吗！"

"哈意！"

少年们大声答到。

工藤："作为班主任我就讲这些。"

原叨咕着什么站起来。

工藤："立正！"

原等到下一个教班去了。

工藤："稍息！……下面作下自我介绍。你们每人一句，要说出自己的出生地、姓名，还有抱负……从你开始！"

工藤用手持的军棍指着右端的少年。

是林拓二。

拓二紧张地站着。

拓二："是，岩手县稗贯郡……"

工藤："大点声！"

拓二："是。岩手县稗贯郡矢泽村，林拓二！"

大声重说的拓二的脸上叠出回忆。

7. 拓二的回忆

母亲八重一边给拓二系腰带一边哀声叹道。

八重："不管怎么辛苦，我都要让你上学……"

八重悄悄擦去眼泪。

8. 宿舍

拓二无精打采地咬着嘴唇低着头。

工藤：“你的抱负呢？！”

拓二：“俺……”

工藤：“什么俺，要说我！”

拓二：“我……母亲……不，母亲……”

拓二口吃起来。

工藤：“母亲？！”

少年们忍不住窃笑起来。

工藤喝道。

工藤：“有什么好笑的！……好，回头再问你，好好想想。下一个！”

阿武站起来。

武：“福岛县若松市，栗本武！”

9．阿武的回忆

少年们在表演白虎队的剑舞。

其中有阿武。

10．宿舍

阿武：“作为昭和白虎队的队员，为了家乡会津的荣誉，我不惜壮烈牺牲。”

工藤：“很好。下一个！”

平太：“我是栃木县那须郡锅挂村的宫本平太！”

11．平太的回忆

理发店的大镜子里映出怒目相对的平太和父亲吾市。

吾市：“国家大事和我们穷人有什么关系……不许去，给我撤回报名！"

平太："不，我就要去当兵。我不会像你那样成为社会主义者而背叛祖国的。"

吾市："混蛋！"

吾市打平太。

12. 宿舍

平太："我要连我父亲那份儿加上一起报效祖国。"

工藤："你父亲那儿？"

平太："是，我父亲是……"

平太结巴起来。

工藤："你父亲怎么啦？"

平太："是……他是个瘸子！"

工藤："是吗。下一个！"

是桥本治。

阿治："长野县下伊那郡鼎村，桥本治！"

13. 阿治的回忆

阿治坐在汽车上。

车轮的轰鸣声。

远处传来姐姐阿银穿透轰鸣声的大声喊叫。

"阿治！"

14. 宿舍

阿治："是，我想早点儿死！"

工藤："什么？想死？"

阿治："是的。"

工藤："下一个！"

江波洋一站了起来。

洋一："岩手县稗贯郡矢泽村，江波洋一！"

15. 洋一的回忆

洋一的家。

紧逼着问道。

洋一："您不能反悔。"

父亲贞雄苦涩的表情抱着胳膊。

洋一："您绝不能反悔。说服阿拓母亲的不是爸爸您吗。"

母亲史子呜咽着插嘴道。

史子："我说洋一啊……你爸爸不是答应你上海军学校或是上陆军士官学校了吗……"

洋一："为什么阿拓就行，我就不能报考海军特种少年兵呢……啊，爸爸？"

贞雄："……"

16. 宿舍

洋一："是，我……"

工藤："等等，你和林是一个村子的？"

洋一："是，是国民学校的同学。"

工藤："你都上了中学了，为什么还要志愿当特少兵呢？"

洋一："您这是什么意思？"

工藤："好……下一个！"

下一个小兵站起来。

（F.O）

17．海兵团・校场

清晨。

万籁俱寂。

校场的一角站着号手。

吹响了起床号。

喇叭声："全体起床，整理寝具！"

少年们一齐从吊床上跃起。

敏捷地放下吊床后叠好，各自收到指定的收藏场所。

工藤拿着军棍监视少年们的动作，一边指指点点，一边怒吼着。

少年们的动作还不太熟练。

其中拓二迟缓的动作犹为引人注目。

工藤的军棍落在他屁股上。

少年们的私语声、工藤的叫骂声、噪音等与画面无关的声音。

19．厕所

有二十多个门。

有一个人出来，马上就有等着的人蹿进去。还有人在敲门。

声音和噪音听起来都与画面无关。

20．盥洗室

少年们弄得乱七八糟。

少年们的私语和噪音听起来与画面无关。

工藤："水是海军的生命，不许浪费！"

21．楼梯中途的平台

跑下楼梯的脚、脚、脚。

平台上有两个大穿衣镜。

跑下来的少年们站在镜前整好服装后顺着楼梯跑下去。

拓二站在穿衣镜前。

被后来的人推开。

帽子滚落。

跑下来的脚踩在拓二的帽子上。

洋一拾起来递给拓二。

22. 校场

从营房的出入口跑出来的少年们。

按分队整理队形。

按分队或教班分列站好。

从到齐的教班开始喊号。

工藤的教班还未到齐。

拓二戴着沾满泥土的帽子终于跑过来了。

工藤喊号。

工藤："报数！"

（O.L）

23. 宿舍

少年们整齐地排好，跟着分队士的哨子声擦地。

"笛、笛，向后转！"

擦到头时，一齐转身再擦回来。

分散在适当位置监控着的、手握军棍的工藤等班主任们。

模拟甲板的地板又宽又长。

大家都精疲力尽了。

拓二汗流浃背地进来。

慌慌张张地东张西望。

工藤："林，你干什么！"

拓二跑到工藤面前报告。

拓二："林二等水兵绕校场一周完毕。"

工藤："好，干活儿去！"

工藤用军棍敲得地板砰砰作响，怒吼着。

工藤："十二教班的人都给我听着。今天只罚了林一个人，明天开始就没这么便宜了。如果点名列队时倒数第一的话，你们全都给我绕校场跑一圈！"

（O.L）

24．宿舍

桌上整齐地摆放着早餐。

伙食值日生阿治向工藤汇报。

阿治："第十二教班早餐准备完毕！"

能听见少年们的咽唾沫声。

响起了号声。

同时喇叭声。

"开饭啦！开饭啦！"

工藤："好，吃吧！"

少年们一齐入席，急忙闭目合掌。

"我们用餐啦！"

飞快地拿起筷子的少年们。

工藤："林。"

拓二："到。"

拓二立刻放下筷子起立。

工藤："今天的标语是什么，你说说看。"

拓二："是。"

工藤："标语贴在哪儿啦？"

拓二："是，贴在穿衣镜旁边了。"

工藤："那你说说看。"

拓二："是……"

拓二想不起来。

25．楼梯平台

穿衣镜前用大字写着的标语。

完成圣战落在我等双肩

坚忍不拔的海军之魂要刻苦磨练

26．宿舍

拓二怎么也想不起来。

拓二："我忘了。"

工藤："好，不许吃早饭！"

拓二颓丧地坐下。

工藤："江波，你来说。"

洋一："是。"

洋一背诵标语。

工藤："好。"

少年们贪婪地吃着。

拓二一个人可怜巴巴地坐着。

（O.L）

27．教室

少年们在上英语课。

教官是吉永中尉。

洋一的声音："上午在教室上课。早晨八点开始上基础课。课程有英语、数学、语文、历史、地理、物理、化学、修身……英语教官是吉永中尉，他是毕业于东京帝国大学的文学士；语文、历史、地理是国枝少尉，他毕业于国学院大学；化学、数学的教官是山中中尉，他还没到任……"

28．校场

少年们在接受持枪训练。

（O.L）

学习旗语的少年们。

（O.L）

少年们在做徒手体操。

（O.L）

29．海

少年们在进行帆船训练。

拓二划桨姿势不对，掉进海里。

接着阿治也落水了。

拼命挣扎想游上船的拓二和阿治。

工藤用钩竿推开他们。

洋一不由地抗议道：

洋一："教班长，林不会游泳。"

工藤用钩竿将洋一推下水去。

拼命要抓住帆船而挣扎着的拓二、洋一和阿治。

工藤无情地推开他们。

拓二体力耗尽要沉下去了。

工藤伸过钩竿把他拉了上来。

抓住胸脯拉起来后，一边扇他嘴巴子一边骂道：

工藤："你以为帝国海军军人不通水性就能完成任务吗！"

手抓住船帮疲惫的洋一和阿治。

工藤用钩竿敲他们的手。

落入水中挣扎的二人。

工藤："知道吗，这就是海军式游泳训练法！"

愤恨地看着工藤的少年们的脸。

（O.L）

30．宿舍

少年们在整理内务。

洋一的声音："六月二十日，星期日。没有上课和训练。也不允许外出，上午整理内务……"

工藤来了。

吹了下哨子。

工藤："原地听着：下午给家里写信。可以如实写写海军的生活和感受，明白了吗！"

"哈意！"

少年们大声回答，高兴地互相交换着眼神。

（O.L）

少年们在写信。

吉永走过来，对洋一说道：

吉永："在给家里写信吗？"

洋一："立正！"

吉永："好，坐下，接着写吧。"

洋一："是。"

吉永注意到背对大家、独自站在窗边的阿治。

吉永走过去。

吉永："你已经写完了吗？"

阿治惊讶地回过头来。

阿治："是……没什么可写的。"

吉永："没有？"

吉永看出阿治有些郁闷。

吉永："如果没有的话，就报个平安吧。"

拍拍阿治的肩后，吉永走了。

阿治："……"

阿治低头站着。

望着远去的吉永，阿武对洋一小声说：

阿武："吉永中尉真好啊……"

平太嗤笑着看看二人小声说：

平太："阎王工藤、慈悲吉永……"

工藤过来了。

平太慌忙缩了缩脖子。

工藤："写完的信由值日生收齐后交给班主任。"

31．班主任室

晚上。

工藤在检查少年们写的信。

平日难得一见的表情。

每看完一封就在小本上记些什么。

32. 宿舍

熄灯后。

少年们上了吊床。

平太对旁边的阿治小声说话。

平太："我也没写。"

阿治："……"

阿治猛地抬起头看着平太。

但马上又望着天花板反问。

阿治："为什么？"

平太："什么为什么……"

阿治："你好像只有父亲吧？"

平太："……"

阿治："是你的亲生父亲吧？"

平太："父亲打了我。当他知道我背着他悄悄报名后……"

阿治："他那是舍不得你啊。"

阿治的脸。

33. 阿治的回忆二

那是经营杂货铺的叔叔夫妇的家。

与阿治对面而坐的是叔叔他吉和阿铃。

阿治："叔叔，你无论怎样都不让我去吗？"

阿铃："那还用说。你要是走了，姐姐会难过的。而且……
说不定哪天他爹也会被征走的。"

他吉："你即使不报名，到了二十岁也要被征走的，何必现在就走呢。"

阿治："我要是不在的话，就少个干活的吧。"

阿治的话不像从孩子嘴里说出的，语气有些讽刺意味。

他吉："你说什么？我们不是那个意思。"

阿治："也没有借口找姐姐要钱了吧。"

阿铃："胡说什么，这倒霉孩子！"

他吉："添了这么多麻烦……你就一点都不心疼姐姐吗？"

阿治一字一顿地说道：

阿治："我就是为了让姐姐过得更好才去当兵的。"

34．宿舍

望着精致的天花板的阿治。

阿治："我……连爸爸妈妈的面都没见过。"

工藤："躺着听我说！"

在吊床中顿时紧张起来的少年们。

他们担心又要挨训了。

工藤："看看你们现在这样子，还没退掉国民学校的学生味儿。不仅如此，你们简直就像幼儿园的孩子。这就是证据。"

工藤将手中的信狠狠地摔了摔。

工藤："什么……'训练很辛苦'啦，'想家'啦，'做梦都想回到妈妈怀里'啦……你们哪里还像个帝国海军军人！"

少年们在吊床上紧张起来。

工藤："我们海军用不着如此恬不知耻地写信给家人发牢骚的家伙，去死吧！"

工藤在吊床下边走边往里面扔信。

工藤：“这次就饶了你们。给我重写！”

洋一的胸膛上也落下一封信。

洋一慌忙塞到毛毯里。

工藤：“林。”

拓二：“到！”

拓二噌地抬起了上半身。

工藤：“回头到班主任这儿来一下。”

工藤说完就走了。

拓二：“……”

拓二恐怖地蜷曲着身体。

洋一悄悄问他。

洋一：“你写了些什么？”

拓二：“我……”

拓二从吊床上下来开始穿衣。

担心地抬头望着他的少年们。

35．班主任室

敲门声。

工藤：“进来！”

拓二进门。

拓二：“报告，林来了。”

工藤：“坐下。”

拓二：“是。”

拓二没坐。

工藤：“我让你坐下。”

拓二：“是。”

拓二战战兢兢地坐下。

工藤："念！"

工藤把拓二的信扔到桌上。

拓二："是。"

拓二听天由命般地开始读信。

拓二："夫人，您好吗？洋一和我都很好。到七月份我就能领到三块五毛钱了。从下月开始我每月给妈妈寄三块钱。我寄给您，请转交给我妈妈，别让我爸爸知道。再见。"

拓二念完后无精打采地低下了头。

工藤："为什么给江波的母亲写信？"

拓二："我父亲……要是父亲知道的话……"

工藤："你父亲是不是酒鬼？"

拓二："是。"

工藤："你有许多弟弟妹妹吧？"

拓二："是，有三个妹妹两个弟弟。"

工藤："那他们还让你报名参军啊。"

拓二："阿洋……是江波练习生的父亲来动员的。"

36．拓二的回忆二

洋一的家。

拓二和八重。

对面是贞雄。

贞雄："拓二已经是个壮劳力啦。放他走你可能会为难，但有国才有民啊。现在是非常时期，不能只考虑自己啊。"

八重："……"

八重内心在激烈斗争着。

贞雄："而且，三年后就会升为下士了。到时不仅能给你寄钱，就是为拓二着想，总这样下去，他一辈子不过是个平头百姓罢了……而且，他不会只当个下士，只要他努力学习也许会当上军官的。"

史子端来了茶。

史子："可是，不管怎么说，他还是个孩子啊。八重肯定也舍不得吧。"

八重下定决心似的抬起了头。

八重："先生，让拓二去当海军真有那么好吗？"

贞雄："那还用说。帝国海军军人当然比平头百姓强多啦。"

八重："先生，那就拜托您啦。"

贞雄："噢，下定决心啦？"

史子："八重。"

八重："夫人，我从小就受苦，已经习惯了……但我不想连累拓二。"

37. 夜间的稻田

借着星光八重在插秧。

"娘！"

八重听到叫声回过头来。

拓二担来了秧苗。

八重："真是的，你怎么……我不是告诉你娘来干这些吗？"

拓二："娘你一个人干的话，就是一夜不睡也插不完哪。"

八重："好了快去睡觉吧。你明天还要去当海军哪。"

拓二默默地插起了秧。

八重想说什么。

但又把话咽了回去。

八重："对不起你啊，有那样一个没出息的爹……"

八重与拓二并排插起了秧。

对面的歌声越来越近。

英勇战斗，建立功勋，

不获全胜，誓不回乡。

八重回头看。

八重："你爹他又喝醉啦。"

父亲弥吉拉着排子车出现。

弥吉："你们还在干活哪。明天你就要当海军的人啦……你这么玩命干一定能发财喽……哈哈哈。"

八重和拓二默默地继续插秧。

弥吉下到田里，向二人的方向走去。

弥吉："差不多就得了。要是你自己的地还能赚几个钱，可这块地是老爷的呀。"

八重："不是你为了减些地租才决定插这块地的吗？"

弥吉："噢，是吗？"

八重："明天就要去当海军的儿子还这么辛苦地在干活，你却只顾喝酒……遭天杀的！"

弥吉："遭天杀？……别干了，我说别干了，听见没有！"

弥吉突然发疯了似的将二人插的秧苗拔掉。

八重："他爹，你干啥？"

弥吉推倒了前来阻止的八重。

弥吉："种它干啥？"

八重："住手，他爹，你住手！"

八重抱住弥吉的腿。

拓二向弥吉扑去。

但被推倒了。

弥吉："拓二！"

拓二爬起来一言不发地上前揪住弥吉。弥吉想推开，但无力地摇晃着摔倒了。拓二骑在他身上猛打一气。

八重："拓二，住手。"

八重起身后继续将倒伏的秧苗重新插好。

八重："不赶快插的话，你出发前就干不完了……"

拓二离开弥吉，继续帮八重插秧。

弥吉脸埋在泥里，凝视着星空。他的眼睛含着眼泪。

弥吉："孩子他娘……拓二……快看……星星多美啊……"

八重和拓二继续一言不发地插秧。

38．班主任室

工藤背着脸。

工藤："……你一直干到出发的那天早晨吗？"

拓二："是，因为去年歉收，为了补交欠下的租子才……"

工藤："好，你回去睡觉吧。"

拓二："……？"

拓二不解地看着工藤。

工藤："回去睡吧。"

拓二："那这封信……"

工藤："给你寄出去。"

拓二："这……可以吗？"

工藤背着脸点了点头。

拓二："好，那我回去了。"

拓二放心地走出了房子。

工藤点了支烟。

烟熏得他皱着眉头将拓二的信又读了一遍。

工藤粗暴地在烟缸上掐灭了刚点着的香烟，将拓二的信装进信封。

（F.O）

39. 校场

少年们在做体操。

整个校场美丽壮观。

对面的山中中尉走向兵营。

洋一的声音："七月二日，教官山中中尉到任。他毕业于东京大学理学部、预科学生出身,预计负责教授数学、物理、化学……"

40. 教官室

吉永和山中高兴地互相握手。

吉永："怎么来这么晚？我是翘首以待啊。"

山中："从台湾到这儿的船很少……你是先到任的教官了啊。"

吉永："我来介绍一下……国枝少尉！"

吉永回头冲着对面的桌子喊国枝。

国枝："是。"

吉永："这是教数理科的山中中尉。和我是高中以来的铁哥们。

国枝："我是国枝少尉……教语文、历史、地理。"

山中："请多关照。"

山中行礼后靠近窗边。

国枝对山中的冷淡有些不满。

吉永："这家伙学生时代就清高……一点儿没变啊。"

吉永解释似的说完后走到山中的旁边。

41. 校场

做操的少年们。

很美丽。

42. 教官室

并排站在窗边的吉永和山中。

吉永："真好啊，孩子们……战争结束后，我都想到小学或中学去教书。"

山中："……"

山中嘴边现出微笑。

但是他的眼神暗淡无光。

吉永："可是上次，我真服了。"

43. 教室（回忆）

吉永在黑板上写着英语。

写完后转过身来。

吉永："江波，你来念。"

洋一："是。"

洋一站起来。

可只是看着黑板，默不作声。

吉永："怎么啦？你不是读到初二了吗？"

洋一："教官，我想提个问题。"

吉永："什么问题？"

洋一："我们为什么要学敌国的语言？"

吉永："……"

洋一："我们……我是为了尽快拯救祖国于危难之时才志愿来当特少兵的。我认为在这里学习敌国语言纯粹是浪费时间。"

吉永："你是说学英语没用吗？"

洋一："是，是的。与其学英语，还不如学些直接用于打仗的东西呢。"

吉永："……"

盯着洋一的吉永慢慢地巡视着少年们。

吉永："和江波有同样疑问的人举起手来。"

少年们一时踟蹰。

阿武举起了手。

好像受他影响似的大都举起了手。

44．教官室

吉永和山中依然并肩站在窗边望着少年们在做操。

山中："……"

山中抿嘴一笑。

吉永："海军里像盆啊脸盆什么的许多词都用英语……而且有时还要对开战国或中立国的军舰船只进行临检。再说，要想成为海军的主力干部必须有一定的素养……因此英语是必须要掌握的。"

山中："……"

山中又抿嘴一笑。

吉永："当时我好不容易才蒙混过关……可面对着纯真的孩子们总不能马马虎虎的吧。"

45. 校场

少年们继续做操。

46. 教官室

凝视半天的山中离开了窗边。

山中："你住在哪里？"

吉永："我住在兵营里。可以的话，希望你也这样。"

山中："教官必须要住在兵营里吗？"

吉永："没有规定。但是，我想这样可以和学生们接触的时间多一些。国枝少尉也是这么想的。"

山中："我想租房住。"

吉永："山中……"

山中："初级数学和物理我还能教教，至于军人精神嘛，不巧我丝毫不懂……决定让我调到这里当教官时，我想这下可以多活几天，就高兴地来了。我就是这么一个人……"

国枝不高兴地看着山中。

47. 校场

正在休息的少年们。

工藤吹响了哨子。

工藤："集合！"

排队的少年们。

工藤："现在开始军歌演习。向右——转！"

少年们成圈形前进。

走在前面的工藤放开嗓子唱起了一段军歌。

跟着唱的少年们。

(O.L)

48．礼堂

少年们在拼命答题。

站在适当位置监督的吉永、工藤等教官、班主任。

洋一的声音："七月三十日，第一次基础课考试，按惯例，成绩最差的班要罚做值日。

（O.L）

49．宿舍

吉永和山中在走路。

每个宿舍都在吃晚饭。

少年们看起来食欲旺盛。

吉永突然停住脚步。

是第十二教班。

少年们被罚支桌子。

工藤叫骂着。

工藤："你们都给我好好听着！同样上课，你们的考试成绩不如别的班，说明你们努力的不够……就好比打了败仗。你们的生命就会葬身大海！"

吉永走近工藤。

吉永："工藤班主任，饶了他们吧……考试成绩不好，不光是他们努力不够，我们教官教的也有问题。"

少年们的脸上现出放心状。

工藤："谁在那儿偷懒！"

工藤用军棍敲着地板怒吼着。

吉永："工藤班长……"

工藤："教官，在宿舍的教育是我们班主任的职责所在。"

工藤说完后用军棍敲打平太的屁股。

工藤："宫本，给我支好了！"

工藤在少年们背后用军棍敲敲打打地巡视着。

工藤："怎么样？肚子饿了吧……想吃饭就要先反省一下为何不努力学习……嘿！"

工藤的军棍又飞向少年们的屁股。

吉永转身走出。

山中抿嘴一笑紧随其后。

（O.L）

50．校场

站在一角的号兵吹响了军号。

是熄灯号。

营房窗户的灯光一齐熄灭。

51．宿舍

吊床中的少年们。

大家都因空腹而睡不着。

平太："我肚子饿得直叫。"

阿武："就为一个动作慢的家伙，害得我们大家都跟着吃瓜落儿。"

拓二抱歉地缩在那里。

眼睛闪着泪光。

不知谁从对面附和着阿武。

"从明天开始我就逃学，因为再努力也白费。"

阿武："讨厌，为什么非把我分到这班呢。今儿也挨罚，明儿也挨罚……最后非得罚成皮包骨头不可。"

拓二沮丧地抽泣。

洋一小声说：

洋一："林，别往心里去。"

阿武："哎呀，我怎么就这么倒霉啊。"

对面吊床的阿治尖锐地制止。

阿治："栗本，你说够了吗？净说些没骨气的话。"

阿武："什么？没骨气……什么叫没骨气？"

阿治："你的牢骚也太多了点儿。"

阿武："我只不过实话实说。"

阿治："你应该替林想想。像你这样的利己主义者，我讨厌。"

阿武："你敢。"

阿武把枕头向阿治扔去。

阿武："凭什么说我是利己主义者。"

阿武从床上跳下来。

阿武："桥本，你给我下来！咱们要说道说道。"

阿治："好。"

阿治从床上跳下来。

洋一："算了吧，规定不许打架。否则又要被罚啦。"

阿武和阿治扭在一起。

工藤出现了。

工藤："嘿！"

工藤用力撞开二人。

工藤："你们是为了打架才来当海军的吗？"

阿武："他……因为桥本说我没骨气来着。"

阿治："因为栗本一个劲儿地发牢骚……"

工藤："好，你们俩跟我来。"

工藤出去。

阿武和阿治对视着踌躇不前。

470
×
471

工藤的声音："还不快来！"

二人："是。"

阿武和阿治赶快跑出去。

52．夜晚的校场

工藤带着阿武和阿治。

工藤："来，就在这儿打吧。"

工藤停住脚步对二人说。

二人："是。"

阿武和阿治对视着踌躇不前。

工藤："还磨蹭什么？在这儿不会影响任何人，给我打呀！"

二人踌躇不前。

工藤："我让你们打，打呀！"

阿武："班主任，我不打了。"

阿治："是我不好。"

工藤："混蛋！"

工藤用军棍狠抽他们的屁股。

工藤："你们算什么海军军人。想打架就往死里打吧……打，给我打！"

工藤又打起二人来。

53．宿舍

拓二悄悄地下了吊床。

洋一："林！"

拓二："我得找班主任去。他们俩可能受罚……"

洋一："别去，你这不找挨批嘛。"

拓二："都是因为我的成绩不好引起的。"

54．校场

阿武和阿治两人打得不可开交。

工藤拄着军棍盯着他们俩。

二人像野兽似的狂吼着扭成一团倒下。

拓二悄悄靠近。

瞪大眼睛吃惊地望着二人在格斗。

工藤怒喝。

工藤："瞧你们那熊样……是海军军人就要像海军军人那样打架！"

二人争斗更加激烈。

拓二跳出来。

拓二："别打了。是我……都怪我不好……要打……就打我吧！"

拓二哭泣着站到两人中间。

工藤一言不发地揪住拓二项后的头发把他推到一边。

倒在地上的拓二痛哭起来。

阿武和阿治停住打架的手看着拓二。

工藤："谁说让你们住手啦？给我打，直到打死为止！"

又互相揪打的阿武和阿治。

(O.L)

55．白天的校场

烈日暴晒下的少年们，在进行班际橄榄球比赛。

其中有鼻青脸肿的阿武和阿治。

第十二教班胜了。

互相抱着肩膀高兴得跳起来的阿武和阿治。

（O.L）

56．会议室

以分队长原大尉为中心，坐着分队士、吉永等教官、工藤等班主任们。

原："副大队长通知要大家就特少兵的教育提出具体意见。请大家畅所欲言……老教官先讲。"

原回头看着吉永。

吉永："是……"

吉永站起身来。

吉永："小事我就不说了，我想就特少兵教育的根本问题谈点儿感想……我们负责的学生是还不到十五岁的孩子。所以，我认为在教育他们时不适用以前的惩罚主义。惩罚主义只会徒然激起竞争心理，表面上看好像取得了一定的效果，实际上却事与愿违。为了逃避惩罚，无论如何也要赢了其他班。为了能赢而不择手段……这样，不可避免地会培植了最不应有的利己主义思想，对于以集体生活为本的海军来说，这是最令人担忧的……因此，我想应向上呈报纠正以往的惩罚主义。"

吉永坐下。

原："还有谁发言？"

工藤举手。

工藤：“分队长。”

原：“工藤上士。”

工藤站起来。

工藤：“我反对吉永中尉的意见。我不懂什么大道理。但是，我们、还有我们的前辈都接受的是惩罚主义的教育。但是，我认为我们并没有像吉永中尉说的那样养成了利己主义。恰恰相反，上下一致、坚如磐石、共同对敌的海军精神就是靠惩罚主义锤炼出来的。”

吉永插话。

吉永：“工藤上士，我所说的不是一般意义上的教育。我们的对象还是孩子……请你认识到这一点。”

工藤：“并不是我要反驳你……他们也许是孩子，但更是海军军人。”

吉永：“孩子的心最容易受到伤害……回想一下那时的自己，工藤上士也会明白吧……我认为：教育就是爱，只有靠爱才能达到教育的目的。”

工藤：“不对，我认为要靠力量。我不知道地方的学校怎样，海军的教育就是力量。靠力量硬灌……不，是用身体学，这就是海军的教育。”

吉永：“我说的是特少兵。虽然他们有海军军籍，但他们现在处于接受成为军人的教育阶段……我认为更应重视用爱心进行教育。”

工藤：“那我倒要请教，教官所说的爱是指什么呢？”

吉永：“这个……”

吉永一时语塞。

但马上反问。

吉永："工藤上士所说的力量……教育上的力量又是指什么呢，请赐教。"

工藤："就是这个！"

工藤握紧拳头咚地砸向桌子。

工藤："还有军棍。不是用脑袋学，而是用身子记。"

吉永："这就是野蛮。即使是海军的传统，该改的就得改，否则进步不了……"

原："这个问题回头再讨论，别人还有吗？"

原打断了两人的争论。

原："山中中尉……"

山中："啊，我没什么……"

正在涂鸦的山中嘴边浮出讽刺的微笑。

57. 教官室

窗边的吉永。

山中瞥了吉永一眼说。

山中："教育是靠爱还是力量……我倒赞成工藤上士的意见。"

吉永："……"

吉永怔怔地看着山中。

山中："我不懂什么爱呀力量啊，怎么着都行。但有一点是毋庸置疑的，那就是如工藤所说的那样，特少兵们首先是海军军人。"

吉永："你是说，所以就不用改掉惩罚主义了吗？"

山中："当工藤上士问你什么是爱时，你好像没答上来吧？"

吉永："这个嘛……"

山中："你为什么没按在学校学的和字典上写的回答呢……

是什么没能让你回答的呢？因为人际交往不是在学校学的知识那样空泛，所以，你没能答上来。"

吉永："……也许是吧。"

吉永沮丧地低下了头。

吉永："教育就是爱……你的话太空洞了。就连我听着也……觉得工藤上士讲得很真实。"

吉永："可是……我认为教育就是爱。我不能容忍用惩罚主义来锻炼那些年幼的孩子们。"

山中："如果你坚信教育真的是爱的话，你为什么不反对特种少年兵制度呢？你还帮着进行把这些孩子逼入死地的教育，还谈什么爱！"

吉永："山中！"

国枝："山中中尉！"

国枝严厉地叫道。

山中："哦，刚才是开玩笑……哈哈哈，开玩笑。"

山中出去了。

58. 校场

早晨。

点名之后。

少年们在班主任的指挥下齐声高呼军人告谕。

"第一，军人要以尽忠为本。"

（O.L）

手握上着刺刀的枪的少年们。

工藤："冲啊！"

"冲啊！"

少年们呼喊着向摆在校场一角的稻草人冲去。

（F.O）

59．宿舍

晚饭后的某时。

少年们有的在闲谈，有的在整理内务——和睦的气氛。

值日生洋一走过来。

洋一："大家听着。被念到名字的人到班主任那儿去拿信。"

少年们骤然面露喜色。

洋一念名字。

洋一："栗本武……桥本治……林拓二……"

被叫到名字的少年们都大声应答。

"到！""到！"

60．班主任室

阿武在工藤面前读妈妈寄来的信。

阿武："……栗本家是会津藩士的后代，你也知道，你父亲、你祖父、伯父们都立下了无数战功，为祖国献出了生命。我日夜在神佛前祈祷：希望你也为国尽忠，光耀门楣……"

念信声串下一半——

61．阿武的回忆二

墓地。

小山坡上。

美丽的绿叶。

栗本家代代祖先之墓

巨大墓石前的阿武和母亲昌子。

还有老和尚。

脚下的提桶里放着花。

和尚："阿武，你好好看看。"

和尚环视墓地，对阿武说。

和尚："那是你曾祖父的墓地。是戊辰战役时为了守护鹤城而牺牲的。它旁边是在日清战役中战死的祖父……再旁边是你祖父的弟弟公次郎，和我在一个私塾上学……死于日俄战争的沙河之战。他立过大功，还得到过金鸢勋章呢……这个是你的伯父贞介……在西伯利亚战死……兄长死后，你父亲继承了家业，在中日战争中也战死了……你还记得葬礼时的事儿吧……"

阿武："记得。"

和尚："像你家这样有这么多人为国捐躯的光荣之家，在日本也不多见啊！加入海军后，你一定要将此事铭刻五中啊。"

阿武："是！"

和尚："我还有事，就告辞啦。"

昌子："谢谢您啦。"

和尚走了。

伫立凝视的阿武和昌子。

阿武的目光移向提桶。

阿武："母亲，花儿剩下了……"

昌子回过神来。

她轻轻地在提桶前蹲下，小声自语着。

昌子："还是花骨朵儿呢……真舍不得丢掉啊。"

昌子像戴着面具一样的面孔下流露出悲哀。

阿武："母亲。"

阿武凝视着母亲的侧脸。

阿武："如果我死了……就剩下您一个人时，也请您不要落泪。"

昌子吃惊地看着阿武。

阿武凝视着母亲的眼睛。

昌子移开视线。

眼睛闪着泪花儿。

62. 班主任室

阿武出去。

与此同时，阿治进来。

工藤把信放在阿治面前。

工藤："桥本银……是你姐姐吧？"

阿治："是。"

阿治拆开信念起来。

阿治："敬启者。你好吗？姐姐从上个月就到三岛来了。这儿离横须贺很近，而且，客人多是军人，我很喜欢这儿。你需要什么尽管说，我一定设法寄去。"

阿治想将念完的信递给工藤。

工藤："不用了，你收好吧。"

阿治将信装进信封。

工藤："你姐姐干什么的？"

阿治："……"

阿治一时语塞。

但以内心挣扎后的语调说：

阿治："姐姐是女招待……不，是妓女。"

工藤吃惊地看着阿治。

又慌忙转移视线。

工藤："你是在叔叔家里长大的吧？"

阿治："不是。"

阿治生气地说。

63．阿治的回忆三

叔叔家。

围着火炉吃饭的阿治和叔叔夫妇。

年幼的表弟妹们。

阿治想从盆里盛饭。

阿铃用白眼瞪着他。

阿铃："往哪儿盛这么多饭啊……都上高小了还一点都不懂得客气。"

阿治盛饭的手停住了。

但又反抗似的盛得满满的。

阿铃："阿银这丫头哪怕是给弟弟寄点儿饭钱呢……"

阿治："姐姐不是来信说病了吗，还说下月一起寄来……"

阿铃："阿银可能是病了，可你的胃口并没有病啊……还上过学呢，一点儿都不懂事儿。"

阿治气愤地将饭倒进盆里。他吉怒吼道。

他吉："阿治！"

火筷子飞向阿治。

64．班主任室

阿治："是姐姐养活了我。为了能得到姐姐寄来的钱，叔叔他们……"

工藤："别说了。"

阿治出去。

拓二进来。

工藤将信放在拓二面前。

工藤："是你妈妈来的信。她的字写得真好啊。"

拓二："不，我想是请老师的夫人替她写的。"

工藤："是江波的母亲吗？"

拓二："是。"

拓二开始念信。

拓二："知你平安，皆大欢喜。本月钱已收到，谢谢。但下个月你就不必寄钱来了。你父亲已经戒酒了。是看到你寄来的钱后改过自新的。再说你也需要一些零花钱，请不要挂念家里。听说二等水兵的薪金只有三块五毛钱，你怎么每月寄给我们五块钱呢？令人担心。下封信你要详细地告诉我。"

拓二抬起了头。

拓二："五块钱……班主任，我只寄了三块……"

工藤："一定是江波的母亲错把三块听成五块了吧。"

拓二："可是……"

工藤："好，班主任给你妈妈回信。"

洋一进来。

洋一："分队长叫您哪。"

工藤："好。"

65. 分队长室

吉永、山中、国枝等围着原在商量事情。

吉永："大部分都是第一次学英语，我觉得初一的水平即可；语文和数学可以用初二的教材。"

原："是吗……关于教育我是外行，就拜托诸位教官啦。"

工藤进来。

工藤："工藤上士报告。"

原："工藤上士，姓林的小兵是你那个班的吧？"

原边问边从桌子的抽屉里取出一封封好的信。

原："江波史子……也就是林小学老师的夫人来了这样一封信。"

原将信递给工藤。

工藤开始看信。

原："因为每月寄的钱多，所以他母亲有些担心。"

吉永："寄钱……林在给父母寄钱吗？"

原："据说每月寄五块钱。但薪水只有三块五毛钱，她让我们查明原委后告诉她……难道说……不会是……"

原问工藤。

工藤："不，林不是那样的人。"

原："可是真奇怪啊。"

工藤："我想……一定是……同班的人同情他。这里还有他的小学同学呢……"

工藤的话一反常态地含混不清。

原："是吗，总之，你要把这件事给我查清楚，并把结果告诉那位夫人。"

工藤："是。"

工藤出去。

吉永："林……这是真的吗？"

吉永不相信地问原。

原："你们也许不会相信……现役军人倒是有很多给家里寄钱的……林这个学生家好像很穷啊。"

吉永："……"

吉永目瞪口呆的表情。

（O.L）

66.教官室

吉永仍沉浸在感动中。

吉永："山中，你能相信吗……一个年仅十四岁的孩子会把薪水全部寄回老家。"

山中："你好像很受感动似的啊。"

吉永："那当然了。我到现在也不相信这是真的。"

山中："那是因为你是个幸福的家伙。"

吉永："什么？"

山中："受感动算是好的……我可要气死了！"

吉永："为什么？"

山中："你还问我……你这个傻海军啊。"

吉永："你说什么？什么叫傻海军？"

山中："一个来当兵的十四岁的孩子却要担心家用，置这样的贫穷而不顾的，算是什么国家！……究竟我们拼命保卫的是什么样的国家！"

吉永："……？！"

吉永被触动了。

山中："噢，在我当兵期间本不该考虑这些事的，刚才的话算我没说。今天晚上你就沉浸在感动中美美地睡上一觉吧……再见。"

山中出去。

吉永："……"

吉永走到窗边站住。

67. 校场

漆黑一团。

（F.O）

68. 武山海兵团·正门

小兵的家属们进门去。

洋一的声音："八月的第二个星期日，第一次允许我们和家人见面。"

69. 营房·出入口

少年们的喜悦之情溢于言表。

其中有洋一、阿武、拓二等。

70. 宿舍

阿治吹着口琴。

窗边站着平太，背冲镜头。

平太坐到阿治旁边。

阿治停止吹口琴。

阿治："你还是到营门口去吧。"

平太："不会来的……他才不会来呢，这个臭爹……"

平太摆好椅子仰面朝天地躺下。

阿治站起来走到窗边。

阿治："会见室都装不下了，满校场都是。"

平太："……"

71．校场

树荫下站满了孩子和家人。

昌子和阿武一起找树荫。

阿武："啊，是教官。"

阿武站住行礼。

吉永过来了。

微笑的还礼后想走过去。

阿武："教官。"

阿武叫住他。

阿武："这是我母亲。"

吉永："是吗，来看阿武的……我是吉永中尉。"

吉永跟昌子打招呼。

昌子无言地深深鞠了一躬。

吉永："栗本，你可要好好跟妈妈撒撒娇喽。"

阿武："是，教官要外出吗？"

吉永："我去山中的住处看看……再见。"

吉永冲昌子点头示意后走了。

阿武："吉永中尉是东京帝国大学毕业的。是个亲切和蔼的好人啊。"

昌子："……"

无言地点点头，目送吉永。

樱花树荫下，史子、洋一和拓二。

史子："快吃吧……这些烤饭团还是阿拓的爸爸妈妈帮着做的呢……"

拓二："听说我爹戒酒了，是真的吗？"

史子："当然是真的……这都是因为阿拓孝顺啊。你爸爸说洋一也应该学着点儿。"

拓二："不，江波……我净给阿洋添麻烦。还连累了全班……"

洋一："没有的事儿。今后你不必再为家里的事儿担心啦，好好干吧！"

拓二："嗯。"

72．正门·前面

阿银抱着包袱站在那儿。

她扮作良家妇女，但还是露出一些马脚。

吉永出来。

从阿银面前走过。

阿银犹豫了一下。

还是鼓足勇气叫住他。

阿银："大尉先生。"

吉永："是叫我吗？"

阿银："是，想求您点儿事儿行吗……大尉先生。"

阿银嬉皮笑脸地说。

吉永："我是中尉。"

阿银："哦……我对陆军很熟……对不起。"

阿银边说边掸吉永肩上的灰尘。

吉永不知所措地反问。

吉永："是什么事啊？"

阿银："您能把这个交给我弟弟吗？……求您啦。"

阿银双手合十轻轻作揖。

吉永："弟弟？今天是会面日，你可以和他见面直接交给他……你只要在警卫室说出分队名和姓名，马上就会给你找到的。"

阿银："可我不想见他。"

吉永："？"

阿银："他写信说能见面，我才勉强来了……可是，我又不愿意让弟弟难为情……"

吉永："为什么啊？"

阿银："这你应该明白啊，中尉先生……肯定知道我是做什么的女人……"

吉永："……"

吉永不知如何回答。

阿银："求求您……就替我交给他吧。"

吉永："可是，这个海兵团有几千个军人啊……我是负责小兵的。"

阿银："太好了，我弟弟就是小兵。"

阿银从怀里掏出纸条。

阿银："……在武山海兵团××分队十二教班。"

吉永："我就在这个分队。你弟弟叫什么名字？"

阿银："叫桥本治，是中尉先生的部下吧？"

吉永："也不能算是部下……你是桥本的姐姐吗？"

阿银："太好了，能碰到你……那就拜托了。"

吉永："里面是吃的东西吗？"

阿银："嗯……汽水瓶里是酒，还有这个……"

阿银小心翼翼地从怀里掏出小纸包。

阿银："这是御赐的香烟，是一个班长送给我的。"

吉永："小兵禁止烟酒。请你拿回去吧。"

阿银："可我弟弟也是军人啊。"

吉永："但是，因为他尚未成年……"

阿银："是吗……那中尉先生，就请您享用吧。"

吉永："不用，因为我也不会抽烟喝酒，还是你拿回去吧。在地方上，这东西也很珍贵的。"

阿银："好，那就依您……给您添麻烦了。"

吉永："好，我现在就给他送去。"

吉永转身向大门走回去。

阿银："对不起，劳您驾了……但是，希望您别告诉任何人他有我这样一个姐姐！"

73．宿舍

平太躺在床上。

阿治坐在他的脚旁。

平太："你不是有个姐姐吗？还说搬到三岛来了。"

阿治："……"

阿治吹起口琴。

平太："我爹是共产主义者。"

平太突然冒出一句。

阿治吃惊地停了一下。

又接着吹起来。

平太："我爹竟然说咱们穷人没必要为国卖力。"

阿治仍在继续吹口琴。

平太：“像他这种叛徒就应该永远关在监狱里。”

从平太的眼里流出泪水。

吉永进来。

阿治：“立正！”

两人慌忙起立敬礼。

吉永：“好……桥本，你看。”

阿治：“……”

阿治惊讶地接过小包袱。

吉永：“是你姐姐让我给你带来的。”

阿治：“姐姐！”

吉永：“在路上碰到的。说是有急事必须赶回去。”

阿治咬着嘴唇低下头。

吉永的脸上掠过了一丝难以觉察的表情。

但又故意快活地拍了拍阿治的肩膀。

吉永：“你有个好姐姐啊，她非常遗憾不能见到你。”

阿治：“……”

吉永：“宫本，也没有人来看你吗？”

平太：“是。”

工藤进来。

穿着刺枪术的防护衣，手持木枪。

工藤：“你不是出去了吗？”

吉永：“别人托我办点儿事儿……是练习吗？”

工藤：“是。”

吉永：“不是见面日吗？让他们歇歇吧。”

工藤：“这……”

工藤看看阿治和平太。

阿治："班主任，拜托了。"

平太："我也拜托您。"

吉永："喂，你们别勉强啊。"

阿治："不，我们想练功。"

工藤："好，那就做准备吧。"

工藤走了。

阿治和平太做准备。

呆站在原地的吉永。

74．校场

穿着刺枪术的防护衣的工藤、阿治和平太。

高声呐喊着冲向工藤的阿治和平太。

工藤毫不留情地撞倒二人。

工藤："什么呀，就这狼狈相怎么刺美国兵啊？再来！"

阿治和平太冲过去。

但立刻就被工藤撞到在地。

工藤："来呀！"

爬起来后再次冲过去的阿治和平太。

在树荫下呆呆地望着这激烈骇人的练习场面的少年和家属们。

75．镇上

阿银在走着。

走到大众餐厅前停住了脚步。

拿出钱包，窥视里面。

进餐厅。

76．大众餐厅·里面

吾市用借来的毛笔在包裹上写收件人姓名。

阿银走进来。

坐在旁边那桌。

阿银："有米饭没有？我有餐券……"

老板娘从对面回应。

老板娘："不巧卖完了。海藻面行吗？"

阿银："我多给你钱还不行吗？我没吃早饭就去看当水兵的弟弟去了。"

老板娘："实在对不起。"

吾市递过来摊在桌上用竹笋皮包着的饭团。

吾市："大姐，如不嫌弃，请用吧。"

阿银："那就不客气啦……"

阿银拿起饭团。

阿银："不是白米饭……大叔，您是农民？"

说着看了看包裹的收件人。

阿银："哎，那是大叔的儿子吗？"

吾市："呵。"

阿银："那不是和我弟弟在同一个队里吗？"

吾市："什么？"

吾市惊讶地望着阿银。

吾市："大姐的弟弟也是特少兵吗？"

阿银："是啊……对，我有件好东西。"

阿银将装着酒的汽水瓶放到吾市的桌上，向对面喊。

阿银："大婶，对不起，借两个酒杯用用！"

77．校场

正门附近。

家属们恋恋不舍地与少年们告别回家。

其中有昌子和阿武，还有史子、洋一和拓二。

洋一："那么妈妈……"

拓二："谢谢您。"

二人向史子行礼。

史子："洋一……"

史子犹豫不决。

但下决心地说。

史子："你父亲不在学校干啦。"

洋一和拓二吃惊地看着史子。

洋一："哎，为什么啊？"

史子："这个……下次见到你父亲时，你直接问他吧……你们俩都当心身体啊。"

史子说完后，小跑着离去。

呆然若失地送行的二人。

拓二偷偷看了一眼洋一。

拓二："先生为什么不干了呢？"

洋一："……"

洋一伫立不动。

78．大众餐厅・里面

阿银边往吾市的酒杯里斟酒边问。

阿银："开理发店的，真了不起啊。既然特意赶来，为什么不去见见呢……这豆包儿真好吃。"

阿银抓着用竹皮包着的豆包儿咯吱咯吱地吃得很香。

吾市："即使见到儿子，我也不会说让他好好干那类的话。"

阿银："为什么？"

吾市："为了国家、为了国家，大家满嘴都是这些话，可我们穷人从未从国家那儿接受过哪怕一点点恩惠……平太出生后不久他娘就去世了。是我一把屎一把尿地把他拉扯大了。可才十四五岁就去当兵，我怎么能咧嘴对他说好好干呢？"

阿银："我能理解大叔的心情。可您要是对别人说这些的话，就会被当成共产主义者了。"

吾市："共产主义者？……我们早就被刻上印记了。我的瘸腿都拜警察所赐。他们对我严刑拷打……"

阿银："……"

阿银不知如何作答才好。

吾市："大姐，你害怕了吧？"

阿银："不。我不管您是不是共产主义者，我只知道您是个好人……"

吾市："我儿子也因为我的关系在学校饱受虐待。所以才报名参军当了小兵……当时哪怕把他打倒呢，我也应该制止他。"

吾市看表后站起来。

吾市："我要赶在邮局关门前寄出去……大姐，有缘再会吧。"

阿银："大叔，这个。"

阿银将剩有饭团的竹笋皮饭包递过来。

吾市："大姐，你吃了吧……老板娘，就搁这儿了。

阿银叫住了要出去的吾市。

阿银："大叔，这个……是客人送我的御赐香烟……"

吾市："御赐的香烟？……对不起，您的美意我不能接受。"

吾市出去。

阿银："抱歉，我吃了您带的饭……"

阿银喝干酒杯里的酒。

正要将御赐的香烟装入怀中。

但又恭恭敬敬地打开取出一支。

双手捧起放到嘴里点上火。

阿银："……"

阿银呆滞的目光凝视着远方。

突然将叼着的烟在烟缸上掐灭了。

从怀中取出"勋章"点燃。

烟熏得她皱起眉头，精神恍惚地自言自语。

阿银："还是抽惯的烟合口味啊。"

阿银将掐灭的御赐烟小心谨慎地用纸包好。

　(F.O)

79．宿舍

早晨。

少年们在收吊床。

80．盥洗室

少年们在洗脸。

81．楼梯的平台

少年们按着顺序在穿衣镜前整理服装，跑下楼梯。

82．校场及教室

少年们跑出来迅速站好队。

这一切都干脆利落，与以前大不一样。

画面分割成两块：黑板上写着爱国百人一首。

国枝在讲课。

（O.L）

83．海及教室

少年们在划船。

跟着工藤的号令有条不紊地摇桨。

画面分割成两块：黑板上写着英语。

吉永在讲课。

洋一的声音："国枝教官热心、吉永教官亲切。但是山中教官总让人觉得有些马虎草率。"

（O.L）

84．教室

少年们大多都在打盹儿。

山中只管念。

凝视山中的洋一。

洋一："我想提问！"

洋一举起手。

山中："什么问题？"

洋一："是。"

洋一站起来。

洋一："教官您不愿意教我们吗？"

少年们吃惊地看着山中和洋一。

山中面露愠色。

但马上又抿嘴一笑。

山中："必须要现在回答吗？"

洋一："是，想请您回答。"

山中："怎么说呢……说不上讨厌，老实说，也不喜欢。"

洋一："也就是说没办法才教的，是吗？"

山中："你有点太较真儿了吧。"

洋一："请您不要敷衍了事。我们一分一秒都不愿意虚度光阴。"

山中："那就在我讲课时打个盹儿养精蓄锐吧……继续。"

山中又无精打采地继续念教科书。

挺立在那儿怒目而视的洋一。

（F.O）

85．宿舍

少年们正忙着擦枪或做其他野外演习的准备工作。

洋一的声音："九月三日，从明天开始，要以十堂海岸为中心进行为期三天的野外演习。也是对我们特种少年兵陆战训练的总结。"

86．十堂海岸

在海边的沙滩和松树林中，特种少年兵们正展开大规模的演习。

以原班长为首、吉永等教官们也都全副武装参加演习。

87．松林中

黄昏。

浑身是泥的特种少年兵们随着工藤班主任的号令列队点名。

原站在高处训话。

原："今天演习的结果基本上还不错。明天准备分成红白两军进行演习。现在我们就分别投宿在附近的老百姓家里，要密切注意不要给人添麻烦，更不要做出有损海军军人体面的事来……明白吗？"

少年们齐声回答。

"哈意！"

88. 家庭旅·客房

洋一、阿武、阿治、平太、拓二围在饭桌旁。

招待他们的房东夫妇。

少年们的食欲惊人。

89. 浴室

洋一等坐得满满的在互相搓后背。

快活的歌声。

从外面传来主妇的声音。

"水温合适吗？"

拓二大声回答。

拓二："合——适，好得不能再好了。"

阿治笑着对拓二说。

阿治："林，你怎么啦？好像变了个人似的。"

90. 客房

五床被褥横跨两间房并排铺着。

少年们一拥而至。

穿着借来的睡衣。

尺寸都很长。

阿武躺倒在被子上。

阿武："哇，真舒服啊。"

少年们相继躺倒。

洋一："我们有好久没睡过这么暄乎的被子啦……"

拓二："到明天早晨，我们的骨头都可能会化掉的吧。"

平太："明天可能会下雨。"

阿治："什么？"

阿治起身从窗户望着天空。

91．天空

星光闪烁。

92．客房

阿治："怎么会呢……不是满天星星吗？"

平太："不——是。是因为林一反常态、欢蹦乱跳的。"

拓二："那是当然啦。我可是有生以来头一次睡这么软乎的被子，今晚的盛宴也是……"

拓二的声音很快活。

但语气恳切。

拓二："江波知道，俺家是村子里最穷的。幸亏俺来当海军了。这都是托江波父亲的福……江波，给老师写信时一定要代我谢谢他。"

大家被他的话所打动，四座悄然。

阿武："怎么搞的，一下子变得抑郁啦……"

阿武开始唱军歌。

大家合唱。

主妇的声音："孩子们，已经十点了。"

洋一："哈意……喂，睡觉吧。"

少年们停住歌声钻进被窝。

但难以入睡。

平太伸出腿踢了一下隔着一个人的阿治。

阿治："这家伙。"

阿治推阿武的头。

阿武："干什么？"

平太："哈哈哈。"

阿治："原来是宫本啊。"

阿武："这小子……"

少年们在被子上像小狗似的玩耍。

　　（O．L）

93．松林中

洋一、阿武、阿治、平太、拓二用树枝伪装自己。

手握刺刀枪从隐蔽处穿过。是侦察。

94．草丛中

洋一等观察敌人阵地。

95．小河

一个接一个地躬身跑过的洋一等侦察兵。

96. 海岸

像高丽鼠似的从沙丘背后蹿过的洋一等。

97. 沙滩

黄昏。

洋一等的分队正在集合。

原训话。

原："……特别是第十二教班出动的侦察兵能够准确掌握敌情，其迅速的侦察为我白军的胜利做出很大贡献。在此特别提出嘉奖。"

互视满是泥土的脸而微笑的洋一等。

原："下面解散，回各自的宿舍。明天要进行最后的演习。希望你们再接再厉，超过今天。解散！"

"敬礼！……礼毕！"

跟着工藤的号令，大家向分队长敬礼。

工藤："下面就回各自的宿舍。一定要注意不要给同宿舍的人添麻烦。"

拓二周围一阵骚动。

工藤："怎么啦？！"

工藤走过来。

拓二苍白的面孔。

拓二："教班长，我的刺刀……"

工藤："什么！"

工藤大吃一惊。

拓二的腰上只有刀鞘却没有刀。

工藤："在哪儿丢的？"

拓二："是……刚才……"

洋一："可能是侦察的时候。"

工藤："……"

工藤紧咬嘴唇沉思。

拓二："班主任。"

拓二声带哭腔地叫道。

工藤："好，去侦察的人留下来，其余的人回去！"

98. 松林中

工藤和洋一、拓二等搜寻过来。

99. 草丛中

工藤等搜寻草丛。

100. 小河

寻找刺刀的工藤等人。

101. 海岸

站在沙丘阴影里呆然木立的工藤等人。

暮色降临。

工藤："好，你们回去吧……林，跟我来。再找一遍……"

目送他们的洋一等人。

阿武："要是找不着的话会怎么样啊？"

阿治："关重禁闭。不，也许要召开军法会议吧。"

平太："因为这是天皇陛下赐给我们的武器，肯定要开军法会议的。"

目送返回重找的二人，担心地小声私语。

(O.L)

102. 海岸

在黑暗中照着手电。

工藤手握手电筒。

后面跟着拓二。

工藤叹一口气站住。

拓二胆怯地叫道。

拓二："班主任！"

工藤："林、你回宿舍吧。"

拓二："……"

工藤："班主任再找一遍。"

拓二："我也要找。"

工藤："好了，你回去吧。只有一只手电筒，用不着两个人。"

拓二："是。"

拓二踌躇。

工藤："给我回去！"

工藤语气强硬。

拓二："是。"

拓二慢腾腾地挪动脚步。

工藤喊道。

工藤："给我直接回去，听到了没有。我一定给你找回刺刀，不用担心。"

103. 家庭旅店附近

拓二垂头丧气地回来。

仁立不动。

房间窗户透出的灯光。

拓二望着灯光不动。

104．松林中

工藤靠着手电筒在搜寻着。

好像找累了，坐下来。

点着烟、叹了口气。

工藤："林这家伙……"

工藤站起来。

对面松树根处有东西闪了一下。

工藤面露喜色。

拿手电照着走近。

被沙子埋了一半的刺刀掉在那儿。

工藤不由自主地欢呼起来。

工藤："找到啦！"

105．家庭旅店附近

工藤快步走来。

看到民家的灯光喊道。

工藤："喂——我找到了！"

工藤奔跑起来。

106．家庭旅店·大门

工藤呆立在门口。

惊讶。

工藤："什么，林还没回来吗？！"

挤在横框处的洋一等人。

还没换衣服。

洋一："他不是和您在一起的吗？"

工藤目光一闪。

工藤："来，我们去找他！"

工藤飞跑出去。

刹那间目瞪口呆的洋一等。

马上跟着工藤飞奔出去。

107. 海岸

工藤等人在寻找拓二。

"喂——林！"

"找到刺刀了！"

108. 渔夫的小屋

洋一和阿治喊着过来。

"林……"

"找到刺刀了！"

在小屋前，洋一和阿治点点头打开门。

109. 小屋里

手电筒发出的圆光照亮小屋。

洋一和阿治目瞪口呆。

洋一："林！"

拓二吊在房梁上。

洋一不顾一切地跑到跟前抱下拓二。

洋一：“林！坚强些！”

阿治跑到外面。

惊叫的声音。

阿治：“班主任，快来呀！”

110. 小屋·前面

火焰熊熊。

草席上横躺着拓二。

军医在诊脉。

围在周围的洋一、阿治、阿武、平太。

工藤、吉永等教官。

原分队长。

工藤：“军医。”

军医：“……”

军医摇摇头，合上了拓二微睁的双眼，将他的双手放在胸前。

洋一等人的面颊上闪着泪花。

“呜——”

阿治忍不住呜咽起来。

呆立不动的工藤，看着阿治。

工藤胸中冲起了一股无名火。

工藤粗暴地抓住拓二的胸脯，将他拽起来，给他一把掌。

工藤：“孬种，原来你是个胆小鬼！”

洋一：“班主任！”

洋一想跑到跟前。

吉永抢先一步走上前去推开他。

吉永："工藤上士，不许对死者无礼！"

工藤倒在沙滩上。

吉永怀着愤怒和悲哀，整理拓二凌乱的衣服，把他轻轻放倒。

洋一忍不住扑到拓二身上"哇"地哭了起来。

阿治、阿武、平太抱头痛哭。

工藤慢慢站了起来。

呆呆地望着为拓二泣不成声的洋一。

原小声嘟囔着。

原："净给我惹祸。"

山中目光一闪。

是愤怒的目光。

工藤的背影，向前面走去。

111．海岸

工藤慢慢地走在漆黑的沙滩上。

洋一的声音："林……阿拓……你为什么要死啊！"

工藤气歪了嘴。

另一侧是被篝火照着的吉永等人的黑影。

（O．L）

112．山脚下

八重和弥吉在挖树根。

在开荒。

乡公所的武装干事和贞雄骑着自行车过来了。

武装干事："喂，弥吉。"

弥吉向他走去。

武装干事递给弥吉一张纸条。

呆立不动的弥吉和贞雄。

八重诧异地走过来。

八重："先生，久违了。"

八重礼貌地问候，以询问的眼光看着弥吉。

弥吉："拓二死了……"

八重："啊？"

弥吉："说是自杀了……"

八重："……"

八重呆呆地看着弥吉。

八重："先生！"

贞雄："……"

贞雄痛苦地移开了视线。

弥吉的眼里涌出眼泪。

八重突然无力地跪下来。

双手捂住面孔。

（O. L）

113. 宿舍

工藤和少年们在吃饭。

空气紧张。

工藤放下筷子瞪着少年们。

工藤："你们是不是有话要对我说？"

洋一怒视着工藤。

但又马上低下头来，默默地继续吃饭。

工藤："江波……桥本……谁都没有吗？！"

低头继续默默用餐的少年们。

工藤："那好，吃完饭后，大家拿着木枪到校场集合。"

工藤说完后就走了。

放下筷子愤怒地目送他的洋一和阿治等。

114．校场

工藤手持木枪挺立在那儿。

洋一等人拿着木枪横着分两排站在他面前。

工藤："你们肯定有话要讲……江波，你说。"

洋一："吉永教官说过，不许侮辱死者。"

工藤："我不是问吉永教官说过的话……桥本……宫本……栗本……怎么样？！"

少年们只是盯着工藤。

工藤："好，江波，从你开始刺！用你的木枪刺我的胸膛！"

洋一："……"

洋一一动不动地看着工藤。

工藤："你们，都是不敢说出自己心里话的家伙，我可不记得教育你们成为懦夫……江波，你不敢刺吗！"

工藤用木枪杵着洋一的肩膀。

洋一踉跄了一下。

转而愤怒地端起木枪。

工藤："来呀！来吧！"

工藤挺着胸膛。

洋一就要冲刺了。

但忽然急转身高声喝叫着刺向稻草人。

洋一："杀！"

少年们纷纷学着洋一，将满腔愤怒发泄到稻草人身上。

凝视着他们的工藤，端起木枪向稻草人刺去。

工藤："懦夫才去死呢！……死吧！……胆小鬼！"

工藤发疯地刺个不停。

（F.O）

115. 巡洋舰·甲板

少年们在接受操炮训练。

洋一的声音："昭和十九年（1944）四月一日，参军以来已经过了十个月，今天第一次接受舰上训练。班主任工藤上士调离……"

116. 教官室

工藤前来进行调离前的告别。

吉永、国枝、山中。

工藤："吉永中尉，学生们就请你多费心了。"

吉永："听说是你自己要求调走的？"

国枝："你为什么要这样呢？班主任当中，你是最负责任的。"

工藤："我好像还是适合在船上干。"

山中："教育是爱还是力量……到现在还是没个结果啊。"

吉永："山中，别说那些无聊的事儿。"

工藤："教官。"

工藤郑重其事地叫住吉永。

工藤："学生们还是孩子，同时请记住，他们还大都是穷人家的孩子。"

国枝："你这是什么意思！"

工藤："嗯……这个嘛……像你们这样生长在富裕家庭的人们，既有父母的庇护，又有亲戚，不，乃至社会都会帮你们。可是，穷人家的孩子只能靠自己。只能要强……这才是唯一的出路。"

吉永："……"

国枝："你是说要我们像你那样严厉地训练他们喽？"

工藤："不是，我并没有多事的意思。只是想请你们认识到他们是穷人家的孩子……给你们添麻烦了。"

工藤再次郑重地向吉永敬礼。

117．校场

工藤背着行李从营房走过来。

朝正门走去。

118．教官室 ．窗边

吉永等站在窗边。

山中叫道。

山中："工藤上士！"

119．校场

工藤停住脚步回头望过来。

微笑地敬礼。

但又马上转身向前面走去。

大步远去的工藤的背影。

120．教官室

站在窗边目送着的吉永等人。

国枝："真是个怪人。也不等学生们回来就走……"

吉永："准是怕和学生们分别。工藤上士其实是很爱学生们的。"

吉永等离开窗边分别回到自己的位子上。

山中："工藤还是输了……"

国枝："输了？……输给谁了？"

山中："输给学生们了。他们太纯洁了……我也要输了……我也提出调离了。"

吉永："什么，调离？！"

山中："虽然我被工藤上士抢了先……其实我原来的军舰在台湾海上沉没，差点儿没命了……接到到这儿的调令时，我想，这回可以多活几年了。只要在这儿就很安全。要尽量延长抓住不放……我真是这么想的。"

吉永："……"

山中："但是，看到学生们要比我小十岁，他们更有权利要求活下去。但他们却弃生选死。坚信死是最美丽的……我们也是这么教育他们的。"

国枝："就连我们也做好了时刻为日本捐躯的准备。"

山中："我不是这样。我珍惜生命……但是，我觉得，我在这儿多活一天就意味着多夺走一天学生们的生命……我决定向工藤那样回到船上去。"

山中一反常态、认真严肃的面孔。

121. 海兵团·正门

工藤出来。

回头望着"武山海兵团"的牌子。

斩断思绪，迈开脚步。

阿银过来。

二人擦肩而过走远。

122. 教官室

吉永桌前坐着阿银。

阿银："我不能到军舰上去看他吗？"

吉永："我想不行吧……你说呢？"

国枝："去也白搭。因为军舰停在海上。"

阿银："是吗……"

阿银沮丧地自语。

吉永："可惜让你白跑一趟。有什么口信我可以代为转达。"

阿银："你告诉阿治……就说姐姐去满洲了。"

吉永："什么，去满洲？！"

吉永惊讶地看着阿银。

阿银："不是换班子。是去满洲结婚的。"

吉永："结婚……是吗，那恭喜你啦。"

阿银故意避开吉永的视线，拿出一个纸包放到吉永面前。

阿银："这是上次那个御赐的香烟，烦请交给我弟弟。"

吉永："知道了"

阿银："那么……我弟弟就麻烦您多费心啦。"

阿银走出房间。

国枝："这个女人不是良家妇女吧？"

吉永没有回答，看着纸包喃喃自语。

吉永："去满洲啊。"

山中："是御赐的香烟吗……为什么他姐姐会有呢？"

吉永："是客人……不，她说是朋友给的……"

吉永回头看看窗户。

窗户前面，阿银如释重负般地远去。

（WIPE）

吉永从抽屉里取出纸包放到桌上。

吉永："是你姐姐带给你的。说是御赐的香烟。"

他的面前是阿治。

脸上闪烁着喜悦。

阿治："姐姐是说结婚吗？"

吉永："她是这么说的。一定是她先生在满洲工作吧。"

阿治："真的……她真的是说结婚吗？"

吉永："你也有姐夫啦。……可是姐姐去满洲的话，你会寂寞的吧。"

阿治："不……教官，是真的吗？姐姐是说结婚了吗……"

阿治泣不成声。

123．宿舍

少年们在吊床上睡着。

阿治睡不着。

面颊上淌着泪水。

抽泣着。

洋一从旁边的吊床上问道。

洋一："挨教官训了？"

阿治："不，是姐姐捎话来了。"

阿治忍不住哽咽着。

洋一望着阿治。

洋一："难道是坏消息吗？"

阿治："人并不是只悲伤的时候才会哭的……我是高兴的。"

阿治俯身将脸埋在枕头里。

阿治因哽咽而颤动着的肩膀。

不解地望着的洋一。

阿治："江波。"

阿治起身抓住洋一的肩膀。

阿治："我姐姐她、姐姐她结婚了！"

124．校场

少年们分成两组，

练习旗语。

洋一发送信号。

阿治开始回信号。

洋一小声念。

洋一："谢、谢"

洋一再次发旗语信号。

满面喜悦回答的阿治。

（O.L）

125．校场

校场的一角搭了个舞台。

面对舞台的正中央是以海兵团长为首的干部军官们。周围是特少兵。

洋一的声音："五月二十七日，为了祝贺海军纪念日，召开了庆祝大会。山中教官昨天调离……"

舞台上的少年们一个接一个地表演拿手节目。

哄堂大笑的观众。

其中有吉永。

值勤的走到吉永身边，告诉他什么。

吉永不相信似的出去。

126. 教官室

宪兵站在窗边。

吉永进来。

吉永："我是吉永中尉。"

宪兵："我是三岛宪兵队的小川中士。"

吉永："请坐。"

吉永让座。

小川："中尉先生，你认识一个叫桥本银的女人吗？"

吉永："桥本银？"

小川："她说她弟弟是你的学生。"

吉永想起来了。

吉永："啊，是那个人啊。我认识。桥本的姐姐怎么啦？"

小川："因为和逃兵私奔而被捕了。"

吉永："和逃兵私奔？！"

吉永大吃一惊。

小川："是的，我审问完桥本银后，把她交给了三岛警察署。为了参考，来这儿了解一下在海兵团当兵的她弟弟的情况。"

127. 演艺场

舞台边上的节目单被翻到下页。

相声：第十二教班　江波洋一　　桥本治

在掌声中，洋一和阿治在舞台中央以滑稽的动作和手势开始说相声。

哄堂大笑，掌声雷动。

观众席后面站着吉永。

心情沉重地看着他们。

128．三岛警察署·外面

警察署的牌子。

吉永走进去。

129．同·审讯室

吉永。

对面是阿银。

旁边是警察。

阿银："真对不起，我说了谎话……但是，我真是要到满洲去的。"

吉永："为什么偏偏要和逃兵……"

阿银："因为他是真心爱我的……"

吉永："你们原来就认识吗？"

旁边的警察插嘴。

警察："好像早就认识。参军之前就有前科，是个声名狼藉、不可救药的人。参军之后也……"

阿银："是周围的人不好……其实他内心是个比别人更加和善的人……"

警察："你算了吧，别在这高谈阔论你俩的肮脏事了。"

阿银："中尉先生，我弟弟听说我被抓进来后有什么反应……"

吉永："桥本对这事还一无所知。只有我和分队长知道这件事。"

阿银："是吗，中尉先生你真好。"

吉永："桥本还以为你结婚后到满洲去了呢。"

阿银："是啊，可我也是没办法啊，因为从没有人像他那样喜欢我……我也考虑过弟弟的事，但是实在是没办法啊。"

吉永："……"

阿银："请告诉弟弟，就当压根儿没我这个姐姐……我是个坏姐姐。"

警察："现在你才知道，晚了点儿吧。"

阿银："中尉先生，我上次和您见面后在餐厅碰到了一个奇怪的大叔，他也是来看孩子的，但没见面就想走了。"

吉永："是我的学生的父亲吗？"

阿银："那个大叔说，什么国家，跟穷人根本就没有一点儿关系。虽然那位大叔说的话我不太懂，但这句话我好像明白了。"

警察："臭婊子，你这个脏货还替共党宣传……不管是穷人还是富人，只有有了国家才能平平安安地过日子。"

阿银："当听到阿治报考海军被录取时，我说不清是悲是喜……其实我是很悲伤的……"

吉永："……"

阿银："我们很小就成了孤儿。此后就像条野狗似的，对，就是野狗，总是饿着肚子到处找食吃。当想吃扔在垃圾箱里的残羹剩饭时，却被人扔石子、棍棒乱打一通……"

警察："哼，就连你的情绪都像条野狗。"

阿银："如此生活的我们为什么要替国家着想呢……他也是这样，连小学都没上完就被强拉硬拽地拉去当兵，谁知是为了国家还是为谁……他当逃兵也没什么不可思议的。中尉先生，我们有生以来第一次找到能够互相安慰的对象，我们俩在一起为什么不可以呢？"

警察怒吼。

警察："还不给我住口！在日本岂有此理！"

130. 校场

休息时间。

少年们三三五五坐下谈笑。

吉永从对面走来。

阿治见到。

起身跑去。

阿治："教官。"

吉永："哦，桥本。"

对面班主任在大声喊叫。

"集合！"

微笑着再次敬礼后，阿治向对面跑去。

吉永："……"

心情沉重地目送着。

（O.L）

131. 火车·里面

洋一坐着。

轰隆轰隆的车轮声。

洋一的声音："七月一日,升为上等水兵,命我到炮术学校上学。那天,我接到了父亲去世的电报。父亲离开学校后到兵工厂工作,被倒下的钢材压死。"

132．寺庙·正殿

挂着黑纱的贞雄遗像。

丧主席上,洋一、史子和亲戚们。

走廊坐着八重。

八重看着洋一很痛苦。

八重失控地捂着脸跑向一边。

133．同·院子

微弱的诵经声。

假山后面,八重蹲着哭泣。

134．同·大殿

洋一烧香。

洋一凝视着贞雄的遗像。

135．大道

洋一和史子走过来。

洋一："父亲为什么不在学校干了?"

史子："一定是不好干吧。"

洋一："为什么?"

史子："这个嘛……"

136. 国民学校·教室（回忆）

贞雄对孩子们说。

贞雄："我们的祖国现在正与英美进行关乎命运的战争。希望尽量多的人能够驰骋战场。并且，为了使像大家这样的少年也能拯救祖国日本的危机，特意建立了海军特种少年兵制度。我作为教师送走了我的儿子，并衷心希望大家能够报考……今天高木少校特地从横须贺赶来。高木海军少校要给我们介绍特种少年兵制度。让我们鼓掌欢迎高木少校……少校先生，请。"

请坐在旁边的少校。

少校站起来，孩子们鼓掌。

137. 大道

洋一站住。

洋一："您是说父亲不愿意劝大家报考特少兵吗？"

史子："虽然他没明说，但一定是……"

洋一："真蠢……现在日本是非常时期。即使是孩子也不是撒娇的时候。劝大家报考特少兵为什么对父亲来说是那么难以忍受的痛苦呢？"

史子："……这个嘛，等你有了孩子就明白了……你父亲的心情……"

喊声。

"阿洋。"

二人回头。

八重跑过来。

八重："能赶上你们太好了。"

洋一："大婶。"

八重："也许这个不合你的口味……是昨晚我和他爹一起捣的黄豆面年糕。"

八重递过来抱着的包裹。

史子："对不起，让您受累了……"

八重："阿洋，你别生拓二的气啦……他也……"

八重泣不成声。

洋一："大婶，没时间了……母亲，就送到这儿吧，我走了。"

洋一背转身走了。

八重："阿洋，拓二那份儿……也拜托你了。"

八重冲洋一的后背喊着。

又用双手掩面。

史子："洋一！"

史子忍不住追着洋一的后面跑起来。

138. 隧道·里面

洋一和史子。

洋一："母亲，好了，我已经不是小孩子了。"

史子："那就送到那边的出口……"

139. 同·出口

洋一和史子出来。

洋一站住。

洋一："母亲，您回去吧。"

史子："嗯。"

史子犹豫不定地回答。

洋一："我志愿当特种小兵时，我曾经说过就当您从未生过我吧。"

史子："洋一，你如果去打仗……也许是军事秘密，如果去的话一定要告诉我。"

洋一："我刚进了炮术学校。我想，三个月后不是上战舰就是巡洋舰……"

史子："那在学期间是安全的了？"

洋一："您别这么说……那我走了。"

洋一敬礼后转身走了。

不由地想追上去，好不容易才用力站住不动的史子。

洋一的背影消失在下一个隧道。史子忍不住叫道。

史子："洋一！"

史子追向洋一。

伸手不见五指的隧道里只回响着不停地呼喊洋一的史子的声音。

（O.L）

140.硫磺岛

海军的边防兵在挖着战壕。

其中有洋一、阿治、阿武、平太等。

洋一的声音："九月三十日，从海军炮术学校毕业，同日，被分配到硫磺岛海军守备队。分队长竟是当小兵时的教官吉永中尉……一个月后，工藤上士调到我们分队……"

洋一、阿治、阿武浑身是泥用铁锹挖着。

平太大声喊叫着跑过来。

平太："喂，大家听着，工藤班主任调到我们分队来了。"

洋一："真的吗？"

平太：“你看！”

平太回头指着对面。

洋一等急忙从洞里爬上来。

由吉永陪着从对面走过来的工藤上士。他意识到洋一等人，微笑着挥挥帽子。

洋一：“班主任！”

洋一等向他跑去。

141. 大海

美国海军大舰队乘风破浪地前进。

洋一的声音：“昭和二十年（1945）一月十六日黎明，美国机动部队的五百条军舰包围了硫磺岛……”

军舰的大炮一齐喷火。

142. 硫磺岛·摺钵山附近

不断爆炸的炮弹。

炮火中拼死应战的洋一等海军守备军。

洋一的声音：“仅仅数日，硫磺岛守备军的陆海军都陷入近于崩溃的状态。”

猛烈爆炸的炮弹。

（O.L）

143. 洞穴

吉永分队只剩下二十六名战士。蹲靠在洞穴的墙边。

其中有吉永、工藤、洋一、阿武、阿治、平太。

一个战士点烟。

工藤："去！"

工藤抢过烟掐灭。

工藤："分队长。"

竖起耳朵听着入口处的声音低声叫着。

紧张地看着入口的战士们。

远处传来美国兵说话声。

洋一："是美国佬儿。"

洋一对大家说着，端起枪来。喇叭的声音。很大。

"日军弟兄们，放下武器出来吧。我们保证不杀你们！"

144．同·入口

美国海军二十余名。

其中一人用背着的喇叭向洞内喊话。是美籍日侨。

日侨："放弃无谓的抵抗，回到父母妻子等待着你们的日本去吧！"

日侨退后。

队长挥手。

美国兵们一起用自动手枪向洞内射击。

145．洞穴中

枪弹削掉洞壁，腾起烟雾。

紧贴洞壁的战士们。

枪声停止。松了口气的战士们。

平太："好像走了吧。"

喷火的手榴弹投了进来。

接着，两发、三发。

工藤："卧倒！"

工藤推倒平太，趴在他的身上。

轰隆！轰隆！轰隆隆！

震耳欲聋的轰鸣声。

洞顶被炸开，弥漫着浓烟。

146. 同·入口

从洞口冒出滚滚浓烟。

藏身在洞口附近的美国兵们包抄着靠近洞口。

两三个人又用自动手枪向里面射击。

在指挥官的示意下，美兵们向前面走去。

在下一个洞口前站住，又开始用喇叭喊话。

喇叭声："日军弟兄们……"

147. 洞穴中

烟雾轻飘。

伤兵的呻吟声。

工藤的右脚血肉模糊。洋一等在给他包扎。

平太："班主任，您还好吧？"

工藤："不要紧，别担心。"

血染半边脸的伤兵说梦话似的呻吟。

"水……给我水。"

吉永摘下水壶，靠近他嘴边。

但没有水。

吉永："谁有水？"

洋一拿水壶。

但是空的。

阿治、平太、阿武都没有。

洋一："分队长，我到藏水处打水去。"

吉永："……"

吉永没有回答。

平太："分队长。"

吉永："不行，上面还有美国兵。"

洋一："要是有美国兵我们就回来。栗本。"

阿武："好。"

开始收集阿武、平太、阿治、工藤的水壶。

洋一："分队长。"

吉永："好吧……要是有敌人，就马上回来。"

洋一："是。"

洋一将附近四、五个人的水壶挎在肩上，催促阿武。

洋一："走吧。"

148．同·入口

洋一和阿武悄悄地伸出头、观察周围。

在暗处穿梭、迅速跑向前方。

149．岩石后

洋一和阿武过来。

岩石后面巧妙伪装的四、五个水罐。

是囤积雨水的蓄水槽。

洋一和阿武放心地对视一下，急忙开始往水壶里灌水。

150. 洞穴中

里面有一台无线电发报机。

通讯兵拼命地竖着耳朵。

通讯兵："分队长，这是硫磺岛守备军最高指挥官、栗林中将发给大本营的电文。"

将翻译好的纸片交给吉永。

吉永念道。

吉永："战局终于面临最后关头。最高指挥官决定于十七日半夜，为了祖国必胜国泰民安，亲自发起全体壮烈的总攻。"

分队员们的面孔、眼睛里闪动着光彩。

入口处有响动。

一下子紧张起来的分队员们。

是洋一和阿武回来了。

吉永："哦，平安回来了。"

洋一："是，水打来了。"

二人分别递给大家水壶。

洋一："班主任。"

洋一给工藤喂水。

工藤："对不起。"

吉永："……"

吉永对天沉思。

洋一和阿武感觉到空气异常。

悄悄地问阿治。

洋一："发生什么事了？"

阿治："为国捐躯的时刻快要到了。"

洋一和阿武咽了口唾沫。

吉永："大家原地听着。"

大家吃惊地看着吉永。

吉永："守备军司令官栗林中将已决定为国捐躯……我们隐蔽在这个洞里已经有两个星期了，与友军也失去了联系，可以认定我们海军部队已经全军覆没。我决定：在刚才念到的时间，我队也要对前面的敌人发起攻击，为国捐躯。"

屏住呼吸的士兵们。

吉永："我不忍心把伤员留下。我们相帮着突击吧。"

躺着的伤兵眼里闪着泪光。

洋一等相视一下，轻轻点点头。

吉永："江波、桥本、栗本、宫本，你们四人在藏水处下面的洼地待命，等待友军的联络……好吗？"

洋一："分队长。"

阿治："我不同意。请让我们也和分队长一起冲进敌人阵地吧！"

吉永："不行。如果全体战死的话，友军来联系时怎么办？"

平太："分队长您不是说友军全部覆没了吗？"

阿武："如果需要联络兵的话，可以让伤员来干啊。"

工藤死死地盯着洞顶。

吉永："天黑时准备突击。到天黑前的这段时间睡一觉，养精蓄锐。"

吉永说完后就躺下了。

洋一："分队长。"

吉永面壁不答。

洋一："班主任。"

工藤无言地死死盯着洞顶。

(O.L)

151．摺钵山附近

夜色苍茫。

照明弹冲上了天空。

在宛如月光的照射下，浮现出惨不忍睹的战火痕迹。

正在燃烧的吉普车。

扔在地上的日本国旗。单只军靴。

日本兵的尸体。

美国兵的尸体。

照明弹一下子消失了。

152．洞穴中

烛光依旧。

吉永严肃地发布命令。

吉永："江波等四人立即出发到藏水处下的洼地！"

洋一："分队长。"

吉永："这是命令！"

洋一等求援似的看着工藤。

工藤伸着双腿靠在洞壁闭着眼睛。

吉永："马上出发！"

洋一等无奈地站起来。

洋一："江波等四人为了等待友军的联络，奉命到藏水处下面的洼地待命。"

吉永："好……无论发生什么事情，你们都要等到友军的联络……不许你们急着去死。"

洋一："是。"

洋一等向出口走去。

吉永："分队于二十点从洞穴出击。谁负责带哪个伤员出去，趁现在赶快决定。"

工藤忽地站起来。

挂着军刀，想走向入口。

吉永："工藤上士，你去哪儿？！"

工藤："我去江波他们那儿。"

吉永："什么……不行！你要和我们一起突击。"

工藤："他们……还没有战斗经验。作为班主任，我不愿让他们死得难看。"

吉永："他们还是孩子。不用急着死……我不许你去！"

工藤："要是被抓住了怎么办？"

工藤一针见血地反过来逼问。

吉永："……"

吉永一时语塞。

吉永："他们还是孩子。即使成了俘虏也不是什么耻辱。"

工藤想说什么。

又咽进肚里转身走向洞口。

吉永："工藤上士！"

工藤回过头来。

工藤："分队长，江波他们是孩子，但首先是军人……你是想即使当俘虏也能救他们一条命……我能明白你的心意。但是已经晚了。"

吉永："晚了？……怎么晚了？！"

工藤："所以我说他们是军人。死也不受因牢之耻……江波他们是单纯地坚信这一点的。让他们这样做的是我。也有你！美军对小孩也许不会那么残酷，但他们会作为军人采取行动吧……我要和他们一起死。"

工藤挪动脚步。

吉永："等等，指挥官有权处决违反命令临阵逃脱者。

吉永拔枪摆着射击的架势。

吉永："他们还是孩子，美军也会这么想吧……但是，如果你搅进去的话，就是海军的一支部队了……你不明白这点吗？"

工藤："……"

工藤背冲着吉永站住不动。

吉永："不许你去，给我回来！"

工藤慢慢挪动脚步。

吉永："工藤上士！"

吉永重新举起手枪。

工藤："你要开枪就开吧……美军也许会把他们当孩子对待。但是，作为军人，他们一定会拒绝的……已经晚了。"

工藤慢慢地走出去。

吉永举枪想打。

但手软了。

153．摺钵山附近

在暗处穿行的少年们。

洋一伏在暗处不动。

阿治跑回来。

阿治："怎么了？！"

洋一："我要回去！"

阿治："你说什么！"

洋一："我要和分队长一起突击。"

洋一想原路返回。

阿治："等等……喂，宫本……栗本……"

小声叫着。

154. 洞穴·入口附近

工藤环顾四周后向藏水处的方向跑去。

155. 摺钵山附近

围着洋一的阿治、阿武、平太。

洋一："分队长是为了救我们才下了那样的命令……可我们并不是为了活着才来当兵的……不是一直这样教育我们的吗？"

阿治："但是，即使回去，分队长也不会让我们共同行动的。"

眼里闪动着光彩的阿武插话。

阿武："来吧！……就我们几个冲进去吧……宁死不屈。"

平太："对，就这样，江波，干吧！"

156. 藏水处下面的洼地

工藤来到。

小声呼叫。

工藤："江波……桥本……是我。"

工藤借着星光查看。

自语。

工藤："不出所料……还真的没来……"

157. 摺钵山附近

黑暗中响起日本歌谣。

暗处潜伏着互相依偎的洋一等四人。

阿治从口袋里取出御赐的香烟，发给每人一支。

阿治："这是御赐的香烟。是姐姐给我的。"

洋一："我是第一次抽烟。"

阿治："大家都是吧……这有火柴。"

阿治点火。

吸了一口呛着了。

洋一慌忙捂住阿治的嘴。

阿治："没事儿，吸吧。"

大家诚惶诚恐地传吸着阿治的烟。

御赐的香烟有些苦。

呛得人直流眼泪。

洋一："……当知道你姐姐结婚到满洲去的那个晚上，你在吊床上哭了很长时间啊。"

阿治："我现在能够冷静地去死就是因为有我姐姐。我要是死了，姐姐也会脸上有光的。"

平太："我爹听到我战死的消息，不知会作何感想呢……我是和他打完架出来的……其实他还是个好父亲的。"

158．平太的回忆二

平太在睡觉。

在他枕头边上，吾市蹩脚地缝着平太的衣服。

159．摺钵山附近

平太："我娘死后，我爹是又当爹又当娘，无微不至地照顾我……这么好的爹为什么……我是想把我爹的那份儿也承担起来才报名参加特少兵的。"

阿武:"我娘在我爹战死时一滴眼泪都没掉。镇上的人都佩服地说:不愧为继承了会津武士血脉的烈女啊……"

160．阿武的回忆三

昏暗的房间。

昌子抱着丈夫的遗骨压低声音抽泣着。

161．摺钵山附近

阿武:"我曾对我娘说:即使我战死了,就是您一个人待着的时候也别哭……可是她一定会躲到门后哭的。"

喇叭传来了日侨喊话声。

喇叭声:"日军弟兄们……战争结束了。放下武器投降吧。我们会把你们当作朋友对待的。"

洋一:"畜生……战争还没结束呢。"

平太:"喂,我们就攻打喊话的那个阵地吧。"

阿治:"对,如果让他住口的话,分队长和班主任一定会知道是咱们干的。"

洋一:"好。"

洋一借着星光看看表。

洋一:"二十点突击!"

162．其附近

工藤在暗处穿梭寻找洋一他们。

突然竖起耳朵。

隐约听见"大海航行"的歌声。

163．摺钵山附近

洋一等小声唱着"大海航行"的歌。

死在天皇身边

义无返顾……

照明弹一下子照亮周围。

卧倒的洋一等。

虽然紧张，但镇定自若。

照明弹消失。紧接着猛烈的枪声。

洋一等抬头观察前方。

洋一："是分队长他们。"

阿治："一定是。"

阿武："走！"

工藤的声音。

工藤的声音："江波！"

洋一等回过头。

星光下一个黑影。

工藤的声音："桥本……宫本……"

不由得想跑过去的洋一等人。

猛烈的枪声。

工藤的黑影一个倒栽葱倒下了。

洋一："走，我来指挥！"

洋一等像青虫似的紧贴地面向敌人的阵地逼近。

164．其附近

工藤竭力挣扎着想站起来。

工藤："我也……班主任也……一起去！"

165．摺钵山附近

洋一等凝视着敌人的阵地，趴在地上。

照明弹升空。

喇叭声："日军弟兄们，放下武器投降吧……"

照明弹消失。

洋一猛挥右手。

洋一等人一齐跳起来，端着刺刀枪向前冲去。

"冲啊——"

照明弹的照耀下突击的洋一等人的面孔、面孔、面孔。

激烈的枪声。

阿治——

阿武——

平太——

一个接一个地倒下了。

洋一的面孔，还高呼着冲锋。

音乐戛然而止。画面定格。

静止的画面上映出长长的特种少年兵战死者的出生地、姓名。

总共三千八百人。

再次响起安魂曲的音乐——

（F.O)

编后语

铃木尚之

　　以往的战争片大都是从知识分子的观点叙述的。但是，平民百姓才是战争最大的牺牲者。难道我们不应该从老百姓的观点来看战争吗？只有站在这个立场上，我们才能对战争进行批判。

　　尤其是下级军官，以前一直只是作为体制的仆从来描写的。就像"也有自愿来的傻瓜"这句话所表现的、将自己的人生寄托在谁都讨厌的军队——如果不把握住当时的社会状况、尤其是被掠夺殆尽的农村实情的话，只能塑造出单凭浮到现象层面的感情进行判断的人物形象。

　　以往的战争片只描写了基于此种根本性谬误之上的下级军官形象。但是，他们不仅仅是战争的牺牲品，也是社会的牺牲品。诚然下级军官是体制的奴隶。但那不是他们个人不好，是当时的社会（现在也是）所产生的人物。只有发掘出沉睡在其内心深处的东西，才能构成真正意义上的反战。

　　乍一看颇有良心的学生出身的军官们其实是将十四岁这一尚无判断力的年龄的孩子鼓动到战场的挑动者。即使最后想挽救他们，那也只不过是替自己辩解和对良心的欺骗这种感伤主义以下的感情。

工藤对此持否定态度。作者并不是要肯定工藤。从战争与人的观点来看，我否定工藤的一切。但我更加强烈地否定连工藤都不得不批判的学生出身的军官们。

通过描写十四岁的小兵这样一群令人难以想象的残酷的形象，来思考战争与知识分子、体制与知识分子的问题——则是在执笔本剧本过程中最大的课题。

『战火中的童年』

编剧：铃木尚之

1. 黑暗中

隐隐约约传来激烈的机枪扫射声。

隆隆的炮声由远而近。

不远处传来激烈的机枪扫射声。

突然，一颗炸弹炸裂开来，发出山崩地裂般的轰响。

紧接着第二发、第三发炸弹爆炸。

黑暗化作蒙蒙黑烟。

片名从中浮现出来。

2. 新闻片

美国陆海空军的猛烈攻势。

画面上叠印字幕。

1945 年 2 月——

日本行将战败　危在旦夕

B29 轰炸机展开耀眼的银灰色机翼编队飞行。

炸弹如同撒豆般地落下来。

片头字幕流动着。

只有现实中的声音，没有音乐。

熊熊燃烧的城市。

提着行李或拉着排子车东逃西窜的市民们。

学童们集体疏散转移着。

刺耳的警笛声。

黑暗中传来警防团的喊声。

"发布空袭警报！……空袭……"

大本营发布战果的空旷声叠加在警防团的喊声上。

3．乡间小路

悠闲恬静的乡村。

字幕：福岛县岩木市郊外

不远处传来《杜氏歌》的歌声。

阡陌小路上，可以看见一辆马车在缓缓行驶。

4．马车上

太郎坐在马车上。

一枝身披毛毯，半搂着太郎。

两人头上都蒙着防空头巾。

太郎："啊，山羊……"

八岁的太郎对所看到的一切都感到好奇。

甚八背身坐着，继续唱着歌。

甚八唱着歌。

不知为什么，泪水顺着面颊淌下来。

歌声停止。

甚八挥手擦去眼泪。

一枝："好久没有听到大叔的《杜氏歌》了……幸吉唱得也蛮好听的。"

甚八用缰绳抽打了一下马屁股。

甚八："这匹马也老掉牙了……幸亏如此，不然非被征用去不可……哈哈哈。"

甚八的笑声中透出一丝凄凉。

一枝："还有阿秀、阿贞，您三个孩子都阵亡了……真是太惨了。"

甚八："孩子！"

甚八似乎要避开这个话题，大声招呼着太郎。

甚八："瞧！看见那个大烟囱了吧……那儿就是你母亲出生的地方。"

太郎："……"

太郎跷脚站起望着那边。

5. 野本家·全景

高高耸立的烟囱。

屋顶上的一片片瓦显示出其威容。

十分气派的酿酒作坊。

甚八的声音："……以前咱们窖里酿出来的酒在这一带是顶呱呱的，可上头一声令下，硬是把十家酿酒作坊合并了……新成立的公司酿出来的酒简直就没法喝。"

6. 野本家·客厅

美代愁眉不展，闷闷不乐。

她气哼哼地把长烟管里的烟灰磕在火盆中，独自嘟哝着。

美代："太丢人了……被警察叫去了，我们野本家还从来没遇到过这种事情。"

一枝坐在离美代稍远的末席。

一枝："二枝妹怎么会被叫到警察署去呢？"

美代："这是明摆着的事嘛。"

美代没好气地说道，然后又装上一袋烟吸起来。

嫂嫂政江端着茶进来。

政江："真不容易呀，从那么远的地方来……请喝茶。"

一枝："辛苦您了……请多多关照。"

政江："也没什么好招待你的，不过粗茶淡饭倒还供得上……母亲。"

政江将脸转向美代。

政江："是不是到镇上的警署去打听一下？"

美代："少管那些闲事！"

话音刚落，拉门呼啦一下拉开了。

是太郎。

太郎："妈妈，这里竟然有十五间房子呢。"

一枝："怎么回事？把拉门拉上。"

太郎拉上拉门，坐到一枝身边。

太郎："真大呀，竟然有三座窖哩。"

一枝："你要懂礼貌守规矩，我不是跟你说过了嘛。"

美代瞥了一眼太郎。

美代："太郎，在这个院子里你去哪儿都行，就是不要靠近二号窖。"

太郎："……"

美代磕了磕烟管，站起身来，手搭在隔扇上。

太郎："为什么呢？"

太郎小声问着一枝。

美代转过身来。

美代："妖怪会出来的，懂了吧？"

美代说罢走了出去。

太郎："妖怪？……真的有妖怪吗？"

太郎来回望着一枝和政江，迷惑地问道。

政江："既然你外婆说有，那就是有吧。"

7. 野本家·走廊

政江提着茶壶走去。

一枝和太郎紧跟在后面。

一枝："我哥哥有信来吗？"

政江："正月里来过一封信……不过好像是去年八月份寄出的。"

一枝："从哪儿寄的？"

政江："不知道。像是南方那边。"

太郎："妈妈。"

太郎拽着一枝的手，让她停下来。

太郎："二号窑是哪个？"

8. 野本家·庭院

三座土窑排成一排。

白色的墙壁在夕阳的映照下十分美丽。

一枝的画外音："就是正中间的那座。"

9. 野本家·走廊

太郎仰脸望着一枝。

太郎："根本就没有什么妖怪，没有！"

一枝："政江舅妈不是告诉你了吗，外婆说有的嘛。"

一枝迈步朝对面走去。

太郎追上去缠住一枝。

太郎："可是，妈妈您以前不是说过那是迷信吗？"

一枝："妈妈顶烦你问个没完……太郎只要你不走近那座窑就行了。"

太郎："……"

太郎不满地站住，回头望了一眼酒窖。

紧接着他又跑起来，追赶一枝去了。

10. 野本家·美代的房间

美代将账本摊在膝盖上，拨拉着算盘。

她总是算不对。

美代把算盘狠狠地一摔。

美代："……"

美代的脸上流露出焦灼的神情。

她又拿起算盘。

美代："丢人现眼的东西……"

美代的话里含有一丝哀怜。

11. 野本家·厨房

土地间里砌着一盘大灶。

一根粗粗的黑色柱子。

房间里铺着地板的部分很宽绰，上面铺着六张席子。

地板上垒有一个大地炉。

一枝和千惠子在地炉旁说着话。

太郎一边摸着黑柱子，一边绕着黑柱子转圈。

一枝："哦，你父母是在八幡空袭时去世的？"

政江端来一口大锅，架在地炉上。

政江："千惠子底下还有两个小的，跟她哥哥们一起过活……"

一枝："你在煤矿办事处做事吗？"

千惠子："嗯……原来我在这儿的豆酱仓库帮忙做点事，去年年底才被煤矿录用的。"

政江："你是见过世面的，凡事还请多关照了。"

政江说罢便走到灶坑那边去了。

太郎背靠着黑柱子，开口问道。

太郎："姐姐，你见过妖怪吗？"

千惠子："嗯？"

千惠子回过头来。

千惠子："什么，妖怪？"

太郎走到她的背后。

太郎："二号窖的妖怪……外婆说的，是骗人吧？"

千惠子："二号窖？"

千惠子一脸诧异的神色，望了望一枝。

一枝："太郎，妈妈不是说过，讨厌你问个没完吗？"

太郎："可是……姐姐，你见过吗？"

政江正准备把装饭菜的托盘端到里屋去，此时向一枝搭起话来。

政江："这么晚了，二枝她……会不会叫警察扣下了？"

太郎："二枝姨做坏事了？"

一枝："二枝姨不是那种人。"

太郎："那她……"

一枝："不做坏事有时也会被警察叫去的。……你是一个男孩子，可不许瞎说八道呀。"

12. 野本家·美代的房间

美代坐在高脚食案前，自斟自饮着晚餐酒。

二枝的事情弄得她心神不定。

她没好气地自语。

美代："近来，这酒简直就没法喝！"

说着，一把将杯子倒扣在食案上，伸手拉过饭篓。

13. 乡间小路

狂风呼啸，雪花飞舞。

二枝围着披巾，行走在路上。

二枝："……"

二枝脸色阴沉。

14. 野本家·厨房

土地间里停放着一辆自行车，千惠子正往上捆着准备给二枝送去过夜的行李。

政江在一旁帮忙。

一枝和太郎伫立在门槛处。

一枝："您辛苦了。"

甚八拍打着身上的雪走进来。

一枝："哟，下雪了？"

甚八："孩子他姐姐，还是我骑马去吧。一个年轻女人太不方便了。"

一枝："那就麻烦大爷去一趟好吗？"

千惠子："没关系，两个钟头就能赶回来……那匹马真可怜，那么老了还……"

话音未落，传来开门的声音。

政江："二枝！"

二枝伫立在门口。

她想向大家挤出一丝微笑，却不由得跟跄了一下。

她像是撞在柱子上似的，支撑住身子。

一枝："二枝！"

一枝赤脚从席子上跑下土地间。

15．野本家·厨房

围炉里的火烧得正旺。

一枝和二枝坐在炉边。

太郎依偎在一枝的膝头上，进入了梦乡。

政江抱着一捆劈柴，放在地炉的旁边。

政江："那我就先去睡了……"

政江向梳洗完毕的千惠子使了个眼色，走到里屋去。

一枝和二枝一动不动地盯着跳跃的火苗。

二枝："……听说莲池先生也被征去当兵了。"

一枝："是海军。昨天去的横须贺……那么，警察找你干什么？"

二枝："……"

一枝："是不是与阿诺德先生有关？"

二枝："……他们说，他在进行对日广播。"

一枝："阿诺德先生？"

二枝："说他在劝日本早点投降。"

一枝："这么一来，可真够你受的。"

二枝："他们一个劲儿地追问我，问我和他有什么联系。"

一枝："这怎么可能联系得上呢……疯了，全都疯了……"

二枝："……我跟他们说了，没有。"

一枝："什么没有？"

二枝："他们说我和他有一个孩子……我告诉他们没有。"

二枝控制不住自己的感情，用双手捂住了脸。

一枝："……"

一枝凝视着二枝颤抖的双肩。

二枝："天底下哪有这样的母亲啊……"

二枝悄声哭泣着。

一枝默不作声，满怀同情地注视着二枝。

一枝："这又有什么法子呢？再忍耐一下吧。再过一年，战争就该结束了……这是莲池说的。"

二枝："……"

二枝低声抽泣。

太郎："……"

太郎不知什么时候醒了，惊讶地望着二枝。

一枝："听说来这儿的时候，你把她悄悄地藏在柳条箱里带来的？"

二枝："……就是现在，又和锁在柳条箱里有什么两样？……我……"

哗啦一声，身后的拉门拉开了。

美代站在门口。

美代："你们少在小孩子面前讲这些无聊的话。快去睡觉！"

美代说完，啪啦一下拉上拉门。

16. 分校·全景

今天后的一个白天。

17. 分校·教室

黑板上写着"十二月八日"几个字。

阿诚拄着拐杖，站在黑板前面。

他的一条腿有残疾。

他用教鞭指着黑板上的字，大声念着。

阿诚："十二月八日……"

阿诚转过脸来。

阿诚："知道这是什么日子吗？……一年级的同学。"

一年级的学生有七八个人。

二年级的学生也有七八个人。

桌子稍稍拉开了一些。

太郎坐在一年级学生中间。

一年级学生你看我，我看你，没人能答上来。

阿诚："二年级同学，有知道的吗？"

孩子甲举起手来。

阿诚："你说说看。"

孩子甲："天皇降诏日。"

阿诚："好！……你再通俗地给一年级同学介绍一下。"

孩子甲："这个，天皇陛下在这一天说，要和美国、英国打仗……"

孩子甲一时找不出什么词来。

阿诚："行啦……就是颁布诏书的日子。"

阿诚打住话头，扫了一眼学生们。

阿诚："每个月的八日，老师都把这一天当作恭领诏书的日子，在供奉诸神的神社内做被褉的祭祀……老师大学时代的同学都已弃笔从戎，响应政府的号召走向战场。老师身体不好，不能和同学们一道拿起枪……深感遗憾……悔恨不已。"

孩子们对老师的话似懂非懂。

他们被老师的热情所打动，静静聆听着。

阿诚："你们要健康地成长，将来代替老师奔赴战场……要想打败美、英，大概还要几年，不，或许要到你们长大成人之后。那时，你们要替老师狠狠地惩罚他们……明白我的意思吗？……拜托了。"

孩子们异口同声地回答。

孩子们："是——！"

阿诚："今天本应上算术课，但我们不上了，进行竹枪训练。"

孩子中间掀起一阵欢喜的声浪。

阿诚："五分钟后拿着竹枪到校园里集合！"

孩子们："是！"

孩子们纷纷站起来，要去取竖在教室角落里的竹枪。

阿诚："等一等，在训练之前，有没有人想问算术上的问题？"

太郎："……"

太郎刚想举手，又缩了回去。

阿诚眼尖，一眼就发现了。

阿诚："莲池，你有什么问题？"

太郎站起来。

吞吞吐吐地问道。

太郎："那……不是算术上的问题，也可以提吗？"

孩子们停止骚动，注视着太郎。

阿诚："什么问题？"

太郎："真的有妖怪吗？"

阿诚："妖怪？"

阿诚听到这个出乎意外的提问，不禁为之一愣。

太郎："是的。"

阿诚："那都是迷信。"

太郎："可是我外婆……"

阿诚："是她说的吗？"

太郎："她说要是走近二号窖，妖怪就会出来……妈妈也是……"

阿诚："'妈妈'？"

笑容从阿诚的脸上消失了。

阿诚径直走到太郎面前。

阿诚："你们那里称呼'妈妈'？"

太郎："……"

看到阿诚气势汹汹的样子，太郎吓得说不出话来，只是默默的点点头。

孩子中间响起了窃窃低语声。

孩子乙："'妈妈'是指'饭'吗？"

孩子丙："真笨！是指母亲。"

孩子丁："他还管父亲叫'爸爸'呢。"

孩子乙："就像叫'香烟'一样。对吧，老师？"

阿诚："莲池，日本有'父亲''母亲'这些优秀的词汇，不要再使用'爹地''妈咪'之类的敌国语言。回家后跟你母亲好好说说！"

太郎："……是。"

太郎小声应道。

18. 分校·校园

孩子们排成一列横队，手里握着竹枪。

太郎也站在队列里。

只有太郎一个人的竹枪特别长。

阿诚："前进……后退……前进！前进……刺！"

孩子们："杀——！"

阿诚："气势还不够……杀！"

孩子们学着阿诚，运足气力喊着。

阿诚："好！现在准备冲锋，刺草靶子！"

孩子们盯着前方，摆好架式。

校园的一角立着一排刺杀用的草靶子。

阿诚："开始冲锋！"

孩子们呼喊着朝草靶子冲去。

太郎被长枪绊住了脚，一个跟头摔在地上。

孩子们相继用竹枪对准草靶子乱戳一气。

太郎爬起身来。

胳膊肘上擦破了一块皮。

太郎痛得要命，往破皮的地方涂着唾沫。

阿诚跑过来。

阿诚："你磨蹭什么！怎么还不冲上去？"

太郎慌忙发出喊杀声，朝前跑去。

太郎又一个跟头跌到了。

阿诚怒吼起来。

阿诚："你阵亡了！"

19．乡间小路

孩子们正走在放学回家的路上。

太郎远离大伙，一个人踽踽独行。

孩子甲跑过来，拍了拍太郎背在肩上的书包，旋即跑开了。

孩子甲："'饭'！"（译注：与"妈妈"谐音）

孩子们一个个重复着同样的恶作剧后，便朝对面跑去。

太郎气愤地咬住嘴唇。

孩子们在对面大声嘲笑着太郎。

孩子们："'妈妈''爸爸'……"

太郎拾起小石子朝对面扔去。

孩子甲："'妈妈'发火了！"

孩子乙："咱们来制制这个'爸爸'！"

孩子们纷纷用小石子和土块回击太郎。

20．野本家·庭院

甚八烧起一堆火，正在做竹枪。

太郎蹲在一旁。

太郎："为啥要烧竹枪尖呢？"

甚八："这么烧一下，竹枪尖儿就能像矛一样坚硬。"

太郎："能杀死美国兵吗？"

甚八："当然能。"

太郎："那妖怪呢？"

甚八："……"

甚八脸上浮现出难以回答的表情。

太郎："对妖怪不灵吗？"

甚八："这个嘛……大概也行吧……好，做好了。"

甚八在烧好的竹枪尖上洒点水，又用破布擦了擦，这才递给太郎。

21. 野本家·水池

太郎端着竹枪，对准池里的鲤鱼。

太郎："杀——！杀——！"

竹枪没能刺到鲤鱼。

太郎不由得叹了口气。

池中的黑鲤鱼、红鲤鱼游来游去。

太郎瞅准时机，又刺了一枪。

太郎："杀——！"

池中的一条鲤鱼被刺伤了。

太郎高兴地欢呼起来。

太郎："刺中了！好嘞！"

太郎从口袋里掏出手巾，缠在头上。

他又重新端起竹枪，拉开架式。

冲对面空中刺去。

太郎："杀——！"

22. 野本家·二号窖·后面

太郎手持竹枪，蹑手蹑脚地出现。

他把耳朵贴在土窖的墙壁上，悄悄地听着动静。

随后又小心翼翼地围着酒窖转起来。

23. 野本家·二号窖·前面

太郎从侧面悄悄地转过来。

他战战兢兢地凑近大门。

沙门上挂着一把大锁，但没有锁上。

太郎小声向里面喊话。

太郎："出来！……妖怪，你给我滚出来！"

里面寂静无声。

太郎："喂，不敢出来吗？"

太郎又小声喝道，用竹枪尖捅捅门。

忽然，里面"咣当"响了一声。

太郎吃了一惊。

他一溜烟跑掉了。

门开了，二枝从里面出来。

她手里端着食案，上面蒙着一层布。

二枝放下手里的食案，转身关上门，上了锁。

24．野本家·储藏室

甚八正在编草鞋。

太郎气喘吁吁地跑进来。

太郎："老爷爷，出来了！"

甚八："？"

太郎："二号窖里有妖怪。"

甚八："你进去了？"

太郎："我用竹枪捅捅门叫它出来，里面'咣当'响了一下。肯定是妖怪在捣鬼！"

甚八："看看，叫你不要到那跟前去玩嘛……再别去了。"

太郎："嗯。"

太郎使劲儿点点头，一边心有余悸地朝身后观望。

二枝端着食案恰好路过。

太郎："姨妈！"

太郎跑到二枝身边。

二枝："哟，看你雄赳赳的神气劲儿，怎么了？"

太郎："二号窖里有妖怪哟。"

二枝："嗯？"

二枝脸色骤变。

太郎："我在门前喊它出来，里面'咣当'一声，那保险是妖怪！"

二枝："哦，真可怕……"

二枝不由得舒了一口气。

太郎："你在那边上走太危险了！说不定会被它抓住吃掉的……"

二枝："是啊，太郎最好也别靠近那里。"

二枝欲走向厨房，又回过头来。

她冲着太郎凄然一笑。

二枝："太郎多幸福哇……"

25．梦境

太郎在黑暗中四处逃窜。

无论逃到哪儿都有妖怪。

这是一个童话般的孩子的梦。

妖怪朝太郎猛扑过来。

惊叫。

太郎："啊！"

26．野本家·太郎和一枝的卧室

太郎一骨碌从床上爬起来。

太郎："妈妈！"

太郎向隔壁房间喊了一声。

太郎："妈妈！"

太郎起身拉开隔扇。

被子铺在那里，却不见一枝的身影。

太郎："……"

太郎更加惶恐不安。

他飞奔出卧室。

27.野本家·厕所·门前

太郎跑过来。

他小声呼唤着。

太郎："妈妈……"

太郎侧耳细听。

旋即他转身向对面跑去。

28.野本家·厨房

太郎跑进来。

他四下里环视一圈。

黑暗之间地炉中的残火一闪一闪地燃烧着。

太郎："……"

在太郎的眼里，那幽暗的火光犹如点点鬼火。

他掉头又跑了出去。

29.野本家·浴室·门前

一盏吊灯闪烁着微光。

太郎走过来。

里面传来撩水的声音。

太郎："……"

太郎的脸上浮现出安心的神情。

一丝调皮的神情在他的脸上闪过，他悄悄地拉开了门。

30. 野本家·脱衣室

太郎蹑手蹑脚走向浴室。

31. 野本家·浴室

洗澡的水声。

"砰！"的一声，门拉开了。

太郎："妈妈！"

太郎大声叫道。

二枝一惊，蓦然回首。

江美坐在她的身前。

这是一个金发女孩。

二枝："太郎？"

二枝慌忙用手巾盖住江美的头。

太郎："……"

太郎茫然呆立，瞠目结舌。

江美一把扯下手巾，注视着太郎。

二枝急忙把江美搂在胸前，伸手关上门。

二枝："妈妈在你屋里呢！"

32. 野本家·太郎和一枝的卧室

一枝正在换睡衣。

隔扇拉开，太郎进来。

太郎一脸茫然的表情。

一枝："怎么啦……解手去了？"

太郎："妈妈。"

太郎依偎在一枝身边，仰脸叫了一声。

一枝："真是一个怪孩子。好啦，睡觉吧。"

太郎："这里有个美国人！"

一枝："？！"

一枝浑身一震，转向太郎。

太郎："和二枝姨在一起洗澡呢！"

一枝："……"

一枝一时语塞。

她只有默默凝视着太郎。

太郎："她是美国人吧？"

一枝："这么说，你都看见了？"

太郎："啊？是美国人吧？"

一枝："不是。"

太郎："那……"

一枝："你坐下！"

一枝端坐在席子上。

太郎："……"

太郎被一枝严肃的神情慑住，乖乖地坐在妈妈面前。

一枝将手搭在太郎的肩上。

一枝："那个孩子，就是二枝姨的女儿呀！"

太郎："骗人！她是美国人！"

一枝："真的，是你的表妹！"

太郎：“可是，她的眼睛是蓝色的呀！连头发……”

一枝："她的父亲是美国人。因为某种原因，不得不藏在二号窖里……真是一个可怜的孩子。"

太郎：“……”

太郎怎么也理解不了妈妈的话。

一枝："我打算和你姨妈说说，让她和你一起玩，你要好好照顾她……好吗？"

太郎："我不！她是美国人，我才不愿和她一起玩呢！"

一枝："太郎……"

33. 野本家·豆酱仓库

十五六名男女正忙碌地干着活。

他们大多是上了年纪或已过中年的人。

一扇玻璃将仓库和办公室隔开。

二枝正在办公。

34. 野本家·美代的房间

美代像往常一样，将账本摊开在膝盖上，拨弄着算盘。

一枝端茶进来。

她把茶杯轻轻地放在美代面前。

美代把账本和算盘放到一边，端起茶杯。

美代："今天是向军队交纳豆酱的日子。"

一枝："刚才甚八大叔已经送去了……太郎也跟去了……"

美代："太郎还没交上小朋友？……二枝怎么了，这些日子……账上总是出错。"

一枝："问题不光是在账本上呀。"

美代："？"

美代瞥了一眼一枝。

她已察觉出一枝想说什么。

她放下茶杯，又忙着打起算盘。

一枝："母亲，不能让她和太郎一起玩吗？"

美代："……"

一枝："太郎已经看见小江美了。"

美代："他进二号窖了？"

美代一惊，回过头来。

一枝："没有。昨天夜里在澡堂……"

美代："……"

一枝："总不能永远把她关起来吧……四月份就该上学了……那样一来，想藏也……"

美代："……"

美代紧绷着脸，一声不吭。

一枝："二枝近来瘦多了……母亲想必也看出来了……我真可怜她。"

美代："谁让她不顾我的反对和洋鬼子结婚的……她这是自作自受！"

一枝："母亲……你就是把她圈起来也没用。小学实行的是义务教育。不让上学是要受罚的呀！"

美代："江美并没有上户口。"

一枝："啊？！"

一枝大吃一惊。

一枝："真的吗？"

美代："……你问问二枝就知道了。"

一枝："……可是……"

美代："住口！"

美代厉声喝道，目光射向一枝。

美代："野本家的事由我作主，用不了你来多嘴！"

35．马车上

太郎和甚八坐在驭手座上。

太郎："那个美国人，真的是我表妹？"

甚八："真的。"

太郎："呸……我才不愿意呢！"

甚八："孩子，小江美的事，和谁都不能讲啊。"

太郎："嗯……真讨厌。"

太郎唱起军歌。

甚八："我的孩子们像你这么大的时候，我就像现在这样拉着他们上街里去。那时候，酒桶里装的可不是这样的豆酱哩……"

太郎停下歌声，回过头来。

太郎："听说他们三个人都得了金鸮勋章，真厉害呀。"

甚八："孩子，你说，你父亲死在战场，因此换来一枚金鸮勋章好，还是活着回来好呢？"

太郎："那还用说！当然是活着回来好呗！"

甚八："就是嘛。人一死也就全完了。"

甚八自言自语地喃喃说道。

他的脸上浮现出一层似哀似怨的神色。

36．野本家·走廊

传来太郎唱的军歌声。

美代出现。

她隔着玻璃窗向院里望去。

37. 野本家·庭院

太郎唱着军歌，迈着正步，围着水池转圈。

美代的画外音："太郎。"

太郎站住。

他循声望去。

美代打开玻璃窗，望着太郎这边。

美代："怎么不到外边结伴玩呀？"

太郎："……"

一丝哀伤的神色从太郎脸上掠过。

太郎又一声不吭地走起了正步。

美代："你就不能和别的小朋友在一起玩吗？"

太郎："……"

太郎又放声唱起来。

38. 野本家·走廊

美代目不转睛地注视着太郎。

美代："……"

美代脸色微微发生了变化。

她关上玻璃窗，消失在对面。

太郎的歌声戛然而止。

39. 野本家·水池

黑鲤鱼和红鲤鱼成群结队地游来游去。

40. 野本家·庭院

太郎出神地看着鲤鱼。

他嘟哝道。

太郎："咳，真没意思！"

太郎飞起一脚，把一块小石子踢出很远。

他回头望了望。

41. 野本家·二号窖

二楼窗户的两扇窗门敞开着。

42. 野本家·庭院

太郎目不转睛地盯着那个窗口。

蓦地，他俯身拾起脚边的小石子，装在口袋里。

43. 野本家·二号窖

小石子飞过来。

三个，四个，相继打在窗户和墙壁上。

44. 野本家·柿子树上

太郎爬到树上，掏出口袋里的小石子，瞄准酒窖的窗户扔去。

45. 野本家·二号窖·窗口

铁栅栏里面的纱窗打开了。

江美的脸露了出来。

46. 野本家·柿子树上

太郎放下正要扔小石子的手。

他有些不好意思。

"咦——"他撅了撅下巴。

47. 野本家·二号窖·窗口

江美高兴地打着招呼。

江美："是太郎哥哥呀。"

48. 野本家·柿子树上

太郎翻了翻眼皮做个鬼脸。

49. 野本家·二号窖·窗口

江美高兴地笑了。

江美："我是江美。"

50. 野本家·柿子树上

太郎回答道。

太郎："我不认识你……我才不和你玩呢！"

51. 野本家·二号窖·窗口

江美收起笑容，脸上露出悲伤的神情。

52. 野本家·柿子树上

太郎又扮了一个鬼脸。

太郎："你给我滚！"

53. 野本家·二号窖·窗口

江美抹着眼泪。

太郎的画外音："谁让你不是日本人的！"

江美："混蛋！"

江美带着哭腔骂了一句，随即吐了一口唾沫，使劲关上了纱窗。

54．野本家·柿子树上

太郎一瞬间呆住了。

紧接着一串恶言从他的嘴里吐了出来。

太郎："什么？！好你个美国佬……洋鬼子……碰碰女！"

太郎对着窗户拍拍屁股。

忘形之际，他一脚踩空。

太郎："啊！"

55．野本家·太郎和一枝的房间

一枝给太郎擦破的膝盖涂着药。

一枝："多危险！再别胡闹了。"

太郎："那家伙竟敢骂我混蛋！"

一枝："？……谁呀？"

太郎："……"

太郎不知如何回答才好。

太郎："行啦。"

太郎站起来，想往外跑。

一枝已经猜到。

一枝："你是不是在树上和江美说话来着？"

太郎："我才不和那家伙玩呢。"

太郎跑出屋去。

一枝："……"

一枝脸上浮现出微笑。

她一边收拾着药箱，一边高兴地自言自语。

一枝："哦，他和江美说话了……"

56. 野本家·二号窖·窗口

江美笑眯眯的，脸朝着这边。

江美："真对不起……给你这个！"

她从铁栅栏的缝中扔出一个布娃娃。

当然扔不到地方。

布娃娃晃晃悠悠掉在了地上。

57. 野本家·柿子树上

太郎将目光投向布娃娃。

58. 野本家·二号窖·窗口

江美双手抓着铁栅栏，和太郎搭着话。

江美："这是布娃娃……是我自己做的。"

59. 野本家·柿子树上

太郎不由得不好意思起来。

太郎："我才不要这玩意儿呢。"

60. 野本家·二号窖·窗口

江美开口问道。

江美："什么地方你都能看见吗？"

61. 野本家·柿子树上

太郎把手握成圆筒，像望远镜似的贴在眼睛上。

太郎："能看见，能看见……啊，刚才零式战斗机在美国扔了一颗大炸弹。美国人在四处逃窜……又一架飞机飞过来了。"

这时，传来美代的呼唤声。

美代："太郎，你爬到哪儿去了？"

太郎："不好！是外婆……"

太郎挥挥手，爬下树去。

62. 野本家·二号窖·窗口

江美挥挥手，低声回答道。

江美："再见。"

寂寞孤独的神情又回到江美的脸上。

63. 野本家·厨房

警察手代木正在喝酒。

政江端来一壶新酒。

政江："来，再来一杯。"

手代木："哎哟，让野本家的大嫂斟酒，明摆着要遭报应的嘛？"

手代木喜滋滋地一饮而尽。

政江："慢慢喝吧。"

手代木："据说东京的宪兵队下了一个通知……宪兵队一插手，警察也无能为力喽。"

政江："说二枝的孩子藏在我们这儿……通知是这么说的吗？"

手代木："正是如此……总署下了命令，不管怎样，让我们先调查一下上报。"

一枝陪着二枝走进来。

二枝："我是二枝……"

二枝坐在了手代木的对面。

手代木："刚才我和你嫂子也说了，我这是奉命行事，好歹……"

手代木从口袋里掏出笔记本。

手代木："你那位叫阿诺德的丈夫……对不起，他也许不是你的丈夫……"

二枝："不，阿诺德是我男人。以前警察传讯我时，我就讲得很清楚了。"

手代木："听说你和你丈夫有一个女孩……"

二枝："……"

二枝欲言又止。

政江："……"

政江担心地瞥了一眼一枝。

手代木："据说你确实把那个女孩带到这儿来了，所以东京的宪兵队命令我们调查清楚后上报……"

话音未落，美代走进来。

美代："哎呀，是警察先生。"

手代木："您辛苦了。"

手代木慌忙坐直身子。

美代坐在手代木面前。

她随手端起酒壶。

手代木："不敢当不敢当……"

手代木诚惶诚恐地接酒。

美代："听说你是为二枝孩子的事来的，二枝有没有孩子，我想还是查查户口本来得快些吧？"

手代木："不过，据宪兵队调查……"

美代："那好，就请你搜家吧。……政江，你给带路！"

政江："好的。"

政江惶惶不安地又望了望一枝。

美代："快点！"

一枝："母亲……"

手代木："哪儿的话！哪儿的话！既然大妈说没有，那还能有错？我向总署报告说没有什么孩子就是了。省去一桩麻烦事，我也乐得个自在。哈哈哈！"

美代："是这样吗？"

美代站起身来。

美代："政江，你陪着警察先生慢慢喝……失陪了，警察先生。"

美代走出房门。

政江："来，请喝。"

政江松了一口气，端起酒壶。

手代木："真是的，在你婆婆面前我就拘谨，连酒是什么味道都品不出来了。"

手代木美美地干了一杯。

二枝趁势抽身离去。

64．野本家·庭院

二枝蹲在池畔。

一枝走来。

她悄悄地站在了二枝身旁。

二枝："我刚才想承认……我有孩子。"

二枝凝视着池面，眼里含满了泪水。

一枝："……"

二枝："这样一来，孩子就上不成学了。"

一枝："……"

一枝找不出一句安慰的话语。

她默默地在二枝的身旁蹲下。

二枝："这几天她一见到我就问……什么时候能上学呀？……姐姐！"

二枝把脸俯在一枝的肩头哭泣着。

二枝："我该怎么向孩子说呢……她是那么地期盼着上学……"

一枝："……"

一枝轻轻抚摸二枝的后背，安慰着她。

65．野本家・二号窖・窗口

江美把手搭在铁栅栏上，冲着这边快活地说着。

江美："梅花开了吗？"

66．野本家・柿子树上

太郎回答着。

太郎："开了。瞧，那边也开了。"

太郎伸手向庭院的那边一指。

太郎："从你那儿看不见吧？"

67．野本家・二号窖・窗口

江美高兴地说着。

江美："等梅花一落，用不了多久我就能上学了。"

68. 野本家·柿子树上

太郎："这儿的学校是分校，一年级和二年级是在同一间教室里上课的。"

69. 野本家·二号窖·窗口

江美："那我就和太郎哥在一起了……会有人欺负我吗？"

70. 野本家·柿子树上

太郎："有也不用怕……我会狠狠揍他……我可厉害了。"

太郎又将手掌弯成望远镜状，向远处来回瞭望。

太郎："啊，特攻队！撞到美国军舰上了。炸沉了……炸沉了……这回是航空母舰。起火了，起火了……哇，真厉害！美国军舰被打得稀里哗啦。"

71. 野本家·二号窖·窗口

江美笑嘻嘻地听着。

72. 盛开的樱花

73. 神社·院内

灌木丛中有五六个孩子。

太郎也在其中。

另一处灌木丛中也有五六个孩子。

双方发起冲锋，东一堆西一堆的，扭作一团。

他们在玩打仗游戏。

"天皇陛下万岁！"

有的孩子早早地壮烈殉国。

太郎被一个大个头的孩子王按倒在下面。

孩子王："喂，投降吗？"

太郎："没门儿！"

太郎拼命想翻过身来。

刺啦一声，衬衣被撕破了。

74. 野本家·厨房

政江正在蒸白薯。

二枝提着食案从后门进来。

二枝把钥匙放进橱柜的抽屉里。

她转过身来，吓了一跳。

二枝："咳，是太郎呀。"

太郎站在那里一动不动。

他慌忙将视线移开。

太郎："我肚子饿了。"

政江在灶前头也不回地应声道。

政江："白薯马上就熟了……"

一枝从屋里走出来。

一枝："哟，你这是怎么了？"

太郎："我差点当了俘虏，被撕破的。"

一枝和二枝互相望了一眼，不由得笑了。

一枝："快把书包放下换件衣服……把脚洗洗！"

太郎："好嘞！"

太郎朝后门跑去。

75．野本家·太郎和一枝的房间

桌上摆放着莲池的照片。

太郎："爸爸，我回来了。"

太郎向父亲的照片打声招呼，开始换起衬衣。

他正要走出房间，又回头望了一眼。

布娃娃躺在房间的角落里。

太郎："……"

太郎拾起布娃娃。

他把布娃娃从窗口扔出去。

布娃娃挂在了窗檐上。

太郎："……"

太郎缩回头，拿来一把扫帚。

他用扫帚把布娃娃拨拉过来。

他拾起布娃娃。

太郎："……"

太郎盯着布娃娃。

他喃喃说。

太郎："还是没啥用啊。"

太郎随手把布娃娃扔掉。

76．野本家·厨房

太郎吃着蒸白薯。

一枝站在他身旁。

政江正往小盆里捡白薯。

一枝："我来……"

一枝接过盆走出去。

太郎："是给外婆的吗？"

政江："嗯……太郎，你还没有交上小伙伴吗？"

太郎："……"

太郎盯着手里的白薯。

政江："交上了吗？"

太郎把白薯塞进口袋，站起身来。

太郎："我出去玩一会儿。"

太郎正要跳下土地间，又转过来。

他伸手又抓起一个白薯，塞进口袋里，然后向院子里跑去。

77. 野本家·柿子树上

太郎爬上树来。

他从口袋里掏出小石子刚想扔，却不由愣住了。

78. 野本家·二号窖·窗口

江美把脸紧贴在铁栅栏上，正向他这边望着。

江美："我每天都在等你呢。"

79. 野本家·柿子树上

太郎一脸狼狈相。

太郎："上了二年级，功课也紧了。"

80. 野本家·二号窖·窗口

江美："我得等到明年才能上学呢。"

81. 野本家、柿子树上

太郎不由地感受到了江美的悲伤之情。

太郎："……喂，把脸缩回去！"

82. 野本家·二号窖·窗口

江美的脸上露出了惊讶的表情。

太郎的画外音："把脸缩回去呀！"

江美的脸从铁栅栏处消失了。

83. 野本家·柿子树上

太郎从口袋里掏出白薯，对着窗户扔过去。

84. 野本家·二号窖·窗口

江美喜滋滋的脸又露了出来。

她手里拿着白薯。

江美："这个，给我的？"

85. 野本家·柿子树上

太郎又掏出一个白薯，掰成两瓣。

太郎："尝尝看，香极了。"

太郎吃了起来。

江美的画外音："真好吃！"

太郎吃完了半个。

他正想把剩下的半个放进嘴里，却转念把它塞进了口袋里。

太郎："我去撒泡尿。"

太郎准备爬下树来。

忽然他想起什么似的，向江美打听道。

太郎："你要撒尿怎么办？……没有厕所吧？"

86. 野本家·二号窖·窗口

江美点点头。

87. 野本家·柿子树上

太郎问道。

太郎："那，你就憋着？"

88. 野本家·二号窖·窗口

江美摇了摇头。

江美："有马桶。"

89. 野本家·柿子树上

太郎不解地又问道。

太郎："马桶？……那是啥东西？……哎呀，不好！我要尿裤子了。"

太郎忙不迭地爬下树去。

90. 野本家·太郎和一枝的房间

电灯用灯罩遮住光。

一枝坐在灯下缝缝补补。

太郎横躺在床上，吧嗒吧嗒跺着脚。

一枝："烦死了。向爸爸请安后快点睡吧。"

太郎："妈妈，马桶是撒尿用的吗？"

一枝："咦，怎么突然问起这个来了？"

太郎："也可以拉屎吗？"

一枝："妈妈不愿听这些脏话。"

太郎：“……”

太郎目不转睛地盯着天花板。

一枝：“……你怎么了？”

太郎：“我要不要和她玩呢？”

太郎自言自语地嘟哝着。

一枝：“? ……无论和谁都要友好相处啊。”

太郎爬起身来。

他打开窗户。

布娃娃还挂在窗檐上。

一枝的画外音：“快关上！灯光露出去，警防团的人又该骂了。”

太郎伸手拾起布娃娃。

他坐在窗台上，用指尖拨弄布娃娃跳舞。

一枝：“哎，这个布娃娃是江美给你的？”

太郎：“……”

太郎目不转睛地盯着布娃娃。

一枝：“快关上窗户！”

太郎：“她大概想到外面来玩吧？”

太郎又自言自语地嘟哝着。

91. 野本家·大门外

五月下旬。

一辆跨斗摩托车停在门前。

边上坐着一个驾驶摩托车的宪兵。

他朝门里看了一眼，急忙站起来。

岛田在一枝和二枝的陪伴下走出来。

岛田的胳膊上戴着“宪兵”的袖章。

島田停下脚步，回过头来。

岛田："我再说一遍，每周星期二必须去煤矿的宪兵分遣队报到一次……离开这座村庄一步都必须得到分遣队的批准……懂了吗？"

二枝："……"

二枝默默地点点头。

岛田："除了监视俘房外，还硬要我们监视你。真是麻烦死了！"

岛田说毕跨上摩托车。

摩托车发出一阵刺耳的声音，渐渐远去。

92．乡间小路

太郎和五六个孩子走在放学回家的路上。

孩子甲向对面望了一眼，停下脚步。

孩子甲："瞧，当兵的！"

93．另一条乡间小路

跨斗摩托车停在那里。

驾驶摩托车的宪兵正拼命发动着引擎。

岛田站在旁边。

驾驶摩托车的宪兵擦着汗从车上跳下来。

岛田："还不行吗？"

宪兵："嗯。"

宪兵蹲下身子，查看车轮。

架在壕沟上的桥板已经腐朽，摩托车的后轮卡在了里面。

岛田好像听到了什么动静，回首向对面望去。

94．田埂上

孩子们排成一列向这边跑来。

95．另一条乡间小路

跨斗摩托车上系着两根绳子，孩子们使尽全身力气拉着。

岛田在一旁发号施令。

岛田："休息！"

孩子们停手擦汗。

岛田："先休息一下，然后分一半人到后面去推。"

孩子们："是！"

孩子甲："'饭'，你到后面去推。"

岛田追问。

岛田："'饭'？……是外号吗？"

孩子甲："这小子管母亲叫'妈妈'。"

岛田："什么……你是疏散来的？"

岛田逼视着太郎，开口问道。

太郎："……"

岛田："那好，这里用不着你帮忙了……使用敌国语言的家伙是不能摸军车的。你走吧！"

96．田埂上

太郎跑过来。

身后传来孩子们的吆喝声。

太郎停住脚步，回头望去。

对面，孩子们生龙活虎地喊着号子，有的在前面拽，有的在后面推。

太郎："……"

太郎脸上露出了羡慕的神情。

太郎把双手拢在嘴边，大声骂了起来。

太郎："混——蛋——！"

太郎急忙转身跑走。

97. 野本家·庭院

太郎使劲拽着一根拴在柿子树上的绳子。

太郎："嗨哟嗨哟！"

太郎停下手来。

太郎："不跟人比真没意思。"

太郎嘟哝着，扔掉手中的绳子。

他回头望了望二号窖的窗户。

98. 野本家·二号窖

窗户关着。

99. 野本家·庭院

太郎抬头望着。

太郎："……"

太郎踌躇不定。

他的脑海里浮现出——

100. 二枝的手把钥匙放在了橱柜里

101. 野本家·庭院

太郎："……"

太郎一溜烟朝厨房跑去。

102. 野本家·二号窖·正面

二枝神色慌张地从里面出来。

她环顾四周，显然是在寻找什么。

二枝："小江美……江美……"

二枝小声呼唤着。

却没人应声。

二枝跑了起来。

103. 野本家·后院

二枝疾步走来。

继续呼唤着。

二枝："小江美！"

没人应声。

她又跑了起来。

此时，摄影机朝着相反的方向移动。

几只很大的空酒桶躺倒在地上。

太郎和江美并肩坐在一只大空桶上。

江美："哎，在学校玩捉迷藏吗？"

太郎："玩呀，不过我喜欢玩攻城。"

江美："还玩跳格子吗？"

太郎："那是女孩子玩的……竹枪训练才有意思呢。人家都夸我，说我刺的最棒！"

江美："……"

江美的脸上浮现出羡慕的神色。

她随手拾起一小块木片，蹲下身子，在地面上写起字来。

太郎："跟姨妈学的？"

江美："……"

江美又用平假名写起来。

太郎更惊奇了。

太郎："这是平假名吧？上二年级以后才开始学咧。"

江美："……我多想早点和大家一起玩呀。"

太郎："明年你不就能上学了嘛。"

江美："妈妈也这么说。到那时候就能和大家一起玩了。"

太郎："不过……人家愿意和你一起玩吗？"

江美："为什么呢？"

太郎："你问为什么……"

太郎语塞。

这时，二枝找来了。

太郎："姨妈！"

二枝："过来！"

二枝气冲冲地一把抱起江美，向空酒桶的对面跑去。

太郎："……"

太郎被二枝气汹汹的神态吓傻了，呆呆地站着。

104. 野本家·二号窖·正面

二枝从里面出来。

她关好纱窗，上了锁。

她正要抬腿朝这边走来，却又立住不动了。

太郎垂头丧气地呆立着。

二枝："……"

太郎低下头，躲避着二枝的视线。

太郎："……对不起。"

二枝："……"

二枝摇摇头，莞尔一笑。

太郎："？"

二枝走上前，蹲在太郎面前，手搭在他的肩上，凝视着他的
面孔。

二枝："谢谢，我真心地感谢你……姨妈向你道歉了。"

二枝的眼睛里闪动着泪光。

105．野本家·厨房

太郎从外面走进来。

六月上旬。

太郎把白薯当零食吃。

一枝给他倒了一杯水。

一枝："今天怎么没去玩呀？"

太郎："二枝姨不是间谍吧？"

一枝："？！……这是谁说的？"

太郎："学校里大家都这么嚷嚷……说是宪兵说的。"

一枝："所以他们就不和你一起玩？"

太郎："这怕啥！我还不稀罕和这些乡巴佬玩呢……二枝姨
不是间谍吧？"

一枝："不是的。二枝姨不会干那种卑鄙的勾当。"

106．野本家·二号窖·楼上

深夜。

二枝悄悄收听着广播。

只言片语的日语广播断断续续地传来。

二枝的眼睛里闪动着异样的光。

江美天真无邪地玩着。

广播的声音："……大本营的战报几乎都是骗人的鬼话……你们只要冷静思考一下就不难看出这是谎言……竹枪是打不落B29 轰炸机的……我从小是在神户长大的，直到战争爆发……"

这时传来一枝的声音。

一枝的画外音："这就是阿诺德先生吗？"

二枝蓦然一惊。

一枝不知什么时候站在了楼梯上。

江美追问道。

江美："爸爸？……爸爸怎么了？"

二枝关上收音机。

江美："爸爸回来了吗？"

二枝没有回答，目不转睛地盯着收音机。

一枝悄悄坐在了二枝身旁。

二枝抬起头来。

二枝："姐姐，请你把它收起来……"

一枝："可是，这……"

二枝："是这么回事。这是阿诺德被强行押送回国时给我留下的……他告诉我，回到美国后可能要搞对日广播，让我经常听听。"

一枝："那你为什么……"

二枝："……"

二枝使劲摇头。

二枝："不听还好……一听反倒更难过了……阿诺德在广播的时候，心情一定也不好受。……他是打心眼里热爱日本的呀。一想到他的痛苦……"

二枝哇的一声，痛哭起来。

江美嘟哝起来。

江美："我想见爸爸。"

二枝："……"

107．煤矿区

那种气氛——

108．煤矿区·空地

美军俘虏满脸是血，躺倒在地上。

他两手死死抓住一块饼，大口啃着。

军靴踢在他的脸上。

传来宪兵甲的怒喝声。

画外音："给我！……不肯给吗？"

鲜血从被踢的伤口里喷出来。

画外音："把饼给我！"

宪兵再次使劲踹美军俘虏的脸。

路旁，二十几名美军俘虏失魂落魄地望着这个场面。

俘虏甲一下子昏迷过去。

他的胳膊无力地下垂，那块咬了一半的饼从手掌上滚落下来。

宪兵甲拾起饼。

不远处，岛田挂着军刀站立着。

宪兵甲："曹长！"

宪兵甲把饼交给岛田。

岛田皱着眉头努了努下巴。

宪兵甲用力将饼扔向远处。

二十几名国防妇女会会员手持竹枪一直站在旁边。

千惠子也在其中。

岛田走到她们面前。

岛田："是谁给他们饼的？"

女人们个个惊慌失色地站在那里。

岛田："我在问是谁？"

千惠子把心一横，应了一声。

千惠子："是我。"

岛田："？！……你为什么要这么做？那饼是慰劳你们训练，特别配给的……我问你，竹枪训练是为了什么？"

千惠子："是，是准备本土决战。"

岛田："你既然知道，为什么还要这么干？"

千惠子："是！我看到他在翻垃圾箱找吃的，觉得太可怜了，所以就……"

岛田："可怜？……混蛋！"

岛田怒喝一声。

岛田："由于这些家伙，我们皇军将士不知有多少人被杀害了。像你这种家伙就是非国民……出列！"

千惠子："……"

千惠子怯生生地走出队列。

岛田："再跨前一步！"

岛田回头对宪兵说。

岛田："喂，给这娘们灌输大和精神！"

两名宪兵面面相觑，互相推诿。

岛田："干什么！快点！"

宪兵甲："是！"

宪兵甲无可奈何地站到了千惠子面前。

岛田："打！"

宪兵甲向千惠子打去。

岛田："手太轻了！"

岛田一把推开宪兵甲。

他脱去手套。

岛田："我来给你灌输一点大和民族的精神！"

岛田朝千惠子的脸猛扇了一巴掌。

千惠子："哎哟。"

千惠子身子一歪。

岛田："瞧你熊包的德性……"

岛田两手左右开弓。

千惠子的脸左右摇晃着。

109. 分校·校园

放学后。

千惠子走来。

阿诚背身站在一旁。

千惠子："我所作所为难道有那么坏吗？"

阿诚："……"

千惠子："俘虏不发给特殊配给的食物，他们总是饿着肚子。"

阿诚："这是理所当然的。粮食本来就缺，怎么还能特殊照顾俘虏呢？"

千惠子："可是，他们也一样是人呀。"

阿诚突然回头，打断千惠子的话。

阿诚："不一样，他们是敌人！"

千惠子："……"

阿诚："要恨，要恨他们才对……你要是不从心里恨敌人，就不会真心地热爱日本。"

千惠子："……"

千惠子茫然地注视着阿诚。

阿诚："……"

阿诚避开千惠子的视线，迈步离去。

他的一双脚。

千惠子追上来。

千惠子："胡说……这不像是你，阿诚是个心地善良的人……你为自己不能奔赴战场而歉疚……所以就强迫自己那样去想……嗯？对吧？"

阿诚："千惠子！"

阿诚满脸窘相，转过头来。

忽然，一阵钟声由远处传来。

两人一惊，循声望去。

110．消防瞭望楼

警防团团员拼命地敲打着吊钟。

111．乡间小路

两三名警防团团员一边骑着自行车飞奔，一边用手持话筒大声喊叫。

警防团员："空袭……城里叫格鲁曼给炸了……空袭！……现在朝这边飞过来了！"

112. 野本家·厨房

夜晚。

政江、一枝、二枝等人聚在一起。

太郎跑了进来。

他头上戴着防空头巾，手里拿着竹枪。

太郎："老爷爷回来了！"

一枝："真的？"

甚八从后门走了进来。

甚八："真险啊。刚到城里卸下豆酱桶，就'哐哐'炸开了。"

一枝："大伙儿正担心着呢。回来得这么晚……"

甚八："他大嫂。"

甚八招呼着政江。

甚八："辰次家的女人被炸死了。"

政江："啊，阿常她……"

甚八："回来的路上刚好碰见，我就帮他们把她送到了医院，不过已经不行了。"

一枝："咳……"

女人们面面相觑。

113. 野本家·太郎和一枝的房间

一枝正在铺被子。

她突然停下手，走近摆在桌子上的莲池的照片。

黯然伤神。

她在口中轻轻呼唤着。

"哐当"一声，拉门拉开了，太郎跑了进来。

太郎："妈妈！"

一枝慌忙将照片放回原处。

一枝："进门要打声招呼，我跟你说了多少次了？"

太郎："那些醉汉正在欺负二枝姨呢！"

114. 野本家·厨房

二枝耷拉脑袋坐在那里。

一枝、政江、千惠子护在她的身边。

太郎手扶着一枝的肩膀立在一旁。

门框处站着辰次、喜助等四五个人。

除辰次之外，其他人都身着警防团制服。

他们喝得醉醺醺的。

辰次："还我的老婆……还给我！"

政江："你说些什么呀……这和二枝有什么关系。"

喜助："关系大咧！……堂堂野本家的千金小姐，竟然给外国人当小老婆。"

一枝："请不要无礼！二枝他们是名正言顺的夫妻。"

喜助："那就更可恶……辰次的老婆就是被美国飞机炸死的。这和你男人亲手杀死有什么两样！"

太郎吓得脸色煞白。

警防团的团员们七嘴八舌地嚷起来。

警防团员甲："就是，喜助说得对。"

警防团员乙："不能让美国人的老婆再待在我们村里……快让她滚！"

二枝："……"

二枝默默忍受着他们的谩骂。

辰次："少她妈装哑巴，快点回答……还我老婆！"

就在这时，美代走出来。

喜助："大妈！"

美代瞥了一眼辰次等人。

美代："辰次……喜助……"

在美代威严的目光下，喜助他们的气焰被压了下去。

喜助："是。"

美代："你们是从什么时候开始，竟敢对野本家发号施令的？"

喜助："不过，大妈……"

美代："住口！……你们被黄汤灌昏了头，竟敢跨进野本家的门坎来闹事……要是有事，等你们酒醒后再来……都回去吧！"

喜助等人被美代的威严镇住，灰溜溜地退出。

一枝："母亲。"

一枝松了一口气，叫了一声美代。

美代："……"

美代倏地站起身，头也不回地走出屋去。

这时大门外传来喊声。

同时响起小石子砸在屋顶和墙壁上的响声。

画外音："滚！"

另外的画外音："间谍！"

又一个画外音："洋婊子！"

115. 野本家·门口

辰次、喜助等人在黑暗中高声叫骂，拣起小石子朝院子里乱扔。

116. 野本家·门口

旭日东升。

大门上涂抹着几个大字。

"杀死间谍！"

甚八手提铁桶走出来。

他用抹布擦去字迹。

117. 野本家·二号窖·门口

二枝端着食案走来。

她阴沉着脸。

她走进门去。

118. 野本家·二号窖·内

二枝进来。

当走到楼梯中央时，她不由得停下脚步。

只见江美正在做布娃娃。

江美嘴里哼着《木偶新娘》的歌。

一幅全神贯注的神态。

二枝："……"

二枝一动不动地望着。

江美收住歌声，和布娃娃说起话来。

江美："小江美明年就要上学了。等我上学后，你们要好好看家，可别调皮呀。"

二枝："……"

二枝实在忍不住了，一下蹲在楼梯上。

江美听见了动静。

江美："妈妈！"

江美跑过来。

二枝紧紧搂住江美。

二枝："啊，妈妈，我喘不上气了……"

二枝依然紧紧搂住不放。

二枝："原谅我……原谅妈妈吧……"

119. 夜色中的村庄·全景

七月中旬。

钟声响彻夜空。

提灯的灯火四处游走。

120. 野本家·厨房

二枝从后门跑进来。

二枝："又空袭了？"

一枝、政江、千惠子坐在地炉边上。

一枝："听说矿上的俘虏逃跑了。"

二枝："逃跑？"

政江："听说是逃到咱们村来了呢。"

一枝："他们自己也知道，逃是逃不掉的，可……"

说话间，太郎身穿睡衣走进来。

太郎："妈妈，太热了，睡不着哇。"

政江："今天将就一晚上吧。俘虏要是从窗子爬近来就糟了。"

甚八走进来。

他回身紧紧插上门。

一枝："外面情形怎么样？……还没有抓到吗？"

甚八："没有。警防团全都出动了。"

政江："吓死人啦！……他们可别跟着大叔后面溜进来了……再去检查一下门关严实没有。"

甚八："好。"

政江和甚八到里屋去了。

太郎脱去睡衣。

一枝："瞧你，像个什么样子！"

太郎："我背后太痒痒了。"

太郎伸手想挠后背。

千惠子："来，姐姐给你挠。"

太郎把背冲向千惠子。

千惠子："哎呀，好像是痱子……是这儿痒吧？"

太郎："唔，痒极了。"

一枝问二枝。

一枝："怎么样，她好点了吗？"

二枝："……好像越来越重了。"

一枝："是啊，仓库里面就像蒸笼一样哩。"

二枝："她全身长满了痱子，看上一眼自己的身上都发痒。"

一枝："要让她到外面吹吹风。"

二枝："这孩子真可怜，可又有什么法子？"

太郎："江美生了那么多痱子？"

一枝："行啦，你快点睡觉去吧。"

121．野本家·太郎和一枝的房间

太郎背靠着柱子，来回蹭着痒。

他自言自语说道。

太郎："是吗，她全身都长痱子了……真痒啊！"

太郎使劲蹭着后背。

122．村中小路

一辆跨斗摩托车发出刺耳的声音疾驶着。

123．神社·院内

岛田从跨斗摩托车上跳下。

手代木和十余名警防团团员，拉着五花大绑的两名俘虏走来。

手代木："曹长！"

手代木停下脚步敬礼。

手代木："这两个家伙钻到前殿地下，叫我们给抓住了。"

岛田："还有一个。搜！"

124．警防团·办公室

清晨。

十几名团员啃着饭团子。

辰次、喜助也在其中。

喜助："他能逃到哪儿去呢？"

辰次："……"

辰次动了动嘴唇，欲言又止。

喜助："？"

喜助用目光催促辰次快说。

辰次："咱们搜了一晚上居然没有搜到，会不会有人把他窝藏起来了呢？"

警方团员甲："胡扯什么呀？咱们村不会有人窝藏俘虏的。"

辰次："那可没准。喜助，难道你也心中没谱吗？"

喜助："……你是说她？"

辰次："嗯……不管怎么说，她到底是美国人的老婆哇。"

说话间，外面响起翻斗摩托车刹车的声音。

岛田进来。

岛田："怎么，还没有抓着？"

警方团员："没有，我们像篦头发似的篦了一遍，可是……"

喜助走到岛田的面前。

喜助："曹长，刚才我们大家正在议论这件事，不过……"

125．乡间小路

土路上，可以看见岛田和手代木带领着十几名警防团员疾步行走着。

126．野本家·浴室

太郎正对着镜子往头上蒙着防空头巾。

他一把扯下头巾扔在一旁。

他又随手抓起一枝那块大头巾，蒙在头上。

他自言自语道。

太郎："还是这个好。"

一枝抱着一堆洗过的衣物走进来。

一枝："哎，那是妈妈的吧？"

太郎："……"

太郎一脸狼狈相，摘下防空头巾。

太郎："我玩去啦。"

太郎拿着头巾飞跑出去。

一枝："别到外面去！还有一个没抓到呢！"

127．野本家·大门口

岛田率领一群警方团员闯了进去。

128．野本家·二号窖·门前

一号窖的门大敞着。

岛田、手代木和其他警防团员围在二号窖前。

一枝、甚八也在这里。

二枝脸色苍白地跑过来。

二枝："姐姐！"

二枝抓着一枝的手腕失声叫道。

一枝："不要紧，钥匙我早就交给母亲了。"

喜助正在门前撬锁，发出哗啦哗啦的响声。

辰次拎着一把大锤走来。

岛田："砸！"

岛田努努下巴。

辰次："是。"

辰次举起大铁锤，对准纱门就要砸下去……

二枝："姐姐！"

就在这时，背后传来一声呵斥。

美代："你们想干什么！"

美代走到酒窖门前，拦住辰次的去路。

美代："钥匙我拿着呢！"

辰次："……"

辰次放下大铁锤，回头望了望岛田。

岛田走近美代。

岛田："打开……把酒窖门打开！"

美代："不行！"

岛田："什么？！"

美代："二号窖里藏有先祖传下来的宝物。除了野本家的人外，外人是不能过目的。"

岛田："先祖？……得了，快把钥匙交出来！"

美代："……"

美代不屑地瞪着他，手里紧紧握着钥匙。

岛田："不肯交吗？"

岛田从美代手里一把夺过钥匙。

美代："你要干什么！"

美代欲夺回钥匙。

岛田使劲一推。

美代跌到在地上。

一枝跑上前来。

一枝："母亲！"

美代顽强地爬起身来，想再次冲向岛田。

就在这时，酒窖的门"嘎吱"一声被打开了。

美代："……"

美代僵立在原地。

一枝："母亲！"

美代："……"

美代背过身去，喃喃说道。

美代："全都完了……"

话音未落，只见二枝疯狂般地冲进酒窖。

129．野本家·二号窖·内

二枝冲进来。

她一把推开正站在楼梯底下发号施令的岛田，径直奔向二楼。

130．野本家·二号窖·二楼

二枝跑上楼来。

她环顾四周。

不见江美的身影。

二枝："？"

二枝旋即把江美挂在那里的西装和一些小物件塞到堆在墙角的被子里。

二枝回头望望。

目光停留在柳条箱上。

她走过去，悄声呼唤着。

二枝："江美……"

岛田领着三四名警防团员爬上楼。

二枝猛地将身子扑在柳条箱上。

岛田："在这里面……打开！"

几名警防团员冲上来。

他们把拼死抱住不放的二枝拉开。

二枝："住手！……不能开！"

131．野本家·二号窖·门前

美代背对着酒窖坐着。

她目光茫然地射向天空。

一枝："……"

一枝一惊，脸色遽变。

甚八："……"

甚八喉骨蠕动了一下。

只见警防团员簇拥着岛田蜂拥而出。

手代木随后跟了出来。

一枝和甚八目瞪口呆，面露惊讶神色。

手代木走到他们旁边。

手代木："真对不起……我早就说过，野本家不会私藏俘虏的，可他们……再见。"

手代木一溜小跑赶队伍去了。

一枝和甚八面面相觑。

一枝跑进酒窖。

甚八："他大妈，人都走了。"

美代："……江美被带走了吧？"

甚八："这……"

132. 野本家·酒窖·内

二枝茫然若失。

柳条箱的盖子大开着。

一枝爬上楼来。

一枝："江美呢？"

二枝："姐姐！"

二枝扑倒在一枝脚前，抱着她的腿呜呜哭泣。

133. 河流

河水清澈。

阳光灿烂。

江美和太郎的欢快笑声荡漾在河面上。

俩人浑身上下一丝不挂，正在打水仗。

江美头上蒙着一块防空头巾。

正在撩水的太郎停下手。

太郎："桃花鱼！"

只见水面上银鳞一闪。

太郎："江美，你从那边往这边轰！"

江美："……"

江美俯下身子开始轰起来。

太郎："好！"

太郎伸出两手就想抓鱼。

这时，江美的防空头巾滑下来，遮住了脸。

江美："我啥都看不见了。"

太郎将两手伸入水中。

然而却抓了个空，鱼儿跑掉了。

太郎："混蛋！看你把它吓跑了吧？"

江美撩起头巾。

江美："可以摘下来吗？"

太郎："那可不行。"

太郎搜索着水面。

太郎："哼，都怪你大声嚷嚷……"

太郎正说着，忽然发觉江美的视线，于是慌忙用手捂住前身。

太郎："没臊！"

江美："怎么我没有呢？"

江美低头看了看自己的下腹部。

太郎："你当然没有啦。"

江美："就因为我爸爸是美国人？"

太郎："真笨……女的都没有小鸡鸡。"

江美："日本人也一样？"

太郎："那还用说。"

江美："要是因为我是女的才没有，那就好。"

太郎："你连这个都不知道？"

太郎向江美撩了一把水。

江美也撩水反击。

两个孩子欢快地玩耍着。

134．河岸

甚八一边走一边四下里搜寻。

他停下擦把汗。

他的目光朝向一边。

甚八："……"

甚八的脸上绽开笑容。

他急忙跑下河床。

135．河床

摄影机推近——

只见太郎和江美躺在那里，进入了甜蜜的梦乡。

防空头巾从江美脑袋上脱落下来，露出一头美丽的金发。

酣睡中的两个孩子，手指头紧紧勾在一起。

136．野本家·美代的房间

美代展开一张纸看着。

一枝在一旁收拾着屋子。

美代看罢。

但她依然盯着那张纸，手微微抖动着。

一枝："？"

美代："……"

美代默默地把纸片递给一枝。

美代想装上一袋烟。

可她的手抖得厉害，怎么也抓不起来。

纸片上的字赫然入目。

那是元太郎阵亡通知书。

一枝看毕，大吃一惊。

一枝："母亲！"

美代："告诉政江吧。"

一枝飞身跑出屋。

一枝："嫂子！"

美代："……"

美代把烟管举到嘴边，但她并没吸，只是失神地呆坐着。

137. 野本家・灵堂

佛灯闪烁。

香烟袅袅。

元太郎身着军服的照片摆在堂前。

政江坐在照片前。

她一副失魂落魄的表情。

从拉窗的对面传来一枝的声音。

一枝的画外音："午饭做好了。"

政江："……"

政江目不转睛地望着照片。

外间响起一枝悄然离去的声音。

政江："……"

政江从怀里掏出通知书。

她把通知书摊在膝盖上，死盯盯看着。

眼睛里闪射出异样的光。

突然，政江一把抓起通知书，站起身来。

她旋风般地冲出屋去。

138．野本家·厨房

一枝正往木碗里倒着豆酱汤。

太郎坐在食案前。

甚八则坐在屋内铺地板部分的饭桌前。

政江跌跌撞撞地跑过来。

她穿过铺地板的地方，朝后面跑去。

139．野本家·二号窖·二楼

二枝正和江美吃饭。

楼梯上响起重重的脚步声。

二枝回头一望，面露惊讶之色。

二枝："嫂子……"

政江手里抓着通知书，浑身颤抖地瞪着江美。

江美天真地望着政江。

二枝："怎么了，嫂子……"

政江："出去！赶快滚出去！"

政江大声喊着。

二枝："嫂子……"

政江冲到江美跟前，一把揪住她的头发。

政江："离开这儿……马上滚出去！"

江美："妈妈！"

江美大哭起来。

二枝："你要干什么呀！"

二枝紧紧搂住江美，保护着她。

政江："你也给我滚！看看，我丈夫就是让你男人杀害的……你看啊！"

政江把阵亡通知书戳到二枝面前。

一枝跑上楼来。

二枝："姐姐！"

二枝求救似的喊了一声一枝。

一枝："嫂子，这是怎么了？"

政江："快滚……你们要是赖着不动，我就赶你们走！"

政江揪住二枝的头发就想拉。

一枝："住手！"

一枝想插到她们中间。

政江："你给我躲开！"

政江一把推开一枝。

她抡起拳头，劈头盖脑地砸向二枝，一边哭喊着。

政江："是你男人一伙杀害了我丈夫……滚，滚出去！"

二枝紧护江美，任凭政江的拳头砸向自己。

美代："政江，你疯了吗？"

美代不知什么时候站在了门口。

美代："还不住手！"

政江转过身来。

美代："你现在还没有权力支配这个家！"

政江："母亲……"

美代："二枝和江美什么时候该走，我自然会让她们走的。"

政江："……"

政江想说什么，但没有说出来。

她一动不动的，"哇"地放声大哭起来。

美代："……"

美代拾起掉在地上的通知书，仔细地把皱褶抚平。

140. 野本家·楼下

太郎悄悄地观察着楼上的动静。

突然，政江一阵风似的从楼上跑下来。

她从太郎的身边跑过去。

141. 柿子树

八月上旬。

蝉声聒噪。

142. 野本家·二号窖·二楼

江美额头上布满了汗珠。

她正专心做着布娃娃。

突然，一堆贝壳哗啦一声在她面前撒落开来。

江美："？！"

江美吓了一跳，扬起脸来。

只见太郎拿着游泳帽站在跟前。

太郎："为了捡这玩意，本桥老师把我好一顿训。"

江美："给我的？……呀，多好看呀！"

江美高兴地捡起贝壳放在手心上。

太郎："天真热呀，看你这一头汗！"

江美挥手擦去额头上的汗。

江美："大海好玩吗？"

太郎："我都学会游泳啦。"

江美："我也会游。"

太郎："真的？"

江美："在神户时，从我家的窗户就能看见海。"

太郎："咦，从窗户就能看见？"

江美："……你是坐火车去的吧？"

太郎："换了两次车呢……听说千惠子姐姐明天还要去。"

江美："我也想去。"

江美愣愣地看着手心里的贝壳。

太郎："那可办不到，要坐火车哩！"

太郎站起来，走到窗前。

他自言自语地说道。

太郎："要是近一点嘛，我还能悄悄带你去……"

江美凑到太郎身边站定。

江美："妈妈说她小时候就去过，是老爷爷赶马车把她拉去的。"

太郎："？……净瞎说，那儿可远了。"

江美："听说翻过对面的山岭就到海边了。"

143. 附近的山峦（全景）

骄阳似火，沐浴着近在眼前的山峦。

144. 野本家·二号窖·窗口

铁栅栏里面露出太郎和江美的小脸。

江美："爸爸会从海上回来的。"

太郎："？"

江美："爸爸说，寂寞时就看看海……他说他一定会回来的……"

太郎："是吗……不过这不大可能呀。"

江美："这儿的大海和神户的一样吗？"

江美凝望着远方。

泪水盈满了眼眶。

太郎："我爸爸兴许也从海上回来……他是个海军哩。"

江美："……"

江美神色黯然。

太郎斜瞅了她一眼。

太郎马上将视线移开，喃喃自语。

太郎："她多想看看海呀……"

145. 乡间小路

甚八的马车远远地行驶着。

146. 山脚下的小路

太郎和甚八挤在驭手座上。

甚八："大海就那么好玩吗？"

太郎：“嗯。”

太郎回头瞅瞅货台上。

货台上蒙着一领席子，席子明显地鼓起一个包。

甚八：“现在去也没有工夫玩罗……要不，回家天就该黑了。”

太郎：“看一眼就行啊。”

甚八：“让千惠子姐姐带你去多好，还能痛痛快快地游游泳。”

太郎：“……”

太郎一时语塞，答不上话来。

他又瞥了一眼货台。

这时，货台上的席子被掀开了，江美探出头来。

江美：“太郎哥，水……”

太郎：“江美！”

甚八闻声回过头来。

甚八：“？！”

甚八忙把车停下。

太郎：“坏事了吧？”

江美：“可是……我太渴了呀。”

江美浑身上下汗水淋漓，就好像从水里捞出来一样。

甚八：“……”

甚八紧盯着江美。

稍顷，他从马车上下来。

路旁，一股涓涓细流从山岩上滴落下来，发出轻微的响声。

甚八揪下一片款冬叶，卷成圆筒接着泉水。

太郎垂头丧气地走到甚八身后。

太郎：“……对不起……”

甚八把接满水的款冬叶递给太郎。

甚八："别弄洒了。"

太郎接过叶子，小心翼翼地走向江美。

甚八："……"

甚八从腰间抽出手巾，用泉水润湿。

江美将款冬叶里的水一饮而尽。

江美："啊，真甜呀。"

太郎向甚八的方向瞥了一眼，悄声说道。

太郎："老爷爷生气了。"

甚八拿着湿手巾走来。

他一声不响地给江美擦去脸上的汗水。

甚八："……"

太郎："……对不起。"

太郎又有气无力地向甚八道歉。

甚八："……"

甚八拉起马的缰绳，开始掉转马车的方向。

太郎："爷爷！"

甚八把马车调了个头。

甚八："孩子，来，坐上来。"

太郎："……"

太郎站立不动。

甚八："快上吧。"

甚八跳上马车，催促太郎。

太郎："我不上……江美！"

太郎拽住江美的手，把她从马车上拉下来。

甚八："孩子！"

太郎："咱们走。"

太郎拉着江美的手，朝对面走去。

甚八："孩子！"

甚八从马车上跳下来。

太郎："我们自己走着去！"

太郎硬邦邦地回了一句，牵着江美的手又向前走。

甚八："……孩子！"

甚八不禁为之动容。

147. 渔村

小小的渔港。

钟声回荡。

码头上，一名警防团员一边跑一边喊着。

警防团员："空袭……空袭……敌机来了！"

正在织补渔网的老渔夫们朝四下里跑去，纷纷找地方隐蔽。

148. 大海

钟声远远传来。

千惠子下到海水里。

千惠子："来呀。到这儿来！"

阿诚站在浅滩上。

千惠子："下来呀，快点……"

阿诚："好哩。"

阿诚游起狗刨来。

千惠子："加油！就这样……往这儿游！"

阿诚好不容易才抓住千惠子的手。

千惠子："哎呀，会游了。"

阿诚兴冲冲地从水里站起身。

千惠子："?"

千惠子神色惊讶地朝对面望去。

阿诚："好像是空袭。"

千惠子："咱们上岸吧。"

千惠子搀扶着阿诚,朝沙滩走去。

千惠子："啊!"

千惠子望着对面,目瞪口呆。

149. 沙滩

甚八把马车停在岸边。

太郎坐在甚八身边。

他回头朝货台喊了一声。

太郎："江美,大海!"

江美掀开席子探出头来。

江美:"……"

江美无言地眺望着大海。

甚八:"去吧,去游泳吧。"

太郎:"唉……江美!"

太郎跨到货台上,开始脱衬衣。

江美也学着太郎的样子,脱下西装。

她想摘下头巾。

太郎:"摘下头巾可不行!"

江美:"……"

江美的脸上刹那间掠过一丝哀伤的神色。

太郎:"爷爷。"

太郎望望甚八。

甚八:"……不戴也不要紧。"

太郎："哎！"

太郎高兴地扯下江美头上的防空头巾，扔在地上。

太郎："江美！"

太郎拉着江美的手从马车上跳下来。

两个孩子欢天喜地地朝大海跑去。

甚八："……"

甚八默默注视着两个活泼可爱的孩子。

他自言自语地说道。

甚八："他们身上流着同样的血呀……"

话音未落，传来千惠子的喊声。

千惠子的画外音："爷爷！"

甚八转过头去。

千惠子迎面跑来。

阿诚也随后跑来。

千惠子刚想启齿，一眼发现了江美。

千惠子："？！……你把江美也带来了？"

阿诚跑至。

他也发现了江美。

阿诚："……"

千惠子："阿诚。"

阿诚："原来真有这么回事呀。"

阿诚声音低微地说道。

甚八："老师，求求你，权当没看见吧。"

太郎："老爷爷！"

太郎回头一望，发现了千惠子和阿诚。

太郎："？！"

太郎一把将江美的头抱在胸前，想把她藏起来。

甚八："这孩子一天到晚就关在酒窖里……老师，求求你，就当没看见吧。"

阿诚："为什么要藏起来……为什么不承认她的存在呢？"

阿诚望着江美，呻吟般地说道。

千惠子："可是……"

这时，一名警防团员在对面高喊。

警防团员："喂！赶快隐蔽！敌机来了！"

他一边喊一边蹬着自行车向对面骑去。

150．天空

三架格鲁曼正朝这边飞来。

151．海面

一艘小船正拼命向岸边划来。

船上有一个老头和一个像是他儿媳妇的中年妇女。

飞机俯冲的轰鸣声。

突然，小船四周弹如雨下，溅起一朵朵浪花。

老人和妇女相继栽入海中。

152．沙滩

甚八高喊。

甚八："孩子！江美！快回来……"

甚八喊完，迅速动手把马从马车上卸下。

阿诚："……"

阿诚依然目不转睛地注视着江美。

千惠子："到这儿来……走吧。"

千惠子招呼着太郎和江美。

千惠子："快，躲到那个放渔网的小屋里去！"

太郎和江美茫然地望着海面。

甚八："还不快走！我把马藏在那片松林里就回来……"

阿诚迅速转身，朝着放渔网的小屋匆匆走去。

爆炸声越来越近。

千惠子："太郎！江美！"

太郎和江美惊慌失措地朝千惠子跑来。

千惠子："快！"

千惠子三步并作两步地朝小屋飞跑。

太郎和江美紧紧跟在后面。

太郎突然停下，回头向海面望了一眼。

江美："太郎哥！"

江美停住脚步，催促太郎。

太郎追上来。

太郎："那架飞机说不定是江美爸爸开的呢。"

江美："啊，爸爸……"

太郎："听说打死辰次家大婶的，就是你爸爸……村里人都为这欺负二枝姨哪！"

千惠子跑过来。

千惠子："干什么呢……快到这边来！"

千惠子拽着两个孩子的手，朝放渔网的小屋跑去。

江美一边跑着一边还想着海面上的飞机。

153. 放渔网的小屋·内

千惠子搂着江美和太郎蹲在地上。

稍远处蹲着阿诚，他一动不动地凝视着江美。

阿诚："果然藏在酒窖里……"

千惠子追问。

千惠子："阿诚，你……"

阿诚："……"

千惠子："江美还是个孩子呀！莫非你要……"

阿诚："你以为我是那种告密的人吗？"

千惠子面呈喜色。

千惠子："阿诚！"

阿诚："不过，私藏是不允许的，应劝其上报才是。"

千惠子："可是……"

飞机的呼啸声由远而近。

一阵激烈的机枪扫射声。

小屋的房顶被机枪子弹击穿。

江美："……"

突然，江美甩开千惠子的手，朝屋外跑去。

太郎："江美！"

154. 小房门口

江美飞跑出来。

江美："爸爸！"

江美朝着空中高喊。

155. 天空

一架格鲁曼昂起机头，向上飞去。

156. 小房门口

江美向着天空呼喊。

江美："爸爸，我是江美呀！"

千惠子和太郎跑出来。

千惠子：“别喊！快到里面去！”

江美挣脱千惠子的手，继续向天空高喊。

江美：“爸爸！”

157. 天空

一架正欲飞向洋面的格鲁曼，忽地掉转机头，迎面俯冲过来。

158. 小屋门口

江美仰望天空，欣喜地说道。

江美：“他听见了……爸爸！”

江美拔腿向海边跑去。

千惠子：“江美！”

千惠子慌忙欲追。

就在这时，传来一阵可怕的呼啸声。

接着又响起机枪的扫射声。

千惠子迫不得已拖着太郎跑回小屋。

159. 沙滩

江美跑来。

她的周围是机枪子弹扬起的沙尘。

江美爬上马车。

她站起身来，挥动着小手。

江美：“爸爸！”

一阵撼人心魄的巨响。

机枪子弹在马车周围扬起一片沙尘。

江美："爸爸！是我呀！"

江美仍然兴高采烈地摇动着小手。

160. 放渔网的小房·门口

太郎大声呼唤江美。

太郎："江美！那不是你爸爸！"

千惠子："快回来呀！"

一阵飞机的扫射声淹没了他们的呼喊。

阿诚飞身跃出房门。

只见一只拐杖直奔马车而去。

又是一阵令人心悸的枪声。

千惠子："危险！阿诚！"

161. 沙滩

阿诚爬上马车。

他抱起江美。

他返身朝小屋跑来。

一阵可怕的机枪子弹扫过。

阿诚："啊！"

阿诚抱着江美栽倒。

162. 天空

格鲁曼消失在洋面上。

163. 沙滩

千惠子和太郎跑了过来。

阿诚已饮弹身亡。

距他不远的地方躺着江美。

江美声若游丝。

江美："爸爸……"

江美话未说完便突然咽气了。

千惠子和太郎跑到跟前。

他们木然地僵立在沙滩上。

波涛声中响起太郎绝望的呼喊声。

太郎："江美——！"

164. 野本家·灵堂

江美的遗体上盖着一床被子。

二枝正在给她化妆。

枕边坐着一枝和政江。

不远处坐着太郎。

美代背身坐在祭坛前面。

政江不住地抹着眼泪。

政江："小江美，宽恕舅妈吧，我不该赶你走……舅妈是听到你大舅阵亡的消息后，一时糊涂才……"

千惠子进来。

她悄悄挨着一枝坐下。

一枝："给阿诚守完夜了吗？"

千惠子摇摇头。

她喃喃说道。

千惠子："全村的人都在那儿……"

千惠子挥手擦泪。

美代："谁都没有察觉吗？"

千惠子：“⋯⋯嗯。”

千惠子又擦了擦眼泪。

甚八进来。

甚八：“他大妈⋯⋯”

美代这时才回过头来。

美代：“别让村里的人发现了。”

甚八：“唉。”

美代：“⋯⋯”

美代默不作声，以目示意。

甚八把一个柳条箱搬进屋。

美代：“快点埋了。”

一枝愕然回过头来。

一枝：“母亲！”

美代：“还不快去！”

甚八：“唉。”

甚八犹豫不决。

但最后他还是准备抱起江美。

二枝：“别动。母亲，至少过了今天晚上吧！求求您⋯⋯”

二枝紧紧抱着江美，回头央求美代。

泪水扑簌簌地滚落下来。

美代：“⋯⋯”

一丝伤感在美代的脸上闪过。

但她马上又厉声吩咐道。

美代：“甚八，你怎么还愣着？”

甚八：“⋯⋯”

甚八推开二枝，把江美的遗体装进柳条箱内。

一枝："等等！"

一枝一把推开甚八。

一枝："母亲，这也太残酷了！给她守守夜……至少也得举行个亲属参加的葬礼呀……"

一枝声音哽咽。

美代："甚八，再不快点天就亮了！"

一枝："母亲！"

甚八："……"

甚八痛苦地欲合上箱盖。

突然，太郎一跃而起。

他跑到柳条箱边，朝里面望去。

太郎："……"

太郎的眼睛里噙满了泪水。

他从衣兜里掏出一把贝壳，撒在江美的身上。

甚八："孩子……"

甚八轻轻推开太郎，合上箱盖。

倏地，太郎转身面向美代。

太郎："刁婆子！"

美代："……"

美代脸色遽变。

太郎："我打死你！"

太郎摆出一副决斗的架势。

一枝："太郎！"

一枝抱住太郎。

这时，政江猛然抬起头来。

政江："别拦孩子！你这个老太婆！"

大家一惊，目光全都投向政江。

政江："她不是狗也不是猫，是你的亲外孙女呀！你既不让守夜，又不让举行葬礼……这样怎么能让她入土呢！"

美代："好一个媳妇！你不过是一个做媳妇的，居然敢对我的话说三道四！那好，你给我离开这个家！"

一枝："母亲，您说些什么呀……"

政江："好吧，我也不想待下去了！我走……我，我万万没有想到，你是这样一个冷酷无情的人！"

政江伏在柳条箱上失声痛哭。

政江："江美，苦命的孩子……饶恕舅妈吧！"

美代："能够埋在野本家的坟地里，也算是够幸运的了。甚八，快抬走……谁也不许去送！"

太郎："……"

太郎热泪盈眶，站在那里一动不动。

165. 乡间小路

车声辚辚。

甚八的马车驶来。

车上载着那只柳条箱。

甚八自言自语。

甚八："……他大妈也不好受呀。"

166. 野本家·美代的房间

光线昏暗。

美代坐在那里。

她双手捂脸，佝偻着身子，久久地悄声哭泣着。

167. 野本家·灵堂

美代背对着祭坛，坐在那里。

政江坐在她面前。

一枝坐在一旁。

美代："你今天就可以走了。"

政江："？！"

政江愕然地望着美代。

一枝："母亲……你是赶嫂子走吗？"

美代把一个存款折子放在政江面前。

美代："有了它，你这一生也就吃穿不愁了。"

政江："……"

一枝："你也太狠心了！这……"

美代："我把靠近你娘家的水田和旱田也给你。"

美代说罢就准备离去。

一枝："母亲！"

美代手扶隔扇回过头来。

美代："要是对我的决定不满意，你也可以走！"

美代走出去。

政江"哇！"地一声，哭倒在地。

一枝："……"

168. 山岗上的坟地

坟地的一角竖立着一块小木牌。

木牌上用片假名写着"江美之墓"几个字。

一看便知是太郎的字迹。

画面上响起了解说的声音。

解说声："这位混血少女死后仅仅过了两个星期，日本就宣布投降了……"

169. 野本家·美代的房间

美代朝这边看着。

美代："莲池能够平安回来，这比什么都好哇。"

一枝和太郎坐在门槛处。

一枝："我们住了这么长时间，给母亲添了不少麻烦……太郎，还不谢谢外婆！"

太郎深深地鞠了一躬。

美代："你们一走，这个家又冷清起来了。"

一枝："母亲。"

一枝郑重其事地叫道。

一枝："让政江嫂子回来不好吗？"

美代："……"

美代脸色一变。

一枝："二枝很快也要离开家了，剩下母亲一个人，我实在放心不下呀。"

美代："不能让她回来。"

美代喃喃回答。

一枝："嫂子说了几句气话，还不是因为当时母亲的态度太冷淡了。母亲不应往心里去。"

美代："……"

一枝："我去把她接回来吧？"

美代："……"

美代放在膝盖上的手微微颤抖着。

一枝："就这样吧？"

美代："你以为我是记恨政江才打发她回娘家的吗……她是一个打着灯笼也难找的好媳妇呀。"

一枝："?……"

美代："我不能让这么好的媳妇重新经受我的痛苦……你父亲去世快三十年了，我没有做过有辱野本家门风的事……可你们哪里知道，那是多么痛苦的日子啊！"

一枝："……"

美代："我死了，政江就要和我一样继续受苦……一枝，江美死去的那天晚上，我一个人一直哭到天亮啊！"

美代用手捂住了脸。

一枝："……"

美代："世界上有谁不疼爱自己的外孙女呢……江美和二枝都受了不少苦……可我……我……"

美代哽咽得话不成声。

但她顽强地擦去了眼泪。

美代："元太郎夫妇没有孩子，这对我至少是个宽慰。政江还年轻，她可以重新嫁人……"

一枝："……"

太郎："……"

一枝和太郎凝然不动地注视着美代。

170. 乡间小路

一辆马车远远地行驶着。

马车停下。

二枝从马车上下来。

她和坐在马车上的一枝与太郎依依告别，然后朝着坟地的方向走去。

171．山岗上的坟地

二枝在江美的墓前说着话。

二枝："爸爸来信了……他说他很快就要来接我们……可是，妈妈要永远和江美待在这儿……永远住在那座酒窖里……"

172．马车上

甚八坐在驭手位上。

太郎和一枝坐在后面。

一枝："大叔的儿子到底是为什么阵亡的呢？"

甚八："……不管怎样，日本今后再不要打仗啰！"

一枝："那敢情好了，可是……"

甚八："太郎长大以后，是不会被拉到军队里去的啰……再也用不着担这份心啦。"

一枝："是啊，该死的战争……"

太郎自言自语。

太郎："江美要是活到今天，她也能坐火车去看海了……"

一枝："……"

一枝紧紧地搂住太郎。

甚八："……"

甚八强压住心中翻涌上来的悲哀，唱起了《杜氏歌》。

173．乡间小路

马车渐渐驶向远方。

——终——

译后记

我清楚记得，那是 1994 年 11 月 3 日，在北京天安门广场，我第一次见到铃木尚之先生。当年轮到中方举办的第九届中日电影文学剧作研讨会将于 11 月 4 日至 10 日在湖南长沙召开，铃木尚之先生随日方代表团经由北京赶赴长沙。利用在北京短暂的停留时间，日本电影剧作家协会代表团一行参观了天安门广场和北海公园。为了更好更周到地接待日方代表团，中国电影家协会外联部负责亚洲工作的金燕女士让我在北京和长沙陪同日方代表团。金燕女士之所以选中我，因为我在八一电影制片厂研究室担任日本电影研究工作，此外还有两个原因，我毕业于南开大学日本语言文学专业，是中国电影家协会会员。自天安门广场相见开始，我与铃木尚之先生结下了深厚的友谊，直至他去世。不，可以说我们之间的友谊至今仍以某种方式延续着。

铃木尚之先生给我的第一印象是睿智精干。尽管在此之前对他有所耳闻，但对他本人及其作品，我没有更深入的了解及研究。在长沙的中日电影文学剧作研讨会上，我聆听了他的发言，目睹了他的为人，使我增添了一份对他的敬意。由此我开始关注他的作品，且感到意外的是，铃木尚之先生的电影剧作中竟然有几部是战争题材的，这正是我研究的方向。我抓紧时机，会议期间在铃木尚之先生下榻的宾馆房间内对他进行了采访。这三部战争题材的作品恰是这本书中呈现给各位读者的三部剧作——《啊，无声的朋友》、《海军特种少年兵》和《战火中的童年》。通过作品，铃木尚之先生无情地鞭挞了日本军国主义发动的侵略战争，展现了日本妇女和儿童在战争中所蒙受的痛苦及灾难。当然，他在剧作中巧妙的结构安排及细节处理，得到了中国同行们的高度评价，甚至中国的某家电影制片机构要购买《啊，无声的朋友》的改编权。

铃木尚之先生是一位热心人，当时他担任日本电影剧作家协会会长，十分注重对年轻人的培养。这不仅体现在对日本年轻的剧作家身上，对中国的年轻编剧也是如此。

我记得，现任中国电影文学学会会长王兴东先生和现任中国电影文学学会秘书长王哲滨女士，当时还算得上是颇有成就的年轻编剧。他们在创作《天国逆子》时遇到了困难，与铃木尚之先生探讨如何解决。铃木尚之先生认真思考后数次与他俩交流，提出了中肯的建议。最终，该片在东京国际电影节上获得影片大奖。

对于中日之间延续二十六年之久的电影剧作研讨会，我在此不用详细介绍了，晏妮女士和黄丹先生都是亲历者及见证人，他们在本书前言及评论中都有所提及。铃木尚之先生极为看重两国电影编剧之间的这项交流活动，建议日本电影剧作家协会每年组团时必须吸纳年轻编剧参加，同时他时刻关注着中国年轻编剧们的创作动向。对于中国年轻编剧的才华，铃木尚之先生从来不吝赞美之词。他是真挚的，不是在奉承。有一年，黄丹教授带着自己的作品《台湾往事》前往日本参加中日电影文学剧作研讨会。读过这部作品后，铃木尚之先生掩饰不住自己内心的激动，当着日本电影剧作家协会老中青三代编剧们大声说道："《台湾往事》是一部优秀的作品，我为中国年轻编剧能创作出这样的剧本而感到高兴。这部作品给我的启发是，原来电影还可以这样写！我建议，今后邀请黄丹先生来我们日本电影剧作家协会给大家讲讲课。"同样在北京电影学院文学系任教的薛晓璐女士，创作了一部极具特色的作品《秋雨》。铃木尚之先生对她独具匠心的设置，给予了高度评价。

铃木尚之先生还是一位严厉的人，面对作品时，他绝对是有一说一有二说二。每年的中日电影剧作研讨会上，他都会对具体作品提出中肯的批评，不管这部作品是谁写的，哪怕是名家大家的作品。虽说有时言辞尖刻，但他都是为了中日双方能创作出更好的作品而着想。因为他牢记着内田吐梦对他说过的一句话："考虑问题不要从奴隶意识出发！"

对于创作，深入生活是极为重要的。铃木尚之先生通过自己的创作实践，深知这点。尽管在结识铃木尚之先生之前我就已翻译了许多日本电影剧作，但我因军人身份而从未踏上过日本的土地。铃木尚之先生对我说："你是研究和翻译日本电影作品的，你应该到日本去多看看，了解日本的风土人情，这对你更好地翻译和研究日本电影作品极为有益。"

他知道我的难处，于是在日本电影剧作家协会的大会上提议，由协会出面向日本文化厅提出申请，邀请我作为海外艺术家特邀研究员赴日研究日本电影史及日本电影剧作。1999年下半年，经我所在单位八一电影制片厂及上级主管单位总政治部的批准，我如期赴日。当时，北京电影学院导演系杨琳教授也是同一项目的受邀人。我们在日本做学术研究的这段时期，不但在生活上得到了铃木尚之先生无微不至的关怀，在研究方面，也深得铃木尚之先生的指教。他对我说："写东西不是你目前最主要的工作，你可以回国后再写。对日本的了解与认识才是你当前最为重要的工作，所以你要充分利用好在日本的这半年时间。"铃木尚之先生想尽一切办法为我们创造条件，他多次邀请我与杨琳教授去他家里，那不仅仅是宴请我们，还是一堂堂生动活泼的日本饮食与服饰课。他的夫人朝女士为我们端上她精心烹饪的日本料理，我们一边进餐一边听铃木尚之先生讲解日本料理的特点、特色、菜系及应季菜肴。餐后，铃木朝夫人亲自给杨林教授和我换上日本和服，并讲解和服知识。

说到这里，我不得不提一句，铃木尚之先生在东京的住宅是典型的日式建筑，据称是日本建筑三大流派之一的正宗传人为他设计建造的。每次中国电影家协会组团赴日参加中日电影剧作研讨会时，日本电影剧作家协会都会委托铃木尚之先生在他的府上设宴招待中国编剧同行。所以，中国电影编剧们对那里很熟悉，也感到十分亲切。铃木府上也是一座只受理预订的高级料亭，因为铃木朝夫人是一位出色的日本料理烹饪高手。

我在东京期间与铃木尚之先生交往的一幕幕不时浮现在眼前。铃木尚之先生带着我去东京国立美术馆电影中心观摩日本早期经典影片和当下最新影片；他还带着我去听新藤兼人先生的剧作课，课后邀我与新藤先生同车返回赤坂——那里既是日本电影剧作家协会的所在地，也是新藤先生一生中最后的居住地。一路上，铃木尚之先生给我介绍新藤先生的创作，让我与新藤先生有了最直接的交流；东京国际电影节期间，铃木尚之先生带我观摩了许多日本年轻导演与编剧的最新作品，并介绍我与他们认识；东京新宿二丁目有一家开设在地下的酒吧，叫做BURA，其意是在热闹的大街上闲逛，这里也让我难忘。铃木尚之先生与荒井晴彦先生、加藤正人先生、高山由纪子先生、白鸟茜先生经常带着我与杨琳教授在这家酒吧里相聚，虽说我不会喝酒，但铃木尚之先生及各位先生的用意我十分清楚，因为这里是日本导演、编剧和评论家相聚的地方，不管你何时来，总能看见某位的身影，大家围坐在一张巨大的不规则的桌旁聊天饮酒。看似轻松的交谈，但对我来说却是一个个研究与了解日本电影的难得机会。还有涩谷小巷子里的那家中华料理，铃木尚之先生很理解我对家乡菜肴的渴望，多次带我和我的朋友仲伟江去那里解馋，并鼓励仲伟江为中日电影交流贡献力量。铃木尚之先生还拜托他多次高度赞扬和欣赏的朋友——中国旅日电影学专家晏妮女士多多关照我和杨琳教授，为我们安排了每周五上午在早稻田大学听著名教授岩本宪儿开设的日本电影史讲座。

在数次访日的过程中，铃木尚之先生还带着我及中国的电影编剧们将足迹延伸到日本各地——箱根、热海、富士山、京都、大阪、横滨和岐阜。不知情的人还以为我们这是旅游，不，这是一次次对日本文化的考察与采风。铃木尚之先生及他领导的日本电影剧作家协会的各位编剧精心安排的这些活动，首先让我了解到了日本关东与关西在语言和风俗上的不同，以及各具特色的建筑，还有各地的电影制片厂。

最为感动与难以忘却的是那次去铃木尚之先生故乡的旅行。1999 年 7 月我乘飞机抵达东京伊始，白鸟茜先生便转告我，铃木尚之先生诚邀我前往他的故乡高山市，他已先期前往准备。铃木尚之先生考虑到我对日本是人生地不熟，于是安排白鸟茜先生陪同我一起前往。当我们乘坐的高速公路长途大巴抵达高山时，铃木尚之先生早已等候在那里了，他笑盈盈地朝着我们招手。铃木尚之先生的少年时代就是在这里度过的，他在这里邂逅电影，此后毕生从事电影工作。他亲自当向导，让我饱览了高山市美不胜收的人文景观和自然风光，向我讲解这里的历史与建筑，当然更少不了让我品尝当地独特的美味佳肴。铃木尚之先生的老宅是一栋典型的日本建筑，坐落在半山腰，里里外外全部是木制结构。清晨，当我拉开厚重的大木隔扇，阳光便洒满了屋内各个角落。我骑在不知是叫门框还是窗框的大木框架上，捧起铃木尚之先生的剧作《武士道残酷物语》读起来。未曾想到，我被这部剧作深深吸引住，一口气读完。说心里话，我太喜欢这部作品了，这也是我为什么多年来一直向国内的朋友们推荐的原因。这次将铃木尚之先生的一部分作品翻译成中文结集出版，我特意选这部作品的片名来做书名。在阅读这部作品前，我并不知道根据这部剧作拍摄的影片早已在 1963 年第 13 届柏林国际电影节上获得金熊奖。铃木尚之先生的许多剧作原稿都保存在这栋房子里，我在这里度过了一个愉快而收获颇丰的阅读周。夜幕降临，我们围坐在炉前，品尝着铃木尚之先生亲手烤制的美味佳肴，那道奶油烤茄子的味道至今还深藏在我的记忆中。每晚我躺在舒适的榻榻米上，伴随着啄木鸟叩啄门框的笃笃声，进入梦乡。这一切记忆都是那么温馨而美好。

2005 年下半年，我的好朋友加藤正人先生告诉我，铃木尚之先生身体欠佳。我请他转告我对铃木尚之先生的问候，可他对我说，铃木尚之先生已经谢绝朋友们前去探望。我心想，反正过不了多久我就要去东京参加中日电影剧作家研讨会，到时亲自登门拜访。没想到铃木尚之先生的病情恶化很快，当我抵达东京时，他已经住进了医院，缺席了那届研讨会。我更没想到，在研讨会期间传来噩耗，铃木尚之先生于 11 月 26 日凌晨 1 时 25 分永远离开了我们。遵照铃木尚之先生的遗愿，铃木朝夫人及家人没有举办追悼会和告别仪式，将铃木尚之先生的骨灰下葬后才通知各位朋友。因归国日期临近，我没有前往铃木尚之先生的府上吊唁。

回到北京后的一段时间里，我心里空落落的，铃木尚之先生的音容笑貌总是浮现在我的眼前。不久，我便收到铃木尚之先生在生命最后阶段托付朋友转交给我的礼物——一副能乐木雕面具及他生前用过的最喜欢的一条领带。当时，我忍不住泪水夺眶而出。2007年，我再次赴日参加中日文学剧作研讨会，借机约上好友加藤正人先生一道去坐落在东京樱上水的铃木府上拜访。铃木朝夫人热情接待了我们，并赠送我一张铃木尚之先生的遗照。我们围坐在曾经与铃木尚之先生一道坐过的桌旁，缅怀着这位令人尊敬的长者。随后，加藤正人先生陪我前往陵园拜谒铃木尚之先生。再次使我没想到的是，铃木尚之先生的墓碑只是一块A4纸大小的不规则的石头，并且是竖立在陵园的围墙跟下，占地也仅有A4纸大小。这就是铃木尚之先生，他谢绝了朋友们的探望，静悄悄地走了，并且选择了一块不起眼的地方安息。

铃木尚之先生一生创作了许多在日本电影史上占有一席的优秀电影剧作。此次，北京电影学院文学系将出版一系列电影文学方面的书籍，其中选择了铃木尚之先生的《武士道残酷物语》《怪人》《五番町夕雾楼》《饥饿海峡》《啊，无声的朋友》《海军特种少年兵》《战火中的童年》等七部电影剧作结集出版，并拟今后再选择《宫本武藏》《游侠》《茜云》《阿婉姑娘》《湖之琴》等剧作出版续集。在此，我要向北京电影学院文学系的各位先生们表示衷心的感谢，这实现了我与铃木尚之先生的约定——在中国出版铃木尚之电影剧作集的中文版。

《啊，无声的朋友》和《海军特种少年兵》是由我大学的同班同学毛保红翻译的初稿。《饥饿海峡》则是我对照已故李正伦先生的中文译稿及日本电影剧作家协会编撰出版的《人与剧作——铃木尚之》中刊载的原文剧作，进行的校译。

最后，我还要谢谢各位读者，正因为有了你们的阅读，我们的工作才显得有意义。今后，我要继续为中日电影文学剧作交流贡献自己微薄的力量。

汪晓志

2015 年 1 月 22 日于北京八一电影制片厂研究室

武士道残酷物语：铃木尚之电影剧作选集

图书在版编目（CIP）数据

武士道残酷物语：铃木尚之电影剧作选集／〔日〕铃木尚之著；汪晓志，
毛保红译．—上海：上海三联书店，2016.10
ISBN 978-7-5426-5530-1

Ⅰ.①武… Ⅱ.①铃… ②汪… ③毛… Ⅲ.①电影文学剧本－作品集－日
本－现代 Ⅳ.①I313.35

中国版本图书馆CIP数据核字（2016）第052727号

武士道残酷物语——铃木尚之电影剧作选集

著　　者／铃木尚之
译　　者／汪晓志　毛保红
责任编辑／陈启甸　朱静蔚
特约编辑／周青丰　李志卿
装帧设计／乔　东　阿　龙
监　　制／李　敏
责任校对／李志卿
出版发行／上海三联书店
　　　　　（201199）中国上海市闵行区都市路4855号2座10楼
网　　址／www.sjpc1932.com
印　　刷／山东临沂新华印刷物流集团有限责任公司

版　　次／2016年10月第1版
印　　次／2016年10月第1次印刷
开　　本／889×1194　1/32
字　　数／360 千字
印　　张／21
书　　号／ISBN 978-7-5426-5530-1／I·1120
定　　价／68.00元

敬启读者，如发现本书有印装质量问题，请与印刷厂联系0539-2925680。